나의 이스마엘

나의 이스마엘

초판 1쇄 펴냄 / 2011년 10월 17일
초판 3쇄 펴냄 / 2013년 2월 28일

지은이 / 다니엘 퀸
옮긴이 / 박희원

펴낸이 / 홍석근
주간 / 김관호
편집장 / 김동관
기획위원 / 최종은
관리 / 이성희

펴낸곳 / 도서출판 평사리 Common Life Books
출판신고 / 제313-2004-172호(2004년 7월 1일)
주소 / (121-896) 서울시 마포구 서교동 475-13 원천빌딩 6층
전화 / 02-706-1970
팩스 / 02-706-1971
홈페이지 / www.commonlifebooks.com
이메일 / commonlife@hanmail.net

ISBN 978-89-92241-32-8 (03840)

가격은 뒤표지에 있습니다.

나의 이스마엘

다니엘 퀸 지음 · 박희원 옮김

평사리
Common Life Books

Contents

Contents

이봐, 안녕

눈을 떠보니 열여섯밖에 안 된 나이에 다 망쳐버렸어. 그걸 깨닫는 뭐 같은 기분이란!

이 나이에 다 망쳐버린 게 뭐 그리 특별한 일이 아닐 정도로 주변이 온통 우리를 들들 볶아대는 사람들뿐이긴 하지만, 아마 나처럼 제대로 망쳐버린 열여섯 살을 찾기도 힘들걸? 이렇게 제대로 망가질 기회를 가지기도 쉽지 않으니까.

그래서 나는 감사해. 정말이야.

하지만 지금부터 하려는 이야기는 열여섯 살인 지금의 내 이야기가 아니야. 내 나이 열두 살 때의 일이지. 사는 게 정말 힘들던 그때, 엄마는 아예 술꾼이 되기로 작정을 했던 것 같아. 그전 서너 해 동안은 자기를 그저 친구들과 술잔 기울이길 좋아하는 사람 정도로 생각해 주었으면 하고 바라다가 마침내 내가 진실을 알아야만 한다고 생각한 거야. 무엇하러 거짓 시늉을 하며 살아야 하나 싶었겠지. 내 의견 따위는 묻지도 않았지만, 만약 물었다면 이렇게 대답했을 거야.

"엄마, 제발 거짓 시늉을 계속해주세요. 특히 내 앞에서는요. 알겠죠?"

하지만 그렇다고 우리 엄마 이야기를 하려는 건 아니야. 앞으로의 이야기를 이해하려면 그저 어느 정도는 알고 있어야 하니까 미리 일러두는 거지.

우리 부모님은 내가 다섯 살 때 이혼했어. 뭐 그 사연을 구구절절 늘어놓을 생각은 없어. 사실 그 사연이란 것도 잘 알지 못하겠거든. 왜냐하면 엄마는 이렇게 말하고 아빠는 또 저렇게 말하는 식이니까.(뻔하지?)

어쨌든 아빠는 내가 여덟 살 때 재혼했어. 엄마도 거의 그럴 뻔했지. 하지만 결혼할 남자가 백수건달이라는 게 들통 났고 엄마는 그야말로 큰 재앙을 피한 셈이지. 그 즈음부터 엄마는 본격적으로 살이 찌기 시작했지만 다행히 엄마에게는 좋은 직장이 있었어. 시내의 큰 법률회사 문서작업실의 책임자였으니까. 그때부터 엄마는 일 끝나고 한잔하러 다니기 시작했어. 한 잔이 두 잔 되고 두 잔이 석 잔 되고 뭐 그런 식이었지. 하지만 아침 일곱 시면 엄마는 무슨 일이 있더라도 침대를 박차고 일어났어. 내 생각엔 하루 업무가 끝나기 전에는 술을 입에 대지 않는 게 엄마 나름의 철칙이었던 것 같아. 물론 주말은 예외였지.

뭐, 그 얘기도 더 할 생각은 없어. 어쨌든 나는 행복한 아이가 아니었지.

그 시절 나는 착한 딸 노릇을 하면 사정이 좀 나아지려나 해서 학교에서 돌아오면 열심히 집 구석구석을 치웠어. 엄마도 내가 그렇게 하기를 바랄 거라고 생각하면서 말이야. 주로 부엌을 청소했지. 다른 데는 그럭저럭 깨끗했지만 부엌은 달랐어. 아침마다 전쟁을 치르듯 서둘러 학교와 직장으로 나갈 때면 우리 둘 중 누구도 뒷정리를 할 겨를이 없었으니까.

어쨌든, 어느 날 부엌에서 신문을 치우는데 광고란에 적힌 무언가가 내 눈길을 사로잡았어. 거기엔 이렇게 쓰여 있었지.

스승이 제자를 찾고 있음.
세상을 구하려는 진지한 열망을 가지고 있어야만 함.
직접 와서 지원할 것.

그 밑에 시내에 있는 낡고 초라한 건물 이름과 방 번호가 적혀 있었어.

스승이 제자를 찾는다는 게 왠지 나에겐 인상적으로 와 닿았지. 말이 안 되잖아. 제자를 찾는 스승이라니, 벼룩을 찾는 개 꼴도 아니고 말이야.

가장 웃겼던 건 이 스승이란 사람, 다른 사람들처럼 자기 수업을 허풍스레 선전해야 할 처지일 텐데 그러질 않았단 거지. 그건 꼭 구인광고 같았어. 스승이 제자를 원하지만 그 반대는 아니라는 듯이 말이야. 등줄기에 서늘한 바람이 일더라고. 머리카락이 바짝 곤두서는 것 같기도 하고.

그러고 나서 두 번째 구절을 다시 한 번 살펴보았지.

세상을 구하려는 진지한 열망을 가지고 있어야 함.

나는 '뭐, 그리 대단한 걸 바라는 건 아니군!' 하고 생각했어.

"와우, 내가 하면 되겠네." 나는 중얼거렸지. "내가 할 수 있겠어. 이 사람의 학생이 될 수 있을 것 같아. 나도 어쩌면 쓸모라는 게 있을 수 있겠는걸!"

뭐 그런 생각이었지. 지금이야 바보 같은 소리처럼 들리지만 어쨌든 그 광고는 그때 내 상상력의 촉수를 낚아챘어. 이미 그 건물이 어디 있는지는 알고 있었으니까 그저 방 번호만 기억하면 됐지. 나는 일단 그 광고를 찢어서 내 방 서랍에 넣어두었어. 그래야 혹시라도 내가 넘어져 머리를 다치거나 해서 기억상실증에 걸리더라도 언젠가는 그 광고를 찾을 수 있을 테니까.

그때가 분명 금요일 밤이었던 것 같아. 왜냐면 다음날 아침에 나는 학교에 가지 않고 침대에 누워서 그 일에 대해 생각하고 있었거든. 사실은 이러저러한 공상을 하고 있었다는 게 맞겠지.

어떤 공상이었는지는 금방 알게 될 거야.

105호실

한 가지 다행스러운 건 엄마가 나를 그다지 얽어매지 않았단 거야. 하긴 엄마 스스로 아무 데도 얽매이지 않았으니까 굳이 나를 얽어맬 필요가 없다고 생각했겠지. 어쨌든…….

아침을 먹고 나서 엄마에게 말했어. "나 나가요." 그러자 엄마는 "그래"라고 대답하더군.

"어디 가는데?" 또는 "언제 돌아오니?"가 아니고 그저 "그래"였다고!

나는 버스를 타고 시내로 갔어.

우리는 꽤 괜찮은 작은 도시에 살고 있어.(정확히 어딘지는 말 안 할래.) 말하자면, 도로에서 신호에 걸려 기다리는 동안 차에 강도가 들거나 누군가 차를 타고 지나가면서 총질을 해대는 일 따위는 거의 없는 뭐 그런 곳이야.

광고에 나온 페어필드 빌딩은 이미 알고 있었어. 인생 낙오자인 내 삼촌 하나가 거기에 사무실을 얻은 적이 있었거든. 위치가 좋은데도 세가 싸서 거길 고른 거지. 그러니까 한마디로 말해서 싸구려란 뜻이야.

건물 현관에 들어서자 옛날 기억이 되살아나더군. 예전이랑 똑같은 냄새가 났어. 젖은 개 냄새랑 담배 냄새. 105호실이 어디 붙어 있는지 알 수 없어 잠시 헤맸지. 일 층에는 사무실들이 한쪽으로 나란히 줄지어 있었는데 105호실은 거기 없었어. 결국 건물 뒤쪽, 짐을 싣고 내리는 화물 전용 엘리베이터 맞은편에서 그곳을 찾아냈지.

나는 속으로 생각했어. '설마 여기가 맞을라고.' 그런데 맞더군. 105호실이 거기 있었어.

나는 속으로 생각했어. '내가 지금 여기서 뭐하고 있는 거지? 설마 토요일인데 문이 열려 있을라고.' 그런데 열려 있더군.

나는 방 안으로 걸어 들어갔지. 그러고는 허파 가득 숨을 들이쉬다가 그만 기절할 뻔했어. 이번엔 젖은 개 냄새나 담배 냄새가 아니었거든. 바로 동물원에서나 맡을 수 있는 냄새! 그렇지만 그렇게 나쁘다고 할 수만은 없었어. 나는 동물원을 좋아했으니까.

방은 텅 비어 있었어. 왼쪽 구석에 책이 가득 꽂힌 책장이 하나 있었고, 오른쪽에 물건이 잔뜩 놓인 의자 하나가 달랑 자리를 차지하고 있었지. 꼭 중고품을 땡처리하고 난 다음에도 팔리지 않고 남아 있는 물건들 같아 보였어.

나는 속으로 '그 사람이 떠났나 보다'라고 생각했지.

다시 한 번 주위를 둘러보았어. 골목을 향해 높이 난 더러운 유리창을 한 번 보고, 천장에 매달린 먼지 쌓인 전등도 쳐다보고, 누런 고름 색깔의 벽도 한 번 쳐다보았어.

그러곤 속으로 생각했지. '그래, 내가 여기 들어오는 거야. 아무도 이런 곳을 원하진 않을 거야. 그렇고말고. 그러니 내가 당분간 여길 쓴다고 안 될 게 뭐 있겠어? 한동안은 아무도 상관 안 할 거야.'

그런데 내가 미처 알아채지 못한 게 하나 있었어. 의자는 오른쪽 벽 한가운데 짙은 색의 커다란 통유리를 마주하고 있었지. 마치 경찰서에서 용의자들을 줄지어 세워놓고 건너편 유리창 너머에서 목격자들이 범인을 찍는 장면이 떠오르더군. 그 너머에도 방이 있는 게 틀림없었어. 유리창 옆에 문이 하나 있었거든.

나는 뭐가 있나 한번 보려고 다가갔지. 두 손을 이마 위에 모아 빛을 가리고 유리에 코를 바짝 붙이고는 들여다봤지…….

처음엔 영화를 틀어놓은 줄 알았어.

유리로부터 한 삼 미터 정도 떨어진 곳에 어마어마하게 크고 뚱뚱한 고릴라 한 마리가 나뭇가지를 질겅질겅 씹고 있는 거야. 똑바로 나를 쳐다보고 있더군. 그제야 이게 영화 속 한 장면이 아니라는 걸 깨달았지.

"와우!" 한마디 내뱉곤 나는 뒤로 물러났어.

영화에서라면 머리가 깨져라 비명을 질러댈 것만 같은 장면이었지만 나는 그러지는 않았어. 그저 고개를 돌려 문이 어디 있나 확인했지. 그러고는 곁눈질로 고릴라가 여전히 거기 있는지 보았어. 물론 거기에 꼼짝도 하지 않고 있더군. 만약 조금이라도 움직였다면 나는 아마 곧장 밖으로 달려나갔을 거야.

그래서 나는 찬찬히 생각해 보았어. '스승이란 사람은 떠난 게 아닐지도 몰라. 세상에 자기 고릴라를 남겨두고 혼자 떠나는 사람이 어디 있겠어. 그러니까 스승이란 사람은 떠나지 않은 거야. 어쩌면 점심을 먹으러 잠시 밖에 나갔는지도 모르지. 깜빡 잊고 문을 안 잠근 거야. 틀림없어. 스승은 곧 돌아올 거야. 그래, 아마 그럴 거야!'

나는 다시 한 번 주위를 둘러보았어. 무슨 일이 벌어지고 있는 건지 이

105호실

13

해하려고 애쓰면서 말이야.

　내가 있는 방은 누군가 기거하는 곳은 아니었어. 침대는 물론 부엌도 없고, 옷이나 뭐 그런 걸 정리할 수납장도 없었으니까. 하지만 분명 고릴라가 살고 있었지. 유리 칸막이 반대편 방에 말이야.

　'왜? 어떻게?'

　'음…… 누구든 원한다면 고릴라를 기를 수 있을 거야.'

　'하지만 어째서 이런 특별한 방법으로 고릴라를 기르는 거지?'

　나는 유리창에 코를 박고 다시 한 번 쳐다보았어. 아까는 미처 보지 못했던 것이 눈에 들어왔는데, 고릴라 등 뒤쪽 벽면에 붙은 포스터였지. 포스터엔 이렇게 쓰여 있었어.

인간이 사라지면

고릴라에게

희망이 있을까?

　나는 속으로 재미있는 질문이라고 생각했어. 게다가 별로 어렵지도 않은 질문이었지. 비록 열두 살이지만 나도 세상이 어떻게 돌아가는지는 알고 있었어. 우리가 지금과 같은 방식으로 살아간다면 얼마 못 가서 고릴라가 사라질 거라는 걸 말이야. 그러니까 대답은 '그렇다'였어. '그래, 인간이 사라지면 고릴라들에게 희망이 있을지도 모르지.'

　옆방의 그 거대한 고릴라는 그렁그렁 소리를 냈어. 내 생각 따위에는 별 관심 없다는 듯이 말이야.

　나는 저 포스터도 수업의 일부분일까 궁금했지. 신문 광고에 쓰여 있기

나의 이스마엘

14

를, 세상을 구하려는 진지한 열망이 있어야 한다고 했잖아. 나는 속으로 생각했지. '말이 되는 얘기군. 세상을 구한다는 건 분명 고릴라들을 구하는 것도 될 테니까.'

바로 그 순간 "왜? 사람들은 아니고?" 갑자기 이런 말이 머릿속에 번쩍하고 날아와 꽂히더군. 머릿속에 뭔가 번쩍 떠오르는 게 어떤 기분인지 알 거야. 꼭 하늘에서 갑자기 무언가가 뚝 떨어지는 느낌 말이야. 그런데 이번 건 우주로부터 떨어졌다고나 할까. 낯익은 친구들 가운데 섞여 있는 낯선 얼굴처럼, 그래 이번 건 확실히 낯설었다고.

나는 반사적으로 고릴라를 쳐다봤지. 그 고릴라도 나를 쳐다봤어. 그리고 곧 어떤 상황인지 깨달았지.

나는 순식간에 그 방을 빠져나왔어. 얼마나 빨리 뛰쳐나왔는지 몰라. 한순간 고릴라랑 눈이 마주쳤다 싶었는데 다음 순간에 보니 내가 길가에 서서 숨을 헐떡이고 있더라고.

근처에 있는 피어슨 백화점 건물이 눈에 들어왔지. 나는 사람들이 있는 곳을 찾아서 그리로 갔어. 사람들 속에 묻혀서 생각을 좀 하고 싶었거든.

'고릴라가 내게 말을 하다니……'

내 머릿속은 온통 이 생각뿐이었어. 그게 바로 내가 생각해야 할 문제였다고.

그 일이 정말 가능한 걸까 의심할 필요도 없었지. 정말 일어났으니까. 그런 일을 내가 지어낼 필요는 없으니까. 내가 왜 그런 일을 지어내겠어? 스스로 바보 취급을 당하려고?

나는 백화점 엘리베이터 안에서 곰곰 생각해 보았지.

여섯 개의 층을 올라가고 다시 여섯 개의 층을 내려왔지. 마음을 진정시키기에는 더없이 좋은 장소였어. 모두가 서로에게 무관심하고 참견 따위는 하지 않으니까. 아무도 나 같은 어린 아이에게 신경 쓰지 않는다고! 엘리베이터가 맨 아래층에 닿으면 다시 올라가는 버튼을 누르는 거야. 보석 및 잡화 층을 지나서 여성의류, 남성의류, 생활용품, 장난감, 가구. 꼭대기 층에 닿으면 다시 내려가는 버튼을 누르지. 가구, 장난감, 생활용품, 남성의류, 여성의류, 보석 및 잡화. 모든 게 천천히 지나가지. 아주 천천히.

스승이 제자를 찾고 있음. 세상을 구하려는 진지한 열망이 있어야 함.
"그러니까 고릴라 세상을 구한단 말이군."
내가 말하는 순간 고릴라가 이렇게 말하는 거야.
"왜? 사람들은 아니고?"

이런 얘기가 오가는 동안 스승이란 사람은 도대체 어디에 있었던 걸까? 그 사람의 계획이 뭘까? 무슨 생각을 하는 걸까?
별난 애완동물을 가진 별난 스승을 기대해도 되겠군.
마음으로 말을 하는 고릴라라니, 정말 별나네. 확실히 별나.
스승이 제자를 찾고 있음. 세상을 구하려는 진지한 열망이 있어야 함. 그리고 텔레파시로 말하는 커다란 고릴라를 견딜 수 있어야 함.
이봐요, 그게 바로 나라고요. 당신이 찾긴 제대로 찾았어요.
나는 콜라를 한 잔 사서 마셨어. 아직 시간은 정오도 되기 전이었지.

고릴라를 받아들이다

다시 105호실로 돌아가서 나는 손잡이를 잡고 가만히 문에다 귀를 갖다 댔어.

그러자 한 남자의 목소리가 들렸지.

그가 무슨 말을 하는지 알아들을 수는 없었어. 그는 문 너머 몇 미터 떨어진 곳에서 문을 등지고 있는 게 분명했어. 적어도 내가 생각한 바는 그래.

"중얼중얼, 웅얼웅얼." 그가 말했지. "웅 웅 중얼중얼."

침묵……. 일 분 동안 완전한 침묵.

"음 음 웅얼웅얼." 그는 다시 이어갔어. "웅 웅 중얼중얼."

침묵……. 이번엔 삼십 초가량.

"웅웅?" 그가 물었지. "웅얼웅얼, 웅 웅 웅."

그런 식이었어. 내용을 알아들을 수는 없어도 듣고 있자니 재미있더군. 그렇게 한동안 대화가 계속되었지.

나중에 다시 올까 하는 생각이 들었지만 그다지 마음이 동하지 않더군. 내가 무얼 놓치게 될지 누가 알겠어?

나는 그렇게 거기 버티고 서 있었지. 시간은 꼭 비오는 날 오후처럼 더디게 흘러갔어.(나는 이 표현을 작문 숙제에서 쓴 적이 있어. "시간은 비오는 날 오후처럼 더디게 흘러갔다." 선생님이 그 옆에 "멋진데!"라고 써놓았더군. 멍청하기는!)

갑자기 남자의 또렷한 목소리가 바로 문 뒤에서 들리더군.

"나는 잘 모르겠어. 정말 잘 모르겠다고. 하지만 한번 해보기로 하지."

나는 잽싸게 몸을 돌려 화물 전용 엘리베이터 문에 바짝 다가섰어.

몇 분이 더 흐른 뒤 그가 말하더군. "좋아." 그러고선 문이 열렸어.

그는 복도로 나오려다가 나를 보더니 마치 독이 잔뜩 오른 코브라와 마주친 것 마냥 그대로 얼어붙었지. 그러더니 잠시 뒤 내가 거기 없는 것처럼 행동하기로 마음먹었는지 문을 닫고는 그 방을 떠나려고 하더군.

내가 물었지. "당신이 스승인가요?"

이마를 잔뜩 찌푸리고 나를 바라보던 그 남자의 표정을 봤더라면 다들 내가 대단히 어려운 질문이라도 던진 줄 알았을 거야. 마침내 내 질문의 뜻을 이해한 남자는 정색을 하고 말하더군. "아니야."

분명 그는 하고 싶은 말이 더 많아 보였지만 그 순간 그의 대답은 그것뿐이었지.

"고맙습니다." 나는 아주 예의바르게 말했어.

그는 얼굴을 조금 더 찌푸리더니 몸을 돌려서 무거운 발걸음으로 걷기 시작했어.

학교에서 싫어하는 애들을 두고 흔히 찌질이라고들 하지. 찌질이라는 말을 나는 별로 잘 쓰지 않아. 특별한 경우를 위해서 아껴두는 거지. 이 작자 같은 경우 말이야. 이 남자야말로 제대로 찌질이였어. 곧바로 혐오감이 들었으니까. 그 이유는 잘 모르겠어. 우리 엄마 나이 정도나 됐을까? 싸구려 옷차림에 못난 얼굴, 매사에 어둡고 진지한 표정을 짓고 있는 그런 꼰대라고나 할까. 쥐가 파먹은 것 같은 머리 꼴은 맹세하건대 내가 본 것들 중에 최악이었어. 게다가 얼굴엔 '나는 지식인입니다. 그러니 나에게서 물러나시오'라고 쓰여 있더라고.

나는 앞에 있는 문을 뚫어져라 쳐다보았어. 어떤 생각도 떠오르지 않아서 그저 그렇게 있을 수밖에 없었지.

아무것도 변한 게 없는데 지금은 모든 게 달라졌어. 왜냐하면, 무슨 일이 벌어지고 있는지 드디어 상황을 이해할 수 있었거든. 그 찌질이는 스승이 아니었어. 그 말은 곧 고릴라가 스승일 가능성이 크다는 거였지.

일단 부딪쳐보기로 작정하고 방으로 들어서자 고릴라는 아까 내가 그 방을 떠나던 때와 똑같은 자리에 있더군. 단도직입적으로 그에게 말했어.

"제자를 찾는다는 광고 때문에 왔어요."

침묵…….

'아마 내 말을 못 들었나 보다'라고 생각했지. 그래서 의자 쪽으로 바싹 다가가서 다시 한 번 말했어. 그래도 고릴라는 아무런 대꾸 없이 나를 빤히 쳐다보기만 하더군.

"왜 그래요? 아까는 분명히 말을 했잖아요."

그는 천천히, 아주 천천히 눈을 감았어. 그렇게 천천히 눈을 감기란 정말 쉽지 않을 만큼 말이야. 나는 고릴라가 졸려서 잠을 자려나 보다 하고 생각했지.

"왜 아무 대답이 없냐고요?" 나는 좀 더 큰 소리로 물었지.

고릴라는 한숨을 내쉬더군. 그런 식의 한숨을 어떻게 설명해야 할지 모르겠어. 꼭 세상이 다 무너져 내릴 것 같은 한숨이라고나 할까. 나는 기다렸지. 그가 무언가 말할 준비를 하는 거라고 생각했거든. 하지만 일 분이 온전히 지난 뒤에도 그는 그냥 그 자리에 앉아 있었어.

"당신이 신문에 광고를 낸 게 아닌가요?"

그는 미간을 잔뜩 찡그리며 두 눈을 감았어. 마치 불쾌함을 지워버리겠다는 듯이 말이야. 하지만 결국엔 눈을 뜨고 입을 열었지. 전처럼 나는 그의 말을 귀가 아닌 마음으로 들을 수 있었어.

"내가 신문에 광고를 낸 게 맞아." 그가 인정했지. "하지만 널 위한 게 아니야."

"날 위한 게 아니라니, 무슨 말이에요? 신문에 '이 광고는 모두를 위한 것이다. 단, 줄리 거책만 빼고'라는 말이 쓰여 있기라도 했단 말인가요?"

"미안하구나. 내 말은 애들 보라고 그 광고를 낸 게 아니란 뜻이야."

"애들이라고!" 그 말에 나는 머리끝까지 화가 치밀었지. "당신, 나를 애들이라고 불렀단 말이죠? 나는 열두 살이나 먹었어요. 차를 훔칠 수도, 낙태를 할 수도, 마약을 할 수도 있는 나이란 말이에요!"

엄청나게 크고 뚱뚱한 고릴라는 불편한 듯 몸을 뒤척거렸어. 맹세컨대 나는 괴로워하는 그의 모습을 보는 게 즐거웠지. 내가 수백 킬로그램이나 나가는 고릴라를 혼쭐내고 있다니.

한동안 뒤척거림은 계속되었어. 그러고 나서 다시 자세를 가다듬은 그는 침착하게 말을 시작했지.

"너를 쉽게 떼어낼 수 있다고 생각한 내가 어리석었다. 확실히 너는 쉽게 떨어져나갈 아이는 아닌 것 같구나. 하지만 네가 차를 훔칠 수 있는 나이란 건 이 일과 아무런 상관이 없어."

"계속해보세요. 그래서 어쨌단 거죠?"

"내가 바로 그 광고를 낸 스승이다."

"알고 있어요."

"스승으로서 나는 어떤 학생들에겐 도움을 줄 수 있지만 모든 학생들에게 그럴 수 있는 건 아니야. 나는 화학이나 대수, 프랑스어나 지질학 같은 걸 가르쳐줄 순 없어."

"나는 그런 것 때문에 여기 온 게 아니에요."

"예를 들자면 그렇다는 거지. 내 말은, 나는 오직 특정한 가르침만 줄 수 있다는 거야."

"그게 무슨 말이죠? 나에게는 그 특정한 가르침이란 게 필요 없단 말인가요?"

고릴라는 고개를 끄덕였지. "그래, 그게 내가 하려는 말이야. 내가 줄 수 있는 가르침은 너에게 도움이 될 만한 게 아냐. 적어도…… 아직까지는."

순간 내 눈에 눈물이 고였어. 하지만 고릴라 따위에게 눈물을 보일 순 없었지.

"당신도 다른 사람들과 똑같네요. 형편없는 거짓말쟁이에요."

이 말에 고릴라는 두 눈썹을 추켜올리더군. "거짓말쟁이?"

"그래요. 차라리 사실대로 말하지 그래요. '너는 어린애야. 아무에게도 쓸모가 없지. 십 년 뒤 다시 오거라. 그때쯤이면 아마 내가 너에게 시간을 투자할 가치가 있을지도 모르지.' 이렇게 솔직하게 말하라고요. 그럼 한 마디도 더 안 하고 사라져줄 테니까요."

그는 아까보다 더 깊게 한숨을 내쉬었어. 그러고 나서 고개를 끄덕였지. 딱 한 번 말이야.

"네 말이 전적으로 옳아. 내가 거짓말을 했다. 진심으로 사과하마."

나는 고개를 끄덕여주었어.

"하지만 진실을 말하면 넌 별로 기분이 안 좋을 거야." 그가 계속해서 말했지.

"진실이란 게 뭔데요?"

"우선 보자꾸나. 네 이름이 줄리니?"

"맞아요."

"또, 어린애 취급받는 게 싫지?"

"그래요."

"그렇다면 앉아봐라. 너를 어른으로 대접해 줄 수 있을지 몇 가지 물어 보마."

나는 자리에 앉았어.

"여기에 왜 왔니, 줄리? 내가 낸 광고 때문이라고는 말하지 않았으면 한다. 또다시 그 이야길 반복하긴 싫구나. 그러니까 네가 원하는 게 뭔지, 여기서 지금 무얼 하고 있는 건지 말해 주었으면 좋겠구나."

나는 대답하려고 입을 벌렸지만 한마디도 할 수 없었어. 한 삼십 초쯤 그렇게 입을 벌린 채 앉아 있다가 대답 대신 이렇게 말했지. "방금 있던 남자는 어떤데요? 그 사람에게도 무엇을 원하느냐고 물어봤어요? 여기서 무얼 하고 있는지 물어봤냐고요?"

그러자 고릴라는 아주 이상한 행동을 했어. 오른손을 들더니 얼굴로 가져가 두 눈을 가리더군. 꼭 숨바꼭질에서 술래가 눈을 가리고 숫자를 셀 때처럼 말이야. 재미있는 건, 손이 정말로 얼굴에 닿지는 않았다는 거야. 그저 한 손을 코에서 이삼 센티미터 정도 떨어지게 들고 있는 모양새였지. 꼭 손바닥에 아주 작은 글씨로 쓰인 뭔가를 읽기라도 하는 것처럼 말이야.

나는 기다렸어.

한 이 분이나 지났을까, 그는 손을 내리더니 이렇게 말하더군.

"아니, 그 남자한텐 이런 걸 묻지 않았단다." 고릴라는 초조한 듯 입술을 축였어. 적어도 나한텐 그렇게 보였지.

"내 생각에는 이렇게 말하면 좀 나을 것 같구나. 나는 네 또래 학생에게 필요한 가르침을 줄 준비가 되어 있지 않다고 말이야."

"그러니까 당신 말은 곧 나더러 포기하라는 뜻이군요. 나에게 하고 싶은 말이 바로 그건가요? 제자로 받아들일 수 없으니 이제 그만 사라져달라는 거?"

고릴라는 가만히 나를 바라보더군. 그 눈빛이 희망적인 것인지 아니면 화가 난 것인지 알 수가 없었어.

"당신 생각에 열두 살짜리 여자애는 세상을 구하려는 진지한 열망을 가질 수 없을 것처럼 보이나요?"

"그렇지 않단다." 그가 대답했어. 하지만 그 대답은 억지로 내뱉는 말처럼 들렸지.

"그렇다면 나에게 말해보는 게 어때요? 당신이 신문에 낸 광고에는 제자를 찾고 있다고 했어요. 그렇지 않나요?"

"그렇지."

"그럼 한 명 찾았네요. 지금 내가 여기 있으니까요."

첫 수업

긴 순간이 흘렀어. 마침내 고릴라가 입을 열었지. "좋아." 그는 고개를 한 번 끄덕이더니 말했어. "어디로 가게 될지는 모르겠다만 일단 시작은 해보자꾸나. 내 이름은 이스마엘이다."

무슨 반응을 기대하는 것처럼 보였지만, 나한텐 그저 아무 의미 없는 소음에 지나지 않았어. 그의 이름이 다이너마이트라고 말했어도 그게 그거였을 거야. 내 이름은 이미 알고 있을 테니 다시 말하지 않고 그저 다음 말을 기다렸지. 마침내 그가 말을 이었어.

"방금 전에 여기 있던 젊은이의 이름은 앨런 로맥스야. 어쨌든 그에게는 원하는 게 뭐냐고 물어보지 않았어. 대신 그의 이야기를 들려달라고 했지. 그가 여기에 온 이유 말이다."

"이야기요?"

"그래. 그 사람의 이야기를 청해서 들었지. 이제는 네 이야기를 청해야겠구나."

"이야기라니 무슨 말인지 모르겠어요."

이스마엘은 꼭 내가 일부러 못 알아들은 척 하는 것 아니냐는 듯이 살짝 이마를 찌푸리며 말했지. "네 친구들은 오늘 오후에 너와는 다른 무언가를 하고 있을 거야, 그렇지? 그들이 하고 있는 게 무엇이든 간에 너는 지금 그걸 하지 않는 거고."

"네, 맞아요."

"그러니까 내게 말해다오. 왜 너는 다른 아이들과 같은 것을 하지 않고 여기에 와 있는지, 네 이야기가 그 아이들의 이야기와 어떻게 다른지 말이다. 바로 그게 토요일 오후에 너를 이 방으로 데리고 왔을 테니까."

그제야 나는 그가 무슨 말을 하는지 조금 이해할 수 있었지만 그것도 큰 도움은 안 되었어. 도대체 무슨 이야기를 말하는 거지? 우리 부모님이 이혼한 얘길 듣고 싶은 걸까? 우리 엄마가 술에 취해서 벌인 소동들? 아님 학교에서 내가 먼스트로 선생님과 겪고 있는 갈등? 예전 남자친구인 도니에 대해서?

마치 내가 이런 생각들을 입 밖에 내기라도 한 양 그는 이렇게 대답했지.

"네가 무엇을 찾고 있는지 알고 싶은 거야."

"잘 모르겠어요. 내가 지금까지 만나온 선생님들은 내가 무엇을 찾고 있는지 물어본 적이 없었거든요. 그 선생님들은 그저 가르쳐야 할 것을 가르쳤을 뿐이죠."

"그럼 그게 네가 여기서 찾고자 하는 거니? 지금까지 만나온 그런 스승을 만나는 것?"

"아뇨, 그건 아니에요."

"그렇다면 줄리, 넌 운이 좋구나. 왜냐하면 나는 그들과 다르거든. 나는 소위 말하는 소크라테스의 산파술을 쓰는 스승이란다. 산파술을 쓰는 스승은 그의 학생들에게 산파와 같은 역할을 한단다. 산파가 뭔지는 알고 있니?"

"산파는…… 아이를 낳는 걸 돕는 사람이에요. 맞지요?"

"그래, 맞다. 산파는 엄마의 뱃속에서 자라난 아기가 빛을 볼 수 있도록 돕는 사람이지. 그와 마찬가지로 산파술을 쓰는 스승은 학생의 마음속에서 자라는 생각이 빛을 볼 수 있도록 돕는 사람이란다."

내가 그것에 대해 생각하는 동안 고릴라는 나를 뚫어지게 쳐다보았지. 잠시 뒤 그는 물었어. "어떤 것이라도 좋으니 네 안에서 무언가 생각이 자라나고 있는 것 같니?"

"잘 모르겠어요." 내가 말했어. 그건 사실이었지.

"네 안에서 무언가 자라고 있는 것 같지 않아?"

나는 그저 멍하니 고릴라를 바라보았어. 갑자기 두려워지기 시작했지.

"말해보렴, 줄리. 만약 이 년 전에 내가 낸 광고를 봤더라도 넌 여기에 왔을까?"

주저하지 않고 나는 아니라고 대답했지.

"그럼 무언가가 변했구나. 네 안의 무언가가 말이야. 그게 바로 내가 알고 싶은 거란다. 무엇이 너를 여기로 인도했는지 내가 알아야만 해."

한동안 그를 바라보다가 말을 꺼냈어. "내가 속으로 되뇌는 말이 뭔지 아세요? 말 그대로 항상, 그러니까 하루에 스무 번도 넘게 말이에요. 난 속으로 이렇게 말해요, 여기서 나가야 해!"

그는 혼란스러운 듯 얼굴을 찌푸렸지.

"샤워를 하거나 설거지를 하다가, 또는 버스를 기다리다가 머릿속에 갑자기 '팍' 하고 떠오르는 거예요. 여기서 나가야 해!"

"그게 무슨 말이니?"

"나도 몰라요."

그가 말했어. "물론 넌 알고 있어."

"그 말은…… 살려면 도망쳐야 한다는 말이에요."

"네 삶이 위험에 빠지기라도 했단 말이니?"

"네."

"어떤 위험?"

"모든 게 다 위험투성이에요. 자동소총을 들고 등교하는 아이들, 비행기와 병원을 폭파하는 사람들, 지하철에 유독가스를 퍼뜨리거나 우리가 마시는 물에 독극물을 쏟아 붓는 사람들, 숲의 나무를 자르는 사람들, 오존층을 파괴하는 사람들……. 사실 이런 일들에 대해서 자세히는 몰라요. 왜냐하면 듣고 싶지도 않거든요. 내 말이 무슨 뜻인지 알겠어요?"

"글쎄다."

"내 말은, 내가 정말 오존층이 뭔지 알 거 같아요? 그렇지 않아요. 하지만 사람들은 우리가 오존층에 구멍을 냈고, 그 구멍들이 커지면 우리 모두 파리 목숨이 될 거라고 말하죠. 또, 열대우림은 지구의 허파인데 우리가 그걸 파괴해버리면 우리 모두 질식하게 될 거라고 말해요. 내가 그게 사실인지 아닌지 알까요? 아니에요.

우리 학교 선생님 중 한 분이 말하기를, 해마다 이백 종이 넘는 동식물들이 멸종한대요. 우리가 지구에서 하고 있는 짓거리들 때문에 말이죠. 똑똑히 기억해요. 그런 것들에 대해선 꽤 기억력이 좋거든요. 하지만 내가 선생님의 말이 사실인지 아닌지 알까요? 아니에요. 하지만 나는 그럴 거라고 믿어요.

그 선생님 말씀이, 우리는 매일 천오백만 톤의 이산화탄소를 대기 중에 배출한다고 했어요. 그게 무얼 의미하는지 내가 알까요? 천만에요. 내가 아는 거라곤 고작 이산화탄소는 독성물질이라는 것뿐이에요. 또, 십대 아이들의 자살률이 지난 사십 년간 세 배나 늘었다고 하더군요. 내가 이런 것들을 일부러 생각하려고 했을까요? 아니에요. 하지만 그냥 자꾸 머릿속에 떠오른다고요. 사람들은 이 세상을 산 채로 잡아먹고 있어요."

"그래서 너는 도망쳐야 한다는 거로구나."

"그래요."

고릴라는 잠시 동안 내가 생각할 수 있도록 내버려두었어. 그러고는 다시 입을 열었지.

"하지만 그게 네가 왜 나를 찾아왔는지를 말해주진 않는구나. 나는 광고에 도망치는 것에 대해선 한마디도 하지 않았는데?"

"맞아요. 내 말이 조금은 억지스럽다는 거 알아요."

고릴라는 한쪽 눈썹을 찡그리며 나를 쳐다보았어.

"좀 더 생각을 해봐야겠어요."

나는 앉은 채로 고개를 돌려 방의 다른 쪽을 둘러보았지. 처음 이 방에 들어와서 둘러보았을 때랑 별다른 게 없었어. 그저 높게 나 있는 먼지 낀 창문, 고름 색깔의 벽, 그리고 반대편에 있는 낡아서 쓰러져가는 책장이 전부였지.

나는 책장 쪽으로 걸어가서 어떤 책들이 있나 한번 훑어보았지. 진화에 대한 책들과 역사책들, 선사시대와 원시 인류에 대한 책들이 잔뜩 있더군. 침팬지 문화에 대한 책도 한 권 눈에 띄었어. 재미있어 보이더군. 하지만 고릴라에 대한 책은 없었어. 고고학자들이나 펴볼 옛날 지도도 몇 개 있었고 내가 지금까지 본 것 중에 가장 긴 제목의 책도 한 권 눈에 띄더군. 그 제목이란 게 '선사 시대로부터 산업 시대에 이르기까지 신대륙 토착 인류에 의해 드러난 바로서의 인류 문명의 탄생'이었지. 그리고 서로 다른 세 가지 성경책 해석본이 있었는데 그건 고릴라가 보기엔 좀 너무하다 싶었어. 내가 벽난로 앞에 앉아 펼쳐볼 만한 책은 하나도 없었지. 뭐 벽난로도 없었지만 말이야. 나는 될 수 있는 한 오랫동안 책장 앞을 서성거리며 둘러보다가 다시 자리에 앉았어.

"당신은 내게 이야기를 해보라고 하지만 딱히 들려줄 이야기가 없네요. 대신 오전에 공상한 게 하나 있긴 해요."

"공상이라고?"

내가 고개를 끄덕이자 그는 공상도 좋다고 말했어.

"좋아요. 오늘 아침에 나는 생각했어요. 페어필드 빌딩 105호실에 가보면 어떨까 하고요. 그래서 왔더니 안내데스크에 일하는 여자가 있었어요. 그 여자는 나를 보더니."

"잠깐, 잠깐. 말을 끊어서 미안하다만……." 고릴라가 말했지.

"네?"

"너, 너무 서두르는구나."

"서두른다고요?"

"너무 급하다고. 너무 급하게 서두르고 있어."

"내 말이 너무 빠르단 얘긴가요?"

"그래, 너무 빠르구나. 여기에선 마감시간에 맞춰야 하는 것도 아니잖니, 줄리. 나와 이야기를 나누고자 한다면, 부탁인데 느긋하게 풀어놓으렴. 오늘 아침 네가 공상을 할 때처럼 느긋하게 말이야."

"좋아요. 무슨 말인지 알겠어요. 내가 처음부터 다시 시작했으면 하는 거죠?"

"그래, 그렇단다. 하지만 이번엔 서두르지 말거라. 잠시 여유를 가지고 네 생각들을 모아보렴. 긴장을 풀고 그 생각들이 다시 너에게 오도록 하는 거야. 나를 위해 요약하거나 하지 말고 떠오르는 그대로 말하는 거지."

여유를 가지라고? 긴장을 풀라고? 생각들이 다시 나에게 오도록 하라고? 그 고릴라는 자기가 나에게 무엇을 요구하는지 깨닫지 못한 모양이었어. 물론 나는 거기 앉아 있었지만 편안하게 등을 기대고 있을 수가 없었다고. 왜냐하면 내가 만일 그랬다면 두 발이 의자에 대롱대롱 매달려 마치 여섯 살짜리가 된 기분이었을 테니까 말이야. 나는 바닥에 발을 딛고 의자에 걸터앉아 있어야만 했어. 여차하면 0.5초 만에 그곳을 도망쳐 나올 마음의 준비를 해야 했으니까.

만약 그런 나를 이해하기 어렵다면, 거대한 고릴라와 정면으로 마주 앉아 있는 게 어떤 기분일지 상상해봐. 긴장을 늦추고 공상이 내 머릿속에 다시 떠오르게 하려면 의자 등받이에 몸을 기대고 앉아서 두 눈을 감아야 하는데, 사백 킬로그램은 족히 나갈 법한 거대한 고릴라 앞에서 누가 감히 태연하게 그럴 수 있겠냐고.

경계하고 있다는 걸 감출 생각으로 나는 더 건방지고 까칠한 표정으로 그를 쏘아보았어. 내 눈초리에 고릴라는 잠시 생각에 잠기는 듯하더니 이내 어떤 행동을 했지. 그 행동을 보고 나는 웃음을 터뜨릴 뻔했어. 고릴라는 손가락 두 개를 심장 위로 가져가 십자가를 긋고 엄숙하게 세워보였어. '목숨을 걸고 맹세하노라!' 꼭 보이스카웃 선서를 할 때처럼 말이야.

제기랄, 결국 나는 웃음을 터뜨리고 말았지.

우주로 떠나는 공상

공상 속에서 나는 옷을 아무렇게나 차려 입고 페어필드 빌딩을 찾아갔지. 뭐 실제로도 그랬지만 말이야. 내 차림새가 그다지 보기 좋진 않았을 거야. 그렇지만 내 형편없는 옷들 중에 아무리 잘 골라서 차려 입었다 한들 마찬가지였을 거라고. 나보다 예쁜 애들이야 수도 없이 많고, 나보다 못난 애들 또한 마찬가지지. 어쨌든 걔네들한테야 무얼 입을까 고민하느라 힘을 빼는 게 의미 있는 일일지도 모르지만 적어도 나한테는 아니었으니까 뭐.

공상 속에서 페어필드 빌딩은 맵시 있게 서 있었어. 현실에서처럼 우중충하지 않았다고. 또, 105호실도 일 층의 수하물 출입구 옆이 아니라 로비에서 엘리베이터를 타고 올라가야 하는 고층에 있었지.(게다가 엘리베이터는 깨끗하게 청소가 되어 있어서 금속 버튼들이 번쩍번쩍 빛이 났어.)

105호실 문에는…… 아무것도 쓰여 있지 않았어. 나는 '전 지구적 희망 또는 우주적 모험' 같은 제법 흥미로운 문구를 원했지만, 문은 그저 고집스럽게 아무런 간판도 걸고 있지 않았어. 나는 안으로 들어갔지. 어떤 젊은 여자가 책상 앞에 있다가 나를 올려다보았는데, 안내원은 아닌 게 분명했어. 아무리 봐도 안내원 같은 옷차림은 아니었거든. 그보다는 좀 더 편하면서도 세련된 복장. 그 여자는 책상 위로 몸을 기울이고 상자를 포장하고 있었지.

여자는 호기심 가득한 눈초리로 나를 쳐다보았어. 마치 그 문을 통해 낯선 사람이 들어온 게 처음이라는 듯이 말이야. 그리고 무슨 일이냐고 물었지.

"광고 때문에 왔는데요."

"광고라……." 그 여자는 몸을 일으켜 세우더니 말했지. "그 광고가 아직도 신문에 나오는지 몰랐네요."

나는 무슨 말을 해야 할지 몰라서 그냥 그대로 서 있었어.

"잠깐만요." 여자는 그렇게 말하고는 안으로 사라졌지. 그러곤 잠시 뒤 비슷한 또래의 남자와 함께 나타났어. 스물에서 스물다섯 살쯤 되었을까? 남자의 옷차림도 여자와 마찬가지로 편안한 캐주얼 차림이었지. 비즈니스맨이라기보다 등산객에 가까운 차림새. 그들은 잠시 나를 우두커니 쳐다보았어. 마치 내가 택배로 배달된 물건처럼 느껴지더군. 주인이 직접 보고 나서 살지 말지 결정하는 조건으로 배달된 가구 같은 거 말이야.

마침내 남자가 입을 열었어. "광고 때문에 왔다고요?"

"네, 그래요."

여자가 남자에게 말했지. "한 명 더 있다면 그들도 아마 좋아할 거야."

당연히 나는 '그들'이 누구를 말하는 건지 전혀 알 수 없었지.

"나도 그렇게 생각해." 그리고 남자는 나를 돌아보며 말했지. "이쪽으로 오세요. 우리 그 일에 대해 이야기해봅시다. 참, 나는 필입니다. 이쪽은 안드레아고요."

사무실에 자리를 잡고 앉자 남자가 말했어. "우리가 망설이는 이유는, 한동안 이곳을 떠나 있을 수 있는 사람이어야 한다는 것 때문이에요. 꽤 오래가 될지도 모르고요."

"그건 괜찮아요." 내가 대답했지.

"아니, 잘 모르나 본데 우리가 말하는 건 몇 년, 어쩌면 몇십 년이 될 수도 있다고요." 안드레아가 끼어들었어.

"정말요?"

"네."

"글쎄요. 저한텐 별 문제가 안 되는데요." 내가 그들에게 말했지. "솔직히 그건 문제가 안 돼요."

("이제 눈치 챘어요?" 나는 고릴라에게 말했지. "그들 중 누구도 내가 너무 어리다거나 내가 남자였으면 더 좋았을 거라거나 내가 집에 남아서 엄마를 돌보거나 학교를 마쳐야 한다는 식의 얘기는 하지 않았다고요." 그는 그 중대한 사실을 놓치지 않았다는 표시로 고개를 끄덕였지.)

그들은 서로 눈길을 교환하더니 필이라는 남자가 내게 준비하는 데 얼마나 걸리겠냐고 묻더군.

"떠날 준비를 하는 데 말인가요?"

남자가 머리를 끄덕였어.

"난 이미 준비됐어요. 올 때부터 준비가 되어 있었다고요."

"좋아요." 안드레아가 말했어. "보다시피 우리는 막 짐을 싸고 있던 참이에요. 만약 한 시간만 늦게 왔더라도 우리를 못 만났을 거예요.”

눈치를 챘겠지만 그들 모두 광고에 대해서 말은 해도 광고의 핵심적인 말, 그러니까 스승에 대해선 한마디도 언급하지 않았어. 그래서 난 약간 걱정이 되었지. 스승에 대한 얘기가 일종의 미끼는 아닐까 궁금했지만 마음속에 담아두기로 했어. 어른들은 그들의 행동에 대해 질문이라도 할라치면 막 짜증을 내니까. 그래서 나는 입을 꾹 다물고 묵묵히 아래층으로 상자 나르는 일을 도와주었어. 그들은 상자들을 건물 뒤쪽 골목에 세워둔 커다란 자동차에 실었지.

한 시간쯤 차를 타고 달리자 어딘지 모르는 곳이 나왔어.(이 지역의 지도에서는 찾아볼 수 없는, 딱히 뭐라고 말로 표현할 수 없는 곳이었어.) 꼭 엉성한 공상 과학영화를 찍을 법한 곳이었지. 거대한 거미들과 살인마들이 나오는 그런 영화 말이야. 뭐 정말 그런 곳이었다고 말할 수도 있어. 어쨌든 다 내 공상 속에서 벌어진 일들이니까.

군인들이 철수하고 난 군사훈련장 같은 곳으로 우리가 탄 차가 들어서자 일을 하고 있던 사람들이 손을 흔들어주더군. 한눈에 봐도 두 부류의 사람들로 나뉜다는 걸 알 수 있었어. 하나는 카키색 제복을 입은 사람들이었는데, 필과 안드레아처럼 스태프들로 보였지. 그리고 토요일 오후에 쇼핑몰을 산책하는 사람들처럼 차림새가 각양각색인 다른 한 부류는 나처럼 모집된 사람들이 분명했어.

필과 안드레아는 나를 막사 같은 곳에 내려놓았고 미리 와 있던 사람들이 반갑게 맞이해주었지. 그들은 침대를 내어주고 이러저런 안내를 해주었지만 아무도 뭘 설명해주진 않았어. 나도 묻지 않았지. 시간이 지나면 다 알게 될 거라고 생각했어. 하지만 실제로는 내가 아무것도 모른다는 걸 드러내는 말을 하고 말았지. 그들은 필과 안드레아가 나에게 아무런 얘기도 해주지 않았다는 사실을 알고 놀라더군. 그래서 내가 "그럼 당신들이 말해주면 안 되나요?" 하고 물었어. 그들은 머리를 긁적였지. 한참을 망설이다가 마침내 그들 중 한 명이 나서서 이렇게 말했어.

"세상을 구하고 싶은데 왜 스승을 찾는 거죠?"

"왜냐면, 나는 어떻게 해야 하는지 모르니까요. 당연하잖아요."

"어떤 스승이 그것을 알고 있을 것 같나요?"

"글쎄요." 내가 그 여자에게 말했지. 사십 대쯤으로 보이는, 이름이 게먼이라는 여자였어.

"정부에서 일하는 사람들은 알고 있을까요?" 그녀가 말했지.

나는 그렇게 생각하지 않는다고 대답했어. 왜 그렇게 생각하느냐는 그녀의 물음에 나는 "만약 정부에 있는 누군가가 그걸 알고 있다면 지금 당장 그 일을 하고 있을 거 아니에요"라고 대답했지.

"왜 평범한 사람들은 세상을 구하는 법을 모르는 걸까요?"

"나도 모르죠."

"당신이 생각하기에 이 우주 어딘가에는 그런 존재가 있을 것 같지 않나요?"

"글쎄요." 내가 대답했어.

그들은 이쯤에서 잠시 생각이 막힌 듯했지. 잠시 뒤 그들 중 한 남자가 다시 말을 꺼냈어. 이렇게 말했지. "세상을 파괴하지 않으며 살아가는 방법을 알고 있는 사람들이 이 우주 곳곳에 있어요."

"오, 그런가요?" 나는 별로 똑똑하지 못해서 그런 사실을 처음 들었다고 대답했지.

"음…… 사실이 그래요. 이 우주에는 생명체가 존재하는 행성이 수천 개나 된다고요. 아마 수백만 개일 수도 있지요. 그리고 그 행성들에서 그들은 잘 해나가고 있어요."

"그래요?"

"그럼요. 그들은 자신들의 행성을 망치지도 않고 불모지로 만들지도 않으며, 또 온갖 독극물을 쏟아 부어 쓰레기더미로 만들지도 않아요."

"그거 다행이로군요. 하지만 그게 우리랑 무슨 상관이지요?"

"그들이 어떻게 해서 그럴 수 있는지 방법을 알아내면 우리에게도 도움이 될 거예요."

"그래요, 확실히 그렇기는 하겠네요."

잠시 동안 그들은 주저하는 것처럼 보였지만 게먼이 곧 말을 이었지.

"우리는 거기 가서 배울 거예요."

"누구요?"

"우리가요. 여기 모집된 사람들, 당신을 포함한 우리 모두요."

"어디로 간다고요?" 내가 물었지. 그녀가 무슨 말을 하는지 순간적으로 이해가 잘 안 되었거든.

"우주로요!" 그녀가 말했지.

마침내 그들은 내게 계획의 전모를 알려주었어. 우리는 우주로 보내질 차례를 기다리고 있는 중이라고.

그래서 우리에게 몇십 년이고 떠나 있을지 모른다고 했던 거였어. 행성들을 돌아다니며 그들이 어떻게 하나 보고 배우는 거야. 그러곤 우리가 배운 것을 가지고 지구로 돌아오는 거지. 그게 바로 계획이었어.

그리고 그게 바로 내 공상이기도 했지.

어머니 문화

"멍청한 얘기죠, 안 그래요?"

"왜 그렇게 말하지?"

"글쎄요…… 나는 뭐…… 이건 그냥 한마디로 시시껄렁한 공상이에요. 쓸데없는 헛소리에 불과하다고요."

그는 머리를 가로저었어. "제대로 찾아내는 법만 알고 있다면 의미 없는 이야기란 없단다. 그게 잠자리에서 듣는 노래든, 공상이든, 소설이든 다 마찬가지야."

"그렇군요."

"그러니까 네 공상도 쓸데없는 헛소리라고 할 수 없어, 줄리. 게다가 내가 바라던 게 바로 그거였어. 나는 네가 지금 여기서 무엇을 하려는지 알고 싶었고, 너는 지금 그걸 나에게 들려준 거란다. 이제 나는 네가 찾고자 하는 게 무엇인지 이해할 수 있어. 좀 더 정확하게 말하자면, 네가 무엇을 배우고자 하는지 이해하게 됐다는 얘기야. 만약 네 공상을 들려주지 않았다면 한 걸음도 더 나아가지 못했을 거야."

그가 무엇을 이해했다는 건지 나는 전혀 알 수 없지만 그래도 앞으로 나아갈 수 있게 되어서 다행이라고 대답해 주었어.

"그렇다고는 해도…… 너와 어떻게 해나가야 할지는 아직 모르겠다. 네가 알고 있을지 모르겠다만 너는 내게 특별한 고민을 안겨주었어."

"왜요, 이스마엘? 뭐 이제 이스마엘이라고 불러도 되겠죠?"

그는 고개를 끄덕이며 말했어. "편한 대로 하렴. 그게 내 이름이니까."

그리고 말을 이었어. "줄리, 나는 네가 학교에서 만나는 그런 선생님들과는 달라. 그 선생님들은 그저 맡은 과목을 가르칠 뿐이지. 그 과목이라는 것도 사실 어른들이 너희가 마땅히 알아야 한다고 미리 정해놓은 수학이나 지리, 역사, 생물 같은 것들이지만……. 아까도 얘기했듯이 나는 학생들 안에서 자라고 있는 생각을 밖으로 꺼낼 수 있도록 도와주는, 산파 역할을 하는 선생이야. 지금까지 네가 만나온 선생들과는 달라."

이스마엘은 잠시 말을 멈추고 생각에 잠겼어. 그러더니 나에게 앨런 로맥스와 나의 차이점이 무엇이냐고 물었지. 교육이라는 측면에서 말이야.

"글쎄요, 내 생각에 그 사람은 이미 고등학교는 마쳤을 테고, 아마 대학까지 나왔을지도 모르죠."

"맞아. 또?"

"그러니까 그 사람은 내가 모르는 것들을 더 많이 알고 있겠네요."

"그렇지." 이스마엘이 말했어. "그럼에도 불구하고 너희 둘 모두의 내면에서는 같은 생각들이 자라고 있어."

"그걸 어떻게 알아요?"

이스마엘의 입술이 미소로 씰룩거렸어. "왜냐하면 너희 모두 태어나는 날부터 똑같은 어머니로부터 이야기를 들어왔으니까. 물론, 여기서 말하는 어머니는 생물학적 어머니를 말하는 게 아니란다. 문화라는 어머니를 말하는 거지. 어머니 문화는 네 부모님의 입을 통해 너에게 말을 건네지. 네 부모님 역시 태어나면서부터 어머니 문화의 목소리를 들으며 자라났고. 그뿐 아니라 어머니 문화는 만화영화의 주인공이나 이야기책 주인공들, 뉴스 아나운서와 학교 선생님들, 대통령 후보자들의 입을 통해서도 네게 말을 한단다. 또한 대중가요나 광고, 강연회, 설교, 농담을 통해서도 어머니 문화는 끊임없이 네게 말을 하고, 신문과 잡지와 교과서 등을 통해서 너는 어머니 문화의 생각을 너도 모르게 읽게 되는 거란다."

"좋아요. 무슨 말을 하려는지 알 것 같네요."

"물론 네가 속한 특정한 문화만 얘기하는 게 아니야, 줄리. 모든 문화는 그것을 살찌우고 지속시키도록 교육하는 어머니를 가지고 있단다. 너와 앨런에게서 자라나는 생각들은 일만 년 전 조상들의 방식을 아직도 따르고 있는 원주민들과는 전혀 다를 거야. 예컨대 파푸아뉴기니의 훌리 족이나 컬럼비아 동부에 살고 있는 마쿠나 인디언들의 생각과는 말이지."

"알겠어요."

"너와 앨런의 내부에서 자라고 있는 생각은 같아. 하지만 그 생각이 자라난 정도는 다르지. 앨런은 너보다 이십 년은 더 어머니 문화의 이야기를 들었을 테니까. 그러니까 당연히 너보다 앨런의 생각이 더 확고하고 정교하단 얘기야."

"네, 그것도 알겠어요. 그러니까 일곱 달 된 태아가 두 달 된 태아보다 엄마 뱃속에서 더 자란 것처럼 말이지요?"

"바로 그거야."

"좋아요. 그래서 어쨌단 거죠?"

"그래서 말이다, 나는 네가 오늘은 이만 돌아가 주었으면 좋겠구나. 앞으로 너와 어떻게 해나가야 좋을지 좀 생각해 볼 수 있도록 말이다."

"어디로 가란 말이에요?"

"어디든지 가고 싶은 곳으로 가렴. 만약 너에게도 집이 있다면 집으로 돌아가는 것도 좋을 테고."

그의 말에 이번엔 내가 이마를 찌푸렸지. "너한테도 집이 있다면? 왜 내가 집이 없을지도 모른다고 생각하죠?"

"나는 아무 생각도 하지 않았단다." 이스마엘은 대수롭지 않게 대답했어. "너는 내가 널 어린아이라 부른다고 발끈했잖니. 또 네가 차를 훔칠 만큼, 낙태를 할 만큼, 게다가 마약에 손을 댈 만큼 충분히 컸다고 하지 않았어? 그러니까 나는 너와 관련해서는 아무런 전제도 하지 않는 게 최선이라고 생각했을 뿐이야."

"와우! 항상 모든 걸 그렇게 문자 그대로 받아들이나요?"

이스마엘은 잠시 턱을 긁적이더니 대답했어. "그래, 그러려고 한단다. 너도 머잖아 나에게도 유머 감각이란 게 있다는 걸 알게 되겠지만, 나는 될 수 있으면 우스꽝스러운 과장은 삼가는 편이란다."

나는 이스마엘에게 그 말을 꼭 명심하겠노라고 말했지. 일부러 우스꽝스럽게 과장해서 말하는 티를 팍팍 내면서 말이야. 그러고는 언제 다시 와야 하는지 물었어.

"네가 원할 때 언제든 다시 오렴."

"내일은 어때요?"

"마음대로 하려무나. 어쨌든 나는 토요일도 쉬지 않으니까."

입술을 묘하게 씰룩거리는 걸 보니 딴엔 농담이라고 한 말이었지.

　내가 돌아왔을 때 엄마는 기분 좋게 취해 있었어. 엄마는 내게 오늘 하루 어떻게 보냈느냐, 어디 갔었느냐고 물으며 관심을 보였지. 마치 그게 엄마의 의무라도 되는 양 말이야. 나는 미리 준비한 거짓말을 둘러댔지. 친구인 샤론 스페일리와 함께 있었다고 말이야. 어떻게 내가 엄마에게 사실대로 말할 수 있었겠어.
　온종일 고릴라와 편안하게 잡담을 나누었다고?
　맙소사!

저주받은 사람들

다음날 105호실 앞에 도착했을 때, 나는 일단 문에 귀를 갖다 댔지. 혹시나 그 찌질한 앨런이 나보다 먼저 와 있지 않나 하고 말이야. 그 작자가 없다는 걸 확인하고 나서 안으로 들어갔지.

아무것도 변한 건 없었어. 그 말은 여전히 그 방에서 풍기는 냄새에 정신이 아찔해졌다는 얘기지. 이미 그게 고릴라 냄새라는 걸 알고 있었지만 말이야. 그 냄새가 싫었다는 뜻은 아니야. 그건 정말 아니었어. 사실 할 수만 있다면 그 냄새를 병에라도 담아가고 싶었거든. 파티에 가기 전 향수처럼 몸에 찍어 바르면 사람들이 정색을 하고 나에게 관심을 보일 것 같았지.

이스마엘은 전날 내가 그 방을 떠날 때와 똑같은 곳에 있었지. 나는 그 구석진 곳 말고 이스마엘이 쉴 수 있는 다른 공간이 있는지 궁금해졌어. 내가 들여다 볼 수 있는 방 뒤쪽에 또 다른 방이 있나 보다 생각했지. 통유리 너머 방은 사람이 지내기엔 너무나 작았거든. 고릴라에겐 더 그랬겠지.

내가 자리에 앉자 우리는 서로를 쳐다보았어.

내가 먼저 입을 열었지. "내가 여기 있는 동안 앨런이란 사람이 오면 어떻게 할 거죠?"

이스마엘은 얼굴을 찌푸리더군. 불필요한 질문이라고 생각하는 것 같았어. 대답 대신 내게 어떻게 했으면 좋겠느냐고 되묻더군.

"그 사람에게 나중에 다시 오라고 말했으면 좋겠어요."

"알겠다. 앨런이 여기 있을 때 네가 오면 너한테도 그렇게 말하면 되는 거니?"

"네."

"만약 네가 왔을 때 앨런이 미리 와 있다면 너에게 나중에 다시 오라고 말하란 말이지?"

"맞아요."

이스마엘은 잘 모르겠다는 듯 고개를 가로저었어. "너에게는 나중에 다시 오라고 말할 수 있겠지만 그 사람에게는 그럴 수 없을 것 같구나. 그전에 일단 그 사람과 의논해봐야 할 것 같구나."

"그러지 않았으면 좋겠어요. 내가 있을 때 앨런이 오면 차라리 내가 나갈게요."

"하지만 왜? 어째서 그 사람을 싫어하는 거지?"

"잘 모르겠어요. 그냥 그 사람이 나에 대해서 몰랐으면 좋겠어요."

"그 사람이 무엇을 몰랐으면 좋겠니?"

"그 사람이 나에 대해서 아무것도 몰랐으면 좋겠어요. 내가 존재한다는 것 자체도요."

"그건 내가 장담할 수 없구나, 줄리. 만약 그 사람이 지금이라도 문을 열고 들어오면 당연히 너라는 존재를 알게 될 거야."

"알아요. 하지만 내가 가장 원하는 건 그거라고요. 만약 그게 어렵다면,

그 다음으로 원하는 걸 할래요."

"그 다음으로 원하는 게 뭔데?"

"글쎄요, 뭐가 되었건 내가 밖으로 걸어나간 다음에 하게 되는 일이겠지요. 그게 그 다음으로 원하는 거예요."

이스마엘은 갑자기 윗입술을 들어 올리더니 엄지손가락만큼이나 큰 누런 이빨들을 가지런히 드러내보였지. 그게 미소 짓는 거라는 걸 깨닫는 데는 시간이 좀 걸렸어.

"네 성격이 나랑 아주 비슷하다는 생각이 들기 시작했다, 줄리."

나는 무슨 말인지 몰라 그냥 쳐다보고만 있었지.

"무슨 말인지 지금은 잘 모르겠지만 나중에는 알게 될 거다."

그가 옳았어. 그 당시엔 무슨 말인지 알 수 없었지만 지금, 그러니까 사년이 지난 뒤인 지금은 이해할 수 있을 것 같아. 아마도.

어쨌든, 잡담이 끝나자 이스마엘은 다시 그의 덤불 방석 위에 자리를 잡고 수업을 시작했어. "너는 이 우주상에 존재하는 누군가는 세상을 파괴하지 않으면서 살아가는 방법을 알고 있을 거라 믿는단 말이지? 네 공상의 내용처럼 말이야."

"글쎄요…… 정확히 믿는다고 말할 순 없어요."

"그래? 그럼 그럴 수도 있다고 생각하는구나. 너는 만약 우주 다른 곳에 지적인 생명체가 존재한다면 그들 중 누군가는 지속가능하게 살아가는 방법을 알고 있을지도 모른다고 말이야."

"맞아요."

"어째서 그럴 수 있을까, 줄리?"

"잘 모르겠어요."

이스마엘은 얼굴을 찌푸렸어. "잘 모르겠다고 말하기 전에 잠시 네가 알고 있는 건 아닌지 생각해 주면 고맙겠구나. 그리고 네가 정말 알지 못한다는 생각이 들면 그땐 어림짐작이라도 해보려고 노력하면 좋겠고."

"좋아요. 어째서 다른 별 사람들은 지속가능하게 살아가는 방법을 알고 있을지 모른다고 생각하는지 그 이유를 말해 보라는 거죠?"

"그래, 맞아."

나는 잠시 그것에 대해 생각해 보았지만 답변이 선뜻 떠오르지 않아 설명하려니 쉽지 않다고 말했어.

"단순한 것일수록 설명하기 어려운 법이란다, 줄리. 다른 사람에게 신발 끈을 어떻게 묶는지 보여주는 건 쉽지. 하지만 그걸 말로 설명하는 건 불가능에 가까운 일이야."

"그래요, 그렇지요." 내가 대답했어. 그러고는 좀 더 생각해 본 다음 마침내 입을 열었어.

"이런 예가 어울릴지는 모르겠지만…… 그래도 뭐 약간은 들어맞겠지요. 당신에게 열 개의 회사가 만든 열 개의 얼음 기계가 있다고 쳐요. 그중 한두 개는 아무 가치 없는 쓰레기일 수도 있지만 나머지는 그럭저럭 잘 작동할 거예요."

"왜 그렇지?"

"글쎄요, 뭐, 그 회사들이 전부 엉터리겠어요? 그 회사들 대부분은 사업을 유지할 만큼은 실력이 있을 테니까요."

"그러니까 만약 네가 사는 세상에서 아주 많은 사람들이 얼음 기계를 만들고 있는데 그중 하나도 제대로 작동하지 않는다면, 너는 그걸 아주 예외적인 상황이라고 생각하는 거로구나. 그래서 다른 세상을 방문하게 되면 그곳에서는 제대로 작동하는 얼음 기계를 만들 줄 아는 사람을 만날 수 있으리라 기대한단 말이지? 또 다르게 말하자면, 네가 보기에 제대로 작동하지 않는 사물은 뭔가 비정상적이라는 거고, 그건 곧 제 역할을 하지 못하고 있는 거라는 말이니?”

“네, 맞아요.”

“왜 그런 생각을 하는 거지, 줄리? 어째서 정상적인 것은 제 역할을 하는 것이라고 생각하니?”

“와우!” 내가 말했어. 어쩌다 그런 생각을 갖게 되었냐고? “아마도 이래서일지도 모르죠. 우주에 존재하는 모든 사물은 다 제 역할을 하고 있어요. 공기도, 구름도, 나무도, 거북이도, 병균들도 다 제 기능을 하고 있지요. 원자, 버섯, 새, 사자, 벌레, 태양, 달…… 이 우주 전체가 다 제 역할에 충실하다고요! 어느 하나 예외 없이 말이에요. 단, 우리만 빼고요. 왜? 우리는 뭐가 그렇게 특별하죠?”

“무엇이 특별한지 너도 알고 있을 텐데, 줄리?”

“내가요?”

“그래. 아마도 이것이 내가 너에게서 이끌어낼 첫 번째 깨달음의 실마리가 될 수 있겠구나. 여기에 대해 어머니 문화는 뭐라 말하고 있을까? 너를 거북이나 구름, 벌레, 태양, 버섯 등과 다르게 만드는 게 과연 뭘까? 그것들은 전부 제 역할을 하고 있는데 너는 왜 네 역할을 못하는 걸까, 줄리? 무엇 때문에 너희만 특별한 거지?”

“우리가 특별한 이유는, 우리만 빼고 다른 모든 것들이 제 역할을 하고 있기 때문이에요. 우리가 제 역할을 하지 않는 이유는 우리가 특별하기 때문이고요.”

"그래, 그 점에 있어 어머니 문화는 네게 일종의 순환논법을 가르쳐 왔다는 걸 알아. 하지만 그 특별함의 정체가 무엇인지 진지하게 고민해보지 않으면 안 돼."

잠시 나는 눈을 가늘게 뜨고 이스마엘을 쳐다보다가 말했어. "거북이나 구름, 벌레나 태양에는 문제가 없어요. 그래서 그들은 제 역할을 하는 거죠. 하지만 우리에게는 뭔가 문제가 있기 때문에 제 역할을 하지 못하는 거예요."

"좋아. 하지만 그게 뭐지, 줄리? 너희의 문제가 도대체 뭔데?"

나는 그 문제에 관해 잠시 생각해 보았지. 그리고는 입을 열었어. "이런 게 바로 산파술인가요?"

이스마엘은 고개를 끄덕였어.

"꽤 인상적이네요. 마음에 들어요. 누구도 나한테 이런 식으로 가르쳐준 적이 없었거든요. 어쨌든, 우리의 문제가 뭐냐 하면 그건 바로 우리가 문명인이라는 거죠." 하지만 그렇게 말하고 나니 뭔가 잘못된 것 같아 나는 다시 말했지. "아니, 좀 더 정확하게 말하면 문명인이 되는 과정에 문제가 있었기 때문에 우리는 아직 충분할 정도로 문명화되지 못했다는 거죠. 바로 그것이 문제라고 생각해요."

그렇게 말하고 나는 잠시 입을 벌린 채 그냥 앉아 있었어. 그러자 이스마엘은 계속하라고 말했지. 그래서 나는 계속 밀고 나갔어.

"내가 들은 얘기를 하자면 이런 거예요. '우리는 살아남기 위해서 더 고등한 존재로 진화해야 한다.' 정확히 어디서 그런 얘기를 들었는지 기억은 안 나요. 그냥 떠돌아다니는 숱한 말들 가운데 하나였으니까요."

"알아. 그래서?"

"지금 우리가 와 있는 단계는 너무 원시적이에요. 그러니까 우리가 너무 원시적이라는 거죠. 그래서 더 고등한 존재로, 그러니까 더 높은 천상의 단계로 진화해야 해요."

"버섯이나 거북이, 벌레들처럼 제 역할을 하기 위해서 말이지?"

나는 웃음을 터뜨리며 말했어. "맞아요. 웃기는 얘기지만 바로 그거예요. 우리는 버섯이나 거북이, 벌레들처럼 일하지 않아요. 왜냐하면 우리는 너무나 지적이니까요. 그렇다고 우리가 천사나 신처럼 일하는 것도 아니에요. 왜냐하면 그 정도로 지적이지는 않으니까요. 우리는 지금 아주 어정쩡한 단계인 거죠. 우리가 현재보다 더 못한 존재라거나 더 나은 존재라면 문제가 안 되겠지만, 지금 우리의 상태는 완전한 실패라는 거죠. 인간은 아무짝에도 쓸모없어요. 꼴 자체가 영 아니라고요. 내 생각에는 그게 바로 어머니 문화가 말하는 바예요."

"그러니까 어머니 문화에 따르면 지적 능력 그 자체가 문제구나."

"맞아요. 그 지적 능력 덕분에 우리는 특별한 거죠, 안 그래요? 나방이 이 세계를 말아먹을 수 없고, 메기가 세상을 망쳐놓을 순 없잖아요. 그러기 위해선 지적 능력이 필요하니까요."

"그렇다면 말이다, 네 공상은 뭐지? 지속가능하게 살아갈 방법을 배우기 위해 우주로 나간다는 네 공상 말이야. 천사를 찾으러 가는 건가?"

"아니요. 천사라…… 재미있네요."

이스마엘은 고개를 한쪽으로 기울이더니 잘 모르겠다는 표정으로 나를 쳐다보았지.

"내가 찾는 건 우리 같은 지적인 존재들이에요. 하지만 그들은 우리와 달리 세상을 파괴하지 않으면서 살아가는 법을 알고 있지요."

"계속하렴."

"우리는 내가 생각했던 것보다 훨씬 더 특별해요. 그러니까 내 말은 아주 특별하게 저주받았는지도 모른단 얘기예요. 이 지구에 사는 사람들 말이에요."

이스마엘은 고개를 끄덕였어. "그게 보통 너희 문화 사람들이 이해하고 있는 내용이지. 인간은 아주 특별히 저주받은 존재라는 것, 악하게 만들어졌다거나 근본적으로 결함이 있는 존재들이라고 여기는 것 말이야. 심지어는 말 그대로 신에게서 저주받았다고 생각하지."

"그래요."

"그래서 네 공상 속에서 너는 원하는 지식을 얻기 위해 우주의 다른 곳으로 가야 하는 거구나. 네가 속한 세상에서는 그걸 찾을 수 없으니까, 너희 인류는 저주받은 존재니까 말이야. 그래서 지속가능하게 살아갈 방법을 찾기 위해선 저주받지 않은 새로운 종족을 찾아가야 한다는 거로구나. 모두가 다 저주받은 건 아니고 저 밖에 있는 누군가는 지속가능하게 살아갈 방법을 분명히 알고 있을 테니까 말이야."

"맞아요."

"그러니까 줄리, 네 공상은 쓸데없는 헛소리와는 거리가 멀어. 그리고 네가 꿈꾸는 여행이 어떤 형태로든 실현될 수만 있다면, 너는 별 문제 없이 지속가능하게 살아가는 수많은 사람들과 만나게 될 거라고 나는 확신한단다."

"그래요? 왜요?"

"왜냐하면, 네가 말하는 저주라는 건 극히 일부에게만 해당되는 것이거든. 어머니 문화가 뭐라고 가르치든 간에 말이다. 그 영향력이 사실 인류 전체에 미치는 것도 아니야. 지금 이 순간에도 수많은 사람들이 지구상에서 지속가능하게 살아가고 있단다, 줄리. 별다른 어려움이나 노력 없이도 말이야."

무슨 말인지 몰라 나는 눈을 깜빡이며 물었지. "뭐…… 아틀란티스 같은 걸 말하는 건가요?"

"아틀란티스처럼 현실과 동떨어진 얘기를 하려는 게 아니야. 그건 전설 속에서나 존재하는 거고."

"그러면 무슨 말인지 전혀 모르겠네요. 하나도 모르겠어요."

이스마엘은 머리를 주억거렸어. "그럴 줄 알았어. 내가 무슨 말을 하는지 너는 잘 모르고 있구나."

나는 이스마엘의 다음 말을 기다렸지만 그는 좀처럼 입을 떼지 않았어. 그래서 내가 말했지. "그 사람들이 누군지 말 안 해줄 건가요?"

"말하지 않는 게 좋을 것 같다, 줄리. 그 답은 이미 네가 가지고 있어. 내가 네 안에 들어가서 그것을 끌어낸다면, 흥미롭긴 하겠지만 넌 아무것도 배울 수 없게 된단다. 산파란 산모가 아기를 낳을 수 있도록 도울 뿐이지 직접 아기를 낳지는 않아."

"그러니까 내가 이미 그 사람들이 누군지 알고 있다는 얘긴가요?"

"그래. 그것에 대해서 나는 조금도 의심하지 않는단다, 줄리."

나는 어깨를 으쓱해 보이고 눈동자를 한데 모으는 등 그저 그런 표정을 지은 뒤 이스마엘에게 계속해보라고 말했지.

너희 문화

이스마엘이 말했어. "너희 문화에 뿌리깊이 박힌 인식은 바로 너희들 가운데서는 지혜를 찾을 수 없다는 거지. 네 공상에 깔린 생각도 바로 그거고. 너희 문화 사람들은 멋진 전자제품들을 만드는 법을 알고, 우주선을 쏘아 올리는 법을 알고, 또 원자보다 더 작은 존재를 찾는 법도 알고 있지만 가장 단순하고 필요한 지식, 즉 어떻게 살아가야 하는지에 대한 지식은 가지고 있지 않아."

"맞아요. 그렇게 보여요."

"뭐 새롭달 것도 없는 얘기지, 줄리. 수천 년에 걸쳐 너희 문화에 대물림해 온 거니까."

"미안한데요, 아까부터 계속해서 '너희 문화 사람들'이라는 말을 쓰고 있는데, 그게 정확히 누굴 가리키는지 잘 모르겠어요. 어째서 그냥 너희 인간들, 아니면 너희 미국인들이라고 말하지 않는 거죠?"

"왜냐하면 인간들 전부 또는 미국사람들에 대해서만 말하고 있는 게 아니거든. 내가 말하는 건 너희 문화에 속한 사람들이야."

“그렇다면 그것에 대해 좀 더 설명해주셔야겠네요.”

“문화가 뭔지는 알고 있니?”

“솔직히 말하면 잘 모르겠어요.”

“문화라는 말은 꼭 카멜레온 같은 거란다, 줄리. 고유의 색은 없고 주변의 색에 따라 변하는 거야. 침팬지의 문화를 말할 때와 자동차 회사인 제너럴모터스의 문화를 이야기할 때, 문화는 각각 다른 의미를 갖지. 기본적으로 두 가지의 서로 다른 인간 문화가 존재한다고 말할 수도 있지만, 수천 개의 서로 다른 인간 문화가 존재한다고 말할 수도 있지. 문화가 그 자체로 무엇을 의미하는지 설명하는 대신(그건 거의 불가능한 일이지), 내가 ‘너희 문화’라고 말할 때 그것이 무엇을 말하는지 설명해주마. 괜찮겠지?”

“좋아요.”

“너희 문화 사람들이 누구를 가리키는 것인지 그 정체를 파악할 수 있는 두 가지 경험적인 방법을 알려주마. 첫 번째는, 식량을 소유의 대상으로 생각해서 거기에 자물쇠를 채운다면 너희 문화 사람들이라고 할 수 있어.”

“흠…… 그렇지 않은 상태를 상상하기조차 어렵네요.”

“하지만 예전엔 당연히 그렇지 않은 상태였지. 예전에는 식량도 공기나 햇빛처럼 소유의 대상이 아니었어. 무슨 말인지 이해했으리라 믿는다.”

“네. 이해한 것 같아요.”

“별 감흥이 없는 것 같구나, 줄리. 하지만 식량을 소유물로 삼고 자물쇠를 채운 것은 너희 문화가 고안해낸 가장 획기적인 사건이란다. 역사상 다른 어떤 문화도 식량에 자물쇠를 채운 적이 없으며, 그게 바로 너희 경제의 주춧돌이 되었지.”

“어떻게요? 어째서 그게 경제의 주춧돌이라는 건가요?”

"왜냐하면 줄리, 만약 식량에 자물쇠를 채우지 않는다면 누가 자발적으로 힘들게 일하려고 하겠니?"

"흠, 그러네요. 맞아요. 대단한데요."

"네가 싱가포르나 암스테르담, 서울, 교토, 부에노스아이레스, 이슬라마바드나 이스탄불에 간다고 해보자. 그곳 사람들은 옷을 입는 방법이나 결혼 풍습, 명절, 종교의식 등이 다 다를 거야. 하지만 그들 모두는 똑같이 식량에 자물쇠를 채워놓고 있지. 식량을 소유의 대상으로 상품화하고 있는 거야. 만약 네가 먹을 것을 원한다면 반드시 돈을 주고 사야 하지."

"알겠어요. 그러니까 그 사람들은 모두 다 하나의 문화에 속해 있단 말이군요."

"분명히 얘기하는데 식량보다 더 근본적인 건 없어. 지금 너희의 행태가 얼마나 이상한지 깨닫지 못하는 것 같은데, 지구상의 다른 모든 생명체가 크게 힘들이지 않고 얻는 것을 일을 해야만 얻을 수 있는 상황인데도 그것을 이치에 맞는 일이라고 받아들이고 있어. 오직 너희들만이 식량에 자물쇠를 채워두고, 그것을 돌려받기 위해서 힘들게 일을 하고 있는데도 말이야."

"그래요. 그런 식으로 말하면 이상할 수 있네요. 하지만 그게 우리 문화만 그런 건 아니잖아요. 그건 인간의 본성 아닌가요?"

"아니야, 줄리. 어머니 문화는 모든 인류가 그렇게 해왔다고 가르치고 있다는 걸 알아. 하지만 그건 새빨간 거짓말이란다. 너희들만, 오직 너희 문화만 그러는 거지 인류 전체가 다 그런 건 아니야. 우리가 공부를 마칠 때쯤이면 너도 그 점에 대해 의심하지 않게 될 거다."

"좋아요."

"너희 문화 사람들을 식별할 수 있는 두 번째 경험적 방법은 이거야. 그들은 스스로를 근본적으로 불완전하고, 태생적으로 고통 받을 수밖에 없는 존재로 여긴다는 거지. 근본적으로 결함이 있기 때문에 그들 내부에서는 지혜를 찾기 어렵다고 생각해. 태생적으로 불행할 수밖에 없는 존재이기 때문에 가난과 불의, 범죄 속에서 살아가더라도 별스럽게 여기지 않아. 그들은 스스로 세상을 자신들이 살아갈 수 없는 상태로 만들면서도 놀라는 법이 없지. 지배자들이 제 뱃속만 채우며 부패한 모습을 보이더라도 결코 놀라지 않아. 왜냐하면 그들이 예상한 대로니까. 그건 식량에 자물쇠를 채우는 것만큼이나 그들에게는 당연하고 이치에 맞는 일이니까."

"잠깐만요, 내가 그 사람들 대신 반론을 좀 제기해도 될까요?"

"물론이지."

"우리 학교 선생님 한 분은 언제나 가엾다는 표정으로 우리를 쳐다보지요. 왜냐하면 그 선생님은 불교를 믿는데, 그 말은 그 선생님이 의식이나 정신적인 깨달음 뭐 그런 것에 있어서 우리보다 한참 앞선다는 뜻이지요. 어쨌든 그 선생님 말이, '우리 문화' 사람들은 서양 사람들이랬어요. 동양 사람들은 완전히 다른 문화에 속해 있대요."

"내가 보기에 그 선생님이 서양 사람인가 보구나."

"네, 맞아요. 하지만 그게 무슨 상관이죠?"

이스마엘은 어깨를 으쓱했어. "서양 사람들은 종종 동양을 하나의 거대한 불교 사원으로 여기곤 하지. 그건 서양을 하나의 거대한 카르투지오 수도원*으로 보는 것과 비슷한 거야. 네가 말한 그 선생님이 동양을 방문한

---

* 1084년에 성(聖) 브루노(1032~1101)가 프랑스의 샤르트뢰즈에서 창설한 수도회로, 엄격한 금욕생활을 통한 하느님과의 합일을 추구한다. (이하 모든 각주는 편집자의 주임.)

다면 무엇보다 먼저 식량에 자물쇠가 채워진 것을 보게 될 테고, 이어서 그곳 사람들도 인간을 불행하고 파괴적이며 탐욕스러운 존재로 여긴다는 걸 알게 될 거야. 서양과 마찬가지로 말이지. 따라서 그들도 너희 문화 사람들이라고 인정할 수밖에 없을 거야.”

“정말 자기들이 불행하고 파괴적이며 탐욕스럽다고 생각하지 않는 사람들이 이 세상에 존재한단 말이에요?”

이스마엘은 잠시 생각에 잠기더니 입을 열었어. “그 질문을 이렇게 바꾸어 너에게 해보는 건 어떨까. 네 공상 속의 여행이 저주받은 생명체를 찾아 떠나는 거였니?”

“아니요.”

“혹시 우주상에 존재하는 모든 지적인 생명체는 다 저주받았으리라 생각하는 거니?”

“아니요.”

이스마엘은 잠시 내 얼굴을 살피더니 말했어. “아직도 답을 못 찾은 모양이구나. 그렇다면 이렇게 말해보도록 하자. 네 나이에도 아마 자기 삶에서 벌어지는 모든 나쁜 일들을 다 남 탓으로 돌리는 사람을 본 적 있을 거야. 결코 자기 잘못이라고 생각하지 않고 말이야. 그런 사람을 아직까지 본 적 없다면, 장담하건대 언젠간 만나게 될 거다. 그런 사람은 자신의 잘못으로부터 배우는 법이 없지. 왜 어려움을 겪게 되는지 그 원인을 찾을 생각은 절대로 하지 않아. 원인이 다른 사람들에게 있으므로 자기도 어쩔 수 없다고 믿고 있으니까. 간단하게 말하자면, 자기 인생의 모든 나쁜 일은 전부 다 남 탓인 거야. ‘내 행동이 문제야’라고 말하는 대신 ‘남들의 행동이 문제야. 내가 이렇게 힘든 건 다 남들 탓이야. 하지만 내가 그들을 바꿔놓을 수 없으니 내가 할 수 있는 일은 아무것도 없어.' 이렇게 말하고 있지."

"맞아요. 저도 그런 사람을 알고 있어요." 뭐 굳이 그게 우리 엄마라는 말을 할 이유는 없었어.

"너희 문화 전체가 이런 식으로 문제를 다루고 있어. '우리의 행동이 문제야'라고 말하는 대신 이렇게 말해. '문제는 인간 본성 그 자체야. 인간 본성이 모든 문제의 원흉이라고. 하지만 인간 본성을 바꿀 수는 없으니 우리가 할 수 있는 건 아무것도 없어'라고 말이야."

"세상에! 무슨 말인지 이제야 알 것 같아요."

"얘기를 하다보니 내 생각도 더 확실하게 정리가 되는구나, 줄리." 이스마엘이 말했어. "스승은 자신의 지적 탐구를 계속하기 위해서 제자가 꼭 필요한 거지."

나는 고개를 들어 이스마엘을 바라보았어.

"내가 이미 여러 번 너희 문화 사람들은 스스로를 결함 있고 불행한 존재로 여긴다고 말했지?"

"네, 그래요."

"이제, 네 덕분에 이런 식으로 더 잘 표현할 수 있겠구나. **너희 문화 사람들은 자신들의 불행을 인간 본성 탓으로 돌린다.** 너희들이 그렇게 생각하는 데에는 어떤 의도가 깔려 있어. 모든 책임을 너희들 밖에 있는 무언가, 즉 인간 본성 탓으로 돌릴 수 있게 되지. 너희들은 책임이 없어. 문제는 인간 본성 그 자체야. 그리고 인간의 본성을 너희들이 바꿀 수는 없지."

"맞아요. 그렇네요."

"너희 문화 사람들이 잘 알고 있다고 생각하는 '인간 본성'에 대해 잠시 얘기해보자꾸나. 내가 인간 본성이라고 말할 때 그건 어머니 문화가 말하는 인간 본성을 가리키는 거야. 사실 그 개념 자체가 나한텐 매우 낯설어. 그것은 너희 문화에만 존재하는 인식론에 불과하니까.”

나는 얘기가 진행될수록 점점 더 어려워진다는 생각이 들었어. 내 표정을 읽었는지 이스마엘이 말했지.

“그렇게 인상까지 쓸 것 없다. 새로운 용어로 너를 괴롭힐 생각은 없으니까. 인식론이란 우리가 무엇을 알 수 있는가에 대한 학문이고, 너희 문화 사람들은 ‘인간 본성’이란 알 수 있는 무엇이라고 생각하지. 하지만 나에게 그건 이야기 속에나 나오는 ‘현자의 돌’*이나 ‘성배’** 같은 거에 불과해.”

“좋아요.” 내가 말했어. “하지만 난 당신이 왜 그토록 그 문제에 집요하게 매달리는지 까닭을 모르겠어요.”

이스마엘의 얼굴이 미소로 일그러졌어. “너를 통해 다음 세대에게 이야기를 하고 있는 거란다, 줄리.”

---

* 중세의 연금술사들이 비금속을 황금으로 바꿀 수 있는 재료가 있다고 믿고 거기에 붙인 명칭. ‘철학자의 돌’이라고도 한다. 연금술사들은 이 현자의 돌을 찾아내기 위해 닥치는 대로 온갖 물질들을 녹이고 끓이며 혼합하는 등 갖은 노력을 다 기울였다. 그러나 영국의 과학자 로버트 보일이 그의 저서 《회의적 화학자》(1661)를 통해 연금술사들을 비판하고 원소의 개념을 명확히 한 이래 이 개념은 소멸되었다.
** 성배에 대해서는 여러 가지 설이 있으나, 본시 켈트의 이교적 의식에 쓰인 신성한 용기였다고 생각된다. 뒤에 이것은 그리스도교적인 의의를 부여받게 되었는데, 그리스도가 최후의 만찬에서 사용했으며 아리마태아의 요셉이 십자가에 매달린 그리스도의 피를 받은 것도 이 잔이었다는 것이다. 그 뒤 요셉이 죽은 뒤 잔의 행방을 알 수 없게 되었다고 한다. 그리하여 잃어버린 신성한 것, 행방불명이 된 성배의 탐구라는 주제를 중세문학이 즐겨 다루게 되었다.

“뭐라고요?”

“스승이란 그의 제자를 통해 계속 살아남게 되지. 그게 스승에게 제자가 필요한 또 다른 이유란다. 너는 기억력이 아주 좋은 것 같구나, 줄리. 한 번 들은 건 아주 분명하게 기억할 것 같아.”

“네. 그런 것 같아요.”

“너는 내 가르침을 기억하는 사람이 될 거야. 내 말을 이 벽 너머로 전해줄 거야.”

“벽 너머 어디로 전한단 말이죠?”

“네가 가는 곳이면 어디든.”

나는 잠시 이마를 찌푸리고 생각해 보았지. 그러고 나서 말했어. “앨런은요? 앨런도 당신의 가르침을 전하는 사람인가요?”

이스마엘은 어깨를 으쓱했어. “이제 이 얘기를 해야겠구나, 줄리. 나는 많은 제자를 만났었단다. 그들 중 몇몇은 내게서 아무것도 얻어가지 못했지. 몇몇은 아주 약간을 배워갔고 몇몇은 많은 것을 얻어갔단다. 하지만 내가 가진 모든 것을 배워간 사람은 아무도 없었어. 그들은 저마다 자신들이 가져갈 수 있는 만큼만 가져갔지. 무슨 말인지 알겠니?”

“알 것 같아요.”

“그들이 내게서 얻어간 것으로 무엇을 할지는 당연히 내 소관이 아니야. 나는 대개 그들이 무엇을 하는지 모른단다. 적어도 그들이 무언가를 하고 있다면 말이야. 최근에 한 명이 나에게 편지를 써서 무엇을 할지 그의 낯선 생각을 밝혔더구나. 그는 유럽으로 이민을 갈 생각이래. 거기서 이곳저곳 돌아다니며 설교와 강연을 할 거라고 하더구나.”

“당신은 그 사람이 무엇을 하길 바랐나요?”

"글쎄, 내가 뭘 바랐는지는 전혀 중요하지 않아. 각자 그들이 할 수 있는 것을 해야지. 내가 그 생각을 낯설다고 한 이유는, 나로선 도저히 할 수 없는 생각이기 때문이야. 내가 알고 있는 건 대화를 통해서 어떻게 하면 사람들로 하여금 그 문제에 관해 생각하게 만드는가 하는 것뿐이거든. 나로선 강연을 한다는 건 생각할 수도 없어. 내가 모자란 탓이지. 그의 생각이 잘못된 게 아니고 말이야."

"약간 헷갈리네요. 그게 앨런이나 나랑 무슨 상관이죠?"

"내가 너에게 내 가르침을 기억하는 사람이 될 거라고 했을 때 너는 앨런도 그러냐고 물었잖니. 내가 하고 싶은 말은, 네가 기억할 내 가르침과 앨런이 기억할 내 가르침은 아주 다르다는 거야. 제자가 다르면 지적 여행의 과정도 다를 수밖에."

"알아들었어요. 맞는 말이네요."

"어떻게 너희 문화 사람들을 구별할 수 있는지 보여주느라 잠시 샛길로 빠졌어. 이제 원래 가던 길로 돌아가 보자꾸나. 내가 말했었지, 너희들 가운데선 지혜를 찾을 수 없다는 인식이 너희 문화에 깊게 뿌리를 내린 채 지난 수천 년 동안 대물림해 내려왔다고 말이야."

"네. 기억나요."

"내가 왜 이런 말을 하는지 알겠니?"

"아뇨, 잘 모르겠어요."

"네 공상에서 너는 당연하다는 듯 지혜를 찾아 다른 행성으로 떠나. 지구로부터 수십억 만 년이나 떨어진 곳으로 말이야. 그래서 우선 네 공상을 듣는 게 필요했던 거야. 네가 찾아 헤매는 비밀이 여기에는 없다는 걸 이미 너는 뼛속 깊이 느끼고 있어."

"정말 그러네요. 무슨 말인지 알겠어요."

"네가 다음으로 알아야 할 것은 그 비밀을 잃어버리게 된 것이 너희 역사에서 하나의 큰 사건이었다는 거야. 그건 네 유전자로부터 사라진 게 아니야. 인간은 불완전하게 태어나지 않았어. 이건 너희 문화 사람들에게만 고유하게 일어난 하나의 역사적 사건에 불과해."

"좋아요. 근데 왜 내가 그걸 알았으면 하는 거죠?"

"왜냐하면…… 너 혹시 무언가 잃어버린 적 있니? 열쇠나 책, 편지나 연장 같은 거 말이야."

"물론이죠."

"그 물건들을 찾기 위해서 네가 어떻게 했는지 기억해볼래?"

"일단 그것을 마지막으로 가지고 있었던 곳이 어딘가 기억하려고 애쓰죠."

"당연히 그렇겠지. 어디서 잃어버렸는지를 알면 어디서 찾아야 할지도 알 수 있으니까, 그렇지?"

"네."

"내가 지금 너에게 보여주고자 하는 게 바로 그거야. 이 지구상의 다른 종(種)들은 모두 알고 있는, 또 만약 존재한다면 우주의 다른 모든 지능을 가진 생명체는 다 알고 있을 그 비밀을 너희가 언제 어디서 잃어버렸는지를 말이야."

"와우! 이 우주의 모든 생명체가 알고 있는 무언가를 우리가 모르고 있다면, 우리는 정말 특별한 게 틀림없네요."

"그래. 정말로 너희는 특별해, 줄리. 이 점에 있어서만은 너희의 어머니 문화와 내 의견이 정확하게 일치하는구나."

고작 17초 만에 정리되는 인간 역사

이스마엘이 말했어. "어떤 학생과든 수업의 출발점은 하나야. 그가 지금 있는 곳. 무슨 뜻인지 알겠니?"

"그런 것 같네요."

"대개 학생이 어디에 있는지 알아내는 제일 좋은 방법은 그로부터 이야기를 듣는 거지. 그게 바로 지금 네가 해야 할 일이다. 네가 인간 역사에 대해서 무얼 알고 있는지 내게 이야기해주었으면 좋겠구나."

나는 끄응 하는 소리를 냈지. 이스마엘이 왜 그러느냐고 물었어.

"역사는 내가 좋아하는 과목이 아니거든요."

"무슨 말인지 알겠다." 이스마엘이 말했어. "학교에서 선생님들이 어떻게 그것을 가르치는지 잘 알고 있어. 하지만 나는 네가 배운 것을 여기서 되풀이해서 읊으라고 하는 게 아니야. 설령 네가 단 하루도 학교에 다닌 적이 없다 하더라도 너는 지금 무슨 일이 벌어지고 있는지 대충이라도 알고 있을 거야. 네 눈과 귀를 십이 년 동안이나 이 문화에 열어두고 있었으니까."

“좋아요.” 그러고는 바로 이어서 말했어. “어머니 문화가 인간 역사에 대해 가르친 걸 듣고 싶은 거죠?”

이스마엘이 고개를 끄덕였지. “그래, 그걸 원하는 거란다. 네가 그 내용을 얼마나 받아들이고 있는지 알아야 하니까. 더불어 너도 얼마나 그 이야기를 곧이곧대로 받아들이고 있는지 알 필요가 있어.”

“알겠어요.” 내가 말했지. 그러곤 그 문제에 대해 고민하기 시작했어. 삼사 분쯤 지났을까 이스마엘이 몸을 뒤척거렸는데 그 덩치에 몸을 뒤척이니 볼만하더군. 나는 왜 그러느냐고 묻는 듯 그를 쳐다보았지.

“단순하게 생각하렴, 줄리. 성적을 매기는 것도 아니고, 그냥 모두들 알고 있는 걸 말해달라는 것뿐이다. 천 마디 말도, 아니 그 절반도 필요 없어. 한 쉰 마디 말이면 충분할 거야.”

“피라미드나 이차 세계대전 같은 것들을 어떻게 설명할지 고민하는 중이에요.”

“일단 틀을 세우는 것부터 시작하자. 틀을 잡으면 그 다음엔 무엇이든 원하는 대로 밀고나갈 수 있을 거야.”

“좋아요. 오래 전에 인간이 출현했어요. 그러니까 그게 한 오백만 년쯤 전인가?”

“보통 삼백만 년 전이라는 게 공식적인 견해지.”

“좋아요. 삼백만 년 전이요. 삼백만 년 전에 인간이 출현했어요. 그들은 되는 대로 아무거나 먹으며 살았어요. 맞는 표현인가요?”

“아마 처음 한동안은 되는 대로 아무거나 먹으며 살았겠지. 하지만 네가 찾는 표현은 채집생활인 것 같구나.”

“그래요, 맞아요. 그들은 채집생활을 했어요. 또한 인디언들이 예전에 그랬듯이 여기저기를 떠돌아다니며 살았어요."

"좋아, 계속하렴."

"그러니까…… 그들은 일만 년 전까지는 여기저기 떠돌아다니며 살다가 어떤 이유에서인지 유목생활을 포기하고 농사를 짓기 시작했어요. 일만 년 전이 맞나요?"

이스마엘은 고개를 끄덕였지. "새로운 주장들이 나오고 있긴 하다만 아직까지는 일만 년 전이라는 견해가 보편적이지."

"좋아요. 그래서 그들은 정착을 하고 농부가 되었어요. 그게 문명화의 신호탄이 된 거죠. 그 결과 도시, 국가, 전쟁, 증기선, 자전거, 달 탐색 로켓, 원자폭탄, 신경가스 같은 것들이 죄다 나타나게 된 거예요."

"훌륭하구나," 고릴라가 말했지. "앨런한테도 똑같은 부탁을 했는데, 거의 두 시간에 걸쳐 대답을 하더구나."

"정말요? 왜요?"

"아마도 그가 남자이기 때문에 알고 있는 것을 과시하고 싶은 마음도 있었을 것이고, 어머니 문화의 목소리를 너무나 오랫동안 들어와서 마치 그게 자신의 목소리인 양 착각한 때문이기도 할 테지. 그는 어머니 문화의 목소리와 자신의 목소리를 구별하는 걸 무척 힘들어하고 있어."

"그렇군요." 나는 우쭐한 마음을 감추려고 애쓰면서 말했지.

"어쨌든, 이제 우리는 근본적인 거짓말에 도달한 셈이지. 약 일만 년쯤 전에 사람들은 유목생활을 포기하고 정착해서 농부가 되었다는 거짓말!"

이 말에 나는 잠시 생각해 보았지. 그러곤 이스마엘에게 어느 부분이 잘못된 것인지 물었어. "시간은 제대로 말했죠? 그렇죠?"

이스마엘은 고개를 끄덕였어.

"채집생활 부분도 맞지요? 농사를 짓기 전에 사람들이 채집생활을 했
다는 거요."

이스마엘은 또다시 고개를 끄덕여 보였지.

"그리고 나서 사람들은 농작물을 재배하기 시작했어요. 농부가 되었단
건 그 뜻이에요. 그것도 맞나요?"

"그래."

"그러면 뭐가 거짓이란 얘기죠?"

"거짓은 네가 미처 생각하지 못한 부분에 숨겨져 있지."

"뭐라고요?"

"약 일만 년 전에 사람들이 채집생활을 포기하고 정착해서 농부가 되었
다고 한 것 말이야."

"와우! 그 말에는 거짓이 들어갈 자리라곤 전혀 없어 보이는데요?"

"너희 문화 사람들은 대부분 그렇게 생각하지. 결국 그게 너희 문화가
전하는 이야기이기도 하고. 그러니 네가 그렇게 생각하는 것도 이상할 건
없지. 너는 그 내용이 그대로, 또는 약간 변형되어서 교과서에 계속 반복
되는 걸 보게 될 거야. 또한 신문이나 잡지에도 계속해서 나올 거고 일주
일에 두세 번은 그 이야기를 만나게 될 거야. 역사가들도 노상 그 이야기
를 해대고 있지. 그렇게 하지 않으면 사람들은 곧 그게 거짓말이라는 걸
알아차릴 테니 말이다."

"근데 도대체 어디에 거짓이 숨어 있단 말이에요?"

"거짓은 바로 '사람들'이라는 말에 있어, 줄리. 그렇게 한 건 사람들 전
부가 아니야. 오직 너희 문화 사람들일 뿐이지. 수만 개가 넘는 문화 가운
데 하나에 불과한 너희 문화 말이다. 너희들이 인류 전체인 양, 너희의 역

사가 인류 전체의 역사인 양 포장하는 게 바로 거짓이야. 진실은 일만 년 전에 한 부류의 인간들이 채집생활을 포기하고 정착해서 농경생활을 시작했다는 거다. 전체 인류의 나머지는, 그러니까 나머지 구십구 퍼센트는 정확히 예전과 똑같은 방식으로 살아갔지.”

잠깐 동안 나는 머릿속이 하얘졌어. “바로 그런 거군요. 그렇게 말하니까 농경생활이 절대적인 가치를 지니는 그 무엇이 아니라 인간이 다음 단계로 진화하기 위해 거친 여러 단계 가운데 하나일 뿐인 것처럼 보이네요. ‘채집하는 인간’을 대신해서 ‘경작하는 인간’이 등장한 것처럼 말이에요.”

이스마엘은 고개를 끄덕였지. “대단한 통찰력이구나, 줄리. 나도 미처 거기까진 생각 못했어. 어쨌든, 사람들은 대개 그렇게들 생각하지만 그건 전혀 사실이 아니란다.”

“그걸 어떻게 알죠?”

“첫째, 채집하는 인간은 사라지지 않았어. 그들은 오늘날에도 여전히 존재하지. 다음으로, 채집하는 인간과 경작하는 인간은 서로 다른 종이 아니야. 그들은 모두 생물학적으로 정확히 일치하지. 차이라면 오직 문화적인 것뿐이야. 농경생활을 하는 인간의 아기를 채집생활을 하는 인간들 사이에 데려와 키운다면 정확히 채집하는 인간으로 자라날 거야.”

“좋아요. 말하자면 그건…… 밴드가 새로운 장르의 음악을 연주하면 전 세계 사람들이 거기에 맞춰 같은 춤을 추기 시작하는 것과 같네요.”

이스마엘은 고개를 끄덕이며 말했어. “그래 그렇게 들릴 수도 있지, 줄리. 너희 역사책은 이것을 매우 단순한 사건으로 말하고 있어. 사실 이 일은 아주 복잡하고 이해하기 힘들지만 너희 문화의 모든 사람들이 반드시

알아야 해. 네 미래는 로마 제국의 몰락이나 나폴레옹의 등장, 미국의 남
북전쟁을 얼마나 잘 이해하느냐에 달려 있지 않아. 네 미래는 네가 어떻게
오늘날과 같은 존재가 되었는지를 이해하는 것에 달렸어. 그리고 나는 지
금 너에게 그 비밀을 알려주려는 거야.”

　말을 마치고 이스마엘은 잠시 멍한 눈빛으로 생각에 잠겼어. 그러고는
한 지점을 쏘아보더니 고개를 좌우로 흔들었지. 나는 뭐가 잘못되었느냐
고 물었어.

　“어떻게 하면 네가 이해하기 쉽게 한 번에 이야기할 수 있을까 고민하고
있는 거란다. 근데 그건 불가능할 것 같구나. 서로 다른 이야기를 여러 번
에 걸쳐 해야 할 것 같아. 그리고 각각의 이야기마다 다른 주제를 다룰 거
야. 무슨 말인지 알겠니?”

　“아뇨, 솔직히 말해서 잘 모르겠어요. 하지만 기꺼이 들을 준비는 되어
있어요.”

　“좋아. 네가 새로운 음악에 맞춰 춤추는 사람들을 예로 들었으니, 우선
그 이야기부터 해보자. 내 이야기가 아무리 터무니없는 것처럼 들린다고
해도 네 교과서에 비하면 하나도 허황되지 않은 것이라 할 수 있지. 역사
적으로 상상력을 좀 발휘해보자는 거야.”

음악에 맞춰 춤추는 사람들

테르프시코레*는 만일 네가 가본다면 분명히 좋아할 우주의 한 행성이지. 이 별 사람들은 한동안 주변에서 쉽게 구할 수 있는 것들을 먹으면서 자연스럽게 공동체를 이루어 살고 있었어. 하지만 그런 식으로 수백만 년을 살아온 뒤 그들은 자신들이 좋아하는 식량을 매우 손쉽게 얻을 수 있는 새로운 방법을 찾아냈어. 생존을 위해서 꼭 그렇게까지 할 필요는 없었지만, 그렇게 하면 그들이 좋아하는 식량을 꾸준하게 얻을 수 있었던 거야. 그 방법은 바로 춤을 추는 거였어.

한 달에 사나흘만 춤을 추면 그들의 삶은 훨씬 풍요로워졌지. 게다가 그건 별로 힘든 일도 아니었어. 지구와 마찬가지로 이 행성도 여러 종족이 어울려 살아가고 있었는데, 시간이 흐르면서 각각의 종족은 춤에 대한 나름의 고유한 방식을 발전시켰어. 어떤 종족은 한 달에 사나흘만 춤을 추었고, 다른 어떤 종족은 좋아하는 식량을 더 많이 얻기 위해서 이틀 또는

---

* 그리스 신화에 등장하는 노래와 춤의 여신으로, 제우스와 기억의 여신 므네모시네 사이에 태어난 아홉 뮤즈들 중 하나.

사흘에 한 번꼴로 춤을 추었지. 또 다른 종족은 좋아하는 음식을 항상 먹지 말란 법이라도 있느냐며 매일매일 춤을 추었어. 이런 식으로 또 수만 년이 흘렀지.

이 행성 사람들은 신의 가호 안에 살아가는 존재이며 주어진 세계를 그대로 받아들인다는 뜻으로 자신들을 '리버(Leaver)'*라고 불렀어.

하지만 리버 중에 한 무리의 사람들이 생각했지. "어째서 우리는 좋아하는 식량을 이따금 밖에 먹을 수 없는 거지? 매일 우리가 좋아하는 식량만 먹으면서 살 수도 있잖아! 단지 더 많은 시간을 춤추기만 하면 되는데 말이야." 그렇게 해서 이 사람들은 하루에 몇 시간씩 춤을 추었어. 그들은 자신들의 안녕이 스스로의 손에 달려 있다고 생각했기 때문에 '테이커(Taker)'라고 부르기로 했어.

이런 변화는 엄청난 결과를 초래했지. 테이커들에게는 좋아하는 식량이 차고 넘치게 되었어. 그러자 남은 식량을 저장하고 축적하기 위한 관리자 계급이 등장했지. 과거 일주일에 몇 시간만 춤을 출 때는 필요하지 않던 일이었지. 관리자 계급은 곧 너무 바빠져서 자신들은 춤을 출 시간이 없게 되었어. 그들이 하는 일은 너무나 중요한 임무였거든. 그래서 그들은 곧 사회의 지도자로 인정받게 되었어. 하지만 몇 년이 지난 뒤 테이커 지도자들은 식량 생산이 줄어들고 있다는 걸 알게 되었지. 뭐가 잘못된 건지 원인을 찾아 나섰어. 이윽고 그들이 찾아낸 것은 춤을 추는 사람들이 게을

---

* 앞으로 나올 테이커(Taker)와 대비되는 개념이다. 테이커와 리버는 영어의 "Take it or leave it."이라는 표현을 생각하면 쉽게 이해할 수 있는 개념이다. 테이커들은 자신들의 필요를 충족시키기 위해 지구의 자원을 취하는, 다시 말해 take하는 사람들인 반면에 리버(Leaver)들은 주어진 환경을 그대로 받아들이고 섭리에 순응하며 살아가는 사람들을 의미한다.

러졌다는 사실이었지. 사람들은 예전처럼 하루에 몇 시간씩 춤을 추지 않고 그저 한두 시간 춤을 추거나 때로는 그나마도 하지 않았어. 지도자들은 왜 그러느냐고 물었지.

"뭐 하러 춤을 춥니까? 더는 필요한 식량을 얻기 위해서 일고여덟 시간씩 춤을 출 필요가 없잖아요. 하루에 한 시간만 춤을 춰도 식량은 이미 충분한 걸요. 그렇게 해도 배를 곯는 일은 없으니 이제 좀 쉬면서 예전에 그랬던 것처럼 편하게 살아도 되지 않을까요?"

물론 지도자들의 생각은 전혀 달랐지. 춤추는 사람들이 예전과 같은 생활로 돌아가면 자신들도 똑같이 예전처럼 살아야 하니까. 그건 결코 마음에 드는 일이 아니었지.

그들은 여러 가지 궁리를 했어. 춤을 계속 추도록 사람들을 격려하기도 하고, 꼬드기기도 하고, 망신을 주기도 하고, 유혹을 하기도 하고, 억지로 밀어붙여보기도 했지. 하지만 어떤 것도 소용없었어. 그때 지도자들 가운데 한 사람이 나서서 식량을 따로 모아두고 자물쇠를 채우자는 아이디어를 내놓았지.

"그렇게 한다고 뭐가 달라질까요?" 다른 지도자들이 물었어.

"사람들이 지금 춤을 추지 않는 이유는 원하는 만큼 식량을 얻을 수 있기 때문이지요. 우리가 식량에 자물쇠를 채워놓는다면 그들이 더는 그렇게 할 수 없을 겁니다."

"하지만 식량에 자물쇠를 채워놓는다면 그 사람들은 굶어 죽게 될 겁니다!"

"아닙니다. 잘 이해를 못 하시나 본데." 다른 한 사람이 미소를 띠며 거들었지. "우리는 춤추는 일과 식량을 얻는 것을 연결하려는 겁니다. 춤을 많이 출수록 많은 식량을 얻게 하고, 춤을 적게 춘다면 식량을 적게 얻도록 하려는 겁니다. 그렇게 하면 열심히 춤추지 않는 사람들은 배가 고프게 될 테고, 오랫동안 춤을 추는 사람들은 배불리 먹게 되는 거죠.”

“그들은 이런 결정을 용인하지 않을 겁니다.” 다른 지도자가 반대했지.

“그들에게는 선택권이 없습니다. 우리는 식량을 저장고에 비축하고 자물쇠를 걸어둘 테니까요. 그들은 춤을 추거나 굶어 죽거나 둘 중에 하나를 선택할 수 있을 뿐이지요.”

“그들이 식량창고를 부수고 들어갈 수도 있지 않을까요?”

“그들 가운데 일부를 경비원으로 쓰면 됩니다. 이들에게는 춤추는 일을 면제해주는 대신 식량창고 지키는 일을 맡기는 겁니다. 춤을 추는 사람들과 마찬가지로 식량창고를 지키는 일도 몇 시간 했느냐에 따라 식량을 대가로 지불하는 겁니다.”

“일이 결코 생각대로 그렇게 쉽게 풀리진 않을 거요.” 누군가 말했지.

하지만 신기하게도 일은 일사천리로 진행되었어. 오히려 전보다 더 잘 돌아갔지. 식량에 자물쇠를 채우고 열쇠를 거머쥐자 언제나 춤을 추겠다는 사람들이 넘쳐났고, 그들은 기꺼이 하루에 열 시간, 열두 시간, 심지어는 열네 시간도 춤을 추었어.

식량에 자물쇠를 채우자 또 다른 결과들도 함께 따라왔지.

예를 들면, 과거에는 평범한 바구니로도 남은 식량을 담아두기에 충분했지만, 이제는 엄청난 양의 식량을 담아두기 위해 더 튼튼한 그릇이 필요하게 되었지. 단지 만드는 사람들이 바구니 만드는 사람들을 대신하게 되었고, 점점 더 큰 단지를 만들기 위해 새로운 기술을 익혀야 했지. 결국 더 크고 효율적인 가마도 지어야 했어.

또, 사람들의 습격에 대비해서 경비원들은 전보다 더 좋은 무기로 무장해야 했지. 그래서 연장을 만들던 사람들은 과거처럼 돌로 만든 무기가 아니라 구리나 동과 같은 새로운 재료를 써서 더 좋은 무기를 만들어야 했고, 금속류를 이용해 무기를 만들게 되자 다른 장인들도 금속류를 사용하기 시작했어. 그 결과 새로운 공예품들도 탄생하게 되었지.

하지만 사람들에게 하루에 열 시간 또는 열두 시간씩 춤을 추게 만든 일은 훨씬 더 중요한 결과를 초래했어. 어떤 종이든 식량이 풍족해지고 공간만 넉넉하다면 개체수가 늘어나게 되어 있는데, 테이커들에겐 식량과 공간이 충분했고 여차하면 이웃들이 사는 공간까지 나아갈 수도 있었지.

처음에 그들은 평화로운 방법으로 이웃들을 설득할 생각이었어. 그래서 이웃한 리버들에게 이렇게 말했지. "이봐요. 당신들도 우리처럼 춤을 춰보는 게 어때요? 우리가 이런 식으로 춤을 춰서 얼마나 발전했는지를 보라고요. 우리는 당신들이 꿈에서도 생각해보지 못한 것들을 누리게 되었어요. 당신들처럼 춤을 추는 건 너무나 비효율적이고 비생산적이에요. 사람이라면 마땅히 우리처럼 춤을 춰야 하는 거라고요. 그러니 우리가 당신들 땅에 들어가서 어떻게 하는 건지 보여줄 수 있게 기회를 주세요."

테이커와 이웃한 몇몇 부족은 그것을 좋은 생각이라고 여겼지. 그래서 테이커들의 방식을 받아들였어. 하지만 또 다른 부족은 이렇게 대답했지. "우리는 지금 이대로가 좋아요. 일주일에 몇 시간 춤추는 것으로 충분하다고 생각해요. 우리가 보기에 당신들은 미쳤어요. 일주일 내내 녹초가 될 때까지 춤을 추다니. 하지만 그건 당신네들 소관이니까 당신들이 좋다면 마음대로 하세요. 하지만 우리는 결코 그렇게 하지 않을 거예요."

테이커들은 버티는 부족을 에워싸고 영토를 확장하는 방법으로 마침내 그들을 격리시켰어. 그들에게 저항하는 부족 중 하나가 '신지'였는데, 그들은 하루에 한두 시간만 춤을 춰서 식량을 만드는 부족이었지. 처음에 그들은 전과 다름없는 방식으로 살았지만 아이들 가운데 몇몇이 테이커 아이들이 가진 것을 탐내기 시작했지. 그래서 그 아이들은 테이커에게 하루에 몇 시간씩 춤을 추는 노동을 제공했고, 식량창고를 지키는 경비원들을 도와주기도 했어. 몇 세대가 지나자 신지는 테이커의 생활양식에 완전히 동화되었고, 그들이 예전에 신지였다는 사실조차 잊고 말았지.

또 다른 부족으로 '켐케'가 있었는데, 그들은 일주일에 몇 시간만 춤을 추며 한가함을 즐기던 부족이었지. 그들은 신지에게 벌어진 일이 자신들에게는 일어나지 않도록 해야겠다고 굳게 다짐했어. 하지만 곧 테이커들이 와서 말했지. "이봐요. 당신들이 우리 영토 한가운데 이렇게 땅을 차지하고 살도록 내버려둘 수는 없어요. 당신들은 그 땅을 효율적으로 이용하지 못하고 있다고요. 우리의 방식을 받아들이지 않으면 당신들을 한쪽 구석으로 몰아내고 나머지 땅을 우리가 효율적으로 사용할 수밖에 없어요." 하지만 켐케들은 테이커들처럼 춤추기를 거부했지. 그러자 테이커들은 그들을 한쪽 구석에 몰아넣고 그곳을 '보호구역'이라고 이름 붙였어. 보호구역이란 말은 그곳에서만 켐케들이 '보호'받을 수 있다는 뜻이었지. 하지만 켐케는 대부분의 식량을 수렵이나 채집활동을 통해서 얻었기 때문에 작은 보호구역 안에서는 그들이 살 수 있을 만큼의 식량을 확보하기 어려웠지.

테이커들이 그들에게 말했어. "좋아요. 우리가 당신들에게 식량을 나눠주지요. 그 대신 우리는 당신들이 보호구역에서 꼼짝 않고 있기를 원해요." 그렇게 해서 테이커들은 그들에게 식량을 주기 시작했어. 차츰차츰 켐케들은 사냥하는 방법과 채집하는 방법을 잊어버리게 되었지. 켐케 부족이 예전의 생활양식으로부터 멀어지면 멀어질수록 그들은 테이커들에게 더 많이 의존하게 되었어. 그들은 마치 거지로 전락한 기분이었고 자아존중감이란 게 아예 사라져버렸지. 그래서 많은 사람들이 알코올중독에 빠지거나 우울증에 걸려 자살을 시도하곤 했어. 마침내 그들의 자손들은 보호구역 안에서 살아가는 일이 아무런 의미가 없다고 생각하게 되었지. 그래서 밖으로 나와 테이커들을 위해 하루에 열 시간씩 춤을 추기 시작했어.

테이커들에게 저항하던 또 다른 부족으로 '와디'가 있었는데, 이들은 한 달에 단 몇 시간 춤을 췄지만 그 생활에 완전히 만족하며 살아가고 있었지. 그들은 신지와 켐케 부족처럼 되지 않겠다고 굳게 결심했어. 그들은 신지나 켐케보다 자신들이 더 많은 것을 잃게 될 거라고 생각했거든. 그들에 비해 신지나 켐케는 식량을 얻기 위해 훨씬 더 많은 시간 동안 춤을 추고 있었으니까. 그래서 테이커들이 자신들처럼 살지 않겠느냐고 제안했을 때 와디들은 지금 이대로도 충분히 행복하다며 딱 잘라서 거절했고, 얼마 뒤 마침내 테이커들이 보호구역으로 가야 한다고 말했을 때도 그들은 당연히 완강하게 거부했지.

테이커들은 와디에게 선택권이 없다고 설명했어. 만약 얌전하게 보호구역으로 가지 않는다면 무력을 사용하겠다고 말했지. 와디들은 무력에는 무력으로 대응하겠다고, 자신들의 생활양식을 지키기 위해 죽을 각오로 싸울 준비가 되어 있다고 테이커들에게 경고했어. 와디들은 이렇게 말했지. "이봐요. 당신들은 이 넓은 땅을 다 가지고 있어요. 그러니 우리가 살고 있는 이 작은 땅은 있어도 그만 없어도 그만 아닌가요? 우리는 그저 우리가 원하는 방식대로 살아갈 수 있게 내버려두기만 바랄 뿐이에요. 당신들을 귀찮게 하는 일은 없을 거요.”

하지만 테이커들은 이렇게 대답했어. “말귀를 못 알아듣는군요. 당신들의 생활양식은 비효율적이고 비생산적일 뿐만 아니라 잘못된 것이란 말이요. 사람이라면 모름지기 당신들처럼 살아서는 안 돼요. 우리 테이커들처럼 살아야 한다고요.”

“그게 옳은 방식이란 걸 당신들이 어떻게 알 수 있단 말이오?” 와디가 물었지.

“그야 당연한 것 아니오. 우리가 얼마나 성공적으로 살아가고 있는지만 봐도 알 수 있지 않소. 만약 우리의 방식이 잘못된 것이라면 우리가 이처럼 성공할 수는 없었을 테니까요.”

“우리가 보기에 당신들은 전혀 성공적이지 않소.” 와디가 대답했지. “당신들은 사람들이 살기 위해 하루에 열 시간에서 열두 시간씩 억지로 춤을 추지 않으면 안 되는 상황을 만들었소. 그건 정말로 끔찍한 생활양식이오. 우리는 한 달에 몇 시간만 춤을 추고도 결코 배고프지 않소. 왜냐하면 우리는 나가서 찾기만 하면 식량을 언제든지 얻을 수 있기 때문이오. 우리는 평안하고 걱정 없는 삶을 살고 있소. 우리에게는 그게 바로 성공적인 삶이오.”

테이커들이 말했지. “그건 전혀 성공이라고 할 수 없어요. 우리는 준비한 땅으로 당신들을 보내기 위해 군대를 보낼 거요. 그때 당신들은 진정한 성공이 무엇인지 알게 될 거요.”

그리고 자신들을 고향 땅에서 몰아내려고 테이커 군인들이 몰려왔을 때 와디는 정말로 성공에 대해 배우게 되었지. 적어도 테이커들이 생각하는 성공이 무엇인지에 대해서 말이야.

　테이커 군인들은 와디들보다 용기도 기술도 뛰어나지 않았지만 수적으로 엄청났지. 테이커들은 필요한 경우 언제든지 병력을 보충할 수 있었고, 무엇보다 큰 차이는 식량을 무제한으로 지원받을 수 있다는 점이었지. 본토에서 쉴 새 없이 생산된 엄청난 양의 식량이 매일 그들에게 공급되었으니까. 하지만 와디는 결코 그럴 수 없었어. 전쟁이 계속될수록 와디 병력은 점점 약해졌고, 오래지 않아 침략자들은 그들을 완벽하게 제압했지.

　이런 방식이 몇 년이 아니라 몇천 년에 걸쳐 이어진 거야. 식량 생산이 계속 증가하고 테이커 인구도 끝없이 팽창했지. 그래서 영토를 확장하지 않을 수 없었고, 가는 곳마다 그들은 일주일 또는 한 달에 몇 시간만 춤을 추는 부족들을 만났지. 이 부족들은 모두 신지나 켐케, 와디와 똑같은 선택을 강요받았어.

　"우리를 받아들이고 너희의 식량에 자물쇠를 채우도록 허용해라. 그렇지 않으면 파멸을 맞을 것이다."

　그러나 이 제안은 빛 좋은 개살구에 불과한 것이었지. 왜냐하면 어떤 선택을 하든지 파멸당하기는 마찬가지였으니까 말이야. 동화되기로 결정하든, 보호구역으로 쫓겨나든, 아니면 맞서서 무력투쟁을 벌이든 간에 테이커들이 휩쓸고 지나간 자리에는 오직 테이커만이 남았을 뿐이니까.

　그리고 마침내 일만 년 정도가 흘러 테르프시코레 별의 거의 모든 사람들은 테이커가 되었어. 손에 꼽을 만큼 적은 숫자로 줄어든 리버의 후예들이 사막이나 정글과 같이 테이커들의 손길이 미치지 않는 곳에 숨어서 살아가고 있었지.

　테이커들 가운데 자신들의 생활양식이 인간이라면 마땅히 취해야 할 올바른 삶의 방식이라는 것을 의심하는 사람은 아무도 없었어. 식량에 자물쇠를 채워두고 하루에 여덟 시간에서 열두 시간씩 춤을 추며 생계를 유지하는 것보다 더 좋은 게 어디 있겠어?

학교에서는 아이들에게 이렇게 역사를 가르쳤지.

인간은 약 삼백만 년 전에 출현했지만 그들 대부분은 춤을 춤으로써 식량 생산을 증가시킬 수 있다는 사실을 알지 못했다고, 이 사실은 약 일만 년 전에 그들 문화를 세운 선조들에 의해서 발견되었다고, 테이커들은 기꺼이 식량에 자물쇠를 채우고 하루에 여덟 시간 또는 열 시간씩 춤을 추기 시작했다고, 주위의 부족들도 처음엔 춤을 추지 않았지만 테이커들을 보고난 뒤 쌍수를 들어 환영하며 그들을 따라 하기 시작했다고, 식량에 자물쇠를 채워두는 것의 장점을 지각하기에는 너무나 멍청하고 미개한 몇몇 부족들을 제외하고 그렇게 춤의 대혁명은 아무런 저항 없이 세계 곳곳으로 퍼져나갔노라고.

춤추는 사람들에 대한 우화 되짚기

이스마엘이 이야기를 멈췄을 때 나는 폭탄을 맞은 것처럼 멍한 상태였어. 한참을 그러고 있다가 마침내 밖에 나가서 카페인이라도 좀 섭취하며 생각해 봐야겠다고 말했지. 어쩌면 넋이 나가서 말 한 마디 못하고 있었을 수도 있어. 잘 기억이 안 나.

실제로 나는 피어슨 백화점으로 가서 한참 동안 에스컬레이터를 탔어. 왜 그런지 모르겠지만 늘 그렇게 하면 마음이 가라앉았지. 마음을 진정시키려고 숲으로 산책을 가는 사람들도 있지만 내 경우에는 백화점에서 에스컬레이터를 타는 게 제일 효과가 확실했어.

약 사십오 분쯤 후에도 나는 여전히 넋이 나가 있었지. 다만 이제는 머릿속이 혼란스럽다기보다 배운다는 것이 무엇인지 이해하기 시작했다고나 할까. 배운다는 건 풀밭에 풀 한 포기를 심는 것과 같지만, 때로 배움이란 온 풀밭을 다 날려버릴 만큼의 커다란 충격으로부터 시작될 수도 있다는 걸 깨달았지. 이스마엘이 들려준 춤추는 사람들의 이야기가 바로 그랬어. 마침내 머릿속에 질문들이 마구 떠오르기 시작했고, 나는 다시 105

호로 향했지.

"내가 들은 걸 제대로 이해했는지 말해볼게요."

"그거 좋은 생각이구나." 이스마엘이 찬성했어.

"이야기 속 '춤을 추는 행동'은 농사짓는 걸 의미해요."

이스마엘이 고개를 끄덕였지.

"그러니까 당신 말은, 농경이라는 게 오늘날처럼 꼭 그렇게 전면적이고 대대적이어야 할 필요까지는 없다는 거네요. 그저 좋아하는 곡식들을 더 잘 자라도록 보살피는 것 정도로도 충분하다는 거죠?"

이스마엘은 다시 한 번 고개를 끄덕였어. "바로 그거란다. 만약 네가 무인도에 떨어진다면 너는 거기서 닭이나 병아리콩을 기를 순 없을 거야, 그저 그곳에 이미 자라고 있는 것들을 찾아서 더 잘 자라도록 도울 수 있을 뿐이지."

"맞아요. 그러니까 당신 말은 농업혁명 훨씬 전에도 사람들은 이미 자신들이 좋아하는 곡식이 더 잘 자라도록 장려하고 있었다는 거군요."

"분명 그렇지. 이 과정에 대해선 모든 게 명명백백하게 다 밝혀졌어. 너희처럼 똑똑한 사람들은 약 이십만 년 전 너희가 말하는 그 '혁명'이 시작되었을 때 등장했지. 어떤 세대건 똑똑한 사람들은 있지. 로켓 과학자가 될 만큼 말이야. 하지만 식물이 씨앗에서 자라난다는 것은 굳이 로켓 과학자가 아니라도 알 수 있지. 한 지역을 떠나 다른 지역으로 가기 전에 그곳에 씨앗 몇 개를 떨어뜨리고 가는 일은 누구나 할 수 있는 일이야. 잡초를 없애줘야 한다는 것, 사냥을 나갔을 때는 암컷보다 수컷을 잡는 게 낫다는 걸 깨닫는 데 굳이 로켓 과학자가 될 만큼 똑똑해야 할 필요는 없단 말이지.

유목생활은 수렵생활, 그러니까 좋아하는 동물 먹잇감의 이동 경로를 따라다니던 생활에 겨우 한 걸음 뒤처진 단계일 뿐이야. 또, 동물 먹잇감의 이동 경로를 따라다니던 수렵생활은 사냥감의 경로를 통제하고 사냥을 하는 생활에 겨우 한 걸음 뒤처진 단계일 뿐이지. 사냥감의 경로를 통제하고 사냥을 하는 생활은 말 그대로 가축을 치는 것, 그러니까 사냥감을 길들이고 기르는 것에 겨우 한 걸음 뒤처진 단계라고. 중요한 건 이들 단계의 차이가 겨우 한 걸음뿐이라는 거야.”

“그러니까 당신 말은 그 농업혁명도 그저 수천 년 동안 부분적으로 해오던 일을 전면적으로 실시한 것에 지나지 않는단 말이군요.”

“물론이지. 어떤 위대한 발명도 무(無)로부터 단 한 번의 단계를 거쳐 완성된 것은 없으니까. 에디슨이 전구를 발명하기 전에 이미 일만 년 가까운 시간 동안 그 토대가 되는 무수한 발명이 있었던 거야.”

“그래요. 하지만 당신이 말하길 우리의 혁명이 진정 새로운 까닭은 전면적으로 농경을 시작한 데 있는 것이 아니라 그것에 자물쇠를 채운 것이라고 했잖아요.”

“그렇지. 그게 바로 핵심이지. 그 점이 아니었다면 너희의 혁명은 거기서 멈추었을 거야. 물론 오늘날까지 지속되지도 않았을 테고.”

“당신은 혁명이 결코 끝나지 않았다고 말하는 건가요?”

“맞아. 하지만 머지않아 끝날 거야. 확장해나갈 공간이 허용되는 한에서 혁명은 계속 유지되겠지만 이제 더 이상 그런 공간이 없어.”

“우주의 다른 행성으로 뻗어갈 수도 있지 않을까요?”

이스마엘은 고개를 가로저었어. “줄리, 그것조차도 임시방편일 뿐이야. 이 지구상에서 살 수 있는 인구의 최대치가 육십억이라고 치자. 사실 나는 육십억도 엄청나게 많다고 생각하지만 말이야. 아마 이번 세기가 끝나기 전에 지구상의 인구는 육십억을 채우고도 남을 거야.*

또한 이 우주에 존재하는 모든 행성에 접근할 수 있게 되어서 너희들이 당장이라도 거기로 사람을 보낼 수 있다고 가정해보자. 지금 현재 너희 인구는 삼십오 년에 한 번 꼴로 두 배로 늘어나고 있으니까 지금으로부터 삼십오 년 뒤에는 두 번째 행성도 가득 채우겠지. 칠십 년 뒤에는 네 개의 행성이 가득 찰 테고 약 백오 년 뒤에는 여덟 개의 행성이 가득 찰 거야. 그런 식으로 증가한다면 십억 개 행성을 인간으로 가득 채우는 데 삼천 년이면 충분할 거야. 믿을 수 없겠지만 내 계산은 정확해. 약 삼천삼백 년 뒤에는 일천 억 개의 행성이 너희 인간들로 넘쳐나겠지. 그 숫자는 은하계 전체를 다 차지하고도 남는 숫자라고.

그리고도 계속 같은 속도로 늘어난다면 또다시 삼십오 년이 지나면 두 번째 은하계를 다 채우게 되겠지. 또 삼십오 년이 지나면 네 개의 은하를 채울 테고, 또 삼십오 년이 지나면 여덟 개의 은하가 사람들로 넘쳐나겠지. 그렇게 해서 사천 년이 지나면 백만 개의 은하가 가득 찰 거야. 오천 년이 지나면 거의 일 조에 달하는 행성이 가득 차겠지. 달리 말하면, 이 우주의 모든 행성이 가득 찰 거란 얘기지. 이 모든 게 단 오천 년이라는 시간 안에 일어날 일이야. 그것도 우주의 모든 행성에 인간이 살 수 있다는 불가능한 전제 위에서 말이야."

나는 그의 계산을 믿기 힘들다고 말했지.

"네가 한번 직접 계산해 보렴. 그러면 믿지 않을 수 없을 테니까. 무엇이

---

* 다니엘 퀸이 이 책을 집필한 시점인 1997년에 세계 인구는 약 50억 명이었으나, 2011년 현재 전 세계 인구는 거의 70억 명에 육박하고 있다.

든 제한 없이 증가하면 결국엔 이 우주를 완전히 뒤덮게 돼. 한번은 인류학자인 마빈 해리슨이 각 세대마다 인구가 두 배로 증가하면 어떻게 될까 하고 계산해보았지. 나처럼 삼십오 년마다 두 배로 증가한다고 가정한 게 아니라 이십 년마다 두 배로 증가한다고 보았을 때, 이천 년이 채 안 되어서 온 우주는 인간이란 세포들로 단단하게 결합된 거대한 덩어리로 변하게 된다는 결론을 내렸어.”

나는 한참 동안 조금이나마 이 엄청난 숫자들을 이해해 보려고 애썼지. 그러다 내가 알고 있는 어떤 여자아이 이야기를 꺼냈어. 그 애는 아기가 어디서 나오는지 누군가 이야기해주자 거의 화를 내다시피 했지. “그 애는 아마 우물 바닥이나 뭐 그런 데서 태어났나 봐요.”

이스마엘은 무슨 뜻이냐고 묻는 듯한 눈빛을 보냈지.

“내 생각에 그 애는 먼저 신에게 배신감을 느꼈던 것 같아요. 인간을 그렇게 고약한 방법으로 태어나도록 한 것에 대해서 말이에요. 그러고 나서 주변 사람들에게 배신감을 느꼈겠지요. 다들 알고 있으면서도 자기에게 이야기해주지 않았다고 말이에요. 그 단순한 사실을 자기가 지구상에서 가장 늦게 안 것 같아서 모욕감을 느꼈을 거예요.”

“그 얘기가 우리의 이야기와 어떤 상관이 있는 게로구나.”

“그래요. 당신이 말한 춤추는 사람들 이야기를 혹시 오늘 내가 지구상에서 가장 늦게 알게 된 게 아닌가 하는 생각이 들었어요.”

“우선, 네가 제대로 이해했는지부터 확인해 보자꾸나. 이 이야기가 의도하고 있는 건 뭘까?”

그건 뭐 어려울 것도 없는 질문이었지. 피어슨 백화점에 바람 쐬러 다녀오는 동안 내가 줄곧 생각했던 거니까. 그래서 나는 대답했어.

"그건 일만 년 전에 모두가 채집생활을 그만두고 정착해서 농경을 시작했다는 거짓 주장을 허물어뜨리는 거지요. 그 일이 인류의 시작부터 모두가 기다려오던 획기적 사건이었다는 거짓도 허물어뜨리고요. 또한 우리가 지금 살아가는 방식이 지배적인 것이 되었기 때문에 인간이라면 마땅히 그렇게 살아야 한다는 거짓 주장도 허물어뜨리고 있어요."

"그러니까 너는 네가 이 모든 것을 지구상에서 마지막으로 알게 된 사람일 수도 있다고 생각하는 거니?"

"문득 그런 생각이 드네요."

"그럴 가능성은 거의 없어, 줄리. 이런 이야기를 들으면, 이미 다 알고 있었다거나 그랬을 거라 짐작은 했었다고 말할 사람들은 무척 많아. 하지만 사실 그들은 고민조차 하지 않았어. 그 사람들에게는 그럴 의지가 없는 거야."

"그게 무슨 말이죠?"

"내 말은, 사람들은 알고 싶지 않는 것들을 어지간해선 쳐다보지 않는다는 거야. 이내 눈길을 다른 곳으로 돌려버리지. 내가 너에게 이야기한 것들을 알기 위해서 뭐 대단히 독창적인 관찰이 요구되거나 그런 것도 아닌데 말이야."

"혼란스럽네요." 잠시 후 내가 이스마엘에게 말했지. "아무래도 이야기가 또다시 샛길로 빠져서 헤매고 있는 것 같아요."

"우리는 헤매지 않았어, 줄리. 적어도 가고자 하는 목적지를 잃어버리지 않았으니까. 네가 알고 싶어 하는 것 중에는 큰길에서는 잘 보이지 않는 것들도 있기 때문에 이따금 샛길로 갈 필요가 있어. 하지만 어떤 길이든 결국 큰길로 이어질 거야. 그 큰길이 우리를 어디로 안내할지는 알고 있니?”

“알 것도 같은데 아직은 확실치 않아요.”

“그 큰길을 따라가다 보면 우리는 왜 너희 문화 사람들이 지혜를 찾기 위해서 지구가 아닌 다른 곳으로 눈길을 돌리는가 하는 질문으로 돌아가 게 되지. 천국이라든가 저 우주 바깥의 훨씬 진화한 우주인들이 사는 곳, 그것도 아니면 사후 세계 같은 곳으로 말이야.”

“와우! 우리의 목적지가 바로 거기였군요! 내 공상이 이렇게 딱 맞아떨 어진 경우는 없었어요. 그게 당신이 하고 싶은 말인 거죠?”

“그래, 그게 바로 내가 하고 싶은 말이야. 너희는 너희 스스로 가장 중요 한 걸 알아낼 수는 없다고 생각하지. 언제나 그렇게 생각해 왔어. 가장 중 요한 앎을 얻을 수 없다는 사실이 그 앎을 아주 특별한 것으로 만들었고, 너무나 특별해서 평범하지 않은 방법으로만 접근할 수 있다고 여기지. 기 도나 영혼 대화, 점성술, 명상, 굿, 수정구슬 들여다보기, 카드 점 같은 것 들을 통해서 말이야.”

“한마디로 허튼 수작들 말이죠?”

이스마엘은 잠시 나를 바라보더니 눈을 두 번 깜박였어. “허튼 수작들 이라니?”

“당신이 방금 말한 점성술이나 굿 같은 것들 말이에요.”

그는 살짝 고개를 가로젓더군. 꼭 소금 통에 소금이 얼마나 남아 있나 알 아보려고 흔들 때처럼 말이야. 그러고 나서 계속 말을 이어갔지.

“네가 알았으면 하는 건, 너희 문화 사람들은 앎을 너희가 접근할 수 없 는 그 무엇이라고 받아들이고 있어서 그것이 너희를 감동시키지도 혼란 스럽게 하지도 않는다는 거야. 너희 문화 사람들은 그저 그 앎을 얻기가 매우 어렵다고 미루어 짐작할 뿐이지. 그 예로, 너 또한 앎을 얻기 위해 은하계를 여행해야 한다고 생각하지 않았니.”

“네. 무슨 말인지 잘 알겠어요.”

이스마엘은 고개를 가로저었어. “아니, 아직 내가 말하려는 걸 충분히 전달하지 못했어. 이렇게 한번 얘기해보자꾸나. 사람들은 알고 있는 것에 생각의 제약을 받지는 않아. 왜냐하면 알고 있는 것은 언제나 더 크게 키울 수 있는 거니까. 오히려 잘 모르는 것들에 제약을 느끼지. 왜냐하면 잘 모르는 것에 대해선 호기심을 발휘할 수 없으니까. 무언가가 호기심 밖에 있으면 그것에 대해 알고자 하는 마음도 없을 테고, 결국 그것은 일종의 사각지대가 되는 거야. 누군가가 네 주의를 그곳으로 돌리기 전까지는 존재하는지도 모르는 그런 사각지대 말이야.”

“그리고 지금 당신은 나한테 그 일을 하고 있는 거고요.”

“정확히 맞혔어. 우리 둘은 미지의 땅을 탐험하고 있는 거야. 너희 문화의 사각지대에 위치한 거대한 대륙을 말이야.” 그는 잠시 말을 멈추었지. 그리곤 오늘은 여기까지 하는 게 좋겠다고 말했어. 나도 그렇게 생각하고 있었던 것 같아. 피곤하다고는 할 수 없었지만 꼭 커다란 파이를 세 조각이나 먹어치웠을 때와 같은 기분이었거든.

나는 자리에서 일어나며 다음 주 토요일에 만나자고 말했지. 한 삼십 초 동안 기다려도 아무런 반응이 없어서 내가 물었어. “그래도 괜찮죠?”

“최선이라고 말할 수는 없구나.” 그가 대답했지.

나는 이제 막 개학을 했고, 지금까지 늘 학기 초 몇 주 동안은 모범적인 모습을 보이려고 노력해왔다고 말했어. 그 말은 곧 평일 오후에는 학교 숙제를 열심히 해야 한다는 뜻이기도 했지.

"설명을 하자면 줄리, 지금 내 상황이 좋지가 않단다." 그는 손을 흔들어 주변을 가리켰어. "내가 이 동네에 있을 수 있었던 건 오랜 친구인 라헬 소콜로우의 보살핌 덕분이지. 그런데 그녀는 두 달 전에 죽었어."

"유감이네요." 사람들이 으레 그러듯 나도 그렇게 말했지.

"내가 상황이 좋지 않다고 말했는데, 사실 그보다 더 심각하다고 할 수 있어. 아마 두 주 후에는 이곳을 비워줘야만 할 거야."

"어디 다른 곳으로 가려고요?"

그는 고개를 저었어. "거기에 대해선 아직 생각 중이야. 네가 알아야 할 것은 나한테 시간이 별로 없고, 그 말은 곧 주말마다 오겠다는 네 생각이 거의 실현될 가능성이 없다는 거지."

나는 잠시 그 문제에 대해 생각해 보고 나서 앨런 로맥스가 그를 도와주느냐고 물었어.

"그건 왜 묻지?"

"모르겠어요. 그냥 누군가의 도움 없이는 당신 혼자 움직일 수 없을 것 같다는 생각이 들어서요."

"앨런은 나를 도와주지 않아. 그 사람은 이 일에 대해 아무것도 모르고 있어. 그가 알아야 할 필요가 없지. 하지만 너는 마치 세상의 시간을 다 가진 것처럼 생각하고 있으니까 알려줄 필요가 있겠다 싶어 말하는 거야." 나는 그 말이 못마땅했지. 눈치를 챘는지 이스마엘은 이렇게 덧붙였어. "앨런은 이미 나와 몇 주를 함께 했어. 거의 매일이었지. 우리는 이제 곧 우리가 함께 갈 수 있는 곳까지 여행을 마치게 될 거야."

그렇지만 여전히 이스마엘은 무언가를 일부러 말하지 않는 것처럼 보였어. 이를테면 앨런이란 사람과 관련해서 뭔가 숨기고 있는 것 같았지. 이스마엘이 곧 떠나리라는 걸 그가 알아야 할 필요는 없다지만, 그렇다고 알아서 안 될 이유는 또 뭘까?

이스마엘은 언어를 쓰지 않고도 '말할' 수 있다는 것을 보여주었어. 마치 빛을 뿜듯 어떤 태도를 뿜어냈지.

그건 네가 상관할 바가 아니야!

그것은 말로 표현될 때처럼 심드렁하고 무뚝뚝한 것이 아니었어. 물론 나도 내가 상관할 바 아니라는 것을 알고 있었지. 참견쟁이들은 언제나 무엇이 상관할 바이고 무엇이 그렇지 않는 일인지 정확히 알고 있으니까.

칼리오페 별 방문

자신의 문제를 털어놓고 난 뒤 이스마엘은 마음이 한결 가벼워진 것처럼 보였어. 시간이 얼마 없으니 우리의 수업은 미적거릴 틈이 없었지. 그런데도 나는 두 번째 수업을 별 필요 없어 보이는 질문으로 시작했어.

"이곳에 몇 주밖에 못 있는 걸 알면서 왜 신문에 광고를 낸 거죠?"

이스마엘은 그르렁거렸어. "신문에 광고를 낸 이유가 바로 여기에 몇 주밖에 있을 수 없기 때문이야. 어쩌면 마지막 기회일지도 모르니까."

"무슨 일을 할 마지막 기회란 거죠?"

"그야 누군가 이것을 배워가도록 할 수 있는 기회지."

"이것이라면 당신 머릿속에 있는 것을 말하나요?"

그는 고개를 끄덕였지.

"너무 따지고 들어서 미안하지만, 당신은 이미 많은 학생들을 만났을 텐데요?"

"그렇지. 하지만 그들 중 누구도 앞으로 네가 배울 것과 똑같은 걸 배워가지는 않았어. 앨런이 배우는 것과 똑같은 것을 배워간 사람도 없었지.

너희 각자가 다른 방식으로 표현된 나의 메시지를 가지고 가는 거야. 메시지의 내용은 동일하지만 그것을 말하는 방식은 다르니까 너희도 각자 나름의 방식으로 다른 사람들에게 전하게 될 테고.”

“그럼, 앨런은 춤추는 사람들 이야기를 안 들었나요?”

“안 들었지. 너 또한 불운한 이등병 이야기를 듣지는 않을 거고……. 네가 들은 이야기들은 너만을 위해 특별하게 만들어진 거야. 네가 그것을 듣고 싶은 욕구가 생긴 그 특별한 순간에 맞추어 창조된 것이지. 앨런이 들은 이야기 역시 마찬가지고. 어젯밤 너를 위해 준비한 또 다른 이야기를 소개할까 하는데…… 기억하겠지만 너희가 어떻게 지금과 같은 방식으로 살게 되었는지를 말해주는 이야기는 여러 방식으로 표현될 수 있다고 내가 말했었지?”

“네.”

“테르프시코레 이야기는 첫 번째 방식의 이야기였고, 지금부터 들려줄 칼리오페* 이야기는 두 번째 방식에 해당한다고 할 수 있지.”

“그곳은 지혜를 찾기 위해 길을 나선 네가 정말로 방문하고 싶어 할 만한 별이지.” 이스마엘이 이야기를 시작했어.

“칼리오페 별은 지구에서 그랬던 것과 아주 유사한 방식으로 생명체가 출현했지. 신이 모든 생명체를 오늘날과 똑같은 모습으로 창조했다는 엉성한 시나리오를 나는 도저히 믿을 수가 없어. 만약 신을 부모와 같다고 생각한다면, 도대체 어떤 부모가 아기를 완전히 자란 어른의 모습으로 낳

---

* 그리스 신화에 등장하는 서정시 또는 서사시를 관장하는 여신으로, 제우스와 기억의 여신 므네모시네 사이에서 태어난 아홉 뮤즈의 맏이이다.

고 싶을까. 태어나자마자 매처럼 날카로운 시야를 가지고, 치타처럼 빠르게 뛰고, 상어처럼 사냥하고, 컴퓨터 과학자들처럼 사고할 준비가 되어 있는 아기라니……. 상상력이라곤 눈 씻고 봐도 찾을 수 없는 부모나 그럴 수 있으리라고 나는 생각해.

어쨌든, 칼리오페 별의 생명체들은 흔히 진화라고 알려진 과정을 통해 등장했지. 진화가 꼭 지구에만 있으란 법은 없으니까 말이야. 아니, 오히려 지구에서만 진화가 일어났다면 그거야말로 놀라운 일 아닐까?

진화 과정에 대해서는 자세히 설명할 필요가 없겠지. 몇 가지 진화의 산물들을 확인하고 이해하는 걸로 충분할 거야. 그중에 약 일천만 년쯤 전에 칼리오페 별에 등장한 어떤 생명체를 예로 들어 살펴보자. 내가 방금 등장했다고 말은 했지만 그놈보다 앞선 존재가 없었다는 건 아니야. 물론 있었어. 이해하지?"

나는 그렇다고 대답했어.

"그놈은 고슴도치처럼 가시로 뒤덮인 도마뱀인데 개미집 속에 넣기 좋도록 길쭉한 주둥이를 가지고 있지. 부르기 쉽게 이름을 고슴도치도마뱀이라고 하자. 어쨌든 고슴도치도마뱀은 낯선 생물체였지. 뭐 너나 나한테는 고슴도치나 개미핥기나 전부 다 낯설겠지만 말이야. 자, 이제 이 생물체에 대한 너의 예상을 들어보도록 하자. 넌 이 녀석이 칼리오페의 생태계에 성공적으로 편입될 수 있을 거라고 생각하니?"

내게는 그 어떤 예상도 할 만한 근거가 없다고 대답했지. 별의 생태계가 어떤지 전혀 짐작도 안 되는데 어떻게 예상할 수가 있겠어?

이스마엘은 무슨 뜻인지 잘 알겠다는 듯 고개를 끄덕였지.

"그럼, 장소를 바꿔서 너와 좀 더 가까운 곳에서 일어났다고 가정해보

자. 생물학자들이 뉴기니의 깊은 정글에 살고 있는 고슴도치도마뱀을 발견했어. 그건 불가능한 일도 아니지. 새로운 종은 계속해서 발견되고 있으니까 말이야."

"좋아요."

"그 경우에 너의 예상은? 그 새로운 종이 성공적으로 뉴기니 정글의 주민이 될 수 있을 것 같니?"

"물론이죠. 그러지 못할 이유가 뭐죠?"

"좋아. 그럼 다음 질문으로 넘어가서, 너는 어째서 성공적으로 살아남을 거라고 예상하는 거지?"

"왜냐하면…… 성공적으로 살아남지 못했다면 그곳에 존재할 수 없을 테니까요."

"그럼 어디에 존재해야 할까?"

"아무 데도요. 아마 사라졌겠지요."

"어째서?"

"어째서냐고요? 왜냐하면…… 왜냐하면 실패작들은 사라지기 때문이에요. 안 그런가요?"

"줄리, 실패작들은 정말 사라지는 건지 아닌지 너 스스로에게 질문해 보렴."

"사라지지요. 또 그래야만 하고요. 어떤 종이 등장했다는 말은 그 종이 분명 실패작이 아니라는 뜻이죠."

"정확한 지적이야. 그 종이 우리 눈에 제아무리 이상하게 보이더라도 말이야. 그러니까 에뮤* 같이 날 수 없는 새도 말이 안 되는 것처럼 보이지만

---

* 화식조과에 속하는 몸길이 약 1.8m에 몸무게가 36~54kg에 이르는 세계에서 두 번째로

성공작인 거야. 왜냐하면 그렇게 존재하고 있으니까. 현재로서는 말이야. 물론 앞으로도 항상 성공작이리란 보장은 없지. 도도새*도 예전에 출현했을 때는 성공작이었어. 하지만 환경이 변했고, 그래서 더 이상 성공작일 수 없었던 도도새는 결국 실패작이 되어 사라졌지."

"무슨 말인지 알겠어요."

"이것이 근본적인 사실이야. 우리가 어느 시점을 택하더라도 그 시점에 나타난 생명공동체는 성공한 존재들이 모여 이룩한 공동체이며, 실패작들이 사라질 때 살아남은 것들이란 말이지."

"맞아요."

"자, 그럼 다시 칼리오페 별로 가보자. 다시 한 번 고슴도치도마뱀에 대한 너의 예상을 물어보마."

"고슴도치도마뱀은 생태계에 성공적으로 편입될 거예요. 만약 실패작이었다면 거기 등장하지도 못했겠죠."

"맞다. 어떤 종이 실패의 결과 등장할 수는 없지. 사회를 구성하는 것은 성공한 종들뿐이야. 주변 환경에 성공적으로 대응할 줄 아는 종들 말이야. 그래서 나는 칼리오페 별에서 우리가 보게 될 과정이 다른 곳과 마찬가지

몸집이 큰 새이다. 날개는 퇴화하여 날지 못하며 목이 길고 다리가 튼튼하다. 무리 생활을 하며, 잘 뛰고 헤엄도 잘 친다. 암수 모두 목이 쉰 듯한 울음소리를 내며 호기심이 강해 주변의 움직임에 쉽게 반응한다. 나무가 있는 사바나, 사방이 트인 초원 등지에 서식한다.

* 도도새는 인도양의 모리셔스(Mauritius)섬에 서식하다 멸종한 새이다. 도도라는 이름은 포르투갈어로 '어리석다'라는 의미에서 유래했는데, 이는 도도새가 사람을 두려워하지도 않고 날지도 못해서 포식자들에게 쉬운 먹잇감이었기 때문이다. 몸무게는 23킬로그램 정도로 칠면조보다 크고, 작고 쓸모없는 날개와 노란색의 억센 다리, 큰 머리에 청회색의 깃털을 가지고 있었다.

일 거라고 말하는 거야. 언제 어디서든 사회는 대부분 성공한 종들로 구성되어 있으니까."

"그래요. 달리 생각할 도리가 없네요."

"그렇지만 동시에 그 사회 안에서 어떤 종이든 쇠퇴할 수 있지. 이십 년 뒤에 다시 와보니 사라져버렸을 수도 있는 거야. 어쨌든 그렇다고 해서 우리의 예상을 일반화할 수 없는 건 아니지. 어떤 종이 실패작이 되어버리면 사라질 가능성이 높지만, 그 종이 처음 등장할 때부터 실패작이었을 리는 없으니까. 다시 말해서 실패를 통해 등장한 종은 없다는 거야. 그런 건 생각할 수도 없어."

"네. 알아들어요."

"이제 다시 칼리오페 별로 돌아가 고슴도치도마뱀의 생식 방법에 대해 설명하자면, 놈들은 말 그대로 문란한 관계를 맺지. 암컷은 제 둥지 안에 있는 어린 새끼들을 돌보다가 만약에 자기 영역 안에 다른 고슴도치도마뱀의 둥지가 무방비 상태로 있는 것을 보면, 그 안에 있는 어린 새끼들을 닥치는 대로 죽여."

나는 왜 그런 행동을 하는지 물었어.

"물론 암컷의 의도야 알 수 없지. 하지만 다른 새끼들을 죽이는 행동은 암컷 자신의 번식 성공률을 높이는 게 사실이야. 다른 새끼들이 사라지면 자신의 새끼들을 통해 유전자 풀*에 자신의 유전자를 보존할 가능성이 더 높아지니까. 무슨 말인지 알겠니?"

"그런 것 같아요. 조금 어렵긴 하지만요."

---

* 번식 가능한 어떤 생물 집단 속에 포함되어 있는 유전 정보의 총량을 말한다. 생물의 진화는 어떤 생물 집단의 유전자 풀 변화에 원인이 있는 것으로 생각되고 있다.

“좋아. 반면에 수컷들은 정반대로 행동하지. 아까 내가 암컷들은 자기 영역 안에 있는 다른 새끼들을 죽인다고 말했었지? 반면에 수컷들은 자기 영역 밖에 있는 새끼들을 닥치는 대로 죽여.”

“왜 영역 안이 아니라 바깥이지요?”

“왜냐하면 자신의 영역 안에 있는 새끼들은 자신의 새끼일 가능성이 있거든. 암컷들은 영역 안에서도 자신의 둥지에만 머물러 있지만 수컷들은 영역 안에서 여기저기 돌아다니며 번식을 하니까 영역 안이면 어디든 제 새끼가 있을 수 있는 거야.”

“머리가 아파오기 시작하네요. 어떻게 자기 영역 밖에 있는 새끼들을 죽이는 게 번식 성공률을 높이는 거죠?”

“암컷들이 다른 새끼들을 죽여서 자신의 번식 성공률을 높이는 것과는 정반대의 방식으로 가능하지. 자신의 영역 밖을 돌아다니는 수컷은 짝짓기를 할 기회를 노리는 거야. 그리고 짝짓기를 할 기회는 암컷들이 당장 젖을 물리고 있는 새끼가 없을수록 증가하게 되지. 만약 지금 젖을 물리고 있는 새끼를 죽인다면 다음에 태어날 새끼는 수컷 자신의 유전자만을 가지게 될 가능성이 더 커지는 거야.”

“와우! 그러니까 새끼를 죽이는 게 개체수 조절이랑은 별 상관이 없는 거군요.”

“각각의 개체는 유전자 풀에 자신의 유전자를 더 많이 남길 수 있는 방식으로 행동하지. 물론 그런 행동이 다른 효과를 불러오기도 해. 하나의 영역 안에 개체수가 증가하면 암컷은 다른 암컷이 품고 있는 둥지를 발견할 가능성이 더 커지고, 그러면 그 안의 새끼들을 죽일 가능성도 높아지지. 반면에, 개체수가 줄어들면 수컷들은 자신의 영역 안에서 짝짓기를 할 기회가 줄어들어 영역 밖으로 더 멀리 나가게 되고, 영역 밖에 있는 새끼들을 죽이게 될 가능성도 늘어나는 거야. 달리 말하자면, 영역 안의 개체수가 줄어들면 암컷들은 더 적은 수의 새끼들을 죽이지만 수컷들은 영역 밖에서 더 많은 새끼들을 죽이지. 영역 안의 개체수가 늘어나면 암컷들은 더 많은 새끼들을 죽이지만 수컷들이 죽이는 새끼의 수는 줄어들어 개체수가 평형을 유지하는 경향을 갖게 되는 거야."

"좋아요. 무슨 말인지 알겠어요."

"자, 그럼 고슴도치도마뱀의 이러한 시스템은 성공작일까 실패작일까?"

너무나 쓸데없는 질문이어서 나는 어리둥절했지. 그래서 이렇게 말했어.

"당신이 말한 식이라면 어떤 시스템이든 성공작일 테지요. 당신이 그 어떤 시스템을 지어내더라도 성공작일 거예요. 예를 들어 고슴도치도마뱀이 아예 짝짓기를 하지 않는다 해도 성공작이라고 말할 수밖에 없지요. 성공작이 아니라면 생겨나지도 않았을 테니까요. 아닌가요?"

"그럴듯한 이의제기로구나." 이스마엘이 수긍했지. "하지만 이건 내가 지어낸 허무맹랑한 이야기가 아니야. 실제로 흰발생쥐들에게서 관찰할 수 있는 거지. 페로미스쿠스 레우코푸스(*Peromyscus Leucopus*)라는 학명의 이 쥐들은 앨러게니 산의 숲 속에 살고 있어. 게다가 이건 들쥐나 애완용 게르빌루스쥐, 나그네쥐 등 쥐들에게만 고유한 시스템도 아니야. 몇몇 종의 원숭이들도 이런 식으로 행동하지."

"좋아요. 근데 도대체 우리가 어디로 가고 있는지 종잡을 수가 없네요."

"어디로 가고 있는지 말해주마. 아마 고슴도치도마뱀(또는 흰발생쥐)의 행태는 이상하게 보일 거야. 적어도 그게 그 종이 성공적으로 생존하는 데 어떤 식으로 기여하는지 이해하기 전까지는 말이야. 사람들은 어쩌면 그런 행동을 비도덕적이라고 생각할 테지. 그래서 올바른 생각을 가진 사람이라면 마땅히 중단시켜야 한다고 생각할 거야.”

“네. 그건 맞는 말이에요.”

“줄리, 네가 깨달았으면 하는 건 그런 행태를 너희들이 보기에 더 고등하고 고귀한 방식으로 바꾸려 들면 그 종은 몇 세대 안 가 멸종하고 말 거라는 점이야. 조금 어려운 말을 쓰자면, 지금까지 우리가 살펴본 전략들은 진화의 관점에서 볼 때 안정적이라는 게 입증되었다는 거야. 지금 이 순간 관찰할 수 있는 방식은 지난 수천만 년 동안 수십만 번의 시행착오를 거친 결과라는 걸 생각해야 해. 그 시간 동안 온갖 번식 전략들이 시도되었을 테고, 그 가운데 대부분은 저절로 사라졌겠지, 아까 네가 말한 아예 짝짓기를 안 하는 전략까지 포함해서 말이야. 짝짓기를 안 하는 동물들은 당연히 유전자 풀에 어떤 기여도 하지 못하게 되지. 짝짓기를 하지 않는 개체들은 번식을 못하게 되고, 그러면 개체수가 줄어들면서 짝짓기를 하지 않는 경향 자체가 점점 사라져버릴 거야. 이해가 가니?”

“물론이죠.”

“그러는 동안 계속 수많은 번식 전략들이 시도되겠지. 그 가운데 번식 성공률을 높이는 것은 여러 세대를 거치면서 더욱 강화될 테고, 반대로 번식 성공률을 떨어뜨리는 것은 약화되겠지. 이것도 이해되지?”

“네.”

“그런 과정을 거치면서 결국에는 단 하나의 우월한 전략이 남게 되는 거야. 자기 영역에 개체수가 많아지면 암컷들은 경쟁자의 둥지에 있는 새끼들을 죽이지. 짝짓기를 할 기회가 줄어들면 수컷들은 자기 영역을 벗어나 닥치는 대로 새끼들을 죽이는 거고. 이 전략을 자세하게 분석해보면 왜 다른 어떤 전략보다 그것이 더 우월한지 알 수 있을 테지만, 어쨌든 이 전략은 진화적 관점에서 안정적이지. 다시 말해 이 전략을 대신할 만한 다른 전략은 존재하지 않아. 아마 있다 해도 그건 실패작일 테지. 만약 다른 새끼들을 죽이는 걸 포기하는 개체가 있다면 그 녀석은 다른 개체들만큼 번식에 성공할 수 없을 거야. 이는 곧 이 전략에 대한 어떤 도전도 그 종의 생물학적 지속성 자체에 대한 도전이 될 거라는 말이지.”

“알겠어요. 머리가 좀 어지럽긴 하지만 어쨌든 무슨 말인지는 알 것 같아요.”

“어린 새끼를 죽이는 이런 행태는 아마 너에게는 무척 이상하게 보이겠지. 하지만 그런 행동은 그 종이 태생적으로 이상해서라기보다는 네가 지금까지 익숙하게 생각해 온 패턴과 다르기 때문일 거야. 아마 너는 흰발생쥐에 대한 다큐멘터리를 보고 싶은 마음이 별로 없을 거야. 분명히 그건 흥미를 끄는 소재가 아닐 테니까 말이야.

네 흥미를 끄는 건 야생염소나 큰뿔영양, 바다코끼리처럼 몸집이 크고 드라마틱한 동물들에 대한 다큐멘터리겠지. 그놈들은 번식에 성공하기 위해 한 놈 한 놈이 피나게 노력하는 모습을 보여주니까. 예를 들자면 야생염소 수컷 두 마리가 서로 뿔을 부딪치며 기 싸움을 하는 장면이나 거대한 바다코끼리 수컷이 많은 암컷들을 거느리기 위해서 다른 수컷을 무지막지하게 밀어붙이는 장면 같은 거 말이야. 사람들이 환호하고 즐거워하는 건 그런 광경이지 흰발생쥐들이 엄지손가락보다도 작은 새끼의 머리를 물어뜯는 모습은 결코 아닐 거야.”

“그 말은 맞는 것 같네요.”

“그렇지만 내가 방금 말한 덩치 큰 놈들 사이의 싸움도 치명적이긴 마찬가지야. 단지 차이가 있다면 보기에 더 흥미롭다는 것뿐이지.”

“맞아요. 근데 요점이 뭔지 모르겠어요.”

“요점은 네게 이상하게 보이는 것들이라도 사실 전혀 이상할 게 없다는 거야. 너는 동물은 사납다는 생각에 익숙하기 때문에 큰뿔영양이나 바다코끼리의 공격성이 전혀 특별해 보이지 않는 거야. 하지만 동물들이 경쟁자의 새끼를 죽이는 행위엔 익숙하지 않아. 그래서 흰발생쥐가 새끼를 죽이는 행동을 충격적이라고 받아들이는 거지. 하지만 실제로 두 전략은 똑같이 이상하고 똑같이 정상적이라고 할 수 있어.

내 말은, 너와 함께 이 생태계를 이루고 있는 네 이웃들을 밤비 만화의 등장인물처럼 여기는 일을 그만두라는 거야. 그들을 동물 모양을 한 사람들로 착각하는 일 말이야. 아마 디즈니 만화에서는 발정기의 수컷 사슴 두 마리가 서로 머리를 부딪치는 모습을 영웅적이고 용감한 전사들의 모습으로 그리겠지. 하지만 상대의 둥지 속 어린 새끼를 죽이는 흰발생쥐는 분명히 사악하고 못된 악당으로 그릴 거야.”

“네, 무슨 말인지 이제 확실히 이해했어요.”

칼리오뻬 볕, 두 번째 이야기

"줄리, 우선 생명공동체 안의 경쟁과 관련된 일반적인 사실 몇 가지를 짚고 넘어가는 게 좋을 것 같구나."

"좋아요."

"지금 앨런과 나는 종간경쟁(種間競爭)에 대해 공부하고 있어. 그러니까 서로 다른 종들 사이의 경쟁에 대해서 말이야. 생태계 종들 간에는 활발한, 그러나 제한적인 경쟁을 보장하는 일정한 규칙이나 전략이 발전되어 왔지. 다소 거칠더라도 요약하자면 이렇게 말할 수 있겠지. '할 수 있는 최대한 경쟁하라. 그러나 상대를 완전히 없애거나, 그들의 식량을 파괴하거나, 그들이 식량에 접근하지 못하도록 막지 말라'라고 말이야. 아직 감이 안 오나 본데, 너와 나는 또 다른 형태의 경쟁을 공부하고 있는 거야. 종내경쟁(種內競爭), 즉 같은 종 안에서의 경쟁 말이야."

"흠, 그렇군요. 좋아요." 나는 가볍게 대답했지.

"흰발생쥐의 경우에서 금방 알아차렸겠지만 종간경쟁에 적용되는 규칙들은 종내경쟁에는 적용되지 않아. 암컷 흰발생쥐는 경쟁자인 다른 암컷 흰발생쥐의 새끼들을 죽이지만 결코 뾰족뒤쥐의 새끼를 죽이는 법은 없어. 왜 그럴까?"

나는 잠시 생각해 본 다음 말했어. "내가 제대로 이해한 거라면, 암컷 흰발생쥐는 경쟁자의 새끼를 죽여야 자기 자신의 번식 성공률을 높일 수 있어요. 경쟁자의 유전자가 아니라 자신의 유전자를 유전자 풀에 더 많이 확보할 수 있는 거죠. 맞나요?"

"정확해."

"하지만 뾰족뒤쥐의 새끼를 죽이는 건 아무런 이득이 없지요."

"왜 그렇지?"

"뾰족뒤쥐의 새끼를 죽여서 뭐하겠어요. 그래 봐야 뾰족뒤쥐의 유전자는 뾰족뒤쥐의 유전자 풀로 갈 테니까요. 그렇죠? 내가 제대로 이해하고 있는 건가요?"

이스마엘은 고개를 끄덕였어. "제대로 이해하고 있구나. 네 말대로 뾰족뒤쥐의 유전자는 뾰족뒤쥐 유전자 풀로 가겠지."

"그러니까 뾰족뒤쥐의 새끼를 죽인다고 해서 자신의 유전자가 흰발생쥐 유전자 풀에 더 많이 가게 되는 건 아닌 거죠. 올빼미나 악어를 죽인다 해도 마찬가지고요."

이스마엘이 한참이나 나를 물끄러미 쳐다봤지. 나는 어색해서 몸을 비틀다가 결국 참지 못하고 뭐 잘못된 게 있느냐고 물었어.

"아무것도 잘못된 건 없어, 줄리. 그렇게 명쾌하게 대답을 할 수 있다니, 네가 전에 이 분야를 공부한 게 아닐까 잠시 궁금해졌을 뿐이야."

"아뇨. 당신이 말하는 그 분야라는 게 뭔지도 모르겠는걸요."

"그건 중요하지 않아. 네가 아주 빨리 배우기는 한다만 우쭐해하지 않도록 이 말은 꼭 해야겠구나. 네가 내린 결론은 조금 성급한 데가 있어. 만약 흰발생쥐가 뽀족뒤쥐의 새끼를 죽인다면 이득을 보는 것도 있으니까 말이야. 뽀족뒤쥐의 새끼들은 흰발생쥐의 새끼들과 자원의 일부를 두고 경쟁을 벌이기도 하거든.”

“그런데 왜 죽이지 않는 거죠?”

“왜냐하면 자원의 일부를 두고 흰발생쥐와 경쟁하는 종은 뽀족뒤쥐 말고도 수천 종은 더 되니까. 반면에, 다른 암컷의 새끼들은 흰발생쥐가 필요로 하는 모든 자원을 두고 전면적으로 자신의 새끼들과 경쟁을 하지.”

잠시 나는 무슨 말인지 어리둥절했지만 곧 이해할 수 있었어. “다른 새끼 흰발생쥐들과 말이죠?”

“물론이지. 새끼 뽀족뒤쥐를 죽이는 건 아주 제한적인 이득만 가져올 뿐이지만 새끼 흰발생쥐를 죽이는 건 의심할 나위 없이 명백한 이득을 낳거든.”

“네, 알겠네요.”

“바로 그게 종들 사이의 경쟁을 지배하는 법칙이 같은 종 안의 경쟁을 지배하는 법칙과 아주 다른, 또 달라야만 하는 까닭이지. 종내경쟁은 언제나 종간경쟁보다 더 가혹하지. 한 종의 구성원들은 같은 자원을 두고 영원히 경쟁을 해야 하기 때문이야. 짝짓기의 경우만 봐도 분명하게 확인할 수 있지. 수백 개가 넘는 종들이 오디 열매를 먹기 위해 흰발생쥐와 경쟁을 벌이지만, 암컷 흰발생쥐와 짝짓기를 하기 위해 경쟁을 벌이는 건 오로지 또 다른 흰발생쥐뿐이지.”

“아!” 무심결에 내가 내뱉었어.

“아? 그게 무슨 뜻이지?”

"그건, 그러니까…… 다음은 바다코끼리나 큰뿔영양이 암컷을 차지하려고 벌이는 짝짓기 싸움을 이야기할 차례인 것 같아서요. 맞나요?"

"꼭 그렇진 않아. 우리의 관심은 일반적인 종내경쟁에 대한 거야. 번식뿐만 아니라 모든 자원을 두고 전면적으로 일어나는 경쟁 말이야."

"좋아요. 하지만…… 우리가 지금 제대로 가고 있는 게 맞나요? 인간들은 왜 자신이 어떻게 살아야 하는지를 알기 위해 천사나 외계인, 아니면 귀신 등을 찾는지 그 대답을 찾아가고 있는 게 맞느냐고요!"

"안 그래 보이겠지만 우리는 분명 제대로 가고 있어."

"좋아요. 그럼 됐어요."

"진화의 결과로 등장하는 것은 무언가 이득이 있는 전략이겠지. 예를 들자면, 앞서 우리가 살펴본 대로 경쟁자의 새끼를 죽이는 것은 흰발생쥐에게 이득이 있어. 하지만 자기 자신의 새끼를 죽이는 건 아무런 이득이 없지. 그건 자기 파괴적이고, 따라서 그 전략으론 종의 진화가 일어날 수 없으니까. 내 말 알아듣겠지?"

"네."

"자, 이제 같은 종 내부의 갈등에 대해서 살펴보자꾸나. 같은 종들끼리는 같은 자원을 두고 매일, 아니 매시간 끊임없이 갈등을 겪어. 물론 여기서도 진화는 파국을 막을 해결 수단을 탄생시켰지. 자원을 두고 벌어지는 모든 싸움에 항상 목숨을 걸 수는 없으니까."

"그렇겠지요."

"같은 종끼리 벌어지는 갈등의 경우에는 제한된 몇 가지 전략이 적용된다고 볼 수 있지. 여기서 그 전략들을 낱낱이 살펴볼 필요는 없어. 나는 다시 칼리오페 별로 가서 '아크'들을 살펴보자고 제안하고 싶어. 아크들이 그들 사이의 갈등을 해결한 그 진화 전략을 연구해보려는 거지."

"아크가 뭐예요?"

"아크는 원숭이와 타조를 섞어놓은 것 같은 동물이지. 그런 이상한 결합을 머릿속에 그릴 수 있을지는 모르겠다만 말이다. 원래 그놈들은 새였지. 하지만 나무에 너무 오래 머물렀기 때문에 날 수 없게 되었어. 그래서 퇴화된 작은 날개가 있다는 점에서는 타조와 비슷하지만, 나뭇가지를 그러쥐거나 나무에 매달리기 쉽게 발달한 사지와 꼬리를 가지고 있다는 점에서는 원숭이와 비슷하지. 덕분에 놈들은 포식자들로부터 쉽게 도망칠 수 있어. 어쨌든, 다른 종들의 경우 대부분 수컷은 암컷을 임신시킨 뒤 쓸모가 없어지지만, 아크 수컷은 암컷 곁을 지키며 갓 태어난 새끼들에게 먹이를 먹이지. 새끼들을 위해서 식량을 모아오는 일이 끝날 때쯤이면 그놈이 거느린 암컷들 중 서너 마리는 다시 짝짓기를 할 때가 되고, 이렇게 아크들은 말 그대로 가족이라는 울타리를 형성하고 살아가는 거지.

아크 두 마리가 맛난 과일 조각을 두고 대치하는 상황에 놓이면 보통 이빨을 드러내고 서로를 노려보며 쉿소리를 내지. 만약 한 놈이 다른 놈보다 눈에 띄게 작다면 그놈은 곧바로 꼬리를 내리고 재빨리 도망치지만, 언제나 그런 건 아니야. 다섯 번 중에 두 번은(아마도 얼마나 배가 고픈가에 따라 다르겠지만) 작은 놈이 위아래로 팔딱팔딱 뛰며 위협적인 태도를 드러내지. 그럴 때면 대개 다른 한 놈이 뒤로 물러서. 몸집이 더 크더라도 말이야. 하지만 이것도 언제나 그런 건 아니야. 아마 다섯 번 중 한 번은 큰 놈도 물러서지 않고 이빨을 딱딱 마주치며 위협을 가하고 위아래로 팔짝팔짝 뛰지. 그러면 상대방은 보통 다리 사이로 꼬리를 감추고 내빼지만 이것도 늘 그런 건 아니야. 아마 열 번 중에 한 번은 작은 놈이 대담무쌍하게 큰 놈을 위협하고 그러면 결국 두 놈은 서로 뒤엉켜 싸움을 벌이게 되는데, 이 싸움은 보통 이삼십 초 동안 계속되고 그 결과는 자잘한 상처와 멍 자국을 남길 뿐이야. 그리고 승리한 놈이 과일을 가지고 사라지는 거지.

각각의 아크가 택한 전략은 이렇게 요약할 수 있겠지. '경쟁자인 다른 아크와 맞설 때는 거칠게 굴어라. 그러나 상대의 몸집이 확실히 크거나 먹이가 꼭 필요하지 않을 때는 꼬리를 내려라. 만약 먹이가 꼭 필요하다면 상대방이 꼬리를 내리도록 좀 더 사납게 굴어라. 이때 상대방이 더 거칠게 나온다면 도망가라. 물론 정말 그 먹이가 필요하지 않고 그렇게 하는 것이 신상에 이롭다고 느끼는 경우에 한해서!' 이 전략이 논리적인 사고의 결과라고 말하려는 게 아니야. 그저 그것을 논리적으로 정리하자면, 그래서 말로 표현하자면 이런 식일 거라는 거지. 아크들은 마치 일관된 전략, 그러니까 내가 방금 거칠게나마 정리한 전략을 따르는 것처럼 행동한다는 거지."

"무슨 말인지 알겠어요."

"그런데 이런 행동은 전혀 특별한 게 아니야. 지구상의 종들 대부분은 자원을 둘러싸고 벌어지는 같은 종 내부의 갈등을 이런 식으로 해결하고 있지. 도토리 하나 때문에 매번 전면적인 싸움을 벌이지는 않아. 하지만 그렇다고 항상 물러서는 것도 아니야. 중요한 건 어느 정도 예측이 가능해야 한다는 거지. 하지만 지나치게 예측 가능해서도 안 돼. 무슨 말이냐 하면, 네가 상대방에게 이빨을 드러내면 상대방은 네가 공격할 거라는 걸 예상할 수 있어야 하지만 자신이 너에게 이빨을 드러내기만 하면 네가 바로 물러설 거라는 걸 예상할 수 있도록 해선 안 된다는 거야."

"그렇지요."

"다시 말하지만 이런 전략은 효과가 있기 때문에 발전해왔어. 모든 종들에게, 그리고 아마도 이 우주에 있는 모든 존재들에게 먹히는 전략이었다는 거야."

"말이 되네요."

이스마엘은 잠시 생각에 잠겼어. "내가 지적하고 싶은 건, 네가 공상 속에서 꿈꾸었던 그런 여행을 한다면 어디를 가든 이것과 마찬가지의 진화적 배경들을 목격하게 되리란 거야. 왜냐하면 (지구뿐만 아니라) 그 어디에서든 진화란 예외 없이 뭔가 효과가 있는, 즉 먹혀드는 전략을 탄생시키는 과정이거든. 그 먹혀드는 전략이라는 게 행성에 따라 크게 다르거나 하지 않을 거란 말이야. 우주 어디를 가든 어떤 종이 도태되어 사라지는 것은 볼 수 있겠지만 도태가 일어난 결과로 종이 출현하는 걸 볼 수는 없을 테니까. 또, 우주 어디를 가든 한낱 식량 부스러기 때문에 매번 목숨 걸고 싸우는 일은 없다는 걸 알게 될 거야."

나는 눈을 감고 의자 깊숙이 몸을 기댄 채 잠시 생각해 보았지. 그러고 나서 이렇게 말했어. "당신이 말하려는 건, 만약 내가 그 광대한 우주를 실제로 여행했다면 찾게 되었을 근원적인 지식에 관한 것이로군요."

이스마엘은 고개를 끄덕였어. "그래, 어떤 면에서 우리 둘은 바로 지금 여기서 그 여행을 하고 있다고 할 수 있지. 지구를 떠나지 않고서 말이야. 계속해볼까? 아까 아크의 경쟁 전략을 말하면서 나는 매우 중요한 요소인 영토권 문제는 나중에 말하려고 미뤄두었어. 이제 그 이야기를 해보자꾸나. 인간들은 자주 동물들의 영토권에 대해 오해하곤 하지. 그것을 인간들의 언어로 이해해서 말이야.

오해는 한 무리의 사람들이 그들을 위한 영토를 발견하면서 시작되었겠지. 그들이 자신의 소유라고 부르는 공간 말이야. 그들은 그 땅을 조각조각 나누어 갖고는 이렇게 말하지. '이 땅은 우리의 것이다. 우리는 이 안에 있는 어떤 것도 빼앗기지 않을 것이다.' 그러니까 사람들은 동물들도 냄새로 영역을 표시하면서 자신들과 똑같은 행위를 하고 있다고 전제하는 거야. 이런 인간중심주의는 많은 혼동을 낳게 되지. 동물들은 그처럼 높은 수준의 추상화 능력이 없을 뿐더러 그런 식의 영토에 대해선 관심도 없어.

동물들은 결코 자신들 소유라고 부를 만한 공간으로서의 영토를 찾아다니지 않아. 그저 식량과 짝짓기 상대를 찾아다닐 뿐이지. 그래서 찾게 되면 그 주위로 원을 그리는 거야. 그 원을 통해 같은 종의 경쟁 상대들에게 이렇게 말하는 거지. '이 원 안에 있는 자원들은 임자가 있으니 넘보지 마라!' 그건 몇 평이냐 따위의 문제와는 차원이 다르다고. 그 안에 있는 자원이 사라지게 되면 그곳을 차지했던 동물은 뒤도 돌아보지 않고 떠나버리지."

"당연히 그러겠지요."

"자원을 방어하는 동물들은 대개 영토를 방어하는 것처럼 행동하지만, 자신의 영토를 침범하는 수천의 다른 종들에 대항해서 영토를 방어하진 않아. 그럴 수도 없고, 또 그럴 필요도 없으니까. 그들이 영토를 방어해야 할 대상은 오직 그들과 같은 종이야. 그 이유는 이미 앞에서 살펴보았고.

영토권은 종내경쟁에 새로운 차원을 더하지. 위대한 동물학자였던 니콜라스 틴베르헌*은 사십 년 전에 큰가시고기 두 마리를 이용해 놀라운 사례

---

* 니콜라스 틴베르헌(Nikolaas Tinbergen, 1907~1988)은 네델란드 출신의 동물학자이다. K. Z. 로렌츠와 협력하여 비교행동학을 창안하였다. 자연환경에서의 동물 행동을 연구하였으며, 특히 동물의 구애 행동과 사회 행동에 관한 본능적 행동기제의 해명을 연구 목표로 삼았다.

를 보여주었어. 틴베르헌은 두 개의 유리 실린더를 이용해서 수족관 안 각기 반대편에 둥지를 튼 큰가시고기들을 이리저리 옮겨보았지. 편의상 두 놈을 빨강이와 파랑이라고 부르도록 하지. 빨강이와 파랑이를 각각 실린더에 담은 채 수족관 중앙에 모아두자 두 놈은 똑같이 상대편에게 적대적으로 반응했어. 하지만 두 놈을 빨강이의 둥지 쪽으로 옮기자 상황이 달라졌지. 빨강이는 공격하려 하고 파랑이는 물러서려고 한 거야. 두 놈을 다시 파랑이 둥지 쪽으로 옮기자 역할은 반대가 되었어. 파랑이는 공격하려 하고 빨강이는 도망가려고 한 거야.(한편으로 이 실험은 '영토의 허구성'을 드러내는 것이기도 해. 큰가시고기는 분명 물을 차지하기 위해서 싸우지는 않으니까.)

이것을 통해 대립하는 같은 종의 개체들이 전형적으로 따르는 전략에 영토성이 더해지는 걸 볼 수 있지. '네가 살고 있는 곳에선 상대를 공격해라. 하지만 네가 침입자일 땐 후퇴하라.' 만약 너한테 개나 고양이가 있다면 네 집 주변에서도 이런 전략이 행해지는 걸 볼 수 있을 거야, 줄리."

"네, 하지만 개나 고양이 이야기가 나오니 동물의 영토권에 관해 한 가지 의문이 드네요. 함께 사는 인간들과 새집으로 이사한 뒤에 개나 고양이는 옛집에 가려고 하는 경우가 많잖아요."

이스마엘은 고개를 끄덕였어. "네 말이 맞아, 줄리. 길들여진 동물들에 대해선 미처 생각을 못했구나. 길들여진 동물들의 경우엔 영토에 대해 인간과 아주 비슷한 태도를 보이지. 길들여진다는 의미가 바로 그것이기도 하니까. 길들인다는 말 자체는 '익숙하게 하거나 집착하게 한다'라는 뜻이지. 만약 그 녀석들이 버려져서 다시 야생으로 돌아가게 되면 곧바로 집에 대한 집착을 버리는 걸 보게 될 거야. 야생의 상태에서 집에 대한 집착은 전혀 득이 될 게 없으니까 말이다."

“무슨 말인지 알겠어요.” 내가 대답했지.

“다시 칼리오페 별의 아크들에게로 돌아가 보자. 우리가 처음 그곳을 방문하고 나서 오백만 년이 흘렀어. 기후도 상당히 많이 변했지. 아크들의 피난처가 되어주었던 범접할 수 없을 만큼 무성했던 숲의 장막이 사라져 버린 거야. 하지만 아크들이 변화에 적응할 수 없을 정도로 갑작스럽게 사라져 버린 건 아니었어.

이제 우리 눈앞에 있는 것은 나무 위가 아니라 땅 위에 서식하는 종이야. 그런데 이놈들은 이제까지의 종과는 눈에 띌 만큼 다르기 때문에 새로운 이름을 붙여줄 필요가 있어. 편의상 녀석들을 ‘바크’라고 부르기로 하자.

바크들은 더는 그들의 조상처럼 재빠르게 나무 우듬지로 올라가 포식자들을 피할 수 없게 되었지. 과거에는 한 놈 한 놈 그렇게 도망가는 게 완벽한 방법이었지만 이제는 무리가 함께 힘을 모아 스스로를 방어해야 했어. 꼭 군대처럼 말이야. 무리에서 떨어지는 놈들은 포식자의 손아귀에 붙잡힐 확률이 높았지.

바크의 조상들은 나무에서 구할 수 있는 것이라면 무엇이든 먹었어. 열매는 물론이고 씨앗, 잎사귀, 또 다양한 곤충들까지. 다 자란 새를 잡을 만큼 재빠르진 못했지만 가끔 어미 새가 떠난 둥지는 훌륭한 성찬을 제공했지. 그러나 점차 먹이를 찾아서 나무 아래로 내려올 수밖에 없게 되면서 사정은 완전히 달라졌어. 우선 식량을 예전 같은 방법으로 구할 수 없었을 뿐더러 땅 위에는 훨씬 많은 경쟁자들이 있었지. 식량을 구하기 위해서는 더 많은 모험을 감수해야 했어. 경쟁자들 가운데 많은 놈들이 훌륭한 먹잇감이었지만 놈들을 사냥하는 건 쉬운 일이 아니었지. 땅에서는 나무 위에서처럼 재빠르지 못했으니까. 바크들은 한 놈 한 놈에게 부족한 민첩성을 만회할 수 있는 새로운 수단을 발전시키게 되는데, 그게 바로 '협동'이었어. 덕분에 녀석들은 사냥에서 성공할 확률이 훨씬 높아졌지.

녀석들 안에서의 경쟁도 그 성격이 달라졌지. 바크 하나하나는 여전히 자원을 두고 다른 바크와 경쟁했지만, 집단 전체의 성공을 보장하기 위해 다른 바크들과 어떻게 협동하는가에 따라 개개인의 성패가 좌우되게 되었어. 아까도 말했지만 아크들은 공격을 받으면 나무 우듬지로 흩어져 도망치면 그만이었지만 바크들은 땅 위에서 그런 민첩성을 가질 수 없었으므로 대오를 갖추고 맞서 싸워야만 했어. 아크는 철저히 혼자서 먹이를 구했고, 이건 나무 위에선 아주 효과적인 전략이었지. 하지만 바크들은 땅 위에서 살아야만 했으니 예전과 다르게 무리를 이루어 먹이를 구하는 것이 훨씬 더 성공적인 전략이었던 게지.

이제 우리가 보게 되는 건 개인 대 개인이 아니라 집단 대 집단으로의 변화야. 비록 경쟁 단위는 달라졌지만 전략은 여전히 똑같지. '너희 집단이 사는 곳이면 상대를 공격하라. 하지만 너희 집단이 침입자이면 물러서라. 둘 중 누구도 주인이나 침입자가 아니라면 절충하는 전략을 따라라. 일단 위협해 보라. 상대방이 물러서면 좋지만 만약 상대방 역시 위협으로 되받는다면 때로는 공격하고 때로는 물러서라. 상대방이 먼저 위협해오면, 때로는 위협으로 받아치고 때로는 물러서라.'

이런 전략은 어느 한쪽이 멸종하거나 전부를 다 차지하는 것을 막고 바크 무리가 서로 공존할 수 있도록 만드는 한편, 동시에 그들이 자원을 두고 매번 죽을 때까지 싸우는 일을 피하면서 경쟁을 계속할 수 있도록 만들어 주지."

"네, 그렇군요."

"자, 이제 또 한 번 칼리오페 별을 떠났다가 다시 오백만 년이 지나고 나서 가보았다고 치자. 별을 휙 둘러보면 한눈에도 바크가 아직 번성하고 있는 것을 알 수 있지. 하지만 그들 중에 한 갈래는 새로운 종으로 진화했어. 그들을 편의상 '카크'라고 부르기로 하자. 어떤 이유로 그들이 진화했는지 굳이 설명할 필요는 없을 것 같구나. 그저 그렇게 되었다고 해두자.

여러 가지 측면에서 카크와 바크 사이의 유사성이 바크와 아크 사이의 유사성보다 훨씬 더 컸어. 기억하겠지만 아크들은 나무에 살면서 한 놈 한 놈 독립적으로 먹이를 구했고 공격을 받으면 흩어져서 도망쳤지. 카크는 땅 위에 살면서 집단으로 수렵생활을 한다는 점, 그리고 공격을 받으면 집단이 대오를 이뤄 싸운다는 점에서는 바크와 비슷하지만 이런 경향을 엄청난 폭으로 진전시켰다는 점이 특징이지.

이 녀석들은 문화를 가지고 있었어. 이는 각 세대마다 부모가 자식에게 그들이 이전 세대로부터 배운 것을 전수한다는 뜻이야. 이전 세대로부터 배운 것에 자신의 새로운 지식까지 더해서 말이지. 그들이 전수한 것은 적어도 삼사백만 년 전부터 다양한 시기를 거치며 축적된 지식들이지. 예를 들자면, 어떤 나무의 가지를 개미굴에 넣어야 개미를 더 잘 잡을 수 있는지, 어떻게 동물 가죽을 손질해서 띠나 덮개를 만들고 나무껍질을 꼬아 동아줄을 만드는지, 어떻게 불을 피우는지, 어떻게 돌을 갈아서 날카로운 칼을 만드는지, 어떻게 창과 창 촉을 만드는지를 가르치는 거야. 이처럼 여러 시대를 거쳐 발전된 수천 가지의 기술들이 세대에서 세대로 대를 이어 전수되는 거야.

떼를 이뤄 산다는 점에서 카크들은 조상인 바크와 다를 바 없지만, 바크처럼 무리를 지어 산다고만 말하는 건 정확하지 않아. 바크는 비록 여러 무리가 있을지라도 그들 사이에는 별 차이가 없었던 반면, 카크는 일종의 독립적인 부족을 이루어 살기 때문이지. 제이라는 부족, 케이라는 부족, 엘, 엠, 엔 등등으로 말이야. 각각의 부족은 서로 확연히 구별되는 나름의 뚜렷한 문화적 집적물이 있고, 그것은 세대를 통해 이어지지. 조금 전에 이야기한 수많은 기술들과 함께 말이야.

그 기술들은 그들 모두의 조상인 아크로부터 전해 내려온 유산들이지. 부족의 유산은 수만 년, 때로는 수십만 년의 역사를 가진 노래와 이야기, 신화와 관습 등을 총망라하는 것이니까. 지금 이 순간을 기준으로 보자면 카크들은 문자를 가진 존재도 아니고, 설사 그들이 문자를 가지고 있었다 해도 그 기록이 수만 년 전까지 거슬러 올라갈 수는 없었을 거야. 그들에게 그 유산들이 얼마나 오래된 것이냐고 묻는다면 그 누구도 모른다고 대답할 수밖에 없을 테지. 제이 부족이 아는 한에서 그들은 말 그대로 아주 오래오래 전, 시간이 생겨날 무렵부터 늘 그래왔다고 생각할 거야. 케이나 엘, 엠 또는 나머지 부족들도 다 마찬가지지.

부족 간에는 몇몇 차이점들이 존재하는데, 그 차이점들은 언뜻 보면 그저 우연인 것처럼 보여. 어떤 부족은 대바구니 문양의 단지를 좋아하고 어떤 부족은 밧줄을 감아올린 듯한 문양의 단지를 좋아하지. 어떤 부족은 검정과 흰색을 주로 사용해 직물을 짜는 반면에 또 다른 부족은 좀 더 색깔이 다양한 직물을 짜지. 물론 훨씬 더 결정적인 차이점들도 존재해. 어떤 부족에서는 모계 혈통을 따르는데 어떤 부족에서는 부계 혈통을 따르고, 어떤 부족에서는 연장자가 부족의 일에 더 큰 목소리를 내지만 어떤 부족에서는 성인이라면 모두가 평등하지. 어떤 부족은 권력을 세습하는데 어떤 부족은 일대일 결투를 통해 통치자를 뽑아. 엠 부족의 경우, 가장 중요한 혈족이 엄마와 외삼촌들이고 아버지는 전혀 중요하지 않지. 엘 부족의 경우, 남자와 여자는 결코 남편과 아내로 함께 사는 일이 없어. 남자들은 하나의 공동주택에 다 같이 모여 살고, 여자들도 또 다른 공동주택에 모여 살지. 어떤 부족은 아내 한 명이 남편을 여럿 거느리는 반면, 어떤 부족에서는 남편 하나가 아내를 여럿 두지. 이 밖에도 차이는 많아.

이런 것들보다 더 중요한 차이는 각 부족의 규율이야.

이들 각 부족의 규율에는 단 한 가지의 공통점이 존재하는데, 그건 규율들이 무언가를 금지하는 리스트라기보다는 공동체생활에서 필연적으로 발생하는 문제들의 해결책에 가깝다는 거야. 네가 알고 있는 법률과는 달리 그것들은 어떤 위원회에서 만들어진 게 아니야. 오히려 경쟁에 관한 전략들처럼 부족 구성원들 사이에서 자연스럽게 발전해온 거지. 수만 년의 세월 동안 효과를 발휘하지 못하는 규율들은 꾸준히 버려가면서 말이야.

말 그대로 엘 부족은 바로 엘 부족의 규율 그 자체라고 할 수 있지. 좀 더 정확히 말하면 각 부족의 규율들은 그 부족의 의지를 대표한다고 할 수 있어. 그들의 규율은 그들 문화의 전체 맥락 안에서 그들에게 너무나 잘 들어맞는 것이지. 엘 부족의 규율이 엠 부족에겐 아무 가치도 없지만 그게 뭔 상관이야. 그들에겐 다른 부족의 어떤 규율보다도 완벽한 그들만의 규율이 있는데 말이야.

아마 너는 납득하기 어려울지 모르지만, 각 부족의 규율은 그들에겐 전적으로 완벽함 그 자체였지. 왜냐하면 그 규율들은 부족이 존재해온 시간 전부, 그러니까 수천 년의 시간을 통해 완성된 거니까. 전에 한 번도 없었던 상황이 갑자기 생기는 건 상상할 수 없는 일이었으므로 각각의 세대에게 가장 중요한 일은 규율 전체를 온전히 받아들이는 일이었지.

물론 지금 말하고 있는 규율들은 네가 속한 문명의 법률과는 달라, 줄리. 너희의 법률은 대부분 쓸모가 없을뿐더러 지구상의 많은 곳에서 무시되거나 멸시의 대상이 되지만, 지금 말하고 있는 규율들은 세세년년 세대를 거듭하며 사람들 사이에서 제 역할을 하지.”

“한 가지만 더 하고 오늘 수업을 마치자꾸나. 바로 카크들 간의 경쟁을 살펴보는 일이야. 카크들 사이에 발전해온 경쟁의 양상은 바크들 사이에 나타나는 지배적인 양상들과 매우 유사하지.

부족의 테두리 안에서 개개인에게 가장 좋은 것은 부족 전체를 방어하고 지원하는 것이야. 다시 말하면, 아무리 각각의 부족원이 같은 자원을 원한다 할지라도 다른 구성원들과 협동하는 것이 그것을 얻는 가장 좋은 방법이라는 거야. 무리 대 무리로 경쟁하는 바크들처럼 카크들도 부족 대 부족으로 경쟁하지. 그런데 여기서 우리는 기존에 알고 있던 전략에 덧붙여 새로운 전략이 등장하는 것에 주목할 필요가 있어. 그건 바로 ‘불규칙적인 보복’이라는 전략인데, **‘네가 받은 만큼 주어라. 단, 지나치게 예측 가능해선 안 된다’**라는 것이 주된 내용이지.

실생활에서 네가 받은 만큼 준다는 뜻은, 엠 부족이 너를 귀찮게 하지 않는 한 그들을 귀찮게 하지 말되 만약 엠 부족이 너를 귀찮게 하면 똑같이 되돌려주라는 말이지. 그리고 지나치게 예측 가능해선 안 된다는 건, 엠 부족이 너를 귀찮게 하지 않을지라도 가끔은 그들에게 적대적인 행위를 하는 게 손해날 건 없다는 뜻이야. 물론 그들도 받은 만큼 돌려주고자 보복하려 들 테지. 하지만 그건 너희가 거기 있으며, 결코 녹록하지 않은 놈들이라는 걸 알리는 대가인 셈이지. 그렇게 해서 일단 서로 무승부가 결정되고 나면 두 부족원이 모두 모여서 성대한 화해의 잔치를 여는 거야. 아직 사그라지지 않은 우정을 기념하고, 또 그 기회를 빌려 양 부족 사이에 중매와 혼사가 이루어지지.(그 이유는 당연히 한 부족 안에서 계속해서 교배를 이어갈 수는 없는 일이니까.)

불규칙적인 보복이라는 전략이 다소 호전적으로 들릴지 모르지만, 사실 이건 평화를 유지하는 전략이야. 영화를 보러 갈지 아니면 연극을 보러 갈지 옥신각신하는 두 사람이 있다고 가정해 봐. 이때 어디로 갈지를 주먹다짐으로 결정하는 대신 동전 던지기를 하는 거야. 앞면이 나오면 영화를 보러 가고 뒷면이 나오면 연극을 보러가는 거지. 내 영토에서는 공격하고 남의 영토에서는 도망치라는 전략도 마찬가지의 목적을 가지고 있어. 이 전략을 따르면 양쪽 모두가 싸움을 피할 수 있으니까.

하지만 네가 다른 부족들, 예컨대 제이, 케이, 엘, 엠, 엔, 오, 기타 등등의 부족들을 일 년간 지켜본다면, 너는 그들이 이런 식으로 항상 미약한 전쟁 상태를 유지하고 있음을 알게 될 거야. 내 말은 매일매일 또는 매달 전쟁이 벌어지는 게 아니라 국경 부근에서 소규모 충돌이 빈번히 일어난다는 거지. 그건 다시 말해 모든 부족이 영구적인 전시 상황에서 살아가고 있다는 뜻이야. 그리고 일 년에 한두 번은 각 부족들이 이웃하는 하나 또는 그 이상의 부족을 상대로 기습을 감행하는 걸 보게 될 거야.

너희 문화에 속한 사람들에겐 무척 황당해 보일 거야. 아마 카크들이 언제쯤 각 부족 나름의 차이를 인정하고 평화롭게 사는 걸 배우나 싶겠지. 그 대답은, 아마도 산양들이 서로의 차이를 인정하고 평화롭게 사는 걸 배울 때쯤이거나 큰가시고기들이 서로의 차이를 인정하고 평화롭게 사는 걸 배울 때쯤, 또는 바다코끼리가 서로의 차이를 인정하고 평화롭게 사는 걸 배울 때쯤에나 가능하다는 거야.

다시 말해서 카크 부족들이 채택한 경쟁 전략을 흰발생쥐나 늑대의 경우와 마찬가지로 무질서하고 결함이 있는 것, 또는 바로잡아야 할 문제로 봐서는 안 된다는 거야. 오히려 결함이 있는 것과는 거리가 멀지. 다른 모든 전략들 속에서 살아남은 것이니까 말이야. 간단히 말하자면 이 전략은 진화론적으로 안정되어 있으며 카크 부족들에게는 효과가 있는 전략이야. 수백만 년에 걸친 시험을 거치며 이 전략에 반하는 다른 모든 전략들은 실패작으로 드러나 폐기처분되었으니까."

"휴, 드디어 오늘 수업의 절정에 다다른 것 같군요."

"그래, 그런 것 같구나. 마지막 한 가지만 더 짚고 수업을 끝내기로 하자. 어째서 엔 부족은 이웃 부족이 공격해 왔을 때만 소극적으로 보복하는 정도에 그칠까? 왜 이따금 선제공격이나 기습을 시도할 뿐 끝까지 밀어붙여서 이웃 부족을 완전히 없애버리지 않는 걸까?"

"굳이 왜 그런 일을 하겠어요!"

이스마엘은 고개를 가로저었어. "그건 올바른 대답이 아니야, 줄리. 그들이 그렇게 하고 안 하고는 중요하지 않아. 중요한 건 어째서 그 전략이 그들에게 효과적이지 않느냐는 거지. 어쩌면 그 전략이 이득이 될 수도 있잖아. 다른 어떤 전략보다 더 효과적일 수도 있지. 그렇다면 이번엔 제이 부족이 엠 부족을 그저 습격하는 데 그치지 않고 전면적으로 쳐들어가서 아예 엠 부족의 씨를 말린다고 가정해보자."

"그러면 게임이 완전히 달라지겠네요." 내가 대답했지.

“계속해 보렴.”

“그건 그러니까 동전을 던져 결정하기로 동의하고서는 그 결과를 따르지 않겠다는 것과 같아요.”

“왜 그렇지, 줄리?”

“왜냐하면, 엠 부족을 전멸시키면 그들은 보복을 할 수 없어요. 게임의 규칙은 ‘네가 나를 공격하면 내가 보복할 것을 너는 알고 있고, 내가 너를 공격하면 네가 보복하리란 것 또한 나도 알고 있다’라는 것인데 완전히 없애버리면 보복을 못할 테고, 그러면 게임은 끝이죠.”

“맞아. 그리고 그 다음엔? 제이 부족이 엠 부족을 완전히 없애버리고 나면 케이 부족, 엘 부족, 엔 부족, 그리고 오 부족 등은 이 일을 어떻게 생각할까?”

마침내 한 줄기 광명이 내 머릿속에 비쳐들었지.

“당신이 어디로 가려는지 이제야 알 것 같아요. 그들은 이렇게 말하겠지요. ‘제이 부족이 그런 전략을 쓴다면 우리도 그들에 맞서 새로운 전략을 도입해야 한다. 다시는 불규칙적인 보복 전략을 구사할 때처럼 그들을 상대해선 안 된다. 이제 그들은 섬멸 전략을 구사한다. 그러니 우리도 그들을 그렇게 대해야 한다. 그렇지 않으면 우리가 섬멸당할 것이다’라고 말이죠.”

“그래서 그들은 섬멸 전략을 구사하는 상대를 어떻게 대할까?”

“상황에 따라 다를 것 같아요. 만약 제이 부족이 다시 불규칙적인 보복 전략을 선택하면 그들은 제이 부족을 그냥 놔둘지도 모르죠. 하지만 제이 부족이 계속해서 섬멸 전략을 구사할 경우에는 살아남은 자들이 힘을 합쳐서 제이 부족을 섬멸하려 들겠지요.”

　　이스마엘은 고개를 끄덕였어. "지금 얘기한 것이 바로 아메리카 인디언들이 취한 행동이야. 유럽 대륙에서 건너온 이주자들이 다른 어떤 전략도 아닌 섬멸 전략을 구사한다는 것을 확실하게 깨달은 다음에야 말이지. 아메리카 인디언들은 각 부족들 간의 오래된 적대감을 버리고 다 함께 힘을 합쳐서 이주해온 정착민들에게 대항했어. 하지만 그렇게 하기까지 그들은 너무 오랜 세월을 기다림으로 허비했지."

휴식시간

　105호실에서의 수업과 수업 사이, 그 빈 시간 동안 마음 같아서는 간주곡이라도 하나 선사하고 싶은 심정이야. 이 글을 읽는 여러분도 음악회의 청중들처럼 잠시 스트레칭을 하거나 화장실에 가거나 간식이라도 좀 먹을 수 있게 말이야. 사실 앨런은 그의 책에서 이 시간들을 참 잘 처리했더군. 매번 자신의 방문을 대단한 사건인 양 표현하는 능력이 있었어.

　하지만 나는 고작해야 이런 기억을 떠올릴 수 있을 뿐이지.

　그러니까 다음 수업을 위해 105호실을 찾아갔을 때, 나는 그저 조용히 걸어 들어가서 자리에 앉았지. 이스마엘은 무언가 묻는 듯한 표정으로 나를 빤히 올려다보더라고. 나 역시 이스마엘을 쳐다보며 공손하게 물었어.

　"손에 들고 계신 그거 샐러린가요?"

　그는 이마를 찌푸리며 손에 든 풀을 내려다보더니 진지하게 대답해주었지. "그래, 샐러리야."

　"내가 알기론 샐러리는 카드 모임 같은 때나 참치 샐러드에 곁들여 내놓는 것인데요."

이스마엘은 잠시 생각하더니 이렇게 말했지. "내가 알기론 샐러리는 고
릴라들이 들판에서 뜯어먹기 좋아하는 풀인데? 너도 알다시피 너희 인간
들이 샐러리를 발명한 건 아니잖아."

우리는 킥킥거리며 그날의 수업을 시작했지.

웃음이 잦아들자 내가 말했어. "아크, 바크, 카크에 대한 당신의 이야기
를 제대로 이해했는지 모르겠지만 내가 생각한 것을 말해볼까요?"

"그리려무나."

"카크는…… 그러니까 인간의 모습이에요. 그들은 지금으로부터 약 일
만 년 전에 이곳에 등장했던 인류를 의미하죠."

이스마엘은 고개를 끄덕였지. "지금도 그렇게 살아가고 있단다. 그들을
파괴하려는 너희 문화권 사람들의 발길이 미치지 않는 곳에서 말이야."

"좋아요. 그런데 앞에서 말한 아크, 바크, 카크로 이어지는 이야기는 무
엇을 보여주려는 거죠?"

"내가 설명을 해볼 테니 잘 들어보렴. 오늘날 우리가 알고 있는 부족 형
태의 원주민들이 따르는 경쟁 전략은 카크들의 전략인 불규칙적인 보복
전략의 일종이야. 다시 말해 '받은 만큼 돌려주되 지나치게 예측 가능해선
안 된다'라는 거지. 오늘날 부족 형태의 원주민들에게서 보이는 것은 카크
들 사이에서 일어난 일과 정확하게 일치해. 각각의 부족들은 늘 전시 상태
에 있지. 이웃하는 부족에 대해 일상적인, 그러나 아주 낮은 수준의 전시
상태를 유지하고 있는 거야. 테이커들, 그러니까 너희 문화 사람들은 이들
이 왜 이런 식으로 살아가는지 궁금해하거나 이런 전략이 이들에게 효과
적인지 아닌지 생각해보는 법이라고는 없지. 그저 단순히 이렇게 말할 뿐

이야. '그건 좋은 방식이 아니다. 그러니까 우리는 그걸 묵인할 수 없다.' 테이커들은 흰발생쥐들에게 지금까지 살아온 방식을 중단해야 한다고 강요하진 않을 거야. 마찬가지로 큰뿔영양들이나 바다코끼리들에게도 지금까지 살아온 방식을 중단하라고 강요하지 않을 테지. 하지만 문제가 인간이라면 얘기가 달라져. 테이커들은 인간이 어떻게 살아가야 하는지에 대해선 자신들이 전문가라고 생각하는 거야."

"맞아요."

"다음으로 생각해 봐야 할 문제는 얼마나 오랫동안 부족 형태의 원주민들이 그런 방식으로 살아왔는가 하는 거야. 그 대답은 이렇지. 그런 방식이 원주민들의 입장에선 새로울 것이 없어. 곰에게는 겨울잠이, 철새들에게는 계절이 바뀔 때마다 이동하는 것이, 비버에게는 댐을 짓는 것이 새로울 게 없는 것처럼 말이야. 오히려 부족 원주민들에게 이것은 수십만 년 또는 수백만 년의 세월을 거치며 진화해온 안정된 상태의 경쟁 전략이라는 거지. 이 전략이 실제로 어떻게 발전되었지는 나도 알 수 없어. 단지 추측할 수 있을 뿐이야. 무슨 말인지 알겠니?"

"네. 그런데…… 우리가 지금 최종 목적지에 어느 정도 가까이 이르렀나요?"

"이 얘기를 들으면 그 대답을 알 수 있을 거야. 네가 만약 부족 원주민들 사이에 가게 된다면 그들이 어떻게 살아야 할지 알기 위해서 하늘을 올려다보지는 않는다는 걸 알게 될 거야. 그들에겐 광명을 가져다줄 천사나 외계인 따위가 필요 없어. 어떻게 살아야 할지 이미 알고 있으니까. 그들이 가진 규율과 관습이 아주 친절하고 만족스러운 안내서가 되어주니까 말이야.

그렇다고 내가 말하고자 하는 게 아프리카의 피그미 족이나 알래스카의 니니바크 섬 주민들이 모든 인간은 어떻게 살아야 하는지 알고 있다는 뜻은 아니고, 호주의 빈디부 족이 그것을 알고 있다는 뜻 역시 아니야. 이들이 알고 있는 건 자신들에게 딱 맞는 삶의 방식일 뿐이지. 이 세상 어딘가에 모든 사람들이 마땅히 따라야 할 보편적이고 올바른 방식이 있다는 생각 자체가 이들에게는 터무니없는 것이란 얘기지."

"좋아요, 하지만 그 이야기가 도대체 우리를 어디로 데려가나요?"

"우리의 목적지로 데려가 주지. 부족 원주민들은 어떻게 살아야 할지를 알기 위해 바로 자신들 스스로를 본다는 게 중요해. 우리는 어째서 너희 문화 사람들이 부족 원주민들과 다른지 알아내려고 노력하는 중이니까. 어째서 너희 문화 사람들은 이 깨달음을 얻는 데 그토록 힘들어 하는지, 어째서 그들은 어떻게 살아가야 하는지 알기 위해서 신들과 천사, 예언자, 외계인, 죽은 자의 영혼을 찾는지 그 까닭을 알아내려는 중이니까 말이야."

"맞아요. 그러네요."

"한 가지 너에게 경고해둘 게 있다, 줄리. 사람들은 아마 내가 부족 원주민들의 모습을 지나치게 낭만적으로 그린다고 말할 거야. 이렇게 말하는 사람들은 인간은 존재 자체가 불완전하기 때문에 불행할 수밖에 없다는 어머니 문화의 가르침을 의심할 나위 없는 진실이라고 믿지. 그들은 부족 원주민들의 생활양식은 모두가 잘못된 것이고(이들에게 잘못되었다는 건 마음에 안 든다는 뜻이지), 따라서 그들이 바로잡아 주어야 한다고 확신해.

내가 지금까지 이야기한 모든 문화에는 너희 문화 사람들이 부도덕하다고 여기거나 혐오스럽다고 느낄 만한 것들이 포함되어 있어. 하지만 실상을 들여다보면, 인류학자들이 부족 원주민들을 만날 때마다 그들이 스스로 불행하다고 생각하거나, 자신들이 잘못 대접받고 있다고 불평하지 않는다는 사실을 깨닫게 된다는 거야. 이들은 결코 분노로 펄펄 뛰거나 만성적인 우울, 불안, 소외 등의 문제로 시달리는 법이 없지.

내가 이들의 삶을 이상화하고 있다고 생각하는 사람들은 한 가지를 놓치고 있어. 그들이 수천 년 동안 살아남을 수 있었던 건 그들의 삶에 만족했기 때문이라는 사실을 말이야. 물론 부족 사회가 때때로 구성원들이 용납할 수 없는 방식으로 발전하는 일도 있었겠지. 하지만 그 결과는 부족 사회의 소멸로 이어졌을 거야. 그 까닭은 아주 단순해. 그들에겐 용납할 수 없는 생활양식을 계속 유지해야 할 그 어떤 이유도 찾을 수 없으니까. 그들로 하여금 용납할 수 없는 생활양식을 받아들이도록 할 수 있는 방법은 단 하나뿐이지."

내가 대답했어. "맞아요, 식량에 자물쇠를 채우는 것 말이군요."

비옥한 초승달 지대

"자, 이제 우리 이야기를 펼쳐 보일 세 번째이자 마지막 방식은 이거야. 이번에는 수만 년 전 비옥한 초승달 지대가 배경이야. 물론 당시 그곳에 사람이 안 살았을 리 없지. 내 말은 인류가 존재했다는 얘기야.

그 당시 비옥한 초승달 지대는 오늘날처럼 사막이 아니라 숲이 우거진 정원과 같은 곳이었고, 인간은 고작 몇천 년 전에 그곳에 정착했지. 오늘날에도 수렵−채취생활을 하는 대부분의 원주민들이 어느 정도는 기술을 이용해서 농사를 짓듯, 이 사람들도 좋아하는 곡식을 더 많이 얻기 위해서 어느 정도의 농경 기술을 가지고 있었어. 그리고 테르프시코레 별의 경우처럼 농사를 짓는 방법이 각각 달랐지. 어떤 사람들은 일주일에 고작 몇 분 농사를 지었고, 또 어떤 사람들은 일주일에 몇 시간씩 농사를 짓기도 했어. 좋아하는 식량을 좀 더 가지려고 매일 한두 시간씩 농사일을 짓는 사람들도 있었지. 네가 기억하고 있는지 모르겠다만, 테르프시코레 별 이야기에서 나는 그 사람들을 전부 리버라고 불렀어. 지구에서 만난 이 사람들에게도 똑같은 이름을 붙여주자. 그들 역시 자신들의 삶이 신의 손에 달려 있다고 생각하며 주어진 환경을 그대로 받아들였으니까.

마침내 테르프시코레에서처럼 한 무리의 리버가 이런 생각을 하게 되었어. '어째서 우리는 좋아하는 식량을 조금밖에 못 먹는 걸까? 어째서 우리는 좋아하는 식량만 먹으며 살 수 없을까? 우리가 곡식을 심고 잡초를 뽑고 가축을 기르는 일에 좀 더 많은 시간을 할애하기만 하면 되는데 말이야.' 그래서 그 사람들은 하루에 여러 시간을 들판에서 일하기 시작했지. 단 한 세대 만에 전면적으로 농경생활을 하기로 결정하진 않았을 테고 아마 십여 세대를 거치며 천천히 진행되었을 거야. 좀 더 빨랐다면 서너 세대를 거쳤을 수도 있고. 하지만 기본적인 뼈대는 똑같지. 느렸든 빨랐든 중요한 건 비옥한 초승달 지대에 살던 한 부족이 대담하게 전면적인 농경생활을 하기로 결정했다는 거야. 자, 그럼 이제 이 부족과 주변에 있는 다른 부족들의 관계가 어떻게 될지 네가 말해볼 수 있겠니?"

"어떻게 되다니요?"

"먼젓번에 우리는 오랜 시간을 들여 같은 종 내부의 경쟁에 대해서 살펴봤잖니. 여러 종류의 전략이 경쟁자들로 하여금 사소한 것 하나하나마다 목숨을 걸고 싸우는 일을 피하면서 갈등을 해결할 수 있도록 해준다는 걸 말이야. 예를 들어, 영토와 관련된 전략으로는 '네가 사는 곳에선 상대를 공격하고, 네가 침범했다면 도망가라'와 같은……."

"네, 기억나네요."

"그러니까 말해보렴. 이 부족이 비옥한 초승달 지대의 다른 부족들과 어떤 사이가 될까?"

"내 생각에 그들은 불규칙적인 보복 전략을 구사하겠지요. 받은 만큼 돌려주되 너무 예측 가능해선 안 된다!"

"그렇지. 수만 년 전에 살았던 부족 원주민들이라고 해서 그들이 오늘날의 부족 원주민과 다른 방식으로 살았을 이유는 없지. 그들은 언제나 전시 상태를 유지하며 그들이 받은 만큼 돌려주고 때로는 만만해보이지 않기 위해서 먼저 소규모 공격을 감행하기도 했어. 전면적으로 농경에 의지해 살아간다는 사실 자체가 이 전략을 무용한 것으로 만들지는 않아. 이웃 부족들을 정복하거나 그들에게 정복당하지 않는 한 말이야. 하지만 일만 년 전 어느 순간부터 서남아시아에 있는 한 무리의 농경 부족이 이웃 부족들을 정복하기 시작했지.

이웃 부족들을 정복한다고 이야기한 건 유럽의 후예들이 신대륙에서 원주민들에게 했던 것처럼 그들도 똑같은 짓을 했다는 뜻이야. 유럽에서 이주자들이 도착하기 시작했을 때, 아메리카 인디언들은 당연히 불규칙적인 보복 전략을 따랐지. 인디언들에게 이 전략은 늘 효과적이었으므로 그들은 새로 온 자들에게도 조심스럽게 그 전략을 구사했어.

이주자들은 무척 어리둥절해 했지. 자신들이 생각하기에 모든 것이 깔끔하게 정리되었다 싶으면 인디언들이 갑자기 아무런 이유 없이 쳐들어와서 야만적인 공격을 가하는 거야(인디언 부족들끼리 여태껏 해온 것처럼 말이야). 인디언들에겐 이런 행동이 전혀 이상할 게 없었지. 그들 사이에선 그런 행동이 오랫동안 효과를 발휘해왔으니까. 백인 정착민들은 어쩔 수 없이 인디언들의 예측 불가능성을 존중하는 법을 배워야만 했어. 하지만 정착민들의 숫자가 점차 불어나 마침내 인디언들의 전략을 무력화시킬 수 있게 되자 그들은 인디언 구역에 들어가 그들을 흡수해버렸지. 어떤 경우엔 무력으로 그들을 몰아냈고, 또 다른 경우에는 인디언의 공동체적 특성을 아예 없애버리기도 했지. 테이커들은 불규칙적 보복 전략을 구사하는 부족들에게 둘러싸여 있는 게 성가셨어. 그곳이 신대륙이건 비옥한 초승달 지대건 말이야. 그 이유가 무엇인지 너는 알 거야.”

나는 그렇다는 신호를 보냈지.

“지난번에 불규칙적 보복 전략을 구사하던 부족이 갑자기 섬멸 전략을 쓰는 부족으로 변하면 어떤 일이 일어나는지 공부했었지. 기억나니?”

“네. 이웃 부족들이 그 부족을 막기 위해 서로 힘을 모으게 되지요.”

“맞아. 보통은 그렇게 하면 먹혀들지. 하지만 비옥한 초승달 지대의 테이커들에겐 소용이 없었어. 왜일까?”

“짐작건대 신대륙에서 실패했던 것과 똑같은 이유로 실패했겠지요. 테이커들은 전쟁을 승리로 이끌 물자들을 무제한으로 만들어낼 수 있었어요. 원주민들에겐 상대할 수 없는 적수였던 거죠. 함께 협력할 수조차 없는 존재가 되었던 거예요.”

“그래, 맞다. 새롭게 등장한 상황은 어떤 전략이든 허물어뜨릴 수 있었지. 설사 그 전략이 수백만 년 동안 아무런 결함 없이 작동해온 것이었더라도 말이야. 무제한적인 농경 자원을 가지고 섬멸 전략을 쓰는 부족의 등장은 분명히 새로운 것이었어. 테이커들은 저항할 수 없는 존재들이었지. 그 점이 그들로 하여금 스스로 인류의 운명을 결정짓는 주체라고 믿게 만들었어. 지금까지도 말이야.”

“분명 그렇지요.”

“이제부터 살펴보려고 하는 건 그로부터 오십 년 뒤에 일어난 혁명에 관한 거야. 테이커들은 북쪽에 있는 네 개의 부족을 제압했지. 편의상 각각의 부족을 훌라, 푸알라, 카리오, 알바 부족이라고 하자. 테이커들에게 제압당하기 전 푸알라 부족은 생활 대부분을 농경에 의지했어. 그러니 그들은 새로운 변화에 스트레스를 가장 적게 받았지. 반대로, 훌라 부족은 농경에는 최소한의 시간만 할애하고 수렵과 채취로 대부분의 시간을 보내는 부족이었어. 카리오 부족은 수렵―채취생활을 하며 주요 작물 몇 가지는 농사를 지어서 보충하는 방식이었지. 그리고 알바 부족은 주로 가축을 기르고 때때로 나무 열매를 모으며 살았어. 테이커들에게 정복당하기 전 이들 부족은 늘 하던 방식대로 공존하며 살아갔지. 받은 만큼 돌려주고 이따금 기습공격을 감행하면서 말이야. 네가 까먹지 않도록 다시 한 번 상기해보자. 불규칙적 보복 전략은 무엇을 도모하는 거지?"

"무엇을 도모하다니요?"

"어째서 이들 부족이 그런 전략을 갖게 되었느냐고? 왜 그런 전략이 필요하게 되었느냔 말이야."

"그들은 서로 경쟁하는 관계니까요. 이 전략은 그들이 서로 동등한 입장에 설 수 있도록 만들어주지요."

"하지만 테이커들은 섬멸 전략으로 이들 부족 사이의 불규칙적 보복 전략을 이용한 경쟁 자체를 종식시켰지. 훌라, 푸알라, 카리오, 알바 부족은 이제 테이커들이 되어야 했어. 그게 부족들이 마땅히 살아가야만 할 방식이었으니까. 그치?"

"네."

"그렇게 불규칙적 보복 전략은 이들 부족으로부터 영원히 퇴출당하게 되는 거야."

"맞아요."

"그럼 지금부턴 무엇이 불규칙적 보복 전략을 대신해서 이들을 서로 동등한 입장에 서도록 만들어줄까?"

"아마도 그들이 더는 경쟁할 필요가 없지 않을까요?"

이스마엘은 열심히 고개를 끄덕였어. "그거 대단히 흥미로운 생각이군, 줄리. 왜 그렇게 생각하지?"

"음…… 말하자면 그들은 이제 다 한편이니까요."

"달리 말하면, 부족 제도 자체는 경쟁에 대처하는 진화된 방식이라기보다 오히려 경쟁의 근원이었기 때문에 부족이라는 경계가 사라지면서 경쟁도 자연스럽게 사라지고 마침내 지구상에는 평화가 찾아왔다 이거지?"

나는 마침내 평화가 찾아왔다는 부분은 아닌 것 같다고 말했어.

"네가 카리오 부족 사람이라고 해보자. 북쪽에는 훌라 부족이 살고 있는데 그들이 아주 더운 여름 어느 날 네가 곡식에 물을 대는 개울을 막아 댐을 만들었어. 이제 모두 한편이니 너는 그냥 손을 놓고 작물이 말라죽도록 구경만 하고 있을 거니?

"그건 아니지요."

"그러니 같은 편이라고 해서 같은 종 안의 경쟁이 끝났다고 할 수 없는 건 분명하지. 너라면 어떻게 하겠니?"

"나라면 훌라 부족에게 댐을 허물라고 요구하겠어요."

"그러겠지. 그런데 그들은 싫다고 해. 자기네들 작물에 좀 더 안정적으로 물을 대기 위해 힘들게 댐을 만들었다고."

"그러면 물을 나누어달라고 할 수도 있지 않을까요?"

"그들은 그것 또한 싫다고 해. 물은 전부 자기들이 쓰겠다고 말이야."

"그럼 그건 페어플레이가 아니라고 말하겠어요."

요란하게 쌕쌕거리는 소리가 유리창 너머에서 들려왔어. 고개를 들어 이스마엘을 쳐다보니 얼굴 가득 웃음을 띠고 있더군. 다 웃고 나서 그는 이렇게 말했지. "네가 농담을 한 거라고 믿는다."

"맞아요."

"좋아, 그러니까 막힌 개울물을 어떻게 할 거니?"

"제 생각엔 전쟁을 해야겠네요."

"물론 그것도 한 방법이지."

"음…… 문득 떠오른 생각인데요. 카리오 부족과 훌라 부족은 테이커가 되기 전에도 이런 갈등을 겪지 않았을까요?"

"매우 그럴 법한 생각이야. 그런데 내가 훌라 부족이 전적으로 농경생활을 하기 전에 무엇을 했다고 말했었지? 너는 기억력이 좋으니 충분히 떠올릴 수 있을 거다."

"훌라 부족은 수렵 – 채취생활을 했지요."

"수렵 – 채취 활동에 의존하던 그들이 왜 개울을 막을까, 줄리? 그들에겐 물을 대야 할 농작물도 없는데 말이야."

"그러네요. 하지만 편의상 그들이 농사를 지었다고 치자고요."

"좋아. 하지만 카리오 부족도 부분적으로만 농사를 지었다고 했잖니. 개울을 잃는다고 그들의 생활양식이 위협받지는 않았을 것 같은데?"

"그건 그러네요. 그렇지만 이번에도 편의상 그들이 전적으로 농경생활을 했다고 치자고요."

"그래 좋아. 그렇다면 카리오 부족은 때때로 매우 불규칙적이고 야만적인 보복을 해올 거야. 이 일에 직면해서 훌라 부족은 결정을 내려야만 하지. 개울물을 계속 막는 것이 그들에게 그럴 만한 가치가 있는 일인지에 대해서 말이야."

"결정을 어떻게 내리든 그 결과는 전쟁이겠죠 뭐. 테이커가 되었다고 해서 아무것도 달라지진 않았네요."

이스마엘은 고개를 가로저었어. "방금 너는 카리오 부족과 훌라 부족이 가로막힌 개울물 때문에 전쟁을 벌일 거라고 말했는데, 전쟁을 벌이는 것이 보복하는 것과 똑같다고 할 수 있을까?"

"아니요. 같다고 할 순 없을 것 같네요."

"그렇다면 어떻게 다르지?"

"보복은 받은 만큼 돌려주는 거죠. 전쟁을 벌이는 것은 상대방을 정복해서 내가 원하는 대로 하려는 거고요."

"그러니까, 겉보기엔 비슷해 보이더라도 엄연히 그건 다른 종류의 전쟁이지. 그 목적도 다르고. 보복은 상대방이 선한지 악한지에 따라서 네가 선하게 행동할 수도 있고 악하게 행동할 수도 있다는 것을 보여주기 위한 거지만 전쟁은 상대방을 정복해서 너의 뜻에 굴복시키기 위함이야. 이 둘은 아주 달라. 불규칙적 보복 전략은 전자지 후자가 아니야."

"네, 맞는 말인 것 같네요."

이스마엘은 잠시 동안 말을 멈추었지. 그리고 나선 나에게 불규칙적 보복 전략이 오늘날의 테이커들 사이에 효과적이었던 경우를 혹시라도 본 적이 있느냐고 물었어. 나는 잠시 생각하다가 십대 갱단들 사이의 전쟁에는 효과를 발휘하기도 한다고 말했지.

"아주 날카로운 지적이구나, 줄리. 불규칙적 보복은 정확하게 그들이 서로 동등한 세력을 유지하기 위해 구사하는 전략이지. 그런데 너희 문화 사람들은 십대 갱단들을 어떻게 하고 싶어하지?"

"물론 그들을 짓누르려고 하지요. 없애버리고 싶어해요."

"당연하지." 이스마엘은 고개를 주억거리며 말했어. "하지만 그들보다 훨씬 더 눈에 띄게 불규칙적 보복 전략에 따라 싸우는 사람들이 있지. 안 그래?"

"아, 맞아요. 그러네요. 보스니아에 있는 그 미친 사람들* 말이죠?"

"맞아. 너희 문화 사람들은 그들에게 어떤 조치를 취하지?"

"당연히 그들이 싸움을 그만두도록 적극적으로 개입하지요."

"아니, 그들이 불규칙적 보복 전략을 따르지 못하도록 하려는 거겠지."

"정확하게 말하면 그러네요."

"전쟁을 하는 것은 너희 문화권 사람들에게 용인될 수 있지만, 불규칙적 보복 전략은 단 한 번도 용인된 적이 없어. 내 생각에 그 이유는, 불규칙적 보복 전략은 근본적으로 자기 통제적이고 결코 외부의 간섭이나 조정을 받아들이지 않는 것이기 때문이야. 테이커들은 자신들이 모든 걸 조정하고 싶어하지. 그러니 그들의 통제권 밖에서 알아서 굴러가는 그 어떤 것도 견딜 수가 없는 거야."

"그것도 맞는 말이네요. 하지만 당신 말은 그들이 계속 싸우도록 우리가

---

* 강력한 지도력을 행사하던 티토가 사망한 뒤 흔들리던 구 유고슬라비아 연방은 1998년 소련의 붕괴 이후 민족주의 바람이 거세게 휘몰아쳐 크로아티아, 슬로베니아, 보스니아, 마케도니아의 분리 독립 움직임 아래 민족·종교 간 갈등에 휩싸이게 되는데, 이를 저지하려는 세르비아의 슬로보단 밀로셰비치 대통령이 몬테네그로와 연합하여 신 유고슬라비아 연방을 선포하고 '대(大)세르비아주의'의 기치를 내걸면서 상황은 더욱 격화되었다. 당시 보스니아는 분리 독립을 찬성하는 60퍼센트의 보스니아계와 이에 반대하는 30퍼센트의 세르비아계가 내전 상태에 돌입해 있었는데, 밀로셰비치는 보스니아 내의 세르비아계 주민들을 보호한다는 구실로 1992년에 보스니아의 수도 사라예보를 포위한 뒤 세르비아계 민병대를 추동해 무슬림 보스니언들을 대상으로 광기 어린 '인종 청소'를 자행했다. 보스니아 내전은 27만 명이라는 엄청난 사망자와 2백만 명 이상의 난민을 발생시켰고, 미국 주도하의 나토(NATO) 군이 개입해 세르비아를 폭격한 뒤에야 비로소 종결되었다.

그냥 내버려두어야만 한다는 건가요?”

“전혀 그렇지 않아, 줄리. 나는 결코 사람들이 무엇을 ‘해야만’ 한다고 얘기하려는 게 아니야. 지금 그곳에서 일어나고 있는 일은 그저 돌이킬 수 없는 재앙의 역사 중에서도 가장 최근에 벌어진 일에 불과할 뿐이지. 어쨌든 내가 지적하고 싶은 건 지금 새로운 무언가가 출현하는 걸 우리가 목격하고 있다는 거야. 이미 말했지만 같은 종끼리의 경쟁은 다른 종과의 경쟁보다 필연적으로 좀 더 광범위하고 전면적일 수밖에 없어. 홍관조는 큰어치나 참새들과 경쟁할 때보다 다른 홍관조들과 경쟁할 때 훨씬 더 전면적으로 경쟁할 수밖에 없지. 인간은 곰이나 오소리보다 다른 인간과 경쟁할 때 훨씬 더 전면적으로 경쟁할 수밖에 없고.”

“그렇죠.”

“이제 너는 같은 생활양식을 가진 사람들끼리의 경쟁이 다른 생활양식을 가진 사람들과 경쟁하는 것보다 필연적으로 훨씬 더 전면적일 수밖에 없다는 걸 이해할 거야. 농경생활을 하는 사람들은 수렵-채취 생활을 하는 사람들보다 다른 농경민들과 더 전면적으로 경쟁하는 거지.”

“아! 정말 그렇네요. 그러니까 전적으로 농경생활에 의지하는 세계를 만들었기 때문에 경쟁의 강도가 최고점으로 높아졌단 말이군요.”

“이것은 실제로 훌라, 푸알라, 카리오, 알바 부족이 처한 상황이기도 해, 줄리. 그들은 생활양식이 각기 다를 때에도 수시로 경쟁했지만, 이제 다 같은 생활양식으로 살아가니까 (경쟁이 사라지기는커녕) 훨씬 더 강도 높게 경쟁해야만 하는 거지.”

“네, 무슨 말인지 알겠어요.”

“경쟁 전략들을 살펴보면서 우리는 이 전략들이 의도하는 바가 경쟁자들로 하여금 서로 대등한 입장에 서도록 하는 것이라고 했지? 그래서 사소한 것 하나하나에 목숨 걸고 싸우는 일을 피하려는 것이라고 말이야. 하지만 훌라, 푸알라, 카리오, 알바 부족은 다시는 불규칙적 보복 전략을 구사하며 대등한 입장에 설 수 없게 되었어. 이 전략은 퇴출되었으니까. 그런데 이 전략이 없다면 아까 얘기한 막힌 개울물의 경우처럼 그들이 갈등을 해소할 수 있는 유일한 선택은 전쟁뿐인 거지. 달리 말하자면, 곧장 목숨을 건 전투를 벌이게 되는 거야. 하지만 이들 부족의 입장에선 사소한 것 하나하나를 두고 늘 목숨 건 전투를 벌이는 게 그다지 좋은 전략이 아니란 건 너도 알 거야.”

“맞아요.”

“과거의 평화유지 전략은 ‘받은 만큼 돌려줘라, 그러나 너무 예측 가능해선 안 된다’였어. 테이커들은 이 전략을 버렸지. 그렇다면 그것을 대신해서 테이커들이 생각해낸 게 뭘까?”

나는 그 대답을 알아내기 위해 한동안 생각에 잠겼지. 그러고 나서 말했어. “내가 짐작해보건대 테이커들이 생각해낸 건 바로 그들 자신이에요. 그들 스스로 평화유지자 역할을 맡은 거죠.”

“맞아. 실제로 그들은 그렇게 했단다, 줄리. 그들은 스스로 혼란의 중재자를 자처했고, 그 뒤로 지금까지 계속 그 일에 종사하고 있어. 세대를 거듭하면서 때론 제법 성공하고 때론 실패하면서 말이야. 그들은 이 혁명의 시작부터 평화를 유지하는 일을 자신들의 손아귀에 거머쥐었고, 그 뒤 계속해서 그것은 그들의 임무가 되었어.

그들이 신대륙에 도착했을 때도 그곳에는 평화를 유지하는 일을 도맡아서 하는 사람이 아무도 없었지. 그곳에서 평화는 전통적인 방식으로 유지

되었어. 받은 만큼 돌려주면서 예측 불가능한 상태를 유지하는 사람들에
의해서 말이야. 테이커들은 이 모든 것을 중단시켰지. 그리고 그때부터 평
화는 오로지 자신들의 그 전지전능한 손에 좌지우지되도록 한 거야.

　지금도 범죄는 실로 구미가 당기는 수십억 달러짜리 산업이지. 아이들
은 길모퉁이에서 마약을 하고, 미친 시민들은 무기를 가지고 서로에게 달
려들어 광기 어린 공격을 가하고 있으니까.”

비옥한 초승달 지대, 두 번째 이야기

"훌라, 푸알라, 알바, 카리오 부족이 테이커들에게 정복당하기 전에 이들 부족 하나하나는 문제를 다루는 나름의 방식을 갖고 있었지. 그것은 수만 년에 걸친 문화적 경험이 준 선물이었어. 그들 부족의 방식은 서로 달랐지. 유일한 공통점이 있다면 그것들이 각각의 부족에게는 대단히 효과적이라는 것이었어.

이들 부족에게 가장 중요한 것은 있는 그대로의 인간을 다루는 방법이었지. 그들은 인간이 불완전한 존재라고 생각하지 않았어. 그렇다고 자신들을 천사라고 생각한 것도 아니야. 그들은 인간이란 존재는 문제를 일으킬 수도 있고, 때로는 난폭하고 이기적이며, 비열하고 잔인하며, 탐욕스럽고 폭력적일 수 있다는 사실을 잘 알고 있었지.

인간이란 대단히 변덕스럽고 욕망에 가득 찬 존재야. 이걸 깨닫기 위해 그리 대단한 지성이 필요한 건 아니지. 그러니 수만 년 동안 인간에게 효과를 유지한 체계라면 그것이 늘 유쾌하고, 기꺼이 도움을 베풀고, 이타적이고, 너그럽고, 친절하고 예의바른 사람들에게만 효과적인 그런 체계일 리 없지. 수만 년 동안 효과를 유지한 체계라면, 언제든지 문제를 일으킬 수 있는 난폭하고 이기적이고 비열하고 잔인하며, 탐욕스럽고 폭력적인 사람들에게도 효과적인 그런 체계일 거야. 무슨 말인지 이해가 되니?"

"완벽하게 이해 돼요."

"부족 원주민 사회에서 문제 행동을 금지하는 법은 찾아볼 수 없어. 원주민들 생각에 그건 정말 무의미한 일이야. 대신에 문제 행동이 끼치는 피해를 최소화하는 규범들은 쉽게 찾아볼 수 있지. 예를 들자면, 어떤 원주민 부족도 간음을 금지하는 규율을 필요로 하지 않아. 대신 그들이 규율로 정한 것은 간음이 일어났을 때 마땅히 해야 할 일들이지. 배우자에게 상처를 주는 것은 물론이고, 결혼의 가치를 떨어뜨려 결국은 공동체를 위협하는 이 부정한 행동의 해악을 최소화하기 위한 그런 규범들 말이야.

다시 한 번 말하지만 이 규범들의 목적은 처벌이 아니라 잘못된 것을 바로잡고 상처를 치유하는 데 있어. 그래서 최대한 삶이 정상화될 수 있도록 돕는 거지. 폭행의 경우도 마찬가지야. 원주민들이 생각하기에 '절대 싸워서는 안 된다'라고 말하는 건 아무짝에도 쓸모없는 짓이야. 필요한 건 싸움이 일어났을 때 어떻게 대처하는 것이 최선인지를 정확하게 아는 일이지. 그래서 모두의 피해를 최소화하는 것 말이야. 이 점에서 너희 문화의 법률과 얼마나 다른지 네가 알았으면 좋겠구나. 너희 문화의 법은 피해를 줄이기는커녕 오히려 피해를 사회 전반으로 확대시키고 증폭시키지. 가족을 파괴하고 인생을 망가뜨려. 스스로 상처를 치유하도록 피해자들을 방치함으로써 말이야."

"무슨 말인지 알겠어요."

"지금까지 말한 것에서 짐작할 수 있겠지만 모든 원주민 부족에게 공통적인 단 한 가지 법이 있어. '다른 부족은 공격하고 같은 부족은 서로 보호해주어라'가 바로 그것이지. 즉, 내부의 온갖 다툼과 복수에도 불구하고 대립은 부족과 부족 간에 형성된다는 거야. 만약 네가 훌라 부족의 일원이라면 카리오나 푸알라 부족을 공격하는 것은 괜찮아. 하지만 다른 훌라를 공격해선 안 돼. 왜 그래야만 하는지 알겠니?"

"알 것 같아요. 만약 훌라 부족의 법이 서로를 공격하도록 허용한다면 결국 훌라 부족은 사라질 테니까요. 또, 만약 훌라 부족의 법이 카리오나 푸알라 부족을 공격하는 걸 금지한다면 그땐 불규칙적 보복 전략이 쓸모 없어지겠죠. 그 결과 또한 훌라 부족이 사라지기는 마찬가지일 테고 말이에요."

"정확하게 말했다. 너희 문화의 혁명이 시작될 때 내가 테이커라고 부르는 너희 부족은 훌라, 푸알라, 알바, 카리오 부족과 똑같았어. 마찬가지로 그 당시 세상에 존재했던 다른 수만 개의 부족들과도 같았지. 내 말은 그들 역시 그들에게 효과적인 생활양식을 따랐고, 그들 내부에서 벌어지는 문제 행동들을 효과적으로 다룰 수 있는 규율들을 가지고 있었다는 거야. 그런데 테이커들에게 효과적이었던 원래의 생활양식에 대체 무슨 문제가 생긴 걸까?"

"글쎄요…… 전혀 짐작도 안 가는데요."

"우리 둘이 함께 생각해낼 수 있을 거야, 줄리. 우리가 확실히 알고 있는 것 한 가지는 바로 이거야. 테이커들이 부족 상태일 때 가졌던 생활양식 가운데 어떤 것도 그들이 혁명과 함께 이웃 부족들을 정복하고 나서 짊어져야 할 책임감까지 알려주진 못했다는 것 말이야."

"그걸 어떻게 알지요?"

"너희 부족의 혁명은 그때까지는 한 번도 없었던 일이거든. 부족의 문화와 생활양식이 태곳적부터 일어났던 일들을 어떻게 처리해야 하는지는 알려주지만 역사를 통틀어 단 한 번도 일어나지 않은 일들을 어떻게 처리해야 하는지 알려주진 않으니까. 사람들은 태곳적부터 경쟁하며 갈등을 겪어왔지. 그들은 불규칙적 보복 전략을 쓰면서 스스로의 지위를 지킬 줄 알았어. 그런데 한 부족이 전례 없는 능력으로 막강한 힘을 휘두를 준비를 갖춘 거야. 풍족한 식량 덕분에 인구는 계속해서 늘어났고, 테이커들은 점점 이웃 부족들에 대항해 그들의 세력을 유지하는 것에는 관심이 없어졌지. 그들은 더 많은 사람들을 먹여야 했고, 따라서 더 많은 땅이 필요했어.

그들은 이웃 부족들을 정복할 힘이 있었으므로 때론 이웃 부족을 동화시키고, 때로는 쫓아내고, 때로는 남녀노소를 막론하고 몰살했지. 그렇게 이웃 부족들을 정복한 뒤에는 그야말로 신천지가 펼쳐졌지. 이 영토를 두고 무엇을 할까? 당연히 그 땅의 옛 주인들과 예전처럼 불규칙적 보복 게임을 하며 지낼 순 없었지. 그건 결코 말이 안 되는 일이었으니까. 또한 그 땅에서 다른 부족들끼리 불규칙적 보복 게임을 하도록 내버려둘 수도 없었어. 그것 역시 말이 안 되니까. 그 이유를 알겠니?"

"네, 알 것 같아요. 불규칙적 보복 전략은 자신의 세력을 이웃하는 부족들과 동등하게 유지하는 방법이니까요. 그들은 훌라나 푸알라, 카리오 부족이 끊임없이 그들끼리 싸우면서 독립적인 세력을 유지하는 것을 원치 않았어요."

"싸움과 관련해 테이커들이 예전에 따르던 법은 무엇이었지? 혁명 전에 그들이 따랐던 법 말이야." 무슨 말인지 모르겠다는 내 표정을 보더니 이스마엘은 이렇게 덧붙였어. "그건 모든 부족들이 싸울 때 공통적으로 따르던 법이야."

"아! 네 이웃과는 싸우되 너희들끼리는 싸우지 말라고 한 것을 말하는 거죠?"

"맞다. 이것이야말로 비옥한 초승달 지대는 물론이고 전 세계 어느 부족이나 다 따랐던 법이지. 하지만 테이커들은 이웃 부족들을 정복하기 시작했을 때 새로운 법을 만들었어. 그들은 자신들이 정복한 부족들이 서로 싸우는 것을 원치 않았으니까."

"그랬겠죠."

"그렇다면 그 새로운 법은 뭘까, 줄리?"

"새로운 법은 아마 이거겠죠. 누구와도 싸우지 말라!"

"물론이지. 게다가 네가 방금 지적했듯이 그것은 불규칙적 보복 전략이 역사에서 사라지는 걸 의미했고, 더불어 부족들의 독립성도 사라졌지. 테이커들은 사람들이 농사를 짓고 각자 맡은 일에 모든 힘을 쏟는 그런 세계를 원했지 불규칙적 보복 게임을 하느라 힘을 허비하는 걸 원하지 않았다고."

"네. 확실히 그랬겠네요."

"예전의 부족 간 경계는 이제 훌라, 푸알라, 카리오, 알바 부족에게 뿐만 아니라 테이커 자신들에게도 의미 없는 것이 되어버렸지. 지리적으로나 문화적으로나 말이야. 테이커들은 이 새로운 상황에서 예전 자신들의 생활양식을 전부 폐기처분했지. 더는 의미가 없었으니까. 뿐만 아니라 다른 부족의 생활양식들 또한 테이커들이 건설한 새로운 세상에서는 의미 없는 게 되어버렸지. 훌라 부족은 그들의 아이들에게 수만 년 동안 유효했던 그들의 생활양식을 더는 가르치지 않았어. 그 아이들은 이제 훌라가 아니었으니까. 카리오 부족 역시 아이들에게 그들의 생활양식을 가르치지 않았지. 그 아이들은 이제 카리오가 아니었으니까 말이야.

하지만 새로운 세상에 속하게 되었다 해도 사람들은 여전히 문제를 일으키고, 난폭하며 이기적이고, 잔인하고 탐욕스럽고 폭력적이었지. 왜 안 그랬겠어. 당연히 예전의 행동들이 계속되었지. 하지만 그러한 피해를 완화시켜주었던 예전의 부족 규범들은 이미 사라지고 없었어. 설사 예전의 부족 규범이 희미하게나마 남아 있었다고 해도 테이커들은 그 규범을 따를 수가 없었을 거야. 문제 행동을 다루는 훌라의 규율이 훌라 부족에겐 딱 들어맞았지만 카리오 부족에게는 그렇지 않았으니까. 그 이유는 알고 있지?"

"네."

"그렇다면 테이커들은 이제 그들이 지배하는 사람들의 문제 행동을 어떤 방식으로 해결할 수 있을까? 간음, 폭력, 강간, 도둑질, 살인 같은 것들 말이야."

"그것들을 법으로 금지했겠지요."

"맞았어. 그들은 법을 만들어 모든 문제 행동들을 통제하려 했어. 하지만 부족 사회에서는 법으로 금지하는 게 결코 좋은 생각이 아니었지. 부족의 규율은 '이러저러한 일들은 결코 일어나선 안 된다'라고 말하는 법이 없었어. 왜냐하면 그런 일들이 계속 일어나리라는 것은 불을 보듯 뻔한 사실이었으니까. 오히려 이렇게 말했지. '그런 일이 일어났을 때는 가능한 한 피해를 줄이기 위해 이런 조치들이 취해져야 한다'라고 말이야."

"무슨 말인지 알겠어요."

“자, 이제 거의 끝까지 다 왔다, 줄리. 마지막으로 살펴봐야 할 게 하나 남아 있어.”

“그게 뭔가요?”

“부족적 사고방식으로는 안 지켜질 게 뻔한 법률을 만드느라 머리를 싸매는 것은 참으로 한심한 일이라는 거지. 그것은 법률이라는 개념 자체를 위협하는 일이야. 대표적인 예가 바로 (성경에 나오는) ‘~하지 말지어다’ 시리즈인데, 사람들이 실제로 받아들일 거라고는 생각하지도 않아. ‘살인하지 말지어다. 거짓말하지 말지어다, 간음하지 말지어다, 도둑질하지 말지어다’라는 말 하나하나가 거역되리라는 걸 전제하고 있으니까.

부족 원주민들은 안 지켜질 게 뻔한 법을 만드느라 시간을 낭비하지 않았기 때문에 사람들이 법을 어기면 어떻게 할까 고민할 필요가 없었지. 부족 사회의 규율은 잘못된 행동을 법으로 금지하지 않고 돌이킬 방법을 열거하고 있으니까 사람들이 기꺼이 그 규율을 따랐던 거야. 그들에게 이로운 것이니 어길 이유가 어디 있겠어? 하지만 테이커들의 법률은 처음부터 깨질 거라는 걸 뻔히 알면서 만들어진 규범 덩어리였어. 그리고 (매우 당연하게도) 그 법률은 수천 년 동안 매일같이 깨졌지.”

“참 놀랍네요. 세상을 바라보는 놀라운 방식이에요.”

“그게 다가 아니야. 너희 문화의 법률은 처음부터 지켜지지 않을 걸 알면서 만들어졌기 때문에 당연히 법을 어긴 자들을 다루는 방법 또한 필요했지.”

“네, 법을 어긴 사람들은 당연히 처벌을 받지요.”

“그래. 범법자들을 달리 어떻게 처리하겠어? 지켜지지 않을 게 뻔한 법률에 너희 자신을 구속시킴으로써, 결국 너희들은 너희가 바라는 대로 행동하지 않는 사람들에 대해서 처벌하는 것 말고는 달리 어떤 수단도 가질 수 없게 되었지. 수천 년 동안 너희들은 충분히 깨질 것이 예상되는 법률을 수도 없이 만들어 왔어. 그 결과 지금까지 말 그대로 수백만 개가 넘는 법률들이 생겨났고, 그중 상당수는 하루에도 수백만 번씩 깨지지. 혹시 법을 한 번도 위반하지 않은 사람을 단 한 명이라도 알고 있니?”

“아뇨.”

“너처럼 어린 나이라도 이미 열댓 번은 법을 위반했을걸?”

“수백 번은 했지요.” 나는 자신 있게 대답했지.

“더 웃기는 건 법을 떠받들라고 뽑은 공직자들이 밥 먹듯 법을 위반한다는 거야. 그러면서도 사회 지도층 인사들은 사람들이 법을 별로 존중하지 않는다고 분개하곤 해.”

“정말 놀라운 얘기네요.”

“부족 규범과 불규칙적 보복 전략의 파괴는 수백 년 또는 수천 년에 걸쳐 점진적으로 수행할 수 있는 성질의 것이 아니야. 그것은 테이커들의 침략과 동시에 곧바로 시작되었어. 부족 규범과 불규칙적 보복 전략은 시작부터 무너뜨려야 할 장애물이었고, 실제로는 그 이름이 무엇이었든 훌라, 카리오, 알바, 푸알라는 부족의 정체성을 버려야만 했지. 그로부터 수십 년 후, 주변의 다른 부족들도 이들과 마찬가지로 사라지게 되었어. 때로는 자의로 때론 타의로 부족의 독립성을 테이커의 힘과 맞바꿔야 했던 거야. 이렇게 혁명의 불기둥은 너희의 뿌리를 영장류까지 이어주는 문화적 유산들을 태우면서 사방으로 퍼져나갔지.

훌라, 카리오, 알바, 푸알라 부족의 유산은 한두 세대 만에 사라지지는 않았어. 그렇다고 네다섯 세대가 지나도록 전해지지도 않았지. 확장하는 테이커 세력과 이마를 맞댄 페르시아, 아나톨리아, 시리아, 팔레스타인, 이집트 등 접경지대에서는 기억이 어느 정도 남아 있었을 테지만, 얼마간의 시간이 더 흐른 뒤 그들의 후손들은 부족 고유의 생활양식이 존재했다는 것조차 기억할 수 없었겠지. 팔천 년 전 테이커 세력은 훨씬 더 확장되어서 극동 지역과 러시아, 유럽까지 뻗어나갔고, 그때마다 접경지대의 수많은 부족이 테이커들에게 포위되고 말았어. 하지만 혁명의 중심지는 여전히 서남아시아, 그중에서도 비옥한 초승달 지대였지. 티그리스 강과 유프라테스 강 사이에 위치한 메소포타미아는 지금의 뉴욕에 버금가는 곳이었어.

이즈음 너희 문화가 만들어낸 (전면적인 농경생활과 식량에 자물쇠를 채운 것 다음으로) 강력한 혁신이 어렴풋하게 등장하게 되는데, 그건 바로 문자야. 하지만 오천 년이란 세월이 더 지나 고대 그리스에 이르러서야 산문작가들은 문자를 이용해 인간의 과거를 기록해야겠다고 생각하게 되지. 마침내 그들이 인간의 과거를 기록하기 시작했을 때, 그들은 다음과 같이 묘사했지. '인간은 약 일만 년 전에 비옥한 초승달 지대 인근에서 탄생했다. 인간은 탄생부터 농작물에 의존했으며, 벌이 벌집을 짓듯 본능적으로 씨를 뿌리고 문명을 추구했다. 인간은 태어나자마자 농사를 짓고 문명을 건설했다.'

과거 원시 부족 단계의 인류에 대한 기억은 완전히 사라진 상태였지. 수십만 년 전까지 거슬러 올라가는 그 기억들은 종적도 없이 사라진 거야. 이걸 두고 내 제자 하나는 기발한 표현으로(하지만 매우 잘 어울리는 표현이기도 하지) '위대한 망각'이라고 부르더군.

수만 년 전에 인간은 모두 어떻게 살아야 할지 알고 있었어. 하지만 너희 문화 사람들에게 그것은 파괴해야만 하는 대상이었지. 스스로 세계의 지배자가 되기 위해서 말이야. 그들은 자신들이 파괴한 것을 다른 것으로 대체할 수 있다고 확신했어. 그래서 그 뒤로 빈자리를 채울 수 있다고 생각되는 것을 하나하나 시험했지. 역사와 고고학은 이후 오천 년 동안 테이커 사회가 그 빈자리를 채우기 위해 노력한 과정을 보여주고 있어.

그들은 더디지만 꾸준하게 찾아 나갔어. 사람들의 마음을 달래주고 무언가 영감을 줄 만한 그 무엇, 사람들을 즐겁게 하고 오락거리가 되어줄 그 무엇, 무슨 까닭인지는 모르지만 사람들에게서 쉽게 사라지지 않는 불행감을 잊게 해줄 그 무엇을 말이야. 축제, 유흥, 가장행렬, 사원에서의 예배, 기사들의 순례, 거창한 의식들, 음식과 오락, 권력에 대한 갈구, 정치적 음모, 부, 사치, 게임, 드라마, 스포츠, 전쟁, 사회운동, 세계 탐험, 명예, 직위, 알코올, 약물, 노름, 매춘, 오페라, 극장, 예술, 정부, 정치, 등산, 라디오, 텔레비전, 영화, 연예산업, 비디오게임, 컴퓨터, 주식 시장, 포르노, 우주 정복……. 이것들은 사람들에게 삶이 가치가 있도록 보이게끔 하는 무엇, 그들의 공허감을 채워주는 무엇, 영감과 위로를 제공하는 그 무엇을 찾고자 한 결과 태어난 것들이지.

물론 이것들은 정말 많은 사람들의 공허감을 채워주었어. 하지만 오늘날, 너희 중 소수만이 진정 살 가치가 있는 사람처럼 더 많은 것을 꿈꾸고 실제로 누리며 살고 있어. 억만장자나 유명한 영화배우, 운동선수, 아니면 정치가나 슈퍼모델들만이 말이야. 나머지 대다수는 상대적으로 무산자(無産者)들이지. 무산자라는 말은 알고 있겠지?"

"무산자요? 그럼요."

"부족적 생활양식에서는 유산자(有産者)와 무산자가 나뉘어 있지 않았지. 강요당하지 않는다면 그 누가 그런 이분법을 감수하겠어? 너희들이 식량에 자물쇠를 채우기 전까지는 사람들에게 그걸 감수하게 할 방법이 없었지만 테이커의 생활양식은 시작부터 유산자와 무산자를 나누었지. 그리고 언제나 무산자들이 대다수를 차지했어. 그들이 불행의 원인을 찾을 수 있었을까? 왜 세상이 그렇게 이루어졌는지 설명해 보라고 누구에게 물어볼 수나 있었을까? 왜 한 줌의 사람들만 행복하고 나머지 대다수는 헐벗고 굶주리며 집도 없이 고되게 살아야 하느냐고 지배자들에게 물어야 했을까? 그들을 노예로 부리는 사람들에게? 그들의 사장에게? 물론 아니지!

약 이천오백 년 전에 그 이유를 설명하는 네 개의 이론들이 생겨났지.

아마 가장 오래된 이론은 이걸 거야. 이 세상을 만든 것은 영원히 싸움을 멈추지 않는 두 명의 신인데, 하나는 빛과 선의 신이고 다른 하나는 어둠과 악의 신이야. 이것은 분명 어째서 세상이 빛 속에서 사는 사람들과 어둠 속에서 사는 사람들로 나누어지는지 설명해주고 있지. 이 이론은 조로아스터교*, 마니교**, 그밖에 다른 종교의 교리로 발전했어.

---

* 예언자 조로아스터(Zoroaster)의 가르침에 종교적·철학적 기반을 두고 있으며, 유일신 아후라 마즈다(Ahura Mazda)를 믿는 고대 페르시아 종교이다. 조로아스터교에 따르면 세상은 선과 악이 싸우는 투쟁의 현장이며, 인간은 타고난 이성과 자유의지를 활용하여 이 둘 중 한쪽을 선택해야 한다. 이때 인간은 선을 선택하여 완전함에 도달할 수 있도록 노력해야 하며, 선택의 결과에 따라 인간의 운명이 결정된다고 본다.

** 3세기에 페르시아 왕국에서 마니가 창시한 이원론적 종교이다. 마니교는 그리스도교 또는 조로아스터교의 이단으로 여겨지기도 했으나, 일관된 교리와 엄격한 제도 및 조직을 갖춘 하나의 종교로 자리 잡았다. 교의는 광명·선과 암흑·악의 이원론(二元論)과 진리에 대한 영적인 지식을 통해 구원에 이른다는 영지주의를 근본으로 하고 있다.

그 다음 이론에 따르면 이 세상은 여러 신들의 공동 작품인데, 이 신들은 내키는 대로 세상을 마음대로 주무르지. 그들은 때론 인간의 친구가 되어주기도 하고, 인간을 이용하기도 하고 파멸시키기도 하며, 겁탈하기도 하고 무시하기도 하는데, 이 모든 건 전적으로 신들의 마음에 달린 일이지. 이런 견해는 고대 그리스와 로마 제국이 그들의 신화 속에서 받아들인 이론이야.

또 다른 이론은, 고통이란 삶에 내재된 것이고 따라서 피할 수 없는 운명이며, 평화는 오로지 모든 욕망을 포기한 사람들만 얻을 수 있다고 말하지. 이 이론은 석가모니에 의해 세상에 전파되었어.

마지막 하나의 이론은 메소포타미아 지방을 무대로 삼아 태초의 인간 아담을 등장시키지. 아담은 신의 뜻을 거역한 벌로 천국에서 쫓겨났고, 무엇이든 얻기 위해선 땀을 흘려야만 하는 비참한 삶을 살아가게 되었지. 신의 품안에서 떨어져 나와 온갖 죄의 유혹에 시달리는 운명에 놓이게 된 거야. 기독교에서는 이 히브리 문화의 뼈대에다 메시아를 보태어 '하나님 나라에서는 가장 높은 자가 가장 낮아질 것이요, 가장 낮은 자가 가장 높아질 것'이라고 가르쳤지. 즉, 가진 자와 못 가진 자가 서로 뒤바뀔 거라는 말이었어.

예수가 살아 있는 동안, 그리고 그 뒤 몇십 년간은 대다수 사람들이 하나님 나라는 하나님이 직접 다스리는 지상의 왕국일 거라고 생각했어. 하지만 그게 실현되지 않자 사람들은 하나님 나라란 내세를 말하며 죽어서야 갈 수 있는 곳이라는 걸 이해하기 시작했지. 같은 히브리 문화를 토대로 하고 있지만 무슬림들은 예수를 메시아로 받아들이지 않아. 하지만 지상에서의 선행은 죽고 나서 보상받을 거라고 가르치기는 이슬람교도 마찬가지야.

그런데 너도 알다시피 이런 이론들은 결코 너희를 만족시키지 못했지. 특히나 근래 몇 세기 동안에는 말이야. 최근 몇십 년 동안은 더더욱 그랬어. 너희 삶의 한가운데 자리한 그 엄청난 공허감은 끝없이 터져 나오는 각종 사이비 종교, 일시적인 영적 유행들, 정신적 지도자, 예언가, 온갖 신비한 치료법 등을 닥치는 대로 삼켜대지만 그 무엇에서도 만족을 느낄 수 없었지."

"확실히 그래요."

이스마엘은 한동안 어두운 얼굴로 나를 쳐다보았어. "아마 이제 너는 너희 문화 사람들이 왜 하늘을 올려다보며 신이나 천사, 예언자나 외계인 또는 죽은 이들의 영혼과 만나기를 갈구하는지, 왜 그토록 많은 너희 문화 사람들이 너와 비슷한 공상을 하는지 그 이유를 이해할 수 있을 거야."

"네, 이해할 수 있어요."

"지금쯤은 너도 우리가 어디로 가고 있는지 알았을 거다. 물론 아직 끝난 건 아니지만."

"적어도 그 말을 듣게 되어서 기쁘네요."

빌어먹을 자존심

"당신에게 질문할 게 수천 개도 더 돼요." 이틀 뒤인 토요일, 그 방에 도착하자마자 나는 숨 돌릴 겨를도 없이 말했어.

"몇 개는 예상하고 있었지. 어디 들어보자꾸나." 이스마엘이 대답했지.

"지금까지 당신에게 배운 대로라면, 많은 사람들은 이렇게 생각할 거예요. '이런 젠장. 그러면 우리에게 희망은 없단 말인가?' 하고 말이에요."

"왜 그렇지?"

"왜냐하면, 우리가 다시 동굴 생활로 돌아갈 순 없으니까요. 안 그래요?"

"동굴 생활을 한 부족은 극소수에 불과해, 줄리."

"내 말이 무슨 뜻인지 알잖아요. 우리는 다시 부족적 생활양식으로 돌아갈 수 없다고요!"

이스마엘은 살짝 이마를 찌푸렸어. "네 말이 정말 그런 뜻인지 잘 모르겠구나."

"좋아요. 무슨 말이냐 하면, 우리는 예전으로 돌아가 거기서부터 다시 시작할 수 없다는 거예요. 우리는 테이커가 되기 전의 방식으로 돌아갈 수 없다고요."

"그게 무슨 뜻이지, 줄리? 사람들에게 효과적인 생활양식으로 돌아갈 수 없다는 뜻이니?"

"아니요. 내 말은 우린 이미 다시는 수렵—채취생활을 하며 살 수 없는 존재가 되었다고요."

"물론 그럴 수 없지. 내가 언제 그렇게 해야 한다고 말하기라도 했니? 그런 제안을 할 기미라도 보였어?"

"아니요."

"그런 일은 결코 없을 거야. 수렵—채취생활을 하는 육십억 인구를 감당하려면 이런 행성 열 개로도 모자랄 거야. 그건 말도 안 되는 생각이지."

"그럼 뭐죠?"

"네가 왜 내게 왔는지 잊었나보구나, 줄리. 너는 이 우주 다른 곳에서는 사람들이 어떻게 세상을 파괴하지 않고 살아가는지, 그걸 알고 싶어서 온 거야."

"맞아요."

"이제 알겠니? 그것을 배우기 위해 우주선을 탈 필요까진 없어. 네가 만나고자 한 외계인들은 사실 네 자신의 조상들이었던 거야. 그들은 이곳 지구에서 수십만 년 동안 세상을 파괴하지 않고 행복하게 살았으니까. 너를 혼란스럽게 한 건 내가 너에게 답을 줄 거라 기대했기 때문이야. 하지만 나는 네가 어디서 답을 찾아야 할지 알려주었을 뿐이야. 너는 내가 '훌라 부족의 생활양식을 따르라!'는 식으로 말할 거라 생각했겠지. 그런데 내가 말하고 싶은 건 '어째서 훌라 부족의 생활양식이 유효했으며 앞으로도 유효할지 그것을 이해하라'는 거야.

너희 테이커들은 지난 일만 년 동안 효과적인 생활양식을 만들어내려고 갖은 노력을 기울였지만 지금까지는 실패라고 말할 수밖에 없어. 제법 효과적인 무수한 발명품들을 만들어내긴 했지. 비행기, 컴퓨터, 파이프오르간, 증기선, 비디오 녹화기, 시계, 원자폭탄, 컨베이어벨트, 양수기, 전깃불, 그리고 볼펜 같은 것들 말이야. 하지만 효과적인 생활양식은 언제나 너희가 잡을 수 없는 무엇이었어. 그리고 인구가 늘어날수록 이 실패는 더욱더 광범위하고 고통스러운 것이 되었지. 약물중독, 자살, 정신질환, 이혼, 아동 학대, 연쇄 살인 등은 계속해서 늘어만 가고 가정*은 원자처럼 쪼개어져 망각 속으로 사라져 버렸어.

너희가 한 번도 효과적인 생활양식을 만들어낼 수 없었다는 건 그리 놀랄 일도 아니야. 처음부터 너희들은 그게 얼마나 어려운 일인지 과소평가했으니까. 줄리, 어째서 부족적 생활양식이 효과적이었지? 나는 지금 작동 방식을 말하는 것이 아니라 어떻게 해서 그 생활양식이 효과적인 것이 되었는지 그 과정을 묻는 거야.”

“내 생각엔 인간이 생겨난 이래 수없이 시행착오를 겪으며 발전해 왔기 때문인 것 같아요. 그 과정에서 효과적인 건 살아남았고 그렇지 못한 것은 사라졌지요.”

“물론이야. 부족적 생활양식이 효과적인 까닭은 침팬지나 사자, 사슴이나 벌, 그리고 비버들이 효과적인 생활양식을 발전시킬 때와 마찬가지로 진화의 과정을 겪었기 때문이야. 단숨에 무언가를 뚝딱 만들어놓고, 그것이 삼백만 년 동안 시행착오를 겪으며 다듬어진 시스템과 똑같이 효과적이길 기대해선 안 되지.”

---

* 여기서는 사전적 의미 그대로 가까운 혈연관계에 있는 사람들의 생활 공동체를 뜻한다.

빌어먹을 자존심

149

“네, 이제 무슨 말인지 알겠어요.”

“그런데 이상하게 들리겠지만 너희들이 즉흥적으로 만들어낸 것들도 어쩌면 효과적일 수 있었을지 몰라. 한 가지 조건만 뒷받침되었다면 말이야.”

“그게 뭔데요?”

“그 대답은 네가 해주었으면 좋겠구나, 줄리. 너는 할 수 있을 거라 생각해. 메소포타미아 제국은 함무라비 법전 아래서 성공할 수도 있었겠지, 만약 이 한 가지 조건만 뒷받침되었다면 말이야. 그게 뭘까? 이집트 왕조도 아크나톤*의 탁월한 종교적 지도력 아래서 성공할 수 있었을 것이고, 로마 제국도 아우구스트 카이사르의 팍스 로마나** 아래 발전할 수 있었겠지, 만약 이 한 가지 조건만 뒷받침되었다면 말이야. 모든 시대와 그 부산물들을 다 얘기할 필요는 없을 것 같고, 네가 가장 잘 아는 세상인 미국만 놓고 보더라도 인류역사상 가장 발전된 형태라는 지금의 헌법 아래 계속 발전할 수도 있을 테지, 만약 이 한 가지 조건만 뒷받침된다면 말이야. 그게 도대체 뭘까?”

“만약 사람들이 더 나은 존재였다면?”

“맞았어, 줄리. 만약 사람들이 그때보다 더 나은 존재였다면 앞에서 이

---

* 이집트 제18왕조의 제10대 왕. 아멘호테프 4세라고도 한다. 아멘호테프 3세의 아들이며 왕비는 네페르티티이다. 태양을 상징하는 유일신 아톤을 신봉하였으며, 종교개혁을 단행하고 수도를 텔 엘 아마르나로 옮겼다.
** 팍스 로마나(Pax Romana), 즉 ‘로마의 평화’는 로마 제국이 전쟁을 통한 영토 확장을 최소화하면서 오랜 평화를 누렸던 기원전 27년에서 180년까지의 기간을 말한다. 초대 황제인 아우구스투스 통치 시기부터 시작되었기 때문에 ‘아우구스투스의 평화(Pax Augusta)’라고 불리기도 한다.

야기한 모든 사회가 성공적으로 굴러갔겠지. 사람들이 실제보다 더 나은 존재였다면 아마 너는 지금 하나의 거대하고 행복한 가족이라는 울타리 속에서 살아가고 있을 거야. 중동에서 전쟁을 벌이는 사람들은 서로를 껴안고 화해할 테지. 범죄는 밤사이 사라질 테고 아무도 법을 어기지 않을 거야. 그러면 법정과 경찰, 그리고 감옥은 사라지겠지. 각자 자신의 이익을 버리고 기아, 인종차별, 증오, 불의를 없애기 위해 다 함께 힘을 모을 거야. 만약 사람들이 더 나은 존재였다면…… 그랬다면 벌어졌을 멋진 일들을 밤을 꼴딱 새워서라도 읊을 수 있을 거야.”

“네, 그렇겠죠.”

“이는 부족적 생활양식이 가진 엄청난 장점을 다시 돌아보게 해주지. 부족적 생활양식은 사람들이 더 나은 존재인가 아닌가에 따라 성패가 좌우되지 않아. 그것은 있는 그대로의 사람들 속에서 효과를 발휘하지. 무지몽매하고, 문제가 있고, 파괴적이고, 이기적이고, 비열하고, 잔인하고, 탐욕스럽고, 폭력적인 사람들 속에서 말이야.

반면에, 테이커들은 사람들이 마치 불량품이기라도 한 것처럼 그들을 징벌과 격려와 교육을 통해 개선하려고 노력했지. 일만 년이라는 시간이 흘렀고, 사람들을 개선하려는 노력은 전혀 성공할 기미가 보이지 않는데도 다른 곳으로는 눈길을 돌릴 생각조차 안 하고 있어.”

“맞아요. 그러나 내가 여기서 들은 것을 다른 사람들도 듣게 된다면 그들은 이렇게 말할 거예요. ‘네, 그렇군요. 다 좋아요. 하지만 우리는 사람들을 계속해서 개선시켜야 할 의무가 있다고요. 그들은 더 나아질 수 있어요. 다만 아직까지 어떻게 해야 하는지 그 방법을 충분히 생각해내지 못했을 뿐이에요.’ 아니면 이렇게 말할지도 모르죠. ‘그건 여전히 생각해 볼 문제네요. 우리가 계속 노력하지 않았다면 사람들이 얼마나 더 나빠졌을지 한번 생각해 보세요!'라고요."

"안타깝지만 네 말이 맞다, 줄리."

"머리가 전보다 더 꽉 막힌 느낌이에요. 그럼 우리가 어떻게 해야 할까요? 우리가 다시 불규칙적 보복 전략을 취하기를 기대하는 건 아닐 테고. 안 그래요?"

이스마엘은 이삼 분 정도 나를 뚫어져라 쳐다보았어. 하지만 나는 겁먹지 않았지. 그가 화가 나서 그러는 게 아니라는 걸 알고 있었으니까. 그는 무언가 골똘히 생각하고 있는 거였지. 충분히 생각을 했는지 그는 나에게 또 다른 이야기를 하나 들려주었어.

"먼 옛날에 아주 오래 전부터 동맹 관계였던 두 나라가 나무다리 하나로 연결되어 있었어. 그 다리를 제외하면 나머지 지역은 거대한 강물로 가로막혀 있었지. 다리가 놓인 지점은 정말 안성맞춤이었어. 강 양쪽에 솟은 거대한 암벽은 꼭 일부러 다리의 지지대로 만들어놓은 것 같았으니까. 하지만 여러 세기가 지나자 사람들은 두 나라를 연결하는 나무다리보다 좀 더 발전된 형태의 다리가 필요하다고 느꼈어. 그래서 한 무리의 기술자들이 나무다리 대신 철제다리를 건설하기로 했지. 이 다리는 제대로 잘 지어졌지만 몇십 년이 지나자 갑자기 무너져 내렸어. 기술자들이 원인을 분석한 결과, 잔해에 나타난 명확한 노후의 흔적으로 봐서 사용된 철의 질이 나빴다고 결론을 내렸지. 다리는 다시 지어졌어. 이번에는 가장 질이 좋은 철을 사용했지만 사십 년 뒤 또다시 무너졌지. 그러자 다른 기술자 집단이 처음에 다리를 건축하기로 했던 계획 자체에 초점을 맞추어 연구한 끝에 몇 가지 근본적인 오류를 찾아냈지. 그들은 새로운 설계도를 마련하고 그에 따라 새 다리를 지었지만 또 무너졌지. 이번엔 겨우 삼십 년 만에 말이야.

지금까지는 강의 양쪽에 하나씩, 두 개의 기본 지지대를 이용한 일체형 교량에 대해서만 생각했었지만 이번엔 다리를 여러 구간으로 나누고 구간 별로 지지대를 설치하는 방식으로 다시 짓기로 했어. 그러면 문제가 해결되리라고 생각하면서 말이야. 하지만 그 다리도 삼십 년 만에 무너지고 말았어.

이번에는 양쪽에 아치를 세우고 그 사이를 다리가 지나가게 하는 방식으로 만들었지. 한층 발전된 형태라고 생각했지만 이것 역시 사십 년이 지나자 무너졌어. 그래서 다음엔 다리 아래쪽을 아치 모양으로 떠받치는 다리를, 그 다음엔 철제 빔으로 다리 전체를 감싼 형태를 시도해 보았지만 모두 이십오 년 만에 수명을 다했어.

처음 나무다리를 놓았던 사람들은 이미 몇 세기 전에 사라지고 없지만, 그들의 작품을 연구하던 학생 하나가 어째서 기술자들이 지은 철제다리가 그토록 수명이 짧을 수밖에 없었는지 설명하고 나섰어.

'다리 위를 지나면 당연히 그 재질인 철이 진동하게 된다. 이건 누구나 쉽게 생각할 수 있는데, 이 진동은 지지대로 쓰는 암벽에 그대로 전달된다. 이것 역시 예상 가능하다. 하지만 우리가 미처 생각하지 못한 것은 그 진동이 다리의 지지대 역할을 하는 암벽에 엄청나게 강한 공명을 일으킨다는 점이다. 이 공명은 다시 철제다리로 전달되고, 그 결과 다리가 빠르게 균열하는 것이다. 처음에 지어진 다리는 나무로 만들어졌기 때문에 암벽에 진동을 전달하지 않았고, 따라서 암벽 내부에 공명이 일어나지도 않았던 것이다. 그래서 처음 만들어진 다리는 그토록 오래 갈 수 있었으며, 아마 우

리가 그것을 부수지 않았다면 지금까지도 건재했을 것이다.'

말할 필요도 없이 기술자들은 이런 설명을 별로 달가워하지 않았지. 고마움을 표시하기는커녕 그들은 '음, 그렇다면 우리가 어떻게 해야 한다는 거지요? 다시 나무다리를 만들어야 한다고 제안하는 겁니까?'라고 말했지."

이스마엘은 질문하는 눈빛으로 한참 나를 쳐다보았어. 나는 그의 눈빛을 되받으며 잠시 생각에 잠겼지. 마침내 내가 입을 열었어.

"그러니까…… 그 사람은 다시 나무다리를 만들어야 한다고 제안하고 있는 거 아닌가요?"

"물론 아니야, 줄리. 그는 기술자들을 당황스럽게 하는 퍼즐의 잃어버린 조각을 찾아주려고 한 것뿐이야. 그래서 그들이 생산적으로 생각할 수 있도록 말이지. 어쨌든 현실에선 기술자들이 이렇게 바보처럼 계속 다리를 지을 리 없겠지. 또, 새로운 지적에 그들처럼 어리석게 반응하지도 않았을 테고 아주 긍정적인 자극을 받았을 게 틀림없어. 이 지적은 지금까지 생각하지 못했던 모든 종류의 해결책을 탐색할 수 있도록 길을 터주는 것이니까."

"그건 알겠어요. 그런데 당신이 나나 내가 속한 문화의 사람들에게 어떤 길을 터주었는지는 잘 모르겠네요."

이스마엘은 잠시 생각하더니 이렇게 말했어. "줄리, 네가 꿈꾸던 은하계 여행을 가게 되었다고 해보자. 그래서 어떤 행성에서 너희와 비슷한 사람들이 수만 년 동안 아주 만족스럽고 지속가능한 생활양식을 유지하며 살고 있는 것을 보았다고 쳐. 만약 너희 문화 사람들이 언제든지 마음껏 연구할 수 있도록 밧줄을 던져 그 행성을 여기 지구로 끌어온다면, 너 같으면 그 행성에서 무언가 연구해볼 만한 가치가 있는 것을 찾지 않겠니?”

“아니요.”

“어째서?”

“그냥…… 나는 수만 년 전에 사람들이 살았던 방식대로 그렇게 살고 싶진 않으니까요.”

이스마엘은 눈에 띄게 오른쪽 눈썹을 치켜세웠어. “내 눈빛이 거슬렸다면 용서해라, 줄리. 지금까지 너는 꽤 이성적이었다고 생각되는데…….”

“지금 내가 비이성적인 건 아니죠. 단지 솔직한 것뿐이에요.”

이스마엘은 고개를 가로저었어. “너는 받지도 않은 제안을 거절하고 있어, 줄리. 그건 별로 이성적이라고 할 수 없지. 나는 너에게 수만 년 전의 생활양식을 따라 살라고 제안한 적이 없어. 그런 기색을 보인 적조차 없단 말이야. 만약 내가 너에게 가톨릭 대학의 생화학자들이 암 치료법을 찾아냈다고 말한다면, 너는 가톨릭 신자가 되고 싶지 않다는 이유로 그 치료법을 거부하겠니?”

“아니요.”

“그렇다면 뭐가 다르지?”

“내 생각에 당신이 말하는 것은 암 치료법과는 다른 문제니까요.”

이스마엘은 한동안 무거운 눈빛으로 나를 쳐다보았지. 그러고 나서 입을 열었어. “아마도 너는 쉬는 시간이 필요한 것 같구나. 한 시간 정도 혼자 시간을 좀 보내려무나. 벽지를 연구하든 뭘 하든지 간에.”

나는 의자에서 벌떡 일어나서 쿵쾅거리며 방 뒤쪽으로 갔지. 그리고 낡은 책장을 넘어뜨릴 듯 빼곡히 들어차 있는 책들을 훑어보았어. 뭔가 멋진 구절이 튀어나오기를 기대하면서 몇 권을 빼서 들춰보기도 했지. 하지만 아무것도 건질 수 없었어. 약 십 분 정도를 그렇게 보내고 나는 다시 의자에 주저앉았어.

"빌어먹을 자존심 때문이에요!" 내가 이스마엘에게 말했지.

"계속하려무나."

"만약 우리가 외계인이 사는 행성을 끌어왔을 때, 내 말은 고등한 외계인들 말이에요. 어쨌든 그들이 우리가 모르는 것을 알고 있었다면 그건 용납할 수 있지만, 빌어먹을 야만인들이 우리가 모르는 걸 알고 있다는 건 용납이 안 된단 말이에요."

"무슨 말인지 알겠다, 줄리. 하지만 네가 명심해야 할 게 있어. 지금 그 사람들이 무엇을 알고 있느냐 하는 것이 초점이 아니라는 점 말이야. 네가 지구상에 있는 원주민들과 마주 앉아서 부족적 생활양식에 대해 이야기를 나눈다고 치자. 그들 중 누구도 너에게 불규칙적인 보복 전략에 대해 먼저 말을 꺼낼 순 없을 거야. 하지만 네가 그들에게 그 얘기를 해주면 그들은 바로 그것을 인정하고 이렇게 말하겠지. '우리 모두 그것에 대해 잘 알고 있어요. 말을 안 한 건 너무나 당연해서 말할 필요가 없었기 때문이죠.'

맞는 말이지. 다른 예를 들자면, 역사상 가장 훌륭한 과학자 한 명이 '모든 물체는 지지하는 힘이 없을 때 지구 중심을 향해 떨어진다'라는 사실을 정리했지. 하지만 이건 다섯 살배기도 알고 있는 사실이야. 설사 모르고 있었다고 해도 누군가가 지적해주기만 한다면 아이 혼자서도 충분히 정리할 수 있는 사실이지."

"요점이 뭔지 모르겠어요."

"요점이 뭔지는 나도 잘 모르겠다, 줄리. 솔직히 말하면 그래. 내가 만족할 만한 답을 찾아갈 수 있도록 참을성을 가지고 기다려줬으면 좋겠구나.”

이스마엘은 잠시 생각한 뒤 다시 말을 이어갔어. “여러 부류의 과학자들이 자체 발광 생물체에 관심을 가져왔지. 스스로 빛을 만드는 생물체들 말이야. 하지만 그들 중 어느 누구도 이 생물체들이 자기 몸에서 빛을 만들어내는 현상에 대해 무엇을 알고 있는지는 관심이 없어. 이 생물체들이 스스로 무엇을 알고 있는지는 핵심이 아니니까. 얼마 전에 흰발생쥐의 성공적인 생활양식에 대해 살펴볼 때에도 우리는 흰발생쥐가 그들의 성공적인 생활양식에 대해 무엇을 알고 있는지 그걸 밝혀내려 하지는 않았어. 이해가 되니?”

“네.”

“우리가 지금 살펴보는 것도 마찬가지야. 우리는 리버들이 그들의 생활양식에 대해 무엇을 알고 있는지는 관심 없어. 자체 발광 생물체가 스스로 빛을 내뿜는 것에 대해 무엇을 아는지 관심이 없는 것처럼 말이야. 그들의 지식은 우리의 연구 대상이 아니야. 그들의 성공이 우리의 연구대상이지.”

“좋아요. 무슨 뜻인지 알겠어요. 하지만 그들의 성공이 우리와 무슨 상관이 있는 건지 그걸 모르겠다고요.”

이스마엘은 고개를 끄덕였어. “그래, 눈 씻고 봐도 지난 삼백만 년 동안 지구를 파괴하지 않으며 살아온 것밖에 대단한 점이라고는 없어 보이는 사람들을 연구하는 것은 너희랑 아무런 상관이 없어 보일 수도 있지. 하지만 너희 문화가 멸종이라는 돌이킬 수 없는 수렁으로 점점 빠져들고 있는 지금 시점에서 그들을 연구하는 것은 아주 시의적절한 일일 거야.”

“무슨 말인지 알 것도 같네요, 약간은요.”

"콜럼버스보다 오백 년 앞서서 바이킹이 먼저 신대륙을 찾았다는 건 널리 알려진 사실이지. 하지만 동시대인들은 그 발견에 열광하지 않았어. 그들과 상관없는 일이었으니까. 반면에, 그로부터 오백 년 뒤에 콜럼버스가 신대륙을 발견했을 때는 동시대 사람들이 열광했지. 신대륙의 발견이 그때는 그들과 밀접하게 관련이 있는 일이었으니까.

줄리, 한동안 나는 마치 레이프 에릭손*이 된 것 같았어. 그는 홀로 광활하고 멋진 신대륙을 탐험하고 다녔지만 아무도 그의 이야기에 귀 기울이지 않고 관심을 보이지도 않았지. 이 대륙은 에릭손의 발견 이후 한 세기가 넘도록 너희 문화권의 철학자, 교육자, 경제학자, 정치학자, 과학자들의 연구를 기다리며 열려 있었지만 그들 중 누구도 시큰둥한 눈빛 그 이상을 보내지 않았지. 그저 하품 나는 존재로 여겼을 뿐이야.

하지만 이제 상황이 바뀌고 있다는 걸 나는 느낄 수 있어. 네가 여기 이 방에 있다는 것도 그 변화의 조짐 가운데 하나지. 하마터면 나는 그 조짐을 놓칠 뻔했어. 점점 더 많은 너희 문화 사람들이 재앙으로 곤두박질치는 운명에 경각심을 갖게 되고, 점점 더 많은 사람들이 새로운 생각을 찾아 나선다는 걸 나는 지금 느낄 수가 있어."

"네, 하지만 불행히도 우리 가운데 많은 사람들은 점점 더 이상한 짓거리를 찾아 나서기도 하지요."

"그건 너무나 당연한 거야, 줄리. 너희는 지금 거의 문화 붕괴라고 할 만한 일들을 겪고 있어. 지난 일만 년 동안 너희는 올바른 생활양식을 가지고 있다고 믿어왔지만 최근 몇십 년간 한 해 한 해가 지날수록 점점 그런 믿음

---

* 아이슬란드 태생 탐험가로, 바이킹 시대인 1000년경 북아메리카를 최초로 발견한 유럽인이다. 그가 처음 발견한 곳은 지금의 캐나다 뉴펀들랜드 지역이다.

을 고수할 수 없게 되었지. 이상하게 생각할지 모르겠지만 너희 문화의 신화가 붕괴됨으로써 가장 큰 충격을 입은 것은 너희 문화의 남자들이야. 그들은 (과거에도 늘 그래왔듯) 너희 혁명에 훨씬 더 큰 이해관계를 가지고 있으니까. 앞으로 한 해 한 해 붕괴의 신호들이 점점 더 확실해질 거고, 그러면 남자들은 수컷의 성공에 대한 대리만족을 위해 스포츠의 세계로 점점 더 빠져들 테지. 그보다 더 나쁜 건, 그들이 폭력적인 복수를 통해 자신들의 상실감을 해소하려 들 거라는 점이야. 특히 주변의 여자들에게."

"왜 여자들에게 풀어요?"

"테이커들의 꿈은 언제나 남자들의 꿈이었으니까. 따라서 너희 문화의 남자들은 이러한 꿈이 실패로 끝나게 되면 자신들은 완전히 망가지지만 여자들은 상대적으로 피해가 적을 거라고 생각하는 거지."

"그렇지 않나요?"

이스마엘은 잠시 생각한 뒤에 대답했지. "줄리, 테이커 감옥의 수감자들은 각 세대마다 자신들만의 감옥을 새롭게 지어. 너의 어머니와 아버지도 각자 자신이 맡은 역할을 충실히 수행하고 있지. 너 또한 학교에서 네 역할을 수행하기 위해 준비하며 너희 세대에 맞는 감옥 짓기에 동참하게 되는 거야. 감옥이 지어진 것은 모두가 참여한 결과이긴 하지만 너희 문화의 여자들은 감옥 생활에 남자들만큼 열광한 적이 없었어. 왜냐하면 남자들만큼 혜택을 보지 못했으니까."

"남자들이 감옥을 운영한단 말인가요?"

"아니, 식량에 자물쇠를 채워두는 한 감옥은 저절로 굴러가. 감옥에 있는 한 그들은 스스로를 지배하도록 허락하지. 또, 자신들이 원하는 대로 살 수 있어. 단, 감옥 안이라는 조건에서만 말이야. 죄수들은 대부분 남자를 지배자로 선택하고 그들에게 지배권을 허용하지만, 이 남자들이 감옥 그 자체를 운영하는 건 아니야.”

“그런데 감옥이란 게 도대체 뭘 의미하죠?”

“감옥이란 너희 문화를 말해. 여러 세대를 거치며 너희들이 유지해 왔던 문화 말이야. 너는 네 부모로부터 너희 문화라는 감옥의 죄수가 되는 법을 배우고 있는 거야. 네 부모는 그들의 부모로부터 죄수가 되는 법을 배웠고, 네 부모의 부모는 또 그들의 부모로부터 죄수가 되는 법을 배웠지. 그렇게 계속 일만 년 전 비옥한 초승달 지대까지 거슬러 올라가는 거야.”

“그걸 어떻게 멈출 수 있을까요?”

“다른 것을 배움으로써 멈출 수 있지, 줄리. 네 아이들에게 죄수가 되는 법을 가르치길 거부함으로써, 반복되는 행태를 어김으로써 말이야. 그래서 사람들이 내게 와서 무엇을 해야 하는지 물으면 나는 주저없이 이렇게 이야기해. ‘당신이 지금까지 배운 것과 다른 것을 가르치세요’라고 말이야. 그렇지만 사람들은 대부분 이렇게 대답하지. ‘네. 좋아요. 하지만 무엇을 가르치죠?’

육십억에 달하는 너희 문화 사람들이 자신의 아이들에게 테이커 문화라는 감옥의 죄수가 되는 법을 가르치지 않는다면 너희의 그 끔찍한 꿈은 단 한 세대 만에 종말을 고하게 돼. 너희 문화는 너희가 존재하는 동안에만 지속될 뿐이지 너희 바깥에 독립적으로 존재하는 게 아니니까 말이야. 만약 너희가 그것을 지속시키려는 행위를 멈추면, 그때는 사라질 수밖에 없지. 태울 것이 없으면 불길이 사그라지듯 말이야.”

“네, 좋아요. 하지만 그 다음엔 무슨 일이 벌어질까요? 아이들에게 아무 것도 안 가르칠 수는 없잖아요. 안 그래요?”

"물론 그럴 순 없지. 아이들에게 아무것도 안 가르칠 순 없어. 대신 아이들에게 새로운 것을 가르쳐야지. 만약 아이들에게 새로운 것을 가르치려면 물론 네 자신이 먼저 새로운 것을 배워야겠지. 그게 바로 지금 네가 여기서 하고 있는 일이고."

"그렇군요."

학교라는 허상

"줄리, 아마 내가 어쩌다가 처음 이 새로운 대륙을 탐험하게 되었는지 듣고 싶을 거야."

"네, 정말 듣고 싶어요."

"지난 일요일에 이런 수업을 할 수 있도록 나를 보살펴준 사람으로 라헬 소콜로우라는 이름을 언급했었지? 나는 라헬이 아주 어렸을 때부터 알고 있었어. 너와 내가 소통을 하는 것처럼 라헬과 나도 서로 소통하는 사이였지.

라헬이 학교를 다니기 시작했을 때 나는 너희 교육 제도에 대한 경험이 전혀 없었어. 그냥 한번 생각해 본 일조차 없었지. 그럴 이유도 없었고 말이야. 대부분의 여섯 살 꼬마가 그렇듯 라헬도 학교에 가게 된다는 사실에 흥분했지. 나 또한 그녀를 기다리고 있을 멋진 경험들을 상상하며 기대에 부풀었어. 하지만 입학하고 채 몇 달이 지나지 않아서 나는 라헬의 기대가 점점 사그라지는 걸 알아차렸지. 한 달 한 달, 한 해 한 해 지나면서 계속 줄어드는 게 느껴졌어. 마침내 3학년이 되자 라헬은 완전히 흥미를 잃고 어떻게 하면 학교를 빼먹을까 그 궁리만 했지. 혹시 라헬 같은 아이 처음 보니?"

"넵." 나는 쓴웃음을 지으며 말했어. "잠자리에 들기 전에 밤새 폭설이 내려서 학교 문이 닫히게 해달라고 기도하는 아이들은 아마 기껏해야 팔백만 명 정도밖에 안 될걸요?"

이스마엘도 희미하게 미소를 지으며 말을 이었지. "라헬과의 대화를 통해서 나도 너희 교육 제도의 학생이 될 수 있었지. 실제로 나는 그녀와 함께 매일 학교에 간 거나 마찬가지였어. 그런데 너희 문화의 어른들은 대부분 자신들이 어린 시절 학교에 다닐 때 어땠는지 잊어버리는 것 같더구나. 만약 자식들의 눈을 통해 그 모든 것을 다시 본다면 그들은 경악을 금치 못할 거야."

"네, 나도 그렇게 생각해요."

"가장 먼저 알게 된 것은 학교가 '어린이를 계몽한다'라는 그 이상과 얼마나 동떨어져 있는가 하는 거였어. 교사들은 대부분 기꺼운 마음으로 어린이들을 계몽하는 일에 나서겠지만, 그들이 몸담고 있는 시스템은 근본적으로 그들의 의욕을 꺾는 것이었지. 모든 어린이들이 같은 도구로, 같은 순서로, 같은 속도로, 동일하게 짜인 일정에 맞추어 교육되어야 하지. 교사는 정해진 시간까지 미리 수립된 교육과정상의 일정한 지점에 학생 전체를 도달시켜야 해. 학급을 구성하는 학생 하나하나는 교사가 이 임무를 완수할 수 있도록 도와주는 방법을 배우게 되지. 어떤 의미에서 이것은 그들이 가장 먼저 배워야 할 일이야. 몇몇 아이들은 빠르고 쉽게 터득하는 반면에 어떤 아이들은 더디고 고통스럽게 터득하지. 하지만 결국은 모두가 그것을 터득하게 돼. 무슨 말인지 알겠니?"

“그런 것 같아요.”

“네 경우엔 선생님이 그 임무를 완수할 수 있도록 돕는 방법으로 무엇을 터득했지?”

“음…… 질문하지 않기.”

“좀 더 자세히 말해보렴, 줄리.”

“만약 손을 들고 ‘맙소사, 스미스 선생님. 온종일 선생님이 하신 말씀은 하나도 못 알아듣겠어요’라고 말하면 스미스 선생님은 나를 미워하겠죠. 만약 손을 들고 ‘맙소사, 스미스 선생님. 선생님이 일주일 내내 한 말씀 가운데 이해되는 게 하나도 없네요’라고 말하면 다섯 배 정도는 더 나를 미워하게 될 거예요. 또, 손을 들고 ‘맙소사, 스미스 선생님. 선생님이 일 년 동안 하신 말씀은 하나도 제대로 이해할 수가 없어요’라고 말하면 아마 총을 꺼내 나를 쏠지도 몰라요.”

“그러니까 네가 터득한 방법은 다 알아듣는 척하는 거로구나. 실제로 알아들었든 아니든 말이야.”

“맞아요. 선생님이 가장 듣기 싫어하는 말이 잘 모르겠다는 거니까요.”

“하지만 네가 말한 건 질문하지 않는 것이었잖니. 그게 정확히 같은 얘기는 아니지.”

“질문하지 않기는 무슨 뜻이냐면…… 단지 내가 궁금하다고 해서 그걸 화제로 꺼내서는 안 된다는 거죠. 내 말은, 밀물과 썰물의 힘인 조석력(潮汐力)에 대해 공부한다고 쳐요. 그때 보름달이 뜨면 미친 사람들이 더욱 미쳐 날뛴다는 게 사실인지 손을 들어 물어보면 안 된다는 거예요. 유치원에서는 그럴 수 있겠지만 내 나이 또래에는 그런 건 금기사항이지요. 반대로 어떤 선생님들은 주의를 다른 데로 돌리는 몇몇 질문들을 좋아하기도 하지요. 만약 선생님들이 좋아하는 화제가 있다면 언제든지 그와 관련된 질문들을 받아주지요."

"어째서 너희들은 선생님이 좋아하는 화제로 빠지기를 원하지?"

"왜냐하면 법안이 의회에서 어떻게 처리되는지를 듣는 것보단 나으니까요."

"그것 말고 또 어떤 방법으로 선생님이 임무를 수행하도록 도울 수 있을까?"

"반대하지 않기, 말의 앞뒤가 안 맞는다고 지적하지 않기, 배운 것을 넘어서는 질문하지 않기, 흐름을 놓쳤다는 내색하지 않기, 언제나 다 잘 알아들은 듯한 표정 짓기……. 뭐 다 똑같은 것들이죠."

"알겠다." 이스마엘이 말했어. "다시 한 번 강조하지만 그건 시스템 자체의 결함이지 교사들의 문제가 아니야. 교사들은 '교육과정 완수'라는 감당하기 벅찬 의무를 짊어지고 있으니까. 그렇지만 너희는 이 모든 것에도 불구하고 너희의 교육 제도가 세계에서 가장 발전된 것이라고 생각하고 있을 거야. 형편없이 돌아가고 있지만 그래도 여전히 가장 발전된 형태임을 의심하지 않을 거야, 아마도."

"네, 그렇게 생각하고 있어요. 하지만 그렇게 비웃는 말을 할 때는 능글맞게 웃던지 뭐 그런 표시를 좀 했으면 좋겠네요."

"나는 그런 표정을 어떻게 짓는지도 모른단다. 어쨌든 내 이야기로 돌아가면, 나는 라헬이 한 학년 한 학년 진급하는 것을 지켜보았지. 그리고 나는 학교에서 목격한 것들을 미리 알고 있던 것들과 연관 지어 생각해 보기 시작했지. 그때까지만 해도 나는 너에게 이야기한 그런 이론들을 하나도 세우지 않은 상태였어.

너희가 원시적이라고 생각하는 사회에서 아이들은 열서너 살이 되면 공동체 안에서 성인으로서 살아가기 위해 필요한 것들은 기본적으로 다 습득하고 유년기를 졸업하게 되지. 그 나이쯤 되면 사실 굉장히 많은 것들을 습득한 상태이기 때문에 하루아침에 그들의 사회가 사라진다 하더라도 아무런 문제없이 살아남을 거야. 사냥과 낚시에 쓰일 도구를 만들 줄 알고, 생활에 필요한 여러 유용한 지식들도 거의 습득한 상태니까 열서너 살 무렵이면 그들의 생존 가능성은 거의 백 퍼센트라고 할 수 있어. 무슨 말인지 알겠니?"

"네, 그런 것 같아요."

"너희의 그 압도적으로 발전한 사회에서는 아이들이 열여덟 살에 학교를 마치는데, 그때 아이들의 생존 가능성은 제로에 가까워. 만약 그들이 속한 사회가 하루아침에 사라진다면 운 좋은 몇 명만 살아남게 될 거야. 아무런 도구도 만들 줄 모르기 때문에 그들은 제대로 사냥이나 낚시를 할 수 없을 테고, 어떤 야생초가 먹을 수 있는 것이며 어떤 풀을 먹어선 안 되는 건지 전혀 감도 못 잡을 거야. 몸을 피할 피난처를 짓거나 몸에 걸칠 옷을 만드는 법도 전혀 모를 테지."

"그래요."

"너희 문화의 아이들은 학교를 졸업하고 나면 가족들이 부양해주지 않는 한 곧바로 그들에게 돈을 줄 누군가를 찾아나서야 하지. 자신들의 생존에 필요한 것들을 사기 위해서 말이야. 그러니까, 한마디로 일자리를 찾아야 하는 거야. 왜 그런지는 네가 설명할 수 있을 것 같은데?"

나는 고개를 끄덕였지. "네, 식량에 자물쇠를 채웠으니까요."

"정확히 말했다. 네가 이 둘의 연관성을 이해했으면 좋겠구나. 그들은 스스로 생존할 가능성이 없기 때문에 일자리를 찾아야만 해. 만약 그들이 독립적으로 살 수 있을 만큼 부자가 아니라면 이건 선택의 문제가 아니야. 일자리를 얻거나, 아니면 굶어죽거나 둘 중의 하나지.”

“네, 맞아요.”

“너희 사회의 성인들은 학교가 제구실을 못한다고 끊임없이 불평을 해대지. 아마 너도 들었을 거야. 역사상 가장 발전된 시스템이라는 게 제구실을 못하고 있다니, 도대체 학교가 사람들의 기대에 얼마나 못 미치기에 그러는 걸까, 줄리?”

“글쎄요, 잘 모르겠어요. 별로 관심을 가져본 적이 없어서. 사람들이 그런 식으로 말하면 나는 그냥 자리를 피해버리니까요.”

“줄리, 꼭 귀 기울여 듣지 않아도 알 수 있잖아.”

나는 별로 내키지 않아 하며 말했어. “시험 점수는 물론이고 아이들의 수준이 형편없다는 거죠. 제대로 일할 수 있도록 준비시키지 못한다는 거예요. 학교는 아이들이 잘 살아갈 수 있도록 준비시켜야 하는데 그렇지 못하죠. 내 생각에 사람들은 학교가 우리의 생존 가치를 높여주기를 원해요. 졸업 후에 사회에서 성공적으로 살아갈 수 있도록 말이에요.”

“그게 학교가 존재하는 이유지. 안 그래?”

“맞아요.”

이스마엘은 고개를 끄덕였어. “그게 바로 어머니 문화가 가르치고 있는 거야, 줄리. 그건 실로 가장 우아한 거짓말 중 하나라고. 왜냐하면 학교의 실제 존재 이유는 결코 그게 아니거든.”

“그게 아니라면 무엇 때문에 학교가 존재하는 거죠?”

“그걸 알아내기 위해 몇 년 동안이나 고민을 했지. 그때만 해도 나는 어머니 문화의 속임수를 밝혀내는 일에 익숙하지 않았으니까. 그때가 처음이었고, 당연히 매우 더딜 수밖에 없었지. 줄리, 내가 고민 끝에 내린 결론은 바로 **학교란 젊은 경쟁자들이 인력시장에 진입하는 속도를 조절하기 위해 있는 것**이라는 사실이야.”

“와우! 정말 놀라운 얘긴데요.”

“약 백오십 년 전, 미국 사회가 대부분 농업에 의존하고 있을 때는 열두 살이 넘은 아이들을 인력시장에서 제외할 이유가 없었지. 아주 소수의 아이들만이 전문직에 필요한 공부를 하기 위해 대학에 진학했어. 그러나 도시화와 산업화가 빠른 속도로 진행되면서 양상이 변했지. 19세기 말에는 팔 년간의 학교 교육이 예외적인 게 아니라 표준이 되어버렸어. 1920년대와 1930년대를 거치며 도시화와 산업화는 더욱 빠르게 진전되었고, 십이 년간의 학교 교육이 표준이 되었지.* 이차 세계대전 후에는 십이 년의 학교 교육을 마치지 않고 도중에 그만두는 건 이상한 일이 되었어. 뿐만 아니라 대학에 진학해 사 년 더 공부하는 게 더는 엘리트들의 전유물이 아닌 세상이 되었지. 모두들 대학에 가야만 했어. 적어도 이 년제라도 말이야. 맞지?”

나는 손사래를 쳤어. “나는 도시화와 산업화가 정반대의 결과를 가져왔다고 생각하는데요? 사람들을 인력시장에서 떼어놓은 게 아니라 반대로 인력시장으로 내보낸 거라고요.”

---

* 미국의 교육제도는 6-3-3제를 기본으로 한다. 한국과 마찬가지로 초등 6년, 중등 3년, 고등 4년으로 구성되어 있으나, 주정부의 교육 정책이나 6-3-3제에 대한 반발 및 각 사립학교의 규정에 따라 8-4제, 6-6제, 6-2-4제, 5-3-4제 등 다양한 형태를 띠고 있다. 보통 6세가 되면 초등학교에 입학하며 고등학교까지 무상교육이 실시되고 있다.

이스마엘은 고개를 끄덕였지. "표면적으로 볼 땐 그럴 수도 있어. 하지만 상상해보렴. 만약 오늘 이 순간부터 더는 고등학교 교육이 필요 없어진다면 어떤 일이 발생할까?"

"그래요, 무슨 말을 하는지 알겠어요. 그렇게 되면 미국만 놓고 봐도 갑자기 이천만 명의 아이들이 있지도 않은 일자리를 차지하려고 경쟁하게 되겠죠. 실업률은 천장까지 치솟고요."

"말 그대로 대재앙이지……. 또한 열네 살에서 열여덟 살까지의 아이들을 인력시장 밖에 붙잡아두는 것 못지않게 중요한 건 그 아이들을 가정에 붙잡아두는 거야. 돈은 못 벌지만 씀씀이는 큰 소비자들이니까 말이야."

"그건 또 무슨 말이죠?"

"그 나이 또래 아이들은 부모의 주머니에서 어마어마한 돈을 꺼내 쓰지. 책, 옷, 게임기, 신상품, CD처럼 그들만을 위해 특별히 고안된 물건들을 사느라고 말이야. 그 금액이 연간 이천억 달러에 달할 거라더군. 꽤 많은 수의 대규모 산업들이 십대 소비자들 덕분에 먹고 살지. 그건 너도 알고 있을 거야."

"네. 그래요. 하지만 그런 식으로는 생각해 본 적 없네요."

"만약 이들 십대들이 갑자기 임금노동자가 되어서 더는 맘대로 부모 호주머니에서 돈을 꺼내 쓰지 못하게 되면 십대에게 물건을 팔아먹는 기업들은 하룻밤 새 망하게 될 거고, 그 결과 백만 명도 넘는 실업자들이 인력시장에 내몰리겠지."

"무슨 말을 하려는지 알겠어요. 만약 열네 살짜리가 스스로 벌어서 먹고 살아야 된다면 나이키 신발이나 게임기, CD 따위에 돈을 쓸 리 없죠."

"줄리, 오십 년 전만 해도 십대들은 성인을 위해 만들어진 영화를 보러

극장에 가고, 성인을 위해 만들어진 옷을 입었지. 그들이 듣던 음악도 십대를 겨냥해 작곡되고 연주된 게 아니라 성인을 위해 만들고 역시 성인 뮤지션이 연주한 것들이었어. 콜 포터*, 글렌 밀러**, 베니 굿맨*** 같은 연주자들 말이야. 전후 처음으로 등장한 대대적 유행 패션에 동참하기 위해서 십대 소녀들은 아버지의 흰색 와이셔츠를 재활용해서 자신들의 옷을 만들어 입었어. 그런 일은 오늘날엔 결코 볼 수 없는 일이지.”

“물론 그렇겠지요.”

이스마엘은 잠시 동안 입을 다물었어. 그러곤 다시 이야기를 시작했지. “조금 전에 너는 선생님이 의회에서 법안이 어떻게 통과되는지 설명하는 걸 들었다고 했지? 그럼 학교에서 그걸 공부한 게로구나.”

“네, 사회 시간에요.”

“그럼, 실제로 의회에서 법안이 어떻게 통과되는지 알고 있니?”

“전혀요.”

“시험엔 통과했어?”

“물론이죠. 전 시험에 떨어지는 법이 없어요.”

“그러니까, 말하자면 너는 의회에서 법안이 어떻게 통과되는지 배웠고,

---

* 1891년 미국 인디애나 주에서 태어난 작곡가 겸 작사가이다. 여러 뮤지컬과 1,900개가 넘는 앨범에 곡을 만들었으며, 2004년에는 영화 〈De Lovely〉를 통해 그의 삶과 사랑, 영화, 뮤지컬이 소개되었다.

** 1904년 미국 아이오와 주에서 태어난 재즈 트롬본 연주자 · 편곡자 · 지휘자이다. 악단을 결성하여 색소폰과 브라스 진용을 교묘하게 배치한 신선한 감각의 연주로 유명해졌다. 이후 많은 후배 뮤지션들이 독창적인 밀러 스타일을 계승했다.

*** 1909년 미국 시카고에서 태어난 클라리넷 연주자이자 악단 지휘자로, 스윙재즈의 황금시대를 이룩했다. 당시로서는 드물게 흑인을 포함한 악단 캄보(combo, 소규모 재즈악단)를 편성한 것으로도 유명하다. 재즈음악뿐만 아니라 클래식음악의 연주에서도 뛰어났다.

또 시험을 봐서 통과했는데 곧바로 전부 까먹었단 말이구나.”

“맞아요.”

“너 혹시 분수를 다른 분수로 나눌 줄 아니?”

“네, 할 수 있어요.”

“그럼 예를 하나 들어보렴.”

“어디 보자……. 당신이 파이 반쪽을 가지고 있어요. 그걸 삼등분하려고 해요. 그럼 파이 한 조각은 6분의 1조각이지요.”

“줄리, 그건 곱셈의 예지. 2분의 1 곱하기 3분의 1은 6분의 1.”

“듣고 보니 그러네요.”

“아마 4학년 때 분수의 나눗셈에 대해서 배웠을 텐데?”

“어렴풋이 기억은 나네요.”

“다시 한 번 분수를 분수로 나누는 예를 생각해 보렴.”

나는 그러려고 노력했지만 내 능력 밖이라는 걸 인정할 수밖에 없었어.

“만약 네가 파이 반쪽을 3으로 나누면 6분의 1조각이 되지. 그건 분명히 알 거야. 만약 네가 파이 반쪽을 2로 나누면 4분의 1조각이 될 거야. 만약 네가 파이 반쪽을 1로 나누면 얼마가 될까?”

나는 멍한 눈으로 이스마엘을 쳐다보았어.

“만약 파이 반쪽을 1로 나누면 당연히 파이 반쪽 그대로지. 어떤 수든지 1로 나누면 그대로니까.”

“맞아요.”

“그럼, 파이 반쪽을 3분의 1로 나누면 얼마가 되지?”

“2분의 3이요. 그러니까 파이 한 개 하고도 반쪽 더.”

“그렇지. 4학년 때 아마 이 개념을 이해하기 위해 몇 주 동안은 애를 썼겠지. 하지만 4학년이 이해하기엔 너무나 추상적인 개념이야. 아마 너는 이것도 시험을 통과했겠지?"

"물론이죠."

"그러니까 너는 시험에 통과할 만큼만 배우고, 그러고 나선 곧바로 다 까먹는구나. 어째서 까먹게 되는지 알고 있니?"

"왜냐하면, 알고 있어봤자 아무런 쓸모가 없으니까요."

"정확히 말했어. 너는 의회에서 법안이 어떻게 통과되는지 까먹는 것과 똑같은 이유로 그걸 까먹는 거야. 살아가는 데 아무런 쓸모도 없으니까 말이야. 실제로 사람들은 자신에게 별 쓸모가 없는 건 거의 기억하지 않지."

"맞는 말이에요."

"작년에 학교에서 배운 것을 얼마나 기억하고 있지?"

"거의 다 까먹었다고 말할 수밖에 없네요."

"다른 아이들이라고 해서 너와 다를까?"

"천만에요."

"그러니까 너희들 대부분은 매년 학교에서 배우는 것들을 거의 다 잊어버리는구나."

"맞아요. 물론 우리들 대부분은 읽고 쓰는 법과 간단한 계산법은 기억하고 있지요."

"그게 바로 핵심을 보여주는 거야. 그렇지 않니? 읽기와 쓰기, 그리고 산수는 네가 실제 생활에서 사용하는 것들이잖아."

"네, 분명 그렇지요."

"여기서 흥미로운 질문을 하나 해보자, 줄리. 선생님은 너희들이 작년에 배운 것들을 전부 기억하길 바랄까?"

“아니요, 그렇지 않을걸요. 선생님들은 우리가 그것에 대해 들었다는 사실만 기억하길 바라겠지요. 선생님은 자기가 ‘밀물과 썰물의 힘’을 말할 때 우리가 고개를 끄덕이며 ‘네, 그건 작년에 공부했어요’라고 말하기를 바랄 거예요.”

“조석력이 어떻게 작용하는지는 알고 있니?”

“글쎄요. 그게 뭔지는 알지만 어째서 바다가 지구의 양쪽 끝에서 동시에 팽창하는지에 대해서는 전혀 감도 안 오죠.”

“근데도 선생님에게 그런 말은 안 했지?”

“물론 안 했죠. 아마 시험에서 97점을 받았던 것 같아요. 과목 내용보다는 시험 점수가 기억하기 쉽죠.”

“어쨌든 이제 너는 왜 시험만 치르고 나면 곧장 잊어버릴 것들을 배우면서 인생의 몇 년이라는 시간을 보내야 하는지 그 이유를 이해했을 거야.”

“내가 이해했다고요?”

“그래, 곰곰이 한 번 생각해 보렴.”

그래서 나는 생각해 보았지. “그 이유는 우리를 인력시장에서 떼어놓는 동안 뭔가 할 일을 주기 위해서인 것 같아요. 그것도 제법 그럴듯해 보이는 걸로요. 정말로, 진짜로 쓸모 있어 보이는 일을 말이에요. 우리가 십이 년 동안 마약이나 하고 록음악만 듣도록 내버려둘 수는 없을 테니까요.”

“그건 왜 안 되지?”

“왜냐면 그건 보기에 안 좋으니까요. 그럼 끝장이죠. 다 들통이 날 테니까요. 우리가 학교에서 시간만 죽이고 있다는 걸 사람들이 다 알게 될 테니까요.”

"사람들이 학교가 형편없다고 말할 때, 그건 학교가 직업을 구할 수 있도록 제대로 준비를 시켜주지 못한다는 의미겠지. 왜 학교가 그 일을 제대로 못하는 걸까?"

"왜냐고요? 그야 나도 모르죠. 당신이 무엇을 묻고 있는지도 잘 이해가 안 되는걸요."

"너도 내가 한 것처럼 생각해 보라고 권하고 있는 거야."

"아하!" 나는 그의 말대로 삼사 분 동안 생각해 보았지만 아무것도 떠오르지 않았지. 그래서 어떻게 그가 한 방식대로 생각을 해야 할지 전혀 모르겠다고 말했어.

"사람들은 학교의 이런 실패에 대해서 어떻게 생각하지, 줄리? 어머니 문화가 가르쳐 준 것과 관련해 생각해 보면 대답을 찾을 수 있을 거야."

"사람들은 학교가 무능하다고 생각해요. 내가 짐작한 대로라면 사람들이 그렇게 생각할 것 같아요."

"짐작 말고 좀 더 확실하게 네가 느낀 것을 말하려고 노력하면 좋겠구나."

나는 조금 더 생각해 보았지. 그러고는 말했어. "애들은 나태하고 학교는 무능한데다 재정상태도 나빠요."

"좋아. 실제로 어머니 문화는 그렇게 가르치고 있어. 만약 학교에 좀 더 돈이 많다면 그 돈으로 무엇을 할 수 있을까?"

"학교에 좀 더 돈이 많다면 더 좋은 선생님들을 고용하거나 월급을 올려주겠지요. 돈을 더 주면 선생님들이 더 열심히 일하게 된다고 믿는 거죠."

"게으르고 느슨한 애들에게는 어떨까?"

"돈의 일부는 새로운 교육 기자재나 더 좋은 책, 더 예쁜 벽지를 사는 데 쓰이겠지요. 그러면 아이들은 전보다 훨씬 나아질 거다, 뭐 그런 식이죠."

"그러면 한층 새롭게 개선된 이 학교들이 역시 더욱 나아진 졸업생들을 배출한다고 치자. 그 다음엔 어떤 일이 일어날까?"

"모르겠어요. 아마 졸업생들이 일자리를 더 쉽게 찾을 수도 있겠죠."

"왜 그렇지, 줄리?"

"왜냐하면 그들은 더 나은 기술을 가지고 있을 테니까요. 고용주들이 원하는 것을 더 잘 만족시킬 수 있겠죠."

"훌륭해. 그러니까 조니 스미스라는 사람이 있다면 그는 식료품점에 취직해서 물건을 포장하는 일부터 시작하지 않아도 된다는 거지? 그는 바로 부지배인 자리에 지원할 수 있을 테니까."

"그렇죠."

"그거 정말 멋진 일이군. 안 그러니?"

"네, 그렇다고 할 수 있죠."

"하지만 한 가지 더. 조니 스미스의 큰형은 그보다 사년 일찍 대학을 졸업했지. 대학이 새롭게 개선되기 전에 말이야."

"그래서요?"

"그 역시 식료품점에 취직했어. 물론 특별한 기술이 없었기 때문에 그는 물건을 포장하는 일부터 시작했지. 그리고 이제 사년이 지나서야 부지배인 자리에 지원하려고 해."

"저런!"

"그리고 또 제니 존스가 있어. 그녀는 회계 회사의 사무보조라는 낮은 단계부터 시작하고 싶지 않아서 새롭게 개선된 대학에 들어갔지. 이제 그녀는 곧바로 사무실 책임자 자리에 지원할 수 있게 되었어. 참 멋진 일이지. 안 그래?"

"지금까지는 그러네요."

"하지만 몇 년 전 다시 일을 시작한 그의 어머니는 특별한 기술이 없었기 때문에 회계 회사의 사무보조 일부터 시작해서 이제야 사무실 책임자 자리로 승진할 준비가 되어 있지. 사람들은 졸업생이 곧바로 높은 직급에 지원할 수 있도록 준비시키는 그 새롭게 개선된 학교들을 반길까?"

"아니요, 그렇지 않을 것 같아요."

"이제 왜 학교들이 졸업생들에게 취업 준비를 제대로 시키지 않는지 그 까닭을 이해하겠지?"

"확실히 알겠네요. 졸업생들은 무조건 밑바닥 일부터 시작해야 해요."

"그러니까 너희 문화의 학교들은 사실 너희가 내심 원하는 대로 하고 있는 거야. 사람들은 자식들이 정말 쓸모 있는 기술을 갖추고 직업 세계에 진입하길 바라지만, 그들이 실제로 그렇게 하면 곧바로 일자리를 두고 자기 형제나 부모와 경쟁을 벌이게 돼. 만약 졸업생들이 고도의 기술을 갖추고 학교를 졸업하면 그들이 식료품점에서 물건을 포장하고 바닥을 쓸려고 하겠어? 주유소에서 기름을 넣고 서류를 정리하고 햄버거를 뒤집으려고 하겠니?"

"그러니까 결국 나이의 문제로 돌아가는군요."

"네 말은 곧, 조니 스미스와 제니 존스가 원하는 직책을 가질 수 없는 이유가 자격이 부족해서라기보다는 다른 사람들보다 어리기 때문이라는 거구나."

"그렇죠."

"그렇다면 조니와 제니에게 원하는 직무를 수행할 수 있도록 준비시키는 게 무슨 의미가 있을까?"

"내 생각에, 기술을 갖추고 졸업하면 적어도 자기 차례가 되면 그 일을 잘 할 수가 있을 테니까요."

"그러면 그들의 형이나 누나, 부모는 그런 기술을 도대체 어디서 습득했을까?"

"일터에서겠죠."

"네 말은, 식료품점에서 물건을 포장하거나 바닥을 쓸면서, 주유소에서 기름을 넣으면서, 서류 정리 작업을 하면서, 햄버거를 뒤집으면서 기술을 습득했다는 거구나."

"네."

"그렇다면 훨씬 새롭게 개선되었다는 그 학교의 졸업생들도 그들의 형제나 부모가 습득한 것과 똑같은 방식으로 일터에서 그 기술을 습득하게 되겠구나."

"그렇죠."

"그러면 그들이 그 기술들을 미리 배우는 게 무슨 이득이 있어? 어차피 일터에 가면 배우게 될 것들인데 말이야."

"생각해 보니 미리 배운다고 이득이 될 게 없어 보이네요." 나는 인정할 수밖에 없었어.

"자, 이제 학교들이 생존 가치 제로의 졸업생들을 배출하는 까닭을 네가 얼마나 이해했는지 확인해보자꾸나."

"좋아요……. 우선 어머니 문화가 생존 가치가 높은 졸업생들을 배출하는 건 소용없는 일이라고 가르치고 있어요."

"왜 그렇지, 줄리?"

"왜냐하면, 그럴 필요가 없으니까요. 원시 부족들에겐 필요하겠지만 문명인들에겐 그렇지 않아요. 스스로 살아남는 법을 배우는 것은 시간 낭비일 뿐이죠."

이스마엘은 계속해보라고 했어.

"만약 당신과 이야기를 계속한다면, 당신은 새롭게 개선된 학교가 생존 가치 백 퍼센트의 졸업생들을 배출했을 때 어떤 일이 벌어질 것 같냐고 묻겠죠?"

이스마엘은 고개를 끄덕였어.

나는 앉아서 그 대답을 잠시 동안 생각해 보았지. "먼저 떠오르는 생각은, 그들은 어느 정도 힘든 업무를 수행할 준비를 마친 채 직업 세계에 뛰어들게 될 거라는 점이에요. 하지만 그건 완전히 어리석은 생각이지요. 핵심은, 만약 그들의 생존 가치가 백 퍼센트라면 그들은 직업을 가질 필요가 전혀 없다는 거에요."

"계속해 보렴."

"식량에 자물쇠가 채워져 있다고 해서 그들을 감옥에 붙잡아 둘 수는 없겠죠. 그들은 밖으로 뛰쳐나와 자유롭게 살 거예요."

이스마엘은 다시 한 번 고개를 끄덕였어. "물론 그들 가운데 몇몇은 감옥 안에 남기를 선택할 거야. 하지만 적어도 그건 선택의 문제인 거지. 도널드 트럼프*나 스티븐 스필버그** 같은 사람들은 아마 테이커의 감옥을 떠

---

* 미국의 부동산 재벌. 트럼프 그룹(Trump Organization)의 회장이자 CEO직을 겸하고 있으며, 전 세계를 무대로 호텔과 고급 콘도미니엄 사업을 벌이고 있다.
** 1946년 미국 오하이오 주에서 태어난 영화감독이자 제작자이다. 1975년에 〈죠스〉를 만들어 세계적인 성공을 거두면서 미국 영화계의 대표적인 흥행감독으로 떠올랐다. 〈E.T〉, 〈쥐라기 공원〉, 〈쉰들러 리스트〉 등 많은 흥행작을 내놓았다.

날 마음이 조금도 없을걸?"

"장담하건대 고작 몇몇은 아닐걸요? 적어도 절반은 남을 거예요."

"계속해봐. 그 다음엔 어떻게 될까?"

"설사 절반이 남더라도 문은 열린 거죠. 많은 사람들이 감옥 밖으로 쏟아져 나올 거예요."

"네 말은, 많은 수의 너희 문화 사람들이 더는 일자리를 얻어서 퇴직할 때까지 일하는 게 천국이라고 생각하지 않게 된다는 거로구나."

"그건 분명한 사실이지요."

"그렇다면 이제 너는 왜 학교들이 생존 가치 제로의 졸업생들을 배출하는지 그 까닭을 이해할 수 있겠구나."

"네, 맞아요. 이해했어요. 생존 가치가 없으니 테이커의 경제 체제 속으로 들어갈 수밖에 없죠. 테이커의 경제 체제 밖에 있고 싶어도 그럴 수가 없는 거예요."

"다시 한 번 말하지만, 여기서 가장 핵심은 사람들의 온갖 불평에도 불구하고 학교는 그들에게 요구되는 일을 충실하게 수행하고 있다는 거야. 바로 너희의 경제 체제에 들어가는 것 말고는 다른 선택권이 없는 인력을 생산하는 일 말이지.

너희의 경제 체제는 학력에 따라 철저하게 구분되어 있어. 고등학교 졸업자들은 보통 블루칼라의 일자리를 갖게 되는데, 이들 가운데는 대학 졸업자만큼 똑똑하고 능력 있는 사람도 많겠지. 하지만 그들은 대학 과정에서 살아남는 것을 통해 자신들이 똑똑하고 능력 있다는 것을 증명해 보이지 못했어. 대학 졸업장은 화이트칼라 직업을 얻을 수 있는 일종의 허가증이지. 고등학교 졸업자들은 넘볼 수 없는 그런 직업들 말이야.

블루칼라 노동자건 화이트칼라 노동자건 그들이 실제로 학교 교육을 통해 무엇을 배웠는지는 일터에서나 실생활에서나 중요하지 않아. 그들 가운데 아주 극소수의 사람들만이 분수를 또 다른 분수로 나누고, 문장의 문법을 따지고, 개구리를 해부하고, 시를 비평하고, 수학적 정리를 증명하고, 장 바티스트 콜베르*의 경제 정책에 대해 토론하고, 스펜서식 소네트와 셰익스피어식 소네트**의 차이를 정의하고, 의회에서 법안이 어떻게 통과되는지를 설명하고, 조석력의 영향 아래 바다가 지구의 양 끝에서 부풀어 오르는 까닭을 설명하는 일에 종사하니까.

사실 이런 능력이 전혀 없이 대학을 졸업한다고 해도 문제될 게 없지. 물론 대학원 과정은 사정이 다르지. 의사나 변호사, 과학자, 학자 등은 대학원에서 배운 지식들을 실생활에서 사용해야 하니까. 말하자면 이러한 소수의 사람들에게만 학교 교육이 인력시장에서 격리하는 것 말고 다른 역할을 하고 있는 셈이야.

여기서 드러나는 어머니 문화의 거짓말은 학교가 사람들의 요구에 봉사하기 위해 존재한다고 말하는 거야. 사실 학교는 너희 경제의 요구에 봉사하고 있지. 학교는 일자리 없이 살 수 없지만 일자리를 얻을 기술은 갖추

---

* 프랑스의 정치가. 17세기 루이 14세 치하의 재정총감으로서 중상주의 정책을 추진하여 프랑스의 국부를 증대시키는 데 기여했다. 또한, 길드 조직을 재편성하고 왕립 매뉴팩처를 창설하여 공업을 보호 · 육성하였다.
** 소네트(sonnet)는 14행으로 이루어진 유럽의 대표적인 정형시 형식이다. 셰익스피어식(영국식) 소네트는 4행으로 이루어진 세 개의 연과 2행으로 이루어진 한 개 연으로 구성되어 있으며, 주제와 관련된 주장을 4행으로 이루어진 연들에서 각각 하나씩 전개하고 2행으로 이루어진 마지막 연에서 결론을 이끌어내는 것이 일반적이다. 스펜서식 소네트는 영국식의 변형으로, 각운이 각각 다른 영국식과는 달리 4행연의 각운이 서로 밀접하게 연관되어 음악성이 강조되는 경향이 있었지만 많은 사람들이 사용하지는 않았다.

지 않은 그런 졸업생들을 배출함으로써 너희 경제의 요구를 완벽하게 충족시키고 있어. 너희 문화 사람들이 지금 학교에서 목격하는 것은 시스템의 결함이 아니라 오히려 시스템의 요구지. 그리고 학교는 그 요구를 거의 완벽에 가까울 정도로 충족시키고 있다고."

"이스마엘!" 내가 부르자 그의 눈길이 나와 마주쳤어. "세상에나, 이걸 다 혼자서 알아낸 거예요?"

"그래. 몇 년에 걸쳐서, 줄리. 나는 생각하는 속도가 아주 더디거든."

학교라는 허상, 두 번째 이야기

이스마엘은 내게 동생이나 누가 갓난아기 때부터 자라는 걸 본 적이 있느냐고 물었어. 나는 없다고 대답했지.

"그러면 어린애야말로 이 세상에 알려진 가장 강력한 학습 기계라는 걸 경험해보지 못했겠구나. 어린애들은 힘들이지 않고도 가정에서 쓰이는 언어를 배울 수 있지. 누군가가 교실에 앉혀놓고 문법이다 단어다 반복해서 가르치지 않아도 말이야. 숙제도 없고 시험이 없는데도 그래. 왜냐하면 모국어를 배우는 것은 전혀 지루한 공부가 아니거든. 바로 써먹을 수 있는데다가 여러 가지 편리함을 가져다주니까.

마찬가지로 유아기에 배우는 모든 것들이 바로 써먹을 수 있고 여러 가지 편리함을 가져다주지. 그게 고작 기는 법, 블록으로 탑을 쌓는 법, 숟가락으로 그릇을 두드리는 법, 또는 새된 소리를 내며 떼를 쓰는 법 같은 것일지라도 말이야. 어린아이의 학습은 그들이 보고, 듣고, 냄새 맡고, 손으로 만질 수 있는 것들로 제한되지. 이런 학습은 그 아이들이 유치원에 들어갈 때까지 한동안 계속돼. 너 혹시 유치원에서 배운 것들이 기억나니?"

"아니요."

"라헬이 이십 년 전에 배운 건 이런 것들이지. 오늘날에도 크게 다르지 않은데, 우선 빨강, 파랑, 노랑, 초록과 같은 색깔 이름을 배웠지. 그 다음 엔 네모, 동그라미, 세모 같은 기하학적 형태의 이름을 배웠어. 또, 시간을 말하는 법과 오늘이 며칠인지 무슨 요일인지 말하는 법을 배웠지. 수를 세 는 법과 함께 페니, 니켈, 다임* 같은 동전 단위도 배웠지. 또, 한 해를 이루 는 달과 계절을 배웠어. 이런 것들은 분명 학교에 다니건 다니지 않건 누 구나 배우는 것들이지. 어쨌든 다 바로 써먹을 수 있고 알아두면 편리한 것들이야. 그러니 아이들은 별로 힘들이지 않고도 유치원에서 이런 것들 을 배우는 거지.

라헬은 1학년 때 이런 것들을 다 복습한 다음에 덧셈과 뺄셈, 그리고 읽 기의 기본단계를 공부했어.(라헬은 네 살 때부터 글을 읽을 줄 알았는데도 말이 야.) 이것 역시 아이들은 쓸모 있고 알아두면 편리한 것들이라고 생각하지. 그렇다고 교육과정 전체를 다 나열할 생각은 없어. 내가 말하고자 하는 요 점은 유치원부터 시작해서 3학년이 될 때까지 대부분의 아이들은 너희 문 화에서 시민으로 살아가는 데 필요한 기술들을 마스터한다는 거야. 그 기 술이란 대체로 읽기, 쓰기, 산수를 말하는데, 약 백오십 년 전에는 이것들 이 시민교육의 기본 과목이었지.

4학년에서 12학년까지는 아이들을 인력시장으로부터 격리하기 위한 교육과정이라고 할 수 있어. 이 시기에 배우는 내용은 대부분의 학생들이 느끼기에 실생활에서 쓸모가 없으며 익힐 가치도 없다고 생각되는 것들 이지. 예를 들자면 분수의 덧셈, 뺄셈, 곱셈, 나눗셈 같은 것들 말이야. 아

---

* 각각 1센트, 5센트, 10센트짜리 동전을 말한다.

이들이(소수를 제외한 대부분의 성인들도) 그것을 실생활에서 사용할 기회는 거의 없지만, 교육과정에 넣을 만한 가치가 있다고 생각해서 그렇게 한 거지. 그걸 배우는 데만 몇 달이 걸리는데, 오래 걸릴수록 좋지. 중요한 건 학생들의 시간을 빼앗는 거니까. 사회나 지구과학 같은 과목들도 마찬가지야.

기억나는데, 라헬은 어느 수업에선가 미국 각 주(州)의 수도들을 전부 외워야 했고, 8학년 때는 연방정부의 세금신고서를 실제로 작성해야 했지. 적어도 향후 오 년 동안은 그녀가 직접 그 일을 해야 할 가능성이 전혀 없는데도 말이야. 실제로 세금신고서를 작성해야 할 때가 되면 그땐 이미 다 까먹었을 테고, 그러면 다른 해결책을 찾게 되겠지. 또, 모든 아이들이 몇 년씩 역사 과목을 배우지. 자기 나라의 역사, 자기가 속한 주의 역사, 세계사, 고대사, 중세사, 현대사 등등. 하지만 배운 것 중에 단 일 퍼센트도 그들의 머릿속에 남지 않아."

"나는 당신이 그래도 역사를 가르치는 것은 찬성할 거라고 생각했는데요."

"물론 나는 거기에 찬성해. 뿐만 아니라 모든 것을 가르쳐야 한다고 생각해. 다만 모든 것이란 아이들이 알고 싶어 하는 것들이어야 하지. 아이들이 역사에서 정말로 알고 싶어 하는 것은 어떻게 그렇게 되었느냐 하는 거지만 너희 문화 사람들은 누구도 그걸 가르쳐 줄 생각을 하지 않아. 그 대신 '알아야 할' 수천 개의 이름들과 날짜들, 시험을 치르고 나면 곧바로 머릿속에서 사라질 수많은 사실들을 제시해서 기를 죽이는 거야. 그건 마치 아기가 어디서 오는지 궁금해 하는 네 살짜리 어린애에게 수천 페이지에 달하는 의학책을 건네주는 것과 똑같은 일이라고."

"네. 확실히 맞는 말이에요."

"네가 지금 이 방에서 배우고 있는 인간의 역사는 네게 매우 흥미로운 것들이야. 맞지?"

"네."

"그럼 그걸 까먹겠니?"

"아뇨. 그럴 리 없겠죠."

"아이들은 스스로 배우고 싶어 하는 건 무엇이든 열심히 배우지. 교실에서 백분율을 계산하는 문제를 풀 때는 틀리기 일쑤지만 야구선수의 타율은 금방 알아맞히지.(이것도 사실은 백분율인데 말이야.) 과학 수업엔 젬병이지만 자기네 PC를 이용해서 가장 복잡한 컴퓨터 보안시스템을 힘 하나 안 들이고 쉽게 뚫는다고."

"맞아요. 옳은 말이에요."

"만약 네가 제대로 된 신문이나 TV 프로그램을 보고 있다면 적어도 일주일에 한 번은 학교를 개혁하려는 새로운 계획을 접하게 될 거야. 학교를 개혁한다는 의미는 학생들을 붙잡아두었다가 아무런 준비도 없이 인력시장으로 내보내는 대신, 실질적으로 학생들에게 도움이 되도록 만든다는 뜻이지.

사람들에게 도움이 되는 무언가를 만들기 위해 너희 문화 사람들은 흔히 무(無)로부터 창조해야 한다고 생각하지. 바퀴를 또 발명하는 건 시간 낭비라고 생각하면서 말이야. 이 표현이 너한텐 낯설 수도 있겠구나. 바퀴를 또 발명한다는 건, 이미 오래 전에 이루어진 혁신을 다시 되풀이한다는 뜻이야.

부족 원주민들의 교육 시스템은 아주 잘 돌아가서 그 누구의 수고도 필요하지 않았지. 배우는 자에게도 고역이 아니었고, 곧바로 사회에 나가 자리 잡을 수 있을 정도로 완벽하게 교육받았지. 그것을 시스템이라고 말하는 건 오해를 불러일으킬 수도 있겠구나. 지역 학교운영위원회의 감독 아래 간수들과 감시관들이 근무하는 거대한 건물을 떠올릴 수도 있으니까 말이야. 그런 것들은 존재하지 않았어. 이들의 시스템은 눈에 보이지 않는 무형의 것이어서, 만약에 원주민들에게 그것에 대해 설명해달라고 하면 그들은 도대체 무얼 두고 하는 말인지 이해를 못 할 거야.

그들 사이에 교육은 끊임없이 일어났고, 전혀 수고로운 일도 아니었지. 그 말은 중력의 작용만큼이나 자연스러운 일이었단 뜻이야. 마치 세 살배기 아이가 있는 집처럼 말이야. 아이를 요람이나 안전울타리에 가둬두지 않는 한, 아이의 학습을 멈추게 할 방법은 없어. 세 살배기 아이는 수천 개의 팔을 아무 데고 찔러보는 호기심 가득한 괴물과 같지. 뭐든지 만져봐야 하고, 냄새를 맡아봐야 하고, 입에 대봐야 하고, 뒤집어봐야 하고, 목구멍으로 삼키거나 귓속에 넣어봐야 직성이 풀리지. 네 살배기도 세 살배기만큼이나 알고 싶은 게 많지. 하지만 세 살배기가 했던 실험들을 반복할 필요는 없어. 이미 만지고 냄새 맡고 맛보고 뒤집고 매달리고 삼켜봤으니까. 앞으로 더 나아갈 준비가 된 거지. 그렇게 다섯 살이 되고 여섯 살이 되고 일곱 살이 되고 여덟 살이 되고 아홉 살이 되고 열 살이 되는 거야.

하지만 너희 문화는 이런 걸 허락하지 않지. 이건 너무 무질서해 보이니까. 다섯 살이 되면 아이들은 무조건 가정으로부터 격리되어 배우기를 강요당하지. 그들이 원하는 내용이 아니라 너희 국가의 법률과 교육과정이 배워야만 한다고 정해놓은 것들을 말이야. 같은 나이의 아이들이라면 누구나 똑같이!

부족 사회에서는 그렇지 않아. 부족 사회에서 세 살배기 아이는 원하는 대로 세계를 탐험할 자유가 있어. 그 세계란 네 살, 다섯 살, 여섯 살, 일곱 살, 여덟 살의 세계와 같을 리 없지. 어떤 나이든 아이를 가두어두는 벽이나 문이 존재하지 않아. 어떤 것을 반드시 배워야 할 나이가 정해져 있는 것도 아니고, 그런 일은 꿈도 꿀 수 없어. 어른들이 하는 모든 일은 아이들을 매혹시키고, 필연적으로 아이들은 직접 그 일을 해보고 싶어하지.

그 일이 또래의 모든 아이들에게 반드시 같은 날 또는 같은 달이나 같은 해에 일어날 필요는 없어. 이 과정은 문화적인 것이 아니라 유전적인 거야. 내 말은 아이들이 어른들을 흉내 내는 것을 '학습하는 게' 아니라는 거지. 어떻게 그런 게 학습될 수 있겠니. 아이들이 어른들을 흉내 내는 것은, 갓 태어난 오리가 가장 먼저 눈에 띈 움직이는 물체를 따라가는 것처럼(대개의 경우 그건 엄마 오리지) 그들의 하드웨어에 저장되어 있는 거야. 그리고 이 하드웨어의 프로그램은 아이에게 계속 작동하지. 그게 언제까지 작동할까, 줄리?"

"뭐가요?"

"아이들이 부모의 행동을 무작정 따라 배우고 싶어 하는 것 말이야. 그런데 그런 열망이 언젠가는 사라지게 돼. 그게 언제쯤일까?"

"세상에나! 내가 그걸 어떻게 알겠어요?"

"너는 너무나 잘 알고 있어, 줄리. 그런 열망은 사춘기의 시작과 더불어 사라지게 되지."

"와우! 확실히 맞는 말인데요. 내 친구들만 봐도 실제로 그래요."

"사춘기의 시작은 아동이 부모를 따라하며 배우는 일이 끝났음을 의미하고, 동시에 그것은 아동기 자체의 종말을 뜻하기도 해. 다시 말하지만 이건 문화적인 게 아니야. 유전적인 거지. 부족 사회에서 젊은이가 사춘기에 들어서면 이는 곧 성인 세계에 입문할 준비가 되었다는 걸 의미했어. 또, 반드시 성인 세계에 입문해야만 했지. 더는 그가 부모의 행동을 따라 배울 거라 기대할 수 없었지. 그런 열망은 사라졌고, 그에 해당하는 시기는 끝났으니까. 부족 사회에서는 모든 것을 분명히 하기 위해 그것을 인정해주는 의식을 만들었지. '어제까지는 이들이 어린이였지만 오늘부터는 어른이다. 이상.'

이 전환이 유전적이라는 사실은 너희 문화의 실패를 통해서 증명이 돼. 너희는 법과 교육이라는 문화적 수단을 이용해서 그것을 제거하려 했지. 실제로 너희들은 아동기를 무제한으로 늘리는 법을 통과시켰고, 성인이 되는 자격으로 도덕적 우월성을 꼽았지. 하지만 그 도덕적 우월성이란 건 너무나 모호하기 때문에 결국 자신만이 알 수 있을 뿐이야. 부족 문화에서 사람들은 때가 되면 스스로 성인임을 의심하지 않았지. 그러나 너희 문화의 성인들 대부분은 자신이 언제 그 경계를 넘어섰는지 알지 못해. 도대체 경계를 넘어서기는 한 것인지조차 확신하지 못하는 경우도 많아."

"그래 보이네요. 내가 생각하기에 이 모든 것들은 십대 갱단과도 관련이 있어 보여요."

"그건 또 무슨 말이지?" 이스마엘은 웬 뜬금없는 얘기를 꺼내느냐는 표정으로 내 얼굴을 쳐다보았어.

"내 생각에 십대 갱단들은 아동기를 무한정 늘려버린 법에 저항하는 거예요."

"맞아. 나도 미처 생각하지 못했던 좋은 지적이구나. 하지만 그들이 의식적으로 그런 행동을 하는 건 아니야. 그들은 단지 그런 법 아래서 살아가는 걸 견디지 못할 뿐이지. 그들이 이미 성인임을 일깨워주는 유전이라는 하드웨어를 거부하도록 강요당하는 것이 견딜 수 없는 거야. 다른 집단들은 기꺼이 성인의 특권을 몇 년간 더 보류하는 대가로 좋은 대우를 받으며 살아가지만 이들의 경우는 그 어떤 보상도 받지 못하지. 적어도 자신들이 원하는 보상 말이야. 그래서 그 아이들은 갱단이 되고 마는 거라고.”

“네. 그런 것 같아요.”

“약간 다른 곳으로 새긴 했다만, 내가 너에게 보여주고 싶었던 것은 비용은 물론이고 어떤 종류의 운영 없이도 제대로 작동하는 교육 모델이야. 아이들은 그저 자신이 가고 싶은 곳에서 원하는 사람으로부터 필요하다고 생각되는 것들을 배우며 시간을 보내지. 모든 아이들의 교육이 다 똑같을 필요는 없어. 왜 꼭 그래야만 해? 중요한 것은 아이들 하나하나가 앞선 사회의 유산 전체를 물려받는 게 아니라 그저 그 유산이 다음 세대로 전해지면 되는 것이지. 실제로 앞선 사회의 유산은 성공적으로 다음 세대에 전해지고 있어. 세대가 바뀌어도 부족 사회가 계속 돌아가고 있다는 사실이 그 증거지.

물론 다음 세대로 전해지는 과정에서 사소한 것들은 많이 사라지겠지만 진짜 중요한 것들은 사라지지 않아. 왜냐하면 중요한 것이니까 말이야. 예를 들자면, 도구를 만드는 기술은 매일매일 필요한 것이니까 잃어버릴 수가 없지. 매일매일 쓰이고 있으니 아이들은 일상생활로부터 그 기술을 배우게 되는 거야. 너희 문화의 아이들이 설명서 없이도 전화기나 리모컨 사용법을 배우는 것과 마찬가지지. 오늘날에도 침팬지는 여전히 나뭇가지를 개미굴 안에 넣어서 낚시를 하는데, 기술이 쓰이는 한 그것은 세대를 거치더라도 실수 없이 전달되지. 그런 행동은 유전이 아니지만 그걸 학습하는 능력은 유전되는 거야."

　나는 이스마엘에게 그가 애써 설명하는 그 무언가를 도통 알아들을 수가 없는 느낌이라고 말했어. 그러자 갑자기 그는 손을 뻗어 샐러리 한 줄기를 쥐더니 입으로 가져갔지. 그리고 요란한 소리를 내면서 먹는 거야. 그렇게 한동안 이스마엘은 샐러리만 우걱우걱 씹어대고 있었지. 한참을 그러고 있다가 이스마엘은 다시 이야기를 시작했어.

　"옛날에 티티라는 이름의 아주 저명하고 나이가 지긋한 청색 쇠오리가 살고 있었어. 어느 날 그는 다른 저명한 연장자 쇠오리들을 영국 해협에 있는 와이트 섬으로 소집했지. 다들 모여 자리를 잡고 앉자 그들 중에서 오올리라는 이름의 쇠오리가 앞으로 나서며 개회의 변을 늘어놓았어.

　'여러분, 티티가 누구신지 모두 잘 아실 겁니다.' 그가 입을 뗐지. '하지만 혹시라도 모르는 분들을 위해 말씀드리죠. 그분은 의심할 나위 없이 우리 시대 가장 위대한 과학자이며 철새의 이동 분야에 있어 최고의 권위자이십니다. 그분은 역사상 존재했던 그 어떤 쇠오리보다도 오랫동안 깊이 있게 이 분야를 연구해오셨습니다. 그분이 왜 오늘 우리를 불러 모으셨는지는 알 수 없지만, 분명 아주 중요한 이유 때문일 거라고 생각합니다.'

　이 말과 함께 오올리는 회의의 진행을 티티에게 넘겼지.

　티티는 사람들의 관심을 모으기 위해 잠시 깃털을 고르더니 입을 열었어. '오늘 이 자리에서 나는 여러분에게 후손을 가르치는 데 있어서 매우 중요하고 혁신적인 방법을 권해드리고자 합니다.' 이 말이 떨어지기 무섭게 모든 이목이 그에게 집중되었지. 쇠오리들이 홍수처럼 질문을 쏟아냈어. 언제부터 시작되었는지 알 수 없을 만큼 오랫동안 청색 쇠오리들에게 행해졌던 그 교육 방법이 도대체 뭐가 잘못되었느냐고 따져 물었지.

'여러분이 얼마나 당황스러우실지 잘 압니다.' 티티가 청중들을 진정시키며 대답했어. '하지만 여러분이 내 말을 이해하기 위해서는 우선 내가 여러분들과 매우 다르다는 것을 인정해야만 합니다. 내 오랜 친구인 오올리가 방금 말했듯, 나는 철새의 이동에 있어서는 최고의 권위자입니다. 이말은, 여러분이 아무 생각 없이 무심코 지나치는 경험들을 나는 심오한 이론을 바탕으로 이해하고 있다는 뜻입니다. 쉽게 말해서, 해마다 봄가을이면 여러분들은 왠지 모르게 안절부절못하다가 결국에는 어느 쪽이든 영국 해협 너머로 비행을 떠나게 되지요. 안 그렇습니까?'

청중들은 모두 그렇다고 대답했지. 그러자 티티는 연설을 계속했어. '여러분이 느끼는 그 어렴풋한 초조감이 결국 여러분으로 하여금 길을 떠나도록 만든다는 것을 반박할 생각은 없습니다. 하지만 여러분의 자손들이 그 어렴풋한 초조감보다 좀 더 믿을 만한 안내자를 갖게 된다면 좋지 않겠습니까?'

무슨 말인지 알아들 수 있게 설명해 줄 것을 요구받자 그는 말했어. '만약 여러분이 나 같은 과학자처럼 자세히 관찰할 수 있었다면, 아마 여러분이 제대로 된 경로를 찾아 이동하기 열흘쯤 전부터 사방으로 오륙 마일 날아갔다 돌아오기를 반복하며 야단법석을 떤다는 것을 알아챌 수 있었을 겁니다. 여러분들이 얼마나 자주 잘못된 방향으로 날아가서 그동안의 여정을 수포로 만들어버렸는지 알 수 있었을 거예요.'

쇠오리 청중들은 동요를 숨기기 위해 초조하게 날개를 꼼지락거리고 깃털을 골랐지. 그들은 티티가 말하는 것이 전적으로 옳다는 것을 알고 있었어(실제로 쇠오리뿐만 아니라 철새 대부분에게 해당되는 말이기도 했지). 하지만 그들은 그런 얼빠진 행동을 다른 이에게 들켰다는 사실에 거의 사색이 되었지. 그리고 그것을 개선하기 위해 무엇을 할 수 있는지 물었어.

'우리는 자손들이 가장 이상적인 이동 요소들을 인식할 수 있도록 해야 합니다. 우리는 그 아이들이 이동과 관련된 여러 조건을 관찰한 뒤 여행을 떠날 최적의 시기를 계산할 수 있도록 준비를 시켜야만 합니다.'

'당신은 과학자로서 이미 그것을 알고 있는 것 같군요. 당신이 우리에게 언제 이동해야 할지 알려줄 수는 없나요?' 청중 중에 한 명이 말했지.

'그건 말도 안 되는 얘기지요.' 티티가 대답했어. '내가 동시에 여러 곳에 존재하면서 각각의 상황에 맞추어 계산을 할 수는 없으니까요. 여러분들 스스로 자신이 있는 곳에서 각자 처한 상황을 고려해 이동 시기를 계산할 수 있어야 합니다.'

쇠오리 한 마리의 울음소리를 듣는 건 흔히 있는 일이지. 그런데 티티의 말을 듣자 한 무리의 쇠오리들이 엄청난 소리로 꽥꽥대기 시작했어. 티티는 이야기를 계속했지. '진정들 하세요. 그렇게 어려운 게 아니에요. 여러분들은 그저 이해하기만 하면 됩니다. 이동이란 건, 지금 서식하는 곳의 적합성이 가고자 하는 새로운 서식지의 적합성에 이동 지수를 곱한 것보다 적을 때 비로소 이득이 되는 것이지요. 여기서 이동 지수라 함은 여러분이 변인(變因)들을 적극적으로 통제할 수 있다는 전제 아래, 이동의 결과 여러분의 잠재적 번식 성공률이 얼마나 줄어들까를 나타내는 것입니다. 아마 지금 내가 하는 얘기가 여러분에게는 꼭 개가 멍멍 짖어대는 소리처럼 들리겠지요. 하지만 몇 가지 정의와 수학 공식만 알면 여러분도 충분히 이해할 수 있습니다.'

어쨌든 거기 모인 쇠오리들은 대부분 평범한 새였기 때문에 그들보다 이동에 대해 훨씬 더 아는 게 많은 이 저명하고 존경받는 권위자의 말에 반대한다는 건 꿈도 못 꿀 일이었지. 그들은 자신들의 이익을 위한 것이 분명해 보이는 계획을 따르는 것 외에 다른 선택이 없다고 생각했어. 그렇게 해서 그들은 길고 긴 저녁 시간을 비행 항로의 패턴, 비행 메커니즘, 귀환 시 회전각도, 헤쳐 모일 때와 집합할 때의 각도 등을 자식들에게 설명하고 이해시키려고 노력하며 보내게 되었지.

아침 해가 뜨면 어린 새끼들은 즐겁게 뛰어노는 대신 미적분을 배웠어. 미적분은 17세기에 라이프니츠와 뉴턴이라는 이름의 두 저명한 청색 쇠오리들이 발전시킨 수학적 방법론으로, 한 개 이상의 변수에 따른 차별과 통합을 가능하게 하는 것이지. 단 몇 년 만에 모든 새끼 쇠오리들은 선택적인 이동이나 의무적인 이동의 모든 분야에서 이동-비용 변수들을 계산할 수 있게 되었지. 기상 조건, 풍향 및 풍속, 심지어 몸의 무게와 체질량 지수까지 넣어서 이동 시점을 계산할 줄 알게 되었어.

이 새로운 교육 시스템이 초래한 초기의 실패는 엄청난 것이었지만 예상하지 못했던 건 아니었지. 이 프로그램이 시행되고 처음 오 년 동안은 이동 성공률이 평균보다 낮을 것이지만, 곧 평균치를 회복하고 이후 오 년 동안은 그것을 훨씬 넘어서게 될 것이라고 이미 티티가 예측한 바 있었지. 이십 년 후에는 더 많은 쇠오리들이 역사상 전례 없이 높은 이동 성공률을 보이게 될 거라고도 말했어. 하지만 이동 성공률이 평균치를 겨우 회복했을 때 대부분의 쇠오리가 엉터리로 계산을 한다는 게 밝혀졌지. 그들은 데이터에 따라 행동을 한 게 아니라 본능대로 행동하며 거기에 데이터를 끼워 맞추었던 거야.

이런 부정행위를 방지하기 위해 새로이 엄격한 법률이 발효되었고, 그러자 이동 성공률은 가파르게 하락했어. 마침내 쇠오리들은 아이들에게 새들의 이동과학이라는 복잡한 학문을 가르치는 것은 평범한 대다수 부모의 능력을 벗어난 것이라고 판단하게 되었지. 그것은 오직 전문가들만이 다룰 수 있는 분야였던 거야. 그때부터 새끼들은 어린 나이에 둥지 밖으로 내몰려 새로운 전문가 집단의 손에 넘겨졌어. 이들은 자신들이 맡은 어린 새끼들을 야만적인 경쟁 체제 속에 밀어 넣고 도달해야 할 높은 점수와 획일적인 시험, 그리고 혹독한 규율을 부과했지.

이 새로운 질서와 체제에 대한 저항은 어느 정도 예상된 것이었고, 아니나 다를까 이는 곧 만성적인 무단결석, 적대감, 우울증, 그리고 젊은이들의 자살이라는 형태로 표출되었어. 무단결석 감시관, 경호원, 심리치료사, 상담사들로 이루어진 새로운 집단이 상황을 통제하기 위해 안간힘을 썼지만 얼마 가지 않아 불타는 건물에서 사람들이 뛰쳐나오듯 어린 쇠오리들은 그곳을 탈출했지.(다행히 티티와 오올리는 어린 쇠오리들을 힘으로 가둬두려는 생각을 할 만큼 미치광이는 아니었어.)

이 오랜 친구 둘은 마지막 어린 쇠오리가 하늘로 날아가는 것을 함께 지켜보았어. 오올리는 무엇이 잘못된 것인지 모르겠다며 고개를 흔들었고, '우리는 너무나 자명한 진실을 놓쳤던 거야. 쇠오리들은 천성이 멍청하고 게으른데다가 늘 현실에 안주하려고만 한다는 사실 말이야.' 티티는 신경질적으로 깃털을 고르며 이렇게 내뱉었지."

이스마엘은 잠시 숨을 고르고 계속해서 말을 이었어. "이동과 관련된 문제들, 즉 언제 출발할 것이냐, 어떤 경로로 갈 것이냐, 얼마나 멀리 갈 것이냐, 언제 멈출 것이냐 등의 문제들은 어떤 컴퓨터로도 해결할 수 없는 능력 밖의 일이야. 하지만 상대적으로 뇌가 큰 생물체인 새·거북이·순록·곰·도롱뇽·연어뿐만 아니라, 진딧물·모기·방아벌레·민달팽이와 같은 것들도 일상적으로 그 문제들을 해결하며 살아가지. 이들에게는 그것을 배우기 위해 학교가 필요하지 않아. 무슨 뜻인지 알겠니?”

“물론이죠.”

“자연선택은 수백만 년 동안 비록 완벽하진 않을지라도 효과적인 임기응변으로나마 문제를 해결할 수 있는 능력을 가진 생명체들을 탄생시켰지. 왜냐하면, 보라고! 이 생명체들은 지금 여기 존재하고 있잖아! 마찬가지로 자연선택은 수백만 년 동안 부모가 알고 있는 것은 그 어떤 것이든 배우고자 하는 엄청난 열망을 가진 인간이라는 존재를 만들어냈지. 인간은 말 그대로 배우는 데 있어서 상상을 초월하는 능력을 보여주지. 이제 막 걸음마를 시작한 아기가 있다고 치자. 만약 그 아기가 사는 집에서 네 개의 언어를 사용하고 있다면 그 아기는 얼마 안 가 힘 들이지 않고 네 개의 언어를 완벽하게 구사하게 될 거야. 학교도 필요 없지. 하지만 이 년 후에는.”

나는 손을 들고 끼어들었지. “잠깐만요, 내가 거들게요. 나도 알 것 같거든요. 아이들은 배우고 싶은 건 뭐든 배워요. 자기들한테 쓸모가 있는 건 뭐든 배우지요. 하지만 아이들이 그들에게 쓸모가 없다고 여기는 것들도 배우게 하려면 학교에 보내야만 해요. 그게 학교가 필요한 이유지요. 아이들에게 아무 쓸모없는 것들을 가르치기 위해 학교가 필요한 거예요.”

“사실대로 말하면, 아이들은 그 쓸모없는 것들을 배우지 않지.”

“정확하게 말하면, 수업이 끝나는 것을 알리는 종소리와 동시에 다 잊어버리죠.”

울타리를 벗어난 학교

"말은 그렇게 하지만 사실 당신 또한 옛날의 부족 시스템이 오늘날에도 효과적일 거라고는 생각하지 않잖아요? 아닌가요?"

이스마엘은 내 말을 듣고 잠시 생각해 잠기더군. 그리고 나서 이렇게 말했어. "만약 한 가지 조건만 뒷받침된다면 너희의 학교는 효과적일 수도 있을 거라고 얘기했는데, 그게 뭐였지?"

"만약 사람들이 더 나은 존재라면 그럴 수 있죠. 만약 선생님들이 모두 명석하다면, 그리고 만약 아이들이 모두 순종적이며 학교에서 배우는 모든 것이 언젠가 그들에게 도움이 될 거라는 걸 알 만큼 멀리 내다보는 존재라면 말이에요."

"구성원들이 지금보다 더 나은 존재일 때만 효과적인 시스템을 너희는 뭐라고 부르지?"

"모르겠네요. 그것도 이름이 있나요?"

"구성원들이 지금보다 더 나은 존재라는 전제 위에 만들어진 시스템 말이야. 그 시스템 안의 모든 사람들은 친절하고 너그럽고 사려 깊고 이타적이고 순종적이고 동정심이 많고 평화로운 존재라고 전제하는 그런 시스템을 뭐라고 표현할 수 있을까?”

“이상적인 시스템?”

“이상적이라…… 맞았어, 줄리. 너희의 시스템들은 하나같이 다 이상적이지. 만약 사람들이 지금보다 더 나은 존재가 되기만 한다면 민주주의는 천국이지. 물론 소련식 공산주의 역시 천국일 수도 있었겠지, 사람들이 그때보다 더 나은 존재들이었다면 말이야. 그런 전제가 뒷받침된다면 너희의 사법제도나 경제제도는 물론이고 학교들도 완벽하게 작동할 거야.”

“그래서요? 무슨 말을 하려는 건지 잘 모르겠네요.”

“다시 너에게 질문을 돌리고 있는 거야, 줄리. 너는 그 이상적인 학교 시스템이 현 시점에서 실질적으로 효과를 발휘할 거라고 생각하니?”

“무슨 말인지 알겠네요. 우리의 시스템이 아무리 이상적이라고 하더라도 아이들을 인력시장에서 격리시키는 역할 외에는 효과를 발휘할 수 없을 거예요.”

“부족적 시스템은 이상화된 사람들이 아니라 있는 그대로의 사람들을 인정한 채 수십만 년 동안 효과를 발휘해온 대단히 실용적인 시스템이라고! 그런데도 너는 그것이 오늘날 너희에게도 효과적이리라 생각하는 건 말이 안 된다고 여기는 듯하구나.”

“어떻게 그 시스템이 오늘날에도 효과적으로 작동할지 도무지 감이 안 잡혀서 그래요.”

“우선, 현재 너희의 시스템이 누구에게 효과적이고 누구에게는 효과적이지 않은지 그것부터 말해보렴.”

“우리 시스템은 하나의 사업으로는 효과적이지만 사람들에게는 효과적이지 않아요."

"그럼 네가 지금 원하는 것은 뭐지?"

"사람들에게 효과적인 시스템이요.."

이스마엘은 고개를 끄덕였어. "너희의 자식들이 어린아이일 동안에는 너희 시스템과 부족 시스템은 구별되지 않아. 너희는 그저 자식들과 즐겁게 상호작용을 하면 되지. 또, 대부분의 경우 집 안에서는 아이들에게 자유를 주지. 물론 아이들이 샹들리에에 매달려 그네를 타거나 전기 소켓에 포크를 꽂도록 내버려두진 않겠지만 그 밖의 경우는 마음대로 돌아다니며 놀도록 허락하지. 네다섯 살이 되면 아이들은 더 멀리 바깥으로 나가고 싶어 하고, 대개 집 근처라면 그렇게 하도록 허락할 거야. 때론 옆집이나 아랫동네 친구 집에 놀러가기도 해. 학교로 말하자면 사회 공부를 하는 셈이지. 이 나이 또래의 아이들은 그러면서 모든 가정이 다 똑같지 않다는 걸 배우지. 가정마다 구성원이 다르고 풍습도 다르고 생활양식도 다르니까. 그리고 이 시기가 지나면 너희 문화는 아이들을 학교로 쫓아 보내. 그곳에서 아이들은 깨어 있는 동안은 행동 하나하나를 다 통제받지. 하지만 그런 일은 부족 체계에서는 결코 일어나지 않아. 예닐곱 살짜리 아이들은 각자의 관심에 따라 여기저기로 흩어지지. 어떤 아이들은 여전히 집 주변에서 노는가 하면 또 어떤 아이들은 멀리까지 나가서 무언가를 배우기도 하지."

"그럼 걔네들은 읽는 법을 어떻게 배워요?"

"줄리, 수십만 년 동안 아이들은 배우고 싶고 또 배울 필요가 있는 것들을 배워왔어. 아이들은 변하지 않았다고."

"좋아요, 그런데 읽는 법은 어떻게 배우냐고요?"

"보는 법을 배우는 것과 똑같은 방법으로 읽는 법을 배워. 그들은 보는 사람들 곁에서 보는 법을 배웠지. 말하는 사람들 곁에서 말하는 법을 배웠어. 마찬가지로 그들은 읽는 사람들 곁에서 읽는 법을 배우게 되는 거야. 너는 이런 방법을 신뢰하지 않도록 교육받았을 거야. 이런 일은 전문가들에게 맡기는 게 최선이라고 배웠겠지. 하지만 기억해야 할 것은 어떤 방법을 통해서든 너희 문화 사람들은 전문가들의 가르침 없이도 수천 년 동안 읽는 법을 배워왔다는 거야. 요점은 글을 읽는 가정에서 자란 아이들은 자연스레 글을 읽을 수 있게 자란다는 거지."

"좋아요. 하지만 모든 아이들이 다 글을 읽는 가정에서 자라는 것은 아니잖아요."

"좋아, 편의상 어떤 아이가 식품 포장지에 쓰여 있는 조리법은 물론이고 텔레비전 화면에 나오는 자막이나 전화비 청구서도 못 읽는 집에서 살고 있다고 해보자. 그 아이의 부모님은 백 퍼센트 문맹이어서 손에 쥔 게 일 달러짜리 지폐인지 오 달러짜리 지폐인지 구분도 못한다고 쳐."

"좋아요."

"네 살 무렵이 되면 아이는 알고 지내는 사람들의 범위를 넓히게 되는데, 아이의 이웃들이 전부 문맹일 수 있을까? 그럴 가능성은 희박하지만 어쨌든 그렇다고 치자. 다섯 살이 되면 아이의 활동 범위는 더욱 확장될 거야. 그때도 여전히 그의 주변사람들이 전부 문맹이라고 한다면 그건 정말이지 너무 억지스럽다는 생각이 드는구나. 그의 주변은 온통 글자로 뒤덮여 있을 거야. 그야말로 글자 세례를 받는 거지. 그리고 자신의 주변 사람들은 모두 그 내용이 뭔지 알고 있고 특히나 그 또래 아이들은 자신이 알고 있는 걸 과시하기 좋아하지. 그런 환경에서 아이는 당연히 배우고 싶은 마음이 들지 않을까? 나는 수십만 년 동안 인간의 아이들이 힘들이지 않고 해온 것을 그 아이도 해낼 거라고 믿어. 그 아이는 그저 다른 평범한 아이들만큼의 능력만 있으면 되는 거라고.”

“네, 저도 그럴 거라고 생각해요.”

“예닐곱 살이 되면서 아이의 행동 범위는 계속해서 넓어지지. 이제 아이는 용돈이 좀 필요할 거야. 자기 친구들처럼 말이야. 페니와 니켈, 다임을 구별하는 법을 배우기 위해서 학교에 다닐 필요는 없지. 게다가 그 아이는 숨 쉬는 법을 배우듯 자연스럽게 덧셈과 뺄셈을 익히게 될 거야. 그 아이가 수학에 뛰어나서가 아니라 더 넓고 큰 세상으로 나가자면 그게 필요하니까.

세상 어느 곳에서든 아이들은 집 밖에서 부모가 하는 일에 매료되지. 우리가 말하고 있는 새로운 부족 시스템에서는 부모들이 이 점을 충분히 이해하고 있어. 그래서 고작 아이들을 잡아두는 역할 밖에 하지 못하는 학교에다 매년 수백 억 달러를 쓰기보다는 아이를 자신의 일터에 데리고 가는 것이 훨씬 더 나은 일이라고 생각하지. 아이들을 견습생으로 부려먹으려는 게 아니라 알고 싶어 하는 것에 다가설 기회를 주는 거지. 그렇다고 아이들이 일을 하면 안 된다고 말하는 건 아니야. 그 나이 또래 아이들에게 엄마 아빠를 돕는 것처럼 기분 좋은 일은 없으니까. 다시 말하지만 그건 학습되는 게 아니야. 유전되는 거지.

부족 사회에서는 어린 아이들이 연장자들과 함께 일하고 싶어 하는 게 자연스러운 일이야. 노동 집단이 곧 사회 집단이지. 아이들의 노동력을 착취한다는 뜻이 아니야. 부족 사회에는 그런 게 존재하지 않을뿐더러 아무도 아이들이 구멍 뚫는 일만 반복하는 부품공장 노동자들처럼 일하기를 원하지 않아. 생각해 봐. 아이들에게 직접 해보는 걸 허락하지 않는다면 어떻게 아이들이 여러 일들을 배울 수 있겠어?

하지만 아이들은 금방 부모의 일터에서 일어나는 일들을 죄다 파악하고 이내 싫증을 느끼지. 특히나 매일 똑같은 업무를 반복하는 곳이라면 더욱 그래. 식료품점에서 캔 쌓는 일에 오래 재미를 느낄 아이는 없을 테니까. 아직 가본 적 없는 더 넓은 세상이 그들 앞에 펼쳐져 있지. 그들을 가로막는 그 어떤 문도 없다는 전제하에 말이야. 생각해 봐. 음악에 소질이 있는 열네 살짜리 아이가 녹음 스튜디오에 가면 무얼 배우게 될지를. 동물에 흥미가 있는 열네 살짜리 아이가 동물원에 가면 무얼 배울지, 그림에 흥미가 있는 열네 살짜리 아이가 화가의 작업실에 가면 무얼 배울지, 공연에 흥미가 있는 열네 살짜리 아이가 서커스에 가면 무엇을 배우게 될지 한번 생각해 보라고.

물론 새로운 부족 사회라고 학교가 사라지는 건 아니야. 하지만 아이들을 끌어들이는 건 미술학교, 음악학교, 무용학교, 무술학교 등 지금 당장 아이들의 흥미에 부합하는 학교들이겠지. 과학이나 문학 등 전문 분야의 교육에 집중하는 보다 높은 수준의 학교들은 더 나이 먹은 학생들의 마음을 사로잡을 테고. 주목해야 할 점은 이 학교들 가운데 어떤 곳도 학생들을 붙잡아놓기 위한 구금시설이 아니라는 것이야.

이쯤에서 흔히들 다음과 같은 반대 의견을 제기하겠지. 그런 교육 시스템으로는 여러 가지를 골고루 다 잘하는, 이른바 균형 잡힌 학생들을 배출할 수 없다고 말이야. 이런 주장은 너희 문화가 아이들에 대해 갖고 있는 자신감의 결핍을 확인시켜 줄 뿐이지.

아이들에게 마음대로 배우고 싶은 것을 배우도록 하면 교육적으로 불균형 상태가 된단 말인가? 그런 생각 자체가 모순이야. 교육이란 게 꼭 열여덟이나 스물두 살에 끝나야 하는 것도 아니지. 아이들은 그들이 좋아하는 일을 하면서 시간이 흐를수록 차차 균형을 갖출 거야. 사실상 르네상스적 교양인이 되기를 갈망하는 사람도 거의 없을뿐더러, 왜 그렇게 되어야 하지? 네가 화학이나 목공일, 컴퓨터 과학 외에 다른 것에는 흥미가 없고 그것을 알아가는 데 충분히 만족한다면 그걸로 된 거야. 각각의 전문 분야는 각 세대마다 그것을 계속해서 발전시켜나갈 후계자들만 있으면 돼. 그리고 나는 아직까지 그 어떤 분야도 뒤를 이을 후계자가 없어서 사라졌다는 말을 들어보지 못했어. 어떤 식으로든 각 세대마다 열정적으로 사어(死語)*를 연구하고, 질병이 인체에 미치는 영향을 조사하고, 쥐의 행동에 숨은 비밀을 밝혀내고자 하는 이들은 있었으니까. 지금 너희 시스템에 존재하는 것과 마찬가지로 새로운 부족 시스템에서도 존재할 게 틀림없지.

하지만 아이들을 일터에 서게 하는 것은 생산성과 효율성 면에서 심각한 감소를 초래하겠지. 아이들한텐 끔찍한 일이지만 아이들을 교육적 감금 시설로 보내는 게 사업상으로는 더 남는 장사란 건 의문의 여지가 없어. 내가 지금까지 설명한 그런 시스템을 너희 문화 사람들은 결코 받아들일 수 없을 거야, 너희가 사람보다 사업을 더 중요시하는 한 말이야."

"당신은 그러니까 홈스쿨링인가 뭔가 하는 그것을 옹호하는 거로군요."

"나는 홈스쿨링, 그러니까 가정에서 이루어지는 정규 교육을 옹호할 마음이 전혀 없어, 줄리. 그건 표현 자체가 말장난에 불과하다고. 어린 인간

---

* 과거에는 쓰였으나 현재에는 쓰이지 않게 된 언어로 고대 그리스어, 고대 라틴어 따위가 있다.

들에게는 어떤 종류의 정규 교육도 필요하지 않아. 오히려 역효과를 낳을 뿐이지. 힘들이지 않고 엄청난 양의 학습을 해내는 두세 살배기 아이와 마찬가지로 대여섯 살 또는 일곱 살짜리 아이들에게도 정규 교육은 필요 없어.

최근에 부모들은 아이를 학교에 보내는 것이 아무 짝에도 쓸모없는 짓이란 걸 깨닫기 시작했지. 그러자 학교는 이렇게 말했어. '알겠어요. 아이를 집에 두는 걸 허락하지요. 하지만 아이들에게 정규 교육이 필요하다는 건 알고 계시죠? 아이들 스스로 알아서 배우도록 내버려둬서는 안 됩니다. 그러니 아이들이 국가의 법과 교육과정이 정한 것을 배우도록 당신이 잘 관리하고 있는지 우리가 확인하겠습니다.'

다섯 살이나 여섯 살짜리 아이에게 홈스쿨링은 학교 교육보다 덜 해로울 수 있겠지만 그 시기가 지나면 홈스쿨링이 덜 해롭다고 할 수 없어. 아이들에겐 정규 교육이란 것 자체가 필요 없지. 그저 그들이 마음껏 배우고 싶은 것을 찾아가도록 내버려두면 되는 거야. 이 말은 곧 아이들이 집 밖의 세계로 나아가야 한다는 뜻이지."

나는 이스마엘에게 사람들이 부족 시스템으로 돌아갈 수 없는 또 다른 이유가 생각났다고 말했어. "세상은 너무나 위험해요. 요즘 어른들은 자기 아이가 도시를 맘대로 돌아다니도록 내버려두지 않을걸요."

"글쎄다, 줄리. 요즘 같아서는 가장 번화한 상업지역도 학교보다는 덜 위험할 것 같구나. 내가 읽은 바에 따르면, 노동자가 일터에 무기를 가지고 가는 일보다 아이들이 치명적인 무기로 무장하고 학교에 가는 일이 훨씬 더 빈번하더구나. 사장이 직원에게 공격당하는 것을 막기 위해서, 또는 직원들이 서로 공격하는 것을 막기 위해서 복도에 무장 경호원을 두어야 하는 사업장은 그리 많지 않을 거야.”

나는 이스마엘의 지적이 맞다는 걸 인정해야만 했어.

“네가 알았으면 하는 것은 바로 너희의 시스템이 실현 불가능하다는 거야. 반면에 새로운 부족 시스템은 완벽하진 않더라도 실현 자체가 불가능한 건 아니지. 그건 온전히 실현 가능하고, 그렇게 된다면 매년 수백억, 아니 수천억 달러에 달하는 너희의 돈을 절약하게 해줄 거야.”

“당신은 선생님들로부터는 별로 지지를 못 받겠네요.”

이스마엘은 어깨를 으쓱했지. “너희가 지금 쓰고 있는 돈의 절반만 있으면 너희 시스템에서 일하고 있는 모든 선생님들이 평생 퇴직 연금을 받으며 살 수 있을걸?”

“그래요? 그렇다면야 그들도 반대할 이유가 없겠네요. 하지만 사람들은 아마 이렇게 말할 거예요. ‘우리의 이 눈부시게 멋진 문화에는 배울 게 너무나 많아서 아이들을 그렇게 오랫동안 학교에 보낼 수밖에 없는 거야’라고요.”

“네 말이 맞다. 그렇게들 말하겠지. 그리고 그것이 부족 문화에서는 배울 수 없는 것들이 너희 문화엔 엄청나게 많다는 의미라면 옳은 말일 수도 있지. 하지만 그런 견해는 지금까지 내가 한 말의 핵심을 놓친 결과지. 너희 문화의 기본 교육이 4학년에서 8학년으로 늘어난 건 천문학과 미생물학, 동물학을 가르치기 위해서가 아니야. 또, 8학년에서 12학년으로 늘어난 건 천체물리학과 생화학, 고생물학을 가르치기 위함도 아니고, 마찬가지로 12학년에서 16학년으로 늘어난 것도 우주생물학, 플라즈마 물리학, 심장 수술 같은 걸 가르치기 위해서가 아니야. 학생들은 학교를 졸업할 때 그것들을 머릿속에 담고 있지 않아. 그저 그들의 고조할아버지가 한 세기 전에 그랬듯이 인력시장의 가장 밑바닥 일을 할 만큼의 지식만 머리에 담아 가지고 교문을 나서지. 햄버거를 뒤집고, 식료품을 포장하고, 자동차에 주유하는 일들 말이야. 그런데 거기에 도달하기까지 오늘날의 학생들은 과거보다 훨씬 더 많은 시간을 들이고 있어."

테이커들의 부

다음날은 일요일이었는데, 나는 이스마엘을 만나러 가기 전에 먼저 주말 숙제를 다 끝내야 했지. 105호실에 도착했을 때는 늦은 오후였어. 문의 손잡이를 돌리려는데 안쪽에서 누군가 말하는 소리가 들렸지. 아주 분명히 들을 수가 있었어.

"신들은 답을 가지고 있겠지."

그 찌질이가 나보다 먼저 와 있었던 거야.

한 십 초 정도 나는 기다릴까 생각해 보았지. 하지만 그러지 않기로 했어. 왠지 처량한 생각이 들어서 나는 몸을 돌려 집으로 향했지.

신들은 답을 가지고 있겠지?

궁금했어. 무엇에 관한 대화를 나누다가 나온 말일까? 분명히 학교 시스템이나 교사 연금에 대한 건 아닐 거야. 어차피 무엇에 대한 거였든 상관없었지. 내가 들은 말이 "슈퍼마켓들은 답을 가지고 있겠지"였거나 "그린베이 페커스*는 답을 가지고 있겠지"였다고 해도 아마 마찬가지 기분이었

---

* 미국 위스콘신 주 그린베이를 근거지로 삼고 있는 미식축구팀 이름.

을 거야. 무슨 말이냐 하면, 나는 질투가 난 거라고!

뭐 그런 일로 질투를 하나 싶겠지만 사실이 그랬어.

"줄리, 내가 하려는 말의 핵심이 무엇인지 네 스스로 생각해 보았으면 해." 수요일, 내가 다시 그 방으로 돌아갔을 때 이스마엘이 말했지. "내가 매번 다른 방식으로 반복해서 네게 하고 있는 말의 핵심이 무엇인지 네 스스로 생각해 보았으면 하는 거야."

나는 잠시 생각해 보고 말했지. "당신은 나에게 보물이 어디 있는지 보여주려는 거잖아요."

"바로 맞혔어, 줄리. 너희 문화 사람들은 일만 년 전 너희가 등장했을 때 금고가 텅 빈 상태였고, 그래서 너희가 문명이라는 것을 건설했다고 생각하지. 인류의 처음 삼백만 년 동안은 불과 석기(石器) 말고는 인류의 지식 창고에 축적될 만큼 가치 있는 게 하나도 없었다고 생각해. 그러나 사실 금고를 비운 것은 너희들이야. 그 안에 있던 소중한 것들을 다 내다버리는 일로 너희 작업을 시작한 거라고. 너희는 이전 것은 다 폐기하고 새롭게 모든 것을 만들어내길 원했으며, 실제로 그렇게 했지. 하지만 불행히도 몇 가지를 제외하고 너희는 사람들에게 제대로 효과를 발휘하는 것을 만들어내지 못했어.

너도 알다시피 위반될 것이 뻔한 너희의 법률 체계는 사람들에게 제대로 작동하지 못해. 어길 수밖에 없는 법을 어겼다고 처벌하는 시스템도 사람들에게 효과를 발휘하지 못하지. 마찬가지로 너희의 교육 시스템 또한 사람들에게 제대로 효과를 발휘하지 못하고 있는데, 너희가 아무리 너희 금고를 뒤지고 또 뒤져도 그것들을 대신할 시스템을 찾을 순 없어. 왜냐하

면 너희는 금고를 비우는 일부터 시작의 첫발을 내디뎠으니까. 하지만 내
가 너에게 보여주려는 리버의 금고에는 그 시스템이 여전히 존재하며 완
벽하게 작동하고 있지.

　내가 지금까지 보여준, 그리고 수업이 끝나기 전까지 보여줄 모든 것은
너희가 파괴해버린 리버의 금고 속에 존재했던 것들이야. 리버들은 너희
가 짓밟아 뭉갠 이 보물들이 얼마나 값진 것인지 잘 알고 있었고, 그들 중
일부는 너희에게 그 가치를 보여주려고 했지만 결국 성공하지 못했지. 그
까닭을 알겠니?"

　"내 생각엔…… 우린 이런 식으로 생각했을 거예요. '뭐, 수우 족은 당연
히 자신들의 생활양식이 멋지다고 생각하겠지. 그게 뭐 대단한 거라고. 아
라파호 족은 당연히 자신들을 그냥 내버려두라고 하겠지. 왜 아니겠어?'
라고 말이죠."

　"맞아. 만약 내가 너희들이 폐기처분한 가치들을 보여주는 데 성공한다
면, 그것은 내가 리버들보다 더 똑똑해서가 아니야. 오히려 내가 리버가
아니라는 사실 덕분일 거야."

　"이해했어요."

　"자 오늘은 그 금고에서 어떤 자루를 꺼내서 열어볼까?"

　"이런 질문은 전혀 예상을 하지 못했는데요……."

　"그냥 네가 생각하기에 사람들에게 별로 효과가 없다고 여겨지는 너희
시스템을 하나 생각하면 돼, 줄리. 물론 그런 시스템도 몇몇 사람에게는 제
대로 효과를 발휘하겠지만 말이야. 너희가 어설프게 만들었다가 골치만
썩게 된 시스템을 하나 생각해 보렴. 이미 존재하는데도 너희가 새로 만들

어내야 한다고 착각하고 있는 걸 하나 생각해 보라고.”

“좋아요. 그런 시스템이 하나 생각났어요. 하지만 리버의 금고에 그것에 해당하는 자루가 있을지 모르겠네요. 사실 없을 것 같은 생각이 더 커요.”

“왜 그렇게 생각하지, 줄리?”

“왜냐하면 우리가 식량에 자물쇠를 채울 때 사용하는 시스템이거든요.”

“무슨 말인지 알겠다. 그러니까 리버는 식량에 자물쇠를 채우지 않았으니 그와 관련된 시스템이 없을 거란 말이지?”

“맞아요.”

“일단 계속해보렴. 네가 어떤 시스템에 대해 말하고 있는지 짐작하기 어렵구나.”

“경제 시스템에 대해서 말하려고 하는 거예요.”

“알겠다. 그러니까 너는 테이커들의 경제 시스템이 사람들에게 제대로 작동하지 않는다고 생각하는 게로구나.”

“물론 몇몇 사람들에게는 환상적으로 작동하지요. 확실히 그래요. 진부한 얘기지만, 꼭대기에 있는 소수의 사람들은 도둑질을 하듯 큰돈을 모으고, 그들보다 조금 더 수가 많은 중간층 사람들은 그럭저럭 살 만하고, 밑바닥에 있는 대다수의 사람들은 다 쓰러져가는 움막에서 살아가지요.”

“그들 모두를 평등하게 만드는 게 사회주의자들의 꿈이었고, 또 지금도 그렇지. 부(富)를 평등하게 재분배하는 것, 그래서 대다수가 굶주리는데도 소수만이 엄청난 부를 누리는 일이 없도록 만드는 것 말이야.”

“맞아요. 하지만 솔직히 말해서 그것에 대해 내가 알고 있는 것은 로켓 과학에 대해서 알고 있는 것보다도 적을걸요?”

“너는 이미 충분히 알고 있어, 줄리. 그 점에 대해선 걱정하지 않아도 돼.

그렇다면 언제부터 부의 분배가 문제가 되었을까? 언제부터 부가 불균형적으로 꼭대기에 있는 소수 사람들에게 쏠리게 된 걸까?"

"세상에, 그건 나도 모르죠. 내가 상상할 수 있는 건 처음부터 군주들은 멋진 궁전에 살고 백성들은 소나 말, 돼지처럼 살아가는 거예요."

"실제로 그랬다는 건 의심할 여지가 없지. 초기 테이커 문명은 철저히 그와 같은 형태로 등장했어. 가장 꼭대기에는 극소수의 최고 부유층이 자리 잡고, 그 밑에 그보다 조금 더 많은 부유층이, 그리고 아래로 갈수록 훨씬 더 많은 수의 무역업자, 상인, 군인, 장인, 노동자, 시종들이 자리를 차지했고 가장 밑바닥에는 노예나 극빈자들이 있었지. 다른 말로 얘기하면 왕족, 귀족, 평민 등으로 계급이 나뉘었던 거야.

각 계급의 규모는 시대에 따라 변할 수 있지만 그들 사이에 부가 분배되는 방식은 늘 똑같아. 보통 위의 두 계급에 속한 사람들은 그들의 시스템이 놀랄 만큼 훌륭하게 작동하고 있다고 생각하지. 충분히 이해할 수 있는 반응이야. 그들에게는 잘 작동하고 있는 게 사실이니까. 미국의 경우처럼 위에 있는 두 계급이 상당한 규모를 유지하는 동안 이 시스템은 안정적이라 할 수 있지. 하지만 1789년 프랑스와 1917년 러시아에서는 부가 극소수 사람들의 손아귀에 집중되었어. 내가 무슨 말을 하려는지 알겠니?"

"그런 것 같아요. 그러니까 대다수의 사람들이 꽤 괜찮게 살아가고 있다고 느끼는 한 혁명은 일어나지 않을 거란 얘기군요."

"맞아. 지금 이 시점에서 너희 문화의 최고 부자들과 극빈자들 사이의 양극화는 상상하기 힘들 정도로 커지고 있어. 고대 이집트의 파라오조차도 오늘날 너희 문화의 억만장자들이 누리는 것과 같은 사치를 꿈꾸기가 쉽지 않았을 거야. 섬 하나를 통째로 사서 낙원으로 꾸미고 개인용 제트기와 대형 요트로 그 섬을 돌아다니는 일 따위 말이야."

"맞는 말이네요."

"너희 문화의 부자들에게 소련의 붕괴는 자본주의적 탐욕의 정당성을 확실히 인정받는 사건이었지. 모두가 평등하게 가난한 세상보다는 적어도 부자가 되는 꿈이라도 꿀 수 있는 세상이 낫다는 가난한 사람들의 메시지라고 생각하는 거야. 기존의 질서를 인정받았으니 이제 너희들의 경제는 끝없는 미래를 기대할 수 있게 되었지, 물론 네가 부유층에 속한다면 말이야. 만약 그렇지 않다면 네 자신을 탓할 수밖에. 왜냐하면 자본주의 체제 아래선 누구든지 부자가 될 수 있으니까."

"아주 설득력이 있네요."

"그럼 이제 테이커의 기본적인 부가 생산되는 메커니즘을 네가 정확하게 짚어낼 수 있을지 한번 보자꾸나."

"부를 생산하는 방법은 다 똑같은 거 아닌가요?"

"아니, 전혀 그렇지 않아." 이스마엘이 단호하게 말했지. "리버들이 부를 생산하는 방식은 테이커의 것과는 확연히 다르지."

"나보고 테이커가 부를 생산하는 방식에 대해 말해보라는 건가요?"

"그래. 그다지 어렵지 않을 거야."

나는 한동안 생각해 보고 나서 이렇게 말했어. "내 생각엔 이렇게 압축할 수 있겠네요. '나는 당신이 원하는 것을 가지고 있으니 당신은 내가 원하는 것을 주시오.' 너무 단순하게 생각한 건가요?"

"아니, 그렇게 생각하지 않아, 줄리. 나는 공연히 변죽을 울리는 것보단 핵심으로 바로 들어가는 게 좋아." 이렇게 말하며 이스마엘은 주변을 두리번거리며 노트와 펜을 찾더군. 노트를 넘겨 깨끗한 면을 펼치더니 이삼 분가량 어떤 도식을 그려서 내가 볼 수 있도록 유리창에 갖다 댔지.

"이 도표는 너희 경제의 모든 것을 보여주지. 상품을 얻기 위해 상품을 만드는 것 말이야. 물론 여기서 말하는 상품이란 넓은 의미에서의 상품을 뜻해. 서비스 산업에 종사하는 사람이라면 내가 그 사람의 상품이라고 말할 때 무엇을 의미하는지 잘 알 거야. 대부분의 사람들은 그들의 상품을 통해 돈을 얻지. 하지만 돈은 그것으로 살 수 있는 상품의 다른 모습일 뿐이야. 사람들이 원하는 것은 종이쪼가리가 아니라 상품이지. 우리가 지금까지 나눈 대화를 통해, 너는 이처럼 상품을 교환하는 방식이 굴러가게끔 만든 결정적인 사건이 무엇인지 쉽게 짚어낼 수 있을 거야."

"네, 그건 바로 식량에 자물쇠를 채운 거죠."

"물론이지. 그 전에는 상품을 만들 이유가 없었으니까. 솥단지나 바구니를 만들 이유는 충분했지만 그것들을 수천 개씩 만들 이유는 없었지. 누구도 그릇 제조 사업이나 바구니 짜기 사업에 종사하지 않았으니까. 하지만 식량에 자물쇠가 채워지자 그 즉시 모든 것이 변했어. 자물쇠를 채우는 그 단순한 행위 때문에 식량도 상품으로 변했지. 너희 경제의 근본적인 상품이 된 거야. 갑자기 솥단지가 세 개 있는 사람은 솥단지가 하나 있는 사람보다 세 배 더 많은 먹을거리를 얻을 수 있게 되었지. 솥단지가 삼만 개 있는 사람은 멋진 집에서 살 수 있게 되었고 솥단지가 없는 사람은 움막에서 살 수밖에 없었어. 일단 식량에 자물쇠가 채워지자 비로소 너희 경제의 아귀가 딱 맞아떨어지게 되었지.”

“그럼, 당신 얘기는 부족 원주민들에게는 경제라는 것 자체가 없었단 말인가요?”

“절대 그런 이야기가 아니야, 줄리. 내가 부족 경제의 근본적인 교환 관계를 보여주마.” 그는 노트의 또 다른 페이지를 펼치더니 새로운 도표를 그려서 내게 보여주었어.

“부족 경제를 돌아가게 한 건 상품이 아니라 인간의 에너지였어. 이것은 눈에 잘 드러나지 않는 형태로 이루어지기 때문에 사람들은 흔히 부족 원주민들에겐 경제라는 것 자체가 없다고 오해하곤 하지. 그들에게 교육 시스템이 없다고 오해하는 것과 마찬가지로 말이야.

너희 문화는 아이들을 교육하기 위한 학교 시설과 인력, 기자재 등을 갖추기 위해 일 년에 수억 개의 물건들을 만들어 팔지. 하지만 부족 원주민들은 성인과 어린이들 사이에 꾸준하고 은근하게 에너지, 즉 지원을 주고받는 방식으로 이를 해결하지.

너희 문화는 법과 질서를 유지하는 경찰 인력을 고용하기 위해 일 년에 수억 개의 상품들을 만들어 팔지만, 부족 원주민들은 자신들이 직접 그 일을 함으로써 이를 해결해. 법과 질서를 유지하는 일은 결코 녹록한 일이 아니지만 그들에게는 그 일이 너희 문화에서처럼 커다란 근심거리가 아니야. 절대로!

너희 문화는 다 알다시피 엄청나게 부패하고 무능한 정부를 유지하기 위해서 일 년에 몇천억 개의 상품들을 만들고 팔아야 하지만, 부족 원주민들은 아무것도 만들어 팔지 않고도 그들 스스로를 충분히 효과적으로 다스리지.

상품 교환을 토대로 한 시스템은 필연적으로 소수에게 부가 집중될 수밖에 없고, 어떤 새로운 형태의 정부도 그걸 바로잡을 순 없어. 시스템의 결함 때문이 아니라 내재적인 특성이 그런 거니까. 특별히 자본주의 체제만의 문제도 아니야. 자본주의란 수만 년 전 너희 문화가 성립될 당시부터 있어 왔던 생각의 가장 최근 버전에 불과하지. 국제 공산주의 혁명가들도 그들이 원하는 변혁을 가져올 만큼 깊이 들어가지 못했어. 그들은 말들을 사로잡으면 회전목마를 멈출 수 있을 거라고 생각했지만 알고 보니 그 거대한 바퀴를 움직이는 건 말들이 아니었어. 말들도 너희처럼 그저 승객에 불과했던 거야.”

“말들이란 지배자, 그러니까 왕이나 정부를 말하는 거로군요.”

“맞아.”

"그렇다면 어떻게 회전목마를 멈출 수 있지요?"

이스마엘은 한동안 나무 부스러기들을 고르며 생각하다가 입을 열었어. "네가 한 번도 회전목마를 본 적이 없다고 치자. 그런데 어느 날 통제 불능의 회전목마와 마주치게 된 거야. 너는 올라타서 그걸 멈추려고 시도하겠지. 말들의 고삐를 당기고 '워, 워!' 하고 소리치면서 말이야."

"아마 그날 아침에 살짝 정신이 나간 상태라면 충분히 그러고도 남겠지요."

"그런데 그렇게 해도 멈추지 않으면 어떻게 할래?"

"말에서 내려 조종 장치를 찾아야겠지요."

"조종 장치가 눈에 안 보이면?"

"그러면 그 망할 놈의 회전목마가 어떤 원리로 돌아가나 하고 여기저기 살펴보겠지요."

"어째서?"

"어째서냐고요? 만약 조종 장치가 없다면, 도대체 그게 어떤 원리로 돌아가는 건지 알아야 멈출 방법 또한 찾을 수 있을 테니까요."

이스마엘은 고개를 끄덕였어. "이제 내가 너에게 테이커의 회전목마가 어떻게 돌아가는지 보여주려는 까닭을 알았을 거야. 거기에는 조종 장치나 전원 스위치 따윈 없어. 그러니 그걸 멈추고 싶다면 너는 그게 어떻게 돌아가는지 알아야만 해."

"조금 전에 당신은 상품의 교환을 토대로 하는 시스템은 언제나 부를 소수에게 집중시킬 수밖에 없다고 했는데, 왜 그런 거죠?"

이스마엘은 잠시 생각하더니 이렇게 말했지. "너희 문화의 부란 금고에 넣고 자물쇠를 채울 수 있는 무엇을 가리키니까. 이 말에 동의하니?”

“그래요. 땅 같은 것은 예외지만.”

“하지만 땅문서는 금고에 넣을 수 있지. 그 땅의 주인은 결코 그 땅에 발을 들여놓을 일이 없을지도 몰라. 하지만 땅문서만 있으면 그는 자신처럼 결코 그 땅에 발을 들여놓지 않을 다른 어떤 사람에게 그 땅을 팔 수도 있지.”

“맞아요.”

“너희의 부는 금고에 넣고 자물쇠를 채울 수 있는 것이기 때문에 실제로도 그런 식으로 보관되지. 이는 축적할 수 있다는 뜻이야. 정확하게는 금고와 자물쇠를 가지고 있는 사람들에게 축적되지.

이렇게 말하면 이해하는 데 도움이 될지 모르겠구나. 고대 이집트의 부가 눈에 보이는 형태로 하나하나 땅 속에서 꺼내진다고 상상해 보렴. 농부들, 광부들, 건축업자들, 장인들, 기타 등등의 사람들에 의해서 말이야. 처음에 그 부는 나라 전체에 골고루 퍼진 넓은 안개 같겠지. 그런데 어느 순간 쉴 새 없이 지상으로 끌어올려진 그것들은 점점 한곳으로 모이더니 좁은 물줄기를 이루어 왕족의 저장고로 흘러들어 가는 거야. 또, 중세 영국의 부가 눈에 보인다고 상상해 봐. 그것 역시 계속해서 지상으로 끌어올려져 그 지방의 공작이나 백작에게로 흘러들지.

19세기 미국의 부도 마찬가지야. 그것은 철도 거물과 기업가들, 금융 자본가들의 손에 흘러들어 가지. 아래 단계에서 일어나는 거래는 부를 록펠러*나 모건**이 있는 위쪽으로 밀어 올려. 만약 광부가 신발 한 켤레를 사면

---

* 미국의 실업가로 미국 내 정유소의 95퍼센트를 지배하는 회사인 스탠더드 오일을 세웠다.
** 미국의 은행가로 19세기 후반 미국의 공업과 철도를 위한 자금 조달에 중요한 구실을 하

그것은 록펠러의 재산을 불려주는 거야. 왜냐하면 광부가 쓴 돈의 일부는 스탠더드 오일 사(社)로 흘러들어 가니까. 또 다른 일부는 철도 회사를 통해 모건에게로 가지. 오늘날 미국에서도 부는 상류로 역류해서 비슷한 부류의 사람들에게로 모이지. 비록 그들의 이름이 록펠러나 모건이 아니라 보스키*나 트럼프 등으로 바뀌었지만 말이야. 여기에 대해선 할 말이 더 많지만, 어쨌든 네 질문에 대한 답이 되었니?"

"네, 아마 내가 헷갈린 건 당연히 부가 모든 사람들에게로 가야 한다고 생각했기 때문인 것 같아요."

"네가 무엇을 헷갈려하는지 알겠다." 이스마엘이 고개를 끄덕이며 말했어. "물론 부는 모든 사람들에게로 가야 하지. 하지만 언제나 소수 사람들에게로 흘러들어 간다는 점이 문제의 핵심이야. 상품 생산으로 부가 발생하면 그중 팔십 퍼센트는 언제나 인구의 이십 퍼센트에게 집중된다는 것이 문제지. 그건 자본주의 사회에서만 있는 일은 아니야. 어떤 경제체제든 그것이 상품에 기초한 것이라면 부는 소수에게 집중되게 되어 있어."

"이제 알겠어요. 하지만 질문이 또 있어요."

"해보렴."

"아즈텍이나 잉카 사람들의 경우는요? 잘은 모르지만 그들도 식량에 자물쇠를 채웠던 건 확실하잖아요."

"네 말이 전적으로 맞아, 줄리. 식량에 자물쇠를 채우는 것은 신세계**에

였다. 이로써 국제적 금융가로서의 지위를 확립하였다.
* 미국 월스트리트 증권가에서 활약한 기업사냥꾼으로 부당한 내부거래를 한 혐의로 구속된 바 있다.
** 남북아메리카 대륙을 모두 이르는 말.

서도 독자적으로 생겨났지. 아즈텍이나 잉카에서도 부는 변함없이 소수
의 지배자들에게 흘러들어 갔어."

"그렇다면 그들은 리버인가요 테이커인가요?"

"그 중간이라고 말할 수밖에 없구나. 그들은 이제 더는 리버가 아니었
지만 그렇다고 테이커가 되었다고도 할 수 없어. 왜냐하면 중요한 게 하
나 빠졌으니까. 그들은 모든 사람들이 마땅히 자기들의 방식대로 살아야
한다고 생각하지는 않았어. 예를 들어, 아즈텍 역시 영토 확장에 대한 야
망이 있었지만 일단 점령을 하고 나면 그곳 사람들이 어떤 방식으로 살든
지 상관하지 않았지."

리버들의 부

"부족 경제에서 생산된 부는 소수의 손에 집중되지 않아. 그 까닭은 리버들이 너희 문화 사람들보다 훌륭해서가 아니라 그들은 근본적으로 다른 종류의 부를 가지고 있기 때문이지. 그들의 부는 축적될 수가 없어. 그걸 자물쇠로 채워 보관할 수는 없으니까 그 누구의 손에 집중될 리도 없는 거지."

"그들의 부가 뭘 말하는 건지 전혀 모르겠네요."

"그럴 거야, 줄리. 네가 모르는 부분을 좀 더 자세히 설명하마. 사실 그들의 경제를 이해하는 가장 쉬운 방법은 그들의 경제가 생산하는 부를 들여다보는 거야. 물론 너희 문화 사람들의 눈에는 부족 원주민들이 어떤 형태든 간에 아예 부라는 것을 가지고 있지 않은 것처럼 보일 테지. 너희 눈에는 궁핍함만이 보일 뿐이야. 충분히 그럴 수 있지. 너희 문화 사람들이 인정하는 유일한 종류의 부란 자물쇠를 채워서 보관할 수 있는 것이니까. 그런데 부족 원주민들은 그런 종류의 부엔 별 관심이 없거든.

부족 원주민들에게 가장 중요한 부는 구성원 하나하나가 모두 다 요람

에서 무덤까지 평안함과 안전을 누리는 것이지. 이것이 지닌 엄청난 가치
에 대해 너는 별로 놀라는 것 같지 않구나. 하긴 그다지 인상적일 것도, 흥
분할 것도 없어 보일 테지. 이런 말을 해서 미안하다만 특히나 네 나이 때
에는 말이야. 하지만 너희 문화에 속한 수천만 명의 사람들은 미래에 대한
엄청난 공포 속에서 살아가고 있지. 어느 곳에서도 자신들의 안전을 보장
받지 못하기 때문에 말이야. 혹시 새로운 기술의 발전으로 인해서 쓸모가
없어져 해고되는 건 아닐까? 배신과 차별 등으로 일자리를 잃거나 경력을
망치는 건 아닐까? 이런 건 너희 문화 노동자들의 밤잠을 설치게 만드는
악몽들 중 극히 일부에 불과해. 분명 너도 해고된 노동자가 예전의 일터로
가서 전직 상관이었던 사람들과 동료들을 총으로 쏘았다는 이야기를 들
어본 적 있을 거야.”

“물론이에요. 적어도 일주일에 한 번은 미친 사람들이 일을 벌이죠.”

“그들은 미친 게 아니야, 줄리. 직업을 잃는다는 건 그들에게는 세상이
끝났다는 의미라고. 돌이킬 수 없는 치명타를 맞은 거지. 인생이 쫑났으니
남은 건 복수 말고는 아무것도 없는 거야.”

“맞는 말이네요.”

“하지만 부족적 생활양식에선 그런 건 생각할 수도 없지. 그렇다고 그
이유가 부족 원주민들에게 직업이라는 것이 없어서가 아니야. 너희 문화
사람들과 마찬가지로 부족 구성원 하나하나도 생계를 유지하는 일거리
를 가지고 있지. 살아가는 데 필요한 것들이 하늘에서 뚝 떨어지지는 않
으니까. 하지만 그들로부터 생계를 유지하는 수단을 빼앗을 방법 따위는
존재하지 않아. 그들 모두는 생계를 유지할 수단을 가지고 있고, 그것으
로 족한 거지.

물론 그렇다고 아무도 배를 곯지 않는다는 건 아니야. 하지만 누군가가 배를 곯는다는 건 모두가 함께 배를 곯는 상황이라는 뜻이지. 다시 말하지만, 너희 문화 사람들보다 부족 원주민들이 더 이타적이고 관대하며 많은 보살핌을 베풀기 때문에 그런 건 아니야. 전혀 그런 게 아니지. 그 까닭이 뭔지 네가 생각해 볼 수 있겠니?”

“어째서 모두가 함께 배를 곯을 때가 아니라면 누구도 배를 곯지 않는다는 거죠? 잘 모르겠어요. 하지만 생각해 볼 수는 있겠죠.”

“그래? 그럼 생각해 보렴.”

“좋아요. 음…… 그들은 식량을 저장고에 넣어두고 꺼내 쓰거나 하지 않아요. 나도 내가 무슨 말을 하려는지 잘 모르겠는데…….”

“서두를 것 없어.”

“영화에서 보면 뭐 이런 식이죠. 북극이나 뭐 그런 곳에 탐험대가 있어요. 탐험대가 탄 배가 얼음에 갇히고, 그들은 예정된 날짜에 돌아갈 수가 없게 돼요. 문제는 어떻게 살아남느냐 하는 거죠. 그들은 가지고 있던 식량을 모두 꺼내 한곳에 모아두고 아주 조금씩 나누어 먹어요. 하지만 식량은 곧 바닥이 나고 다들 굶어죽게 되었을 때, 이런 세상에나! 악당에겐 몰래 감춰둔 비상식량이 있었던 거죠.”

이스마엘은 고개를 끄덕였어.

“그러니까 이런 일이 부족적 생활양식에서 일어나지 않는 이유는, 처음부터 그들에겐 식량 저장고 같은 게 없었기 때문이에요. 그런데 그렇게 살아가다가 어떤 이유로 식량이 점점 부족해져요. 가뭄이나 산불 뭐 그런 것 때문에요. 첫째 날엔 모두가 식량을 찾으러 나서요. 그렇게 모은 식량을 모두가 조금씩 나누어 먹지요. 부족의 우두머리라고 예외가 없어요. 왜 안 그러겠어요, 그가 먼저 차지할 수 있는 비축 식량 같은 게 없으니. 그들은 모두가 최선을 다해서 식량을 구하러 돌아다니지요. 만약 누군가 많은 식량을 찾으면, 그가 할 수 있는 최선의 선택은 그것을 다른 사람들과 나누는 거예요. 그가 좋은 사람이어서가 아니라, 더 많은 사람들이 그것을 먹고 힘을 내서 식량을 구하러 다닐수록 그 자신을 포함해서 그들 모두의 형편이 나아질 테니까요."

"정말 훌륭한 분석이다, 줄리. 확실히 너는 이 방면에 소질이 있어. 물론, 이건 인간에게만 해당되는 게 아니야. 함께 무리를 이루어 먹이를 찾는 동물들은 모두 식량을 나누지. 이타적이라서가 아니라 그렇게 하는 게 각자에게 가장 이롭기 때문이야. 하지만 굶주림을 해결하는 방식이 이와는 다른 부족 사회도 분명히 존재했지. 아마 그 사회의 법은 '만약 식량이 부족해지면 식량을 나누지 말고 비축해라'였을 거야. 하지만 실제로 그런 부족은 지금 모습을 찾아볼 수가 없어. 왜 그런지는 너도 잘 알지?"

"네. 그런 법을 따랐다면 그 부족은 해체되고 말았을 거예요. 적어도 내 생각에는요."

"물론 그랬을 거야, 줄리. 부족이란 어떤 일이 생기더라도 구성원들이 단결해야만 살아남을 수 있지. 구성원 각자가 자기만 챙긴다면 부족은 더 이상 부족일 수 없어."

"내가 좀 전에 부족 원주민들에게 가장 중요한 부는 구성원 하나하나가 모두 요람에서 무덤까지 평안함과 안전을 누리는 것이라고 이야기했지? 이것은 부족 모두가 함께 뭉쳐야만 얻을 수 있는 성질의 부야. 짐작하겠지만 이런 부는 어느 누가 다른 사람보다 더 많이 가질 수 있는 것도 아니고 축적할 수도 없으며 자물쇠를 채워 보관할 수도 없는 것이지.

물론 이런 부라고 해서 파괴되지 않는 건 아니야. 이런 부는 부족이 존재하는 동안에만 온전하게 보존되지. 그래서 그렇게 많은 리버 부족들이 죽을 각오로 싸우는 거야. 그들이 보기에 부족이 파괴되면 그들 하나하나는 모두 죽은 것이나 다름없으니까.

그렇다고 부족 사람들이 유혹에 빠져 이런 부를 내팽개치는 일이 결코 벌어지지 않는 건 아니야. 당연히 그렇겠지. 그래서 너희 문화 사람들은 굳이 군대를 동원하지 않고도 부족들을 파괴할 수 있는 거야. 특히 젊은이들은 쉽게 테이커식 부의 유혹에 빠지지. 확실히 자신들 것보다 더 번쩍거리고 화려하니까. 일단 젊은이들을 유혹해 그들의 부족 사람들 말보다 너희 말에 귀 기울이게 만든다면 그 부족을 파괴하는 일은 성공한 거나 다름없어. 왜냐하면 윗세대가 젊은이들에게 전수해주지 않은 것들은 그 세대의 죽음과 함께 영원히 사라지니까.

그 어떤 두려움도 느낄 필요 없이 이웃들과 어울려 살아갈 수 있는 것은 부족 원주민들에게 두 번째로 중요한 부라고 할 수 있어. 이것 또한 그다지 대단한 일이 아닌 것 같지만 너희 문화 사람들 거의 대부분이 간절하게 소망하는 것이지. 내가 직접 조사한 적은 없지만 사흘이 멀다 하고 발표되는 여론 조사들을 보면, 범죄자들로부터 공격을 받으면 어쩌나 하는 두려움이 너희 문화 사람들을 짓누르는 큰 걱정거리인 것 같더군.

테이커 사회에서는 부자들만이 이런 두려움으로부터 자유로울 수 있지. 상대적으로 어느 정도는 말이야. 그러나 부족 사회에서는 모두가 이런 두려움으로부터 자유로워. 물론 그들에게도 나쁜 일이 생길 수 있지만, 그런 일은 무척이나 드문 일이어서 누구도 문을 걸어 잠그고 살거나 이웃들로부터 스스로를 보호하기 위해 무기를 휴대하지 않아도 된다는 말이지. 다시 한 번 말하지만, 이런 부는 누군가의 손아귀에 집중될 수 없어. 또, 축적할 수도 자물쇠를 채워서 보관할 수도 없지.

이런 종류의 부는 너희에게서는 결코 찾아볼 수 없어. 그래서 너희들이 정말 딱한 거야.

너에게 자폐에 걸린 아이나 장애가 있는 아이가 있다고 치자. 그럼 이 일은 부족 전체의 문제로 받아들여지지. 리버 사회에서는 힘든 문제를 개인이 혼자서 감당하도록 내버려두지 않아. 그들이 한없이 이타적이라서 그러는 게 아니라 그 아이의 부모에게 '이건 온전히 당신 문제요. 그러니 우리들을 귀찮게 하지 마시오'라고 말해봤자 해결되는 건 아무것도 없다는 걸 잘 알고 있으니까. 만약 너에게 노망난 부모가 있다면 부족 사람들은 나 몰라라 하지 않을 거야. 그들은 알고 있거든. 여럿이 문제를 나누면 그게 더는 문제가 되지 않는다는 걸, 또 언젠가 자신들도 마찬가지의 도움이 필요하게 되리란 걸 말이야.

이런 부가 없어서 너희 문화 사람들이 고통 받는 것을 볼 때 나는 정말 마음이 찢어져. 초로의 한 부부가 끔찍한 병에 걸렸어. 그들의 저축은 하루하루 줄어들고 옛 친구들은 모른척하지. 약을 살 돈도 떨어지고 그들의 상황은 완전히 절망적이야. 아무리 궁리를 해봐도 유일한 해결책은 함께 죽는 것뿐이지. 이런 식의 이야기는 너희 문화에서 비일비재한 것이지만 리버 사회에서는 결코 들을 수 없는 일이야.

테이커 시스템에서 너희들은 지원 또는 보살핌이라는 부를 사기 위해서 상품이라는 부를 축적하지. 하지만 리버 시스템에서 그것은 모두에게 공짜야. 예를 들어, 부족 원주민들이 그들 중의 어떤 말썽꾼을 상대할 때면

신체 건강한 사람들이 힘을 합쳐 필요한 조치를 취하지. 그리고 그건 굉장히 효과적이야. 반면에 너희 문화 사람들은 자기가 그 일을 하지 않기 위해 그것을 일종의 상품으로 만들어버리지. 일단 경찰을 조직한 다음 더 좋은 서비스를 받기 위해 봉급을 올려주고 좋은 장비를 사주는 거야. 그러나 이 것은 매우 비효율적이지. 해마다 점점 더 많은 돈을 쏟아 붓는데도 결과는 언제나 부자가 가난한 사람들보다 훨씬 더 보호받는 상황인 거야.

리버 사회에서는 모든 성인들이 아이들의 교육에 참여하기 때문에 돈이 들지도 않고 실패하는 법도 없어. 반면에 너희 문화 사람들은 그것을 일종의 상품으로 만들어 학교를 지은 뒤 서로 더 좋은 서비스를 받으려고 경쟁하지. 더 좋은 교사진에 더 좋은 시설을 갖추려고 경쟁하는 거야. 이것도 비효율적이긴 마찬가지지. 해마다 점점 더 많은 돈을 쏟아 붓는데도 결과는 언제나 부자 아이들이 훨씬 더 질 높은 교육을 받는 상황인 거야.

만성질환자들, 노인들, 장애인들, 정신병자들을 돌보는 일 등이 리버 사회에서는 모두의 협력으로 해결되었지만, 너희 문화에서는 경쟁해서 얻어야 하는 상품이 되었어. 그래서 부자들은 더 좋은 서비스를 받고 가난한 사람들은 아무런 돌봄도 받지 못해."

한동안 우리 둘 다 아무 말도 하지 않았어. 그러다 내가 먼저 입을 열었지. "이스마엘, 정리를 좀 해주셔야 할 것 같아요. 여태까지 우리가 무슨 이야기를 했고, 또 지금 무슨 이야기를 하는 건지 머릿속이 뒤죽박죽이에요."

이스마엘은 턱 옆쪽을 긁적이며 대답했어. "줄리, 만약 너희 문화 사람들이 지구에서 계속 살아남기를 원한다면, 너희는 먼저 너희와 함께 생명 공동체를 이루고 있는 이웃들의 목소리에 귀를 기울여야 해. 믿기 어렵겠지만 너희들은 그것에 대해 전혀 모르고 있어. 역시 믿기 어렵겠지만 그러기 위해서 너희가 따로 무엇을 만들어낼 필요도 없지. 너희가 애써 효과적인 무언가를 만들어낼 필요가 없다고. 그저 너희 주변에 있는 금고들을 뒤져보면 되는 거야.

리버들이 요람에서 무덤까지 평안함과 안전을 누리는 것은 전혀 놀라운 일이 아니야. 너희와 함께 생명공동체를 이루고 있는 이웃들은 모두 똑같이 누리며 살아가고 있어. 오리, 바다사자, 사슴, 기린, 늑대, 말벌, 원숭이, 그리고 고릴라까지(수백만 개의 종들 중에서 몇 개만 이야기한 거야) 모두 그런 평안함과 안전을 누려.

호모 하빌리스*나 호모 에렉투스**가 그것을 누리지 못했을 이유가 어디 있겠어? 그리고 그들이 그것을 후손인 호모 사피엔스***에게 물려주지 못했을 까닭이 있을까? 요람에서 무덤까지 평안함과 안전을 누리며 사는 것은 생명공동체의 법칙 가운데 하나이고, 그것은 호모 사피엔스에서부터 리버 사회까지 계속 이어져 왔어. 오직 테이커 사회에서만 그것이 소수 특권층만 누릴 수 있는 축복이 되어버린 거야."

이스마엘은 몇 초 동안 내 얼굴을 살피더니 내가 이해하지 못한다는 걸 알아차렸어.

---

* 약 250만 년~160만 년 전에 살았던 화석 인류로 호모 하빌리스란 명칭은 '손을 쓸 줄 아는 사람', '도구를 사용하는 사람'이라는 뜻이다.
** 약 170만 년 전에서 10만 년 전까지 살았던 화석 인류로 호모 에렉투스란 명칭은 '직립하는 사람'이란 뜻이다.
*** 약 25만 년~15만 년 전에 아프리카 일대에 처음으로 출현하여 4, 5만 년 전부터 지구상에 널리 분포하게 된 현 인류의 조상으로 구석기문화를 발달시켰다. 호모 사피엔스란 말은 '지혜가 있는 사람'이라는 뜻이다.

“줄리, 너는 어떻게 살아야 하는지 그 비밀을 알아내기 위해 우주를 여행하는 공상을 했었지. 나는 지금 너에게 그 비밀이 바로 여기 이 지구상에, 너희와 함께 생명공동체를 이루는 이웃들에게 있다는 걸 보여주고 있는 거라고.”

“알겠어요. 뭐 대충 알 것 같아요. 우리 반에 어떤 여자애가 있는데, 그 애가 작년에 무슨 단체에서 편지를 받았거든요. 단체 이름은 기억이 잘 안 나는데 그 단체의 모토는 대충 기억이 나요. 그건 ‘우리 자신을 치료하고 이 세상을 치료하자!’ 뭐 그런 거였어요. 당신이 이야기하려는 것도 그런 건가요?”

이스마엘은 잠시 생각해 보더니 말했어. “줄리, 미안하지만 나는 너희들의 그 ‘치료적’ 접근방식에는 그다지 동의하고 싶지 않아. 너희는 아픈 게 아니야. 육십억에 달하는 너희 문화 사람들은 매일 아침 일어나자마자 세상을 먹어치우기 시작하는데, 그건 하룻밤 찬바람을 쐬어서 걸린 병이 아니야. 치료라는 건 효과가 있으면 좋고 없으면 말고 하는 식의 해결법이지. 그 정도는 나도 알고 있어. 아스피린은 두통에 효과가 있을 때도 있지만 없을 때도 있지. 화학요법은 암세포를 죽일 때도 있지만 그렇지 못할 때도 있어. 너희는 지금 자신을 치료한답시고 이것저것 시도하면서 노닥거릴 시간이 없어. 너희는 다르게 살아가는 법을 받아들여야 해. 그것도 지금 당장. 서둘러야 한다고!”

적게 바라는 것이 언제나 미덕은 아니다

"저기요." 나는 머뭇거리며 말을 꺼냈어. "당신이 얘기해주었으면 하는 게 하나 있어요. 나에게 부탁할 권한이 있는지는 모르겠지만."

이스마엘은 이마를 찌푸렸어. "내가 그렇게 융통성 없이 굴었니? 너에게 맞추어줄 수 없을 만큼 그렇게 고집불통 같아 보여?"

나는 속으로 '아차!' 하고 생각했지만 사과는 하지 않기로 했지. 그의 말을 못 들은 척 계속해서 말했어. "만약 당신이 열두 살짜리 계집애라고 쳐요. 그리고 몸무게가 오백 킬로그램이 넘는 고릴라와 이야기를 나눈 뒤 세월이 한참 흘렀다고 쳐봐요."

"내 몸무게가 무슨 상관인지 모르겠군." 그가 낚아채듯 말했지.

"좋아요. 어쨌든 백 살짜리 고릴라하고요."

"나는 백 살도 아니고 몸무게가 삼백 킬로그램도 안 나간다고!"

"맙소사! 이건 꼭 〈이상한 나라의 엘리스〉에나 나올 법한 대화군요."

이스마엘은 빙그레 웃더니 내게 어떻게 해주면 되겠느냐고 물었어.

"우리가 실제로 다르게 살아가는 방식을 받아들였다면, 그럼 세상이 어떻게 달라졌을지 말해 봐요."

"당연히 그런 질문을 할 수 있지, 줄리. 그걸 질문하는데 뭘 그렇게 망설이는지 모르겠구나. 경험에 비추어 지금쯤 많은 사람들은 내가 기술, 즉 테크놀로지가 사라진 미래를 추구하는 것인지 궁금해 하겠지. 너희들은 아주 쉽게 너희들의 문제를 테크놀로지 탓으로 돌리곤 하거든. 하지만 기술을 만드는 능력은 인간이 타고난 거야. 말하는 능력을 타고난 것처럼 말이야. 리버라고 해서 테크놀로지가 없는 게 아니야. 다만 넘쳐나는 테크놀로지의 광기 어린 폭주에 익숙해져버린 너희들의 눈에 그들의 테크놀로지가 보이지 않을 뿐이지. 어쨌든, 나는 테크놀로지가 없는 미래를 그리려는 게 아니란 점을 분명히 해두지.

테이커식 사고방식에 익숙한 사람들이라면 아마 이렇게 물어오겠지. '만약 테이커의 방식이 옳은 게 아니라면, 옳은 방식은 대체 무엇인가요?' 하지만 사람들이 살아가는 데 단 하나의 옳은 방식은 존재하지 않아. 새가 둥지를 틀거나 거미가 거미줄을 잣는 일에 단 하나의 올바른 방식만이 존재하지 않듯이 말이야. 그러니까 나는 테이커 제국이 전복된 뒤 다른 것으로 대체된 그런 미래의 모습을 그리려는 게 아니라고. 그건 완전히 말이 안 되는 일이니까. 이 점에 대해서 어머니 문화는 뭐라고 할까?"

"나 참!" 내가 말했어. "어머니 문화야 우리에게 아무것도 할 필요가 없다고 말하겠지요."

이스마엘은 고개를 가로저었어. "대충 짐작하려 하지 말고 어머니 문화의 말을 잘 들어봐. 그와 관련해서, 조금 전에 너는 어머니 문화의 가르침 가운데 하나를 이미 말했어. 그건 바로 '너희는 정체를 알 수 없고, 또 치료가 불가능해 보이는 병을 앓고 있다. 결코 그게 무엇인지 알 수는 없지만 여기 너희가 시도해볼 만한 몇몇 치료법들이 있다. 이렇게 한번 해 보고 안 되면 또 저렇게 한번 해 봐라. 그것도 효과가 없으면 이번엔 이렇게 한번 해봐라'라는 거지. 그렇게 무한정 해보라는 거지."

"좋아요. 무슨 말인지 알겠어요. 일단 생각을 좀 해봐야겠어요." 나는 눈을 감았어. 그리고 한 오 분쯤 있으니 생각의 가닥이 조금씩 잡히더군.

"완전히 헛다리짚었을지 모르지만 어쨌든 해볼게요. 너무 뻔한 것이긴 하지만 어머니 문화로부터 내가 들은 건 '너는 세상을 구할 수 있어. 하지만 정말 후회하게 될 거야. 너무 고통스러울 테니까'라는 말이에요."

"어째서 고통스러울까?"

"왜냐하면 모든 것들을 포기해야만 하니까요. 하지만 방금 말한 것처럼 너무 뻔한 사실일지도 모르죠."

"아니, 줄리. 그건 뻔한 사실이 아니야. 그건 어머니 문화의 뻔한 거짓말이지. 비록 어머니 문화라는 건 비유적인 표현이지만 묘하게도 이따금 실제로 존재하는 사람처럼 행동하기도 하지. 네 생각엔 어째서 어머니 문화가 이런 거짓말을 하는 것 같니?"

"우리가 변하려는 시도를 좌절시키려고요. 내 생각엔 그래요."

"물론이지. 어머니 문화의 역할은 전적으로 현재의 상태를 유지하는 거야. 그건 너희의 어머니 문화만 그런 게 아니라 모든 문화에서 어머니 문화가 맡고 있는 역할이지. 그렇다고 그게 사악한 일이란 뜻은 결코 아니야."

"무슨 말인지 알겠어요."

"어머니 문화는 선수를 치려는 거야. 어떤 변화든지 변화란 너희에게 더 나쁜 상황을 가져올 수밖에 없다고 설득하는 거지. 어째서 변화가 '너희에게' 더 나쁜 상황을 가져온다고 말하는 걸까, 줄리?"

"왜 당신이 '너희에게'라고 강조하는지 잘 모르겠네요."

"그럼 너희 말고 아프리카의 부시맨을 생각해 보자. 그들에게도 어떤 변화든지 변화가 상황을 더 나쁘게 만드는 것일까?"

"무슨 말인지 알겠어요. 물론 그렇지 않죠. 아프리카의 부시맨에겐 훨씬 더 좋은 상황을 가져오겠지요. 어머니 문화에 따르면요."

"어째서 그렇지?"

"왜냐하면 그들이 가지고 있는 것은 가치가 없으니까요. 그러니 어떤 변화든지 그건 발전을 의미하겠지요."

"정확하게 말했어. 그러면 어째서 너희에게는 변화가 더 나쁜 상황을 가져온다는 걸까?"

"왜냐하면 우리가 가지고 있는 것은 완벽하니까요. 그러니 지금보다 더 좋아질 수 없는 거죠. 그렇기 때문에 어떤 변화든지 더 나쁜 상황을 가져오는 거예요. 여기서 '그렇기 때문에'라는 표현을 쓰는 게 맞나요?"

"딱 들어맞는 표현이지, 줄리. 사실, 너희 가운데 얼마나 많은 사람들이 지금 너희가 가진 것들을 완벽하다고 믿고 있는지 알고 나서 나는 놀라움을 금할 수 없었어. 그것이 인간 역사, 그리고 진화에 대한 너희의 오해에서 비롯된다는 걸 깨닫는 데는 꽤 많은 시간이 걸렸지. 너희들 중 상당수는 의식적으로든 무의식적으로든 진화란 항상 발전적인 방향으로 이루어진다고 생각해. 인간은 완전한 빈곤에서 시작했지만 진화의 영향 아래 점차 더 나아지고 나아지고 나아지고 나아지고 나아져서 오늘날의 너희, 김이 서리지 않는 냉장고와 전자레인지, 에어컨, 미니밴 자동차, 채널이 육백 개나 되는 위성 텔레비전을 갖춘 너희가 되었다고 생각하지.·

이런 생각 때문에 무언가를 포기한다는 것은 필연적으로 인간 발전사에서 한 걸음 뒤로 물러서는 거라 믿고 있어. 그래서 어머니 문화는 이 문제를 이렇게 정리했어. '세상을 구한다는 것은 무언가를 포기하는 것을 의미하고, 무언가를 포기한다는 것은 다시 빈곤으로 돌아가는 것을 의미한다. 그러므로…… 그러므로 무언가 포기한다는 생각은 잊어라. 그리고 더욱 중요한 것은, 세상을 구한다는 생각 자체를 잊어라!'라고 말이야."

"당신은 뭐라고 말할 건가요?"

"나 역시 '무언가 포기한다는 생각은 잊어라!'라고 말할 거야. 너희 자신을 포기할 재산이 많은 부자들이라고 착각해선 안 돼. 너희는 스스로를 절망적인 상태에서 벗어나고자 간절하게 도움을 구하는 사람들이라고 생각해야 한다고."

이스마엘은 잠시 말을 멈추고 턱을 만지작거리며 무언가를 골똘히 생각하는 듯했어. 그러다가 내게 질문을 던졌지.

"줄리, 부를 뜻하는 wealth가 어떤 말에서 나왔는지 알고 있니?"

"글쎄요, 잘 모르겠는데요."

"따뜻함을 뜻하는 warmth는 어떤 단어에서 나왔을까?"

"그거야 당연히 따뜻하다는 뜻의 warm에서 나왔겠죠."

"그렇다면 한번 추측해 봐. wealth는 어떤 단어에서 나왔을까?"

"well에서?"

"물론이야. 어근을 따져보면 부를 뜻하는 wealth는 돈의 동의어가 아니라 안녕한 상태 또는 건강한 상태를 뜻하는 wellness의 동의어지. 상품이란 측면에서 보면 너희들은 엄청나게 부유해. 하지만 인간으로서의 안녕이라는 측면에서 보면 너희들은 딱할 만큼 가난하고 비참한 존재들이야. 바로 그렇기 때문에 너희는 무언가를 포기하는 것에 초점을 맞추면 안 되는 거야. 가장 비참한 존재들에게 무언가 포기하는 것을 바랄 수 있겠니? 그건 불가능해.

무언가를 포기하기보다 오히려 너희들은 무언가를 얻는 데 집중해야 해. 이때 얻는 물건이 더 많은 토스터기 같은 건 아니겠지, 줄리? 더 많은 라디오도, 더 많은 텔레비전도, 더 많은 전화기도, 더 많은 CD 플레이어도, 더 많은 장난감들도 아니야. 너희들은 인간으로서 안녕을 누린다는 측면에서 너희들이 절박하게 필요로 하는 것들을 얻는 데 집중해야 해. 그걸 포기하는 순간, 너희들은 그것들을 가질 수 없는 것으로 단정지어버리게 되는 거야.

줄리, 나의 임무는 너에게 그렇지 않다는 것을 보여주는 것이지. 포기할 필요는 없어. 너희가 그것들을 어디서 찾아야 하는지 알기만 하면, 또 어떻게 찾을지 알기만 하면 너희들은 그것을 가질 수 있어. 그리고 네가 나한테 온 것도 바로 그것을 알기 위해서지."

"그러면 우리가 어떻게 해야 하나요, 이스마엘?"

"너희는 자신을 위해 좀 더 많이 요구해야 해. 바로 이 점에 있어서 나는 너희 문화의 종교인들과 생각이 달라. 그들은 너희에게 좀 더 힘을 내 고통을 견디라고, 살아있는 동안에는 많은 걸 바라지 말고 다음 생에 주어질 많은 것들을 생각하라고 격려하지만 나는 거기에 동의할 수 없어. 반대로 나는 너희들이 자신을 위해 더 많은 걸 요구해야 된다고 생각해. 지구 어느 곳에서든 원주민들이 죽음을 각오하고 지키고자 하는 부, 인간이 처음부터 가지고 있었으며 수십만 년 동안 당연하게 생각했던 바로 그 부, 세상의 지배자가 되기 위해 너희들이 스스로 내팽개쳐버렸던 그 부를 말이야.

하지만 너희 지도자들에게 그걸 달라고 요구할 순 없어. 너희 지도자들이 움켜쥐고 내주지 않는 게 아니니까. 그들도 그것을 가지고 있지 않으니 너희에게 줄 수가 없어. 이 점에 있어서 너희들은 과거의 혁명가들을 답습하면 안 돼. 그들은 그저 관리하는 사람이 바뀌기를 원했을 뿐이고, 새로운 사람에게 책임을 맡기는 것으로는 문제를 풀 수 없어."

"네. 하지만 지도자들에게 요구할 수 없다면 누구에게 요구해야 하죠?"

"너희 스스로에게 요구해야지, 줄리. 부족 사회에서 부는 구성원들이 부족의 영속을 보장하기 위해 서로에게 주는 에너지야. 이 에너지는 고갈되는 법이 없지. 완전히 재생 가능한 자원인 거야."

나는 못마땅한 목소리로 말했어. "여전히 어떻게 해야 하는지는 알려주지 않는군요."

"줄리, 너희들이 원하는 건 가질 수 있는 것들이야. 이게 반복해서 너에게 주는 나의 메시지야. 너희들이 무지한 야만인들이라고 경멸하는 사람들도 그걸 가지고 있는데, 왜 너희라고 그걸 가질 수 없겠니?"

"하지만 어떻게요? 우리가 어디서부터 어떻게 시작해야 하느냐고요?"

"너희는 먼저 그것들을 가질 수 있다는 것부터 깨달아야 해. 너희는 달에 가기 전에 먼저 그것이 가능하다는 것을 깨달았어. 인공 심장을 만들기 전에 먼저 그것이 가능하다는 것을 깨달았다고. 무슨 말인지 알겠니?"

"네."

"줄리, 너희들보다 앞서 살았던 너희의 조상들은 범죄나 광기, 우울증, 불의, 빈곤, 분노에 시달리면서 살 필요가 없었어. 부는 소수의 운 좋은 사람들 손에 집중되지 않았고, 이웃이나 미래에 대한 공포 속에서 살아가지도 않았지. 그들은 모든 게 안전하다고 느꼈고, 또 실제로도 그랬어. 너희들은 상상할 수도 없을 정도로 말이야. 이런 생활양식은 아직도 존재하고 있으며 과거에 그랬듯 지금도 사람들에게 효과적이지. 너희의 생활양식, 그러니까 하나의 사업으로서는 효과적이지만 사람들에게는 효과적이지 않은 너희들의 생활양식과는 다르게 말이야. 지금 너희 가운데 얼마나 되는 사람들이 이 사실을 깨닫고 있을까?"

"아무도요. 아니면 극소수의 몇 명?"

"그러면 그들이 무엇을 해야 할까?"

"나 참, 그걸 모르니까 당신에게 어떻게 해야 하느냐고 물었잖아요, 도대체 방법을 알고 있기는 한 건가요?"

이스마엘은 한숨을 쉬었어. "내가 광고를 통해 무엇을 찾았는지 기억하고 있니?"

"물론이죠. 세상을 구하려는 진지한 열망을 가진 제자요!"

"그렇다면 아마도 네가 여기 온 까닭은 너에게도 그런 열망이 있기 때문이겠지. 안 그래? 너는 내가 마술 지팡이라도 건네줄 줄 알았니? 아니면 악당들을 소탕하라고 전자동 기관총이라도 건네줄 거라고 생각했어?"

"아니요. 그럴 거라고는 생각하지 않았어요."

"그렇다면 무엇을 해야 할까, 줄리? 무엇을 해야 사람들을 깨닫게 할 수 있을까?"

나는 머리를 가로저으며 발을 굴렀지. 그것만으론 부족했어. 그래서 의자에서 일어나 두 팔을 풍차처럼 돌렸지. 이스마엘은 어리둥절한 표정으로 나를 쳐다보며 마침내 쟤가 정신이 나갔구나 생각하는 것 같았지. 흥분한 목소리로 내가 말했어. "이것 봐요! 당신은 지금 세상을 구하는 것에 대해 말하고 있는 게 아니잖아요. 당신은 지금 우리들을 구하는 것에 대해 말하고 있다고요!"

이스마엘은 고개를 끄덕였어. "네가 왜 혼란스러워 하는지 알겠다, 줄리. 하지만 내 말은 이런 거야. 너희 문화 사람들은 지구를 너희가 살 수 없는 곳으로 만들 뿐만 아니라 수백만의 다른 종들도 살 수 없는 곳으로 만들고 있어. 만약 너희가 계속 그런 식으로 나간다면, 너희들의 삶은 그럭저럭 이어지겠지만 다른 수많은 종들은 사라질 수밖에 없을 거야. 결국에는 너희들도 살아남을 수 없을 테고 말이야. 우리가 세상을 구한다고 할 때 그 세상은 지금 우리가 알고 있는 모습 그대로의 세상을 가리키지. 코끼리, 고릴라, 캥거루, 들소, 순록, 독수리, 물개, 고래 등등이 살고 있는 세상 말이야. 무슨 말인지 알겠니?"

"물론이죠."

"그런 의미에서 세상을 구하는 방법은 단 두 가지뿐이야. 하나는 즉시 너희 문화 사람들을 없애는 거야. 너희가 이 세상을 생명체가 살 수 없는 곳으로 만들기 전에 말이야. 하지만 나는 그렇게 할 수 있는 방법을 몰라. 너는 혹시 알고 있니, 줄리?"

"아니요."

"그럼 세상을 구하기 위해 유일하게 남은 방법은 너희 문화 사람들을 구하는 거야. 너희들에게 세상을 파괴하지 않고도 절박하게 필요로 하는 것들을 얻을 수 있는 방법을 보여주는 것이지."

"아!" 나는 비로소 그의 말을 이해할 수 있었지.

"내 괴상한 이론에 따르면 이래. 너희 문화 사람들은 어머니 문화가 가르치는 것처럼 악하거나 멍청해서 세상을 파괴하고 있는 게 아니야. 그들이 세상을 파괴하는 까닭은 인간으로서 절대적으로 가져야 하는 것, 그것 없이는 단 한 세대도 살아갈 수 없는 것들을 너무나 철저하게 빼앗겼기 때문이야. 세상을 파괴하는 것과 너무나 간절히 원하는 것들을 갖는 것 중 하나를 고르라고 한다면 그들은 분명 후자를 택할 거야. 하지만 선택을 하기 전에 먼저 어떤 선택권이 있는지를 알아야겠지.”

이스마엘은 절박한 눈길로 나를 바라보았어. 나도 똑같은 눈길로 그를 쳐다봐주었지.

“그러니까 내가 그들에게 선택권이 있음을 알려줘야 하는 거로군요. 그렇죠?”

“맞아, 줄리. 그게 네가 공상 속에서 하고 싶었던 것 아니니? 먼 곳으로부터 깨달음을 구해서 너희 세상에 가져오는 것!”

“넵, 그게 내가 하고 싶었던 것이죠, 맞아요. 하지만 그렇게 하기 위해선 시간이 좀 필요할 것 같네요. 실제로 나는 그저 고등학교에 가면 어떻게 살아갈까 궁금해 하는 어린애에 불과하다고요.”

“알고 있어. 하지만 언제까지 그럴 순 없을 거야. 너는 변하기 위해 이곳에 왔고 실제로 변했어. 네가 알든 모르든 변화는 또 다른 변화를 낳기 마련이지.”

“나도 알고 있다고요. 하지만 당신은 아직 내 질문에 대답을 안 했어요. 우리가 실제로 다르게 살아가는 방식을 받아들였다면 세상이 어떻게 달라졌을지 말해달라고 했는데, 당신은 거기에 대해선 한마디도 하지 않았다고요. 알고 있죠?”

“기억하고 있어, 줄리. 하지만 다음에……. 오늘은 이만 마치고 다음 시간에 대답을 해주마. 금요일에 올 수 있니?”

“네, 그럴 것 같아요. 하지만 왜 꼭 금요일이죠?”

“왜냐하면 네가 만났으면 하는 사람이 있거든.” 내 표정을 보더니 이스마엘이 잽싸게 덧붙였지. "앨런 로맥스는 아니야. 그 사람은 아트 오웬스라는 남자이고 내가 여기서 나가는 것을 도와줄 거야."

"나도 당신을 도와줄 수 있어요."

"물론 너도 도와줄 수 있지, 줄리. 하지만 그 사람은 자동차가 있고, 또 나를 데려갈 곳도 있단다. 이 모든 게 한밤중에 이루어질 거야. 네가 밖에서 돌아다녀선 안 되는 시간에 말이야."

나는 잠시 생각해 봤어. "여기로 오는 길에 그 사람이 나를 태우러 오면 되잖아요."

이스마엘은 고개를 가로저었어. "마흔 살 먹은 흑인 남자가 한밤중에 열두 살짜리 백인 여자아이를 차에 태우는 건 스스로 대재앙을 불러들이는 셈이지."

"네……. 인정하긴 싫지만 당신 말이 맞네요."

맙소사, 잘못된 건 내가 아니야!

금요일에 갔더니 의자가 하나 더 놓여 있었어. 나는 별로 달갑지 않았지. 물론 의자가 싫었던 게 아니라 나의 이스마엘을 다른 사람과 함께 나눈다는 게 내키지 않았다고. 그래 난 원래 그렇게 이기적이고 깍쟁이인 계집애야. 어쨌든 새로 놓인 의자는, 비록 다 부서지고 낡아빠졌지만 정이 든 내 의자만큼은 좋아 보이지 않았어. 나는 그 의자가 거기 없다는 듯 행동했지. 우리는 수업을 시작했어.

"그녀의 대학 친구들 중에……." 이스마엘이 말문을 열었지. "나의 후원자였던 라헬 소콜로우 말이야. 그녀의 대학 친구들 중에 제프리란 청년이 있었는데, 그의 아버지는 부유한 외과 의사였어. 제프리는 그 당시에, 또 그 뒤로도 여러 사람의 인생에서 아주 중요한 인물이 되었지. 왜냐하면 그들 모두에게 숙제를 안겨주었거든.

그는 잘생긴 외모에 지적이고 매력적인 성격의 소유자였고 손대는 거의 모든 분야에서 재능을 보여주었지. 그는 기타를 훌륭하게 연주했지만 음악 분야에 진출하고 싶은 마음은 없었어. 그는 사진을 잘 찍고 스케치도

잘 했으며, 학교 연극에서는 주인공을 도맡았고 재미있는 글이나 매우 신
랄한 에세이를 쓰기도 했지만 사진작가가 되고 싶지도 않았고 예술가나
배우나 작가가 되고 싶지도 않았지. 수업시간엔 모든 과목에서 우수했지
만 그렇다고 교사나 학자가 되고 싶지도 않았고 아버지의 뒤를 잇고 싶은
마음도 없었지. 법률이나 경영, 정치 분야에서 경력을 쌓는 일에도 흥미가
없었어. 그는 영적인 것에 관심을 가져 이따금 교회에 나가기도 했지만, 그
렇다고 신학자나 성직자가 되고 싶은 것도 아니었지.

이 모든 것에도 불구하고 그는 소위 말하는 '정서적으로 안정된' 사람이
었지. 그에겐 눈에 띄는 공포나 우울, 신경증 같은 것이 없었어. 자신의 성
정체성에 대한 혼란도 없었지. 스스로 언젠간 결혼을 해서 정착하리라 생
각하고 있었어. 하지만 그전에 먼저 인생의 목적을 찾고 싶었지.

제프리의 친구들은 그의 흥미를 일깨우고자 쉬지 않고 그에게 새로운
제안을 했지. 지역 신문에 영화평을 써보는 게 어때? 보석세공이나 조각
품을 만드는 일은 생각해 봤어? 가구를 만드는 일은 영혼을 살찌우는 직
업이 될 수 있을 것 같은데? 화석을 찾아보는 건 어때? 식도락가들을 위
한 요리는? 스카우트 활동을 하거나 고대 유적지를 발굴하러 떠나는 것도
재미있지 않을까?

제프리의 아버지 또한 아들이 세상일에 흥미를 찾지 못하는 것을 너무
나 안쓰러워했고, 아들이 가치 있다고 생각하는 그 어떤 모험도 뒷바라지
할 준비가 되어 있었지. 만약 아들이 세계여행을 하고 싶다고 하면 여행 안
내자를 붙여줄 생각이 있었고, 산악인이나 탐험가가 되고 싶다고 하면 기
꺼이 장비를 대줄 작정이었지. 만약 아들이 도자기를 만들고 싶어 하면 기
꺼이 가마를 마련해 주었을 거야. 심지어 아들이 사교계의 총아가 되고 싶

다고 했어도 들어주었을 거야. 제프리는 이 모든 제안을 정중하게 물리쳤지. 사람들이 자기 때문에 마음 쓰도록 한 걸 미안해하면서 말이야.

혹시라도 그가 게으르다거나 버릇없이 자랐을 거라 짐작하지 않았으면 좋겠어. 그는 언제나 성적이 반에서 최상위권이었지. 항상 아르바이트를 하며 보통 아이들과 똑같은 숙소에서 지냈고, 자동차도 없었어. 그는 단지 자신을 둘러싼 세상의 테두리 안에서 갖고 싶은 것을 하나도 찾지 못했을 뿐이야. 그의 친구들은 계속해서 이렇게 말했지. '이봐, 너는 그런 식으로 살면 안 돼! 너는 가진 재능이 너무 많다고! 너는 야망을 가져야만 해! 네 인생을 바치고 싶은 그 무언가를 찾아야 한다고!'

제프리는 우등생으로 졸업을 했지만 여전히 방향을 찾지 못한 상태였지. 여름 내내 아버지 집에서 빈둥거리다가 어느 날 갓 결혼한 대학 친구네 집을 방문하기로 했어. 배낭과 기타, 그리고 일기장을 챙겼지. 그리고 이어지는 몇 주 동안 그는 남의 차를 얻어 타며 또 다른 친구들 집을 돌아다녔지. 서두를 이유가 없었어. 길을 가다가 멈추고 헛간을 짓는 사람들을 도와주었어. 그러자 여행을 계속할 수 있는 돈이 생겼지. 그러면 또 다음 목적지로 향했어. 곧 겨울이 왔고, 그는 그제야 집으로 돌아갔지. 그는 아버지와 아주 오랫동안 이야기를 나누었어. 함께 카드게임을 하고, 포켓볼을 치고, 테니스를 치고, 축구경기를 보고, 맥주를 마시고, 책을 읽고 영화를 보러 갔지.

봄이 되자 제프리는 중고차를 한 대 사서 이번엔 반대편에 사는 친구들을 보러갈 준비를 했지. 어디를 가든 친구들은 그를 환영해주었어. 그들은 제프리를 좋아했고, 또 그가 한군데 뿌리를 내리지 못한 채 목표도 직업도 없이 지내는 것을 안타까워했지. 하지만 그들은 제프리를 포기하지 않았어. 한 친구는 그에게 비디오카메라를 사주고 싶어 했지. 그가 방랑하면서 영화라도 찍을 수 있게 말이야. 하지만 제프리는 관심이 없었지. 또 다른 친구는 제프리가 쓴 시들을 여러 잡지사에 보내 출판할 수 있는지 알아보겠다고 했어. 제프리는 그러라고 했지만 어떻게 되든 그에겐 상관없는 일이었지. 여름 동안 청소년 캠프에서 일을 한 뒤 그는 캠프의 정규 직원으로 남아 달라는 부탁을 받았지만 이 또한 내키는 일이 아니었어.

겨울이 되자 제프리의 아버지는 아들에게 평소 자신이 알고 지내며 신뢰하는 정신과 의사를 만나보라고 말했지. 그 겨울 내내 제프리는 그 의사에게 매여 지냈어. 일주일에 세 번씩 갔지. 하지만 결국 정신과 의사는 '약간 미성숙하다'는 것을 빼면 그에게 문제가 없다는 것을 인정할 수밖에 없었어. '약간 미성숙하다'는 게 무슨 의미냐고 묻자 정신과 의사는 동기가 매우 약하고, 몰두하는 게 없으며, 목표가 없다고 말했지. 모두가 이미 다 아는 것들이었어. '일이 년 안에 그는 아마 뭔가를 찾게 될 겁니다.' 정신과 의사는 예언하듯 말했어. '비록 그는 그걸 보지 못하지만 이미 그것은 그의 눈앞에 있어요.'

봄이 왔고 제프리는 다시 길을 떠났지. 그의 눈앞에 무엇이 있었는지 모르지만 그는 여전히 그것을 볼 수 없었어.

그렇게 몇 년이 흘렀지. 제프리는 옛 친구들이 결혼하고 아이를 키우고 직장에서 경력을 쌓고 자기 회사를 세우고 약간의 명성을 얻거나 재산을 불리는 걸 지켜보았어. 하지만 그 자신은 여전히 기타를 연주하고 시를 쓰고 일기장을 채우며 지냈지. 그리고 바로 지난 봄, 그는 서른한 번째 생일을 친구들과 함께 위스콘신에 있는 한 호숫가의 오두막에서 보냈지. 아침에 그는 일어나서 호숫가를 산책하고 일기를 몇 줄 쓴 다음 호수로 걸어 들어가 스스로 목숨을 끊었어.”

“슬픈 이야기네요.” 나는 잠시 할 말을 찾지 못하다가 겨우 말했지.

“흔한 얘기야, 줄리. 그가 거의 십 년 동안 아무것도 하지 않고 돌아다 닐 수 있도록 제프리의 아버지가 그를 부양했다는 한 가지 사실만 제외하 곤 말이야. 그의 아버지는 그에게 어서 열심히 노력해서 책임감 있는 성인 이 되라고 다그치지 않았지. 그 점이 제프리와 너희 문화의 제프리 만큼이 나 삶의 동기가 없는 다른 많은 젊은이들과의 차이지. 혹시 내가 잘못 이 해했다고 생각하니?”

“글쎄요, 내가 그걸 말할 수 있을 만큼 당신 말을 잘 이해했는지조차 모 르겠어요.”

“네가 아는 젊은이들을 생각해 봐. 그들은 어서 자라서 변호사, 은행가, 기술자, 요리사, 미용사, 보험 판매원, 버스 운전기사가 되어야겠다는 의 욕에 불타고 있니?”

“몇몇은 그렇지요. 당신이 말한 미용사나 버스 운전기사 같은 건 아니지 만, 뭐 영화배우나 직업 운동선수가 되고 싶어 하는 아이들은 있어요.”

“그들이 그런 직업을 가질 확률은 얼마나 될까? 현실적으로 말해서 말 이야.”

“백만 분의 일 정도겠지요.”

“혹시 열여덟 살짜리 아이들 중에 택시 운전기사나 환경미화원 또는 건 설현장 인부를 직업으로 꿈꾸는 애들을 알고 있니?”

“아니요.”

“열여덟 살짜리 아이들 중에 제프리 같은 아이들이 또 있을까? 테이커 세상의 여러 일들 가운데 어떤 것에도 흥미를 못 느끼는 아이들, 그래서 누군가 일 년에 이삼만 달러씩만 준다면 기꺼이 아무것도 하지 않고 빈둥거리고 싶은 아이들 말이야?"

"당연하지요. 농담해요? 적어도 수천만 명은 될 거라고요."

"하지만 어째서 하고 싶은 일이 아무것도 없는데 테이커 세상에 진입하는 걸까? 어째서 그들에게 의미가 없을 게 분명한 직업을 갖는 거지?"

"그래야만 하니까요. 부모들이 집 밖으로 쫓아냈으니 직업을 갖든지 아니면 굶어 죽는 수밖에 없죠."

"맞아. 하지만 매해 졸업생들 중에 곧 굶어 죽을 상황에 처하는 아이들은 소수에 불과해. 사람들은 그들을 보통 부랑자나 거지라고 부르는데, 요즘은 그들 스스로 자신들을 '노숙인'이라고 하더군. 그 말은 원해서가 아니라 그럴 수밖에 없어서 거리에서 살고 있다는 걸 암시하는 표현이지. 그들은 어떻게든 일하지 않고 먹을 것을 우려낼 궁리를 해. 식량은 자물쇠가 채워진 튼튼한 금고 안에 보관되고 있지만 그들은 어떻게 해서든 금고의 균열을 찾아내지. 술 취한 사람들의 주머니를 털기도 하고, 길거리에서 구걸하기도 하고, 알루미늄 캔을 모으는가 하면 때론 식당 쓰레기통을 뒤지기도 하지. 사는 게 쉽지 않아. 그래도 그들은 의미 없는 직업을 갖는 것보다 이렇게 사는 편이 더 낫다고 생각하는 거야. 엄청난 규모의 도시 빈곤층과 마찬가지로 실제로 이것은 굉장한 하위문화*를 형성하고 있다고, 줄리."

---

* 어떤 사회에서 일반적으로 볼 수 있는 행동양식과 가치관을 전체로서의 문화라고 할 때, 그 문화의 내부에서 특정한 사회 계층이나 집단의 특성을 반영하며 일정한 위상을 지니는 문화가 '하위문화'이다. 대중문화, 도시문화, 청소년 문화 등을 그 예로 들 수 있으며, 지배적인 문화나 체제를 부정하고 적대시하는 경향이 짙기 때문에 '대항문화'라고 불리기도 한다.

"네, 당신이 왜 그런 얘기를 하는지 이제 이해가 가네요. 실제로 길거리에서 살고 싶다고 말하는 아이들을 알고 있어요. 걔네들은 이미 많은 아이들이 그렇게 살고 있는 몇몇 도시들로 갈 거래요. 아마 시애틀도 그중 하나인 것 같아요."

"이런 현상은 점차 십대 갱단이나 사이비 종교와 같은 모습으로 변해갈 거야. 부랑한 소년들이 강력한 악당을 중심으로 조직화된다면 그야말로 말 그대로 갱단이 되는 거지. 또, 강력한 영적 지도자를 중심으로 조직화되면 그땐 사이비 종교 집단이 되는 거야.

거리에서 살아가는 아이들은 기대 수명이 매우 짧아. 그들은 친구들이 십대, 아니면 이십대 초반의 나이에 죽는 것을 심심찮게 보게 되지. 그리곤 자신들의 운명도 그와 같다는 걸 깨닫게 돼. 그런데도 그들은 그 빌어먹을 최저임금이라도 보장해주는 일자리를 구할 엄두조차 내지 않는다고.

내가 하는 말을 알아듣겠니, 줄리? 제프리는 그저 이런 현상을 보여주는 상류계급의 대표일 뿐이라고. 하류계급의 대표들은 위스콘신의 깨끗한 호수로 걸어들어가 우아하게 죽는 특권도 누릴 수가 없어. 무엇을 하든 결과는 똑같아. 그들은 도시 빈민의 무리에 합류하자마자 곧 죽을 운명인 거야. 그리고 보통은 금방 죽어버리지."

"그건 알겠어요. 그런데 당신이 주장하려는 게 무엇인지 그건 아직 잘 모르겠네요."

"아직까지 주장이라고 할 만한 걸 하지 않았어, 줄리. 나는 너희 문화 사람들이 중요하지 않은 것인 양, 아무런 상관없는 것인 양 여기는 그 무언가로 너의 관심을 돌리고 있을 뿐이야. 제프리의 이야기는 정말 슬프지. 그런 경우는 매우 드문 일이야, 안 그래? 아마 호수에 빠져 죽은 제프리가 수천 명이라면 너희 문화 사람들은 엄청난 관심을 보이며 신경을 쓰겠지. 하지만 길거리에서 죽어가는 수천 명의 젊은 인간쓰레기들은 그냥 무시해버려.”

“네, 그래요.”

“그들에 대한 너희 문화 성인들의 태도는 ‘그들이 짐승처럼 살고 싶다면 짐승처럼 살도록, 그들이 스스로 목숨을 끊고 싶어 한다면 목숨을 끊도록 그냥 내버려두면 돼. 그들은 불량품이고 반사회적 존재들이니까 없어질수록 더 좋아!’라는 거지.”

“네. 대부분의 어른들은 그렇게 느낄 거예요.”

“줄리, 어른들은 부정하고 있는 거야. 그들이 부정하는 게 뭘까?”

“문제의 그 아이들이 자신들의 아이일 수도 있다는 걸 부정하는 거죠. 다른 누군가의 아이일 뿐이라고요.”

“맞아. 매년 자살하는 수만 명의 아이들이나 미아 찾기 사이트에 얼굴만 남긴 채 사라지는 수만 명의 아이들을 그저 라디오의 삽입 광고 같은 것쯤으로 여기지. 무시해도 좋은, 무시할수록 음악이 더 잘 들리는 그런 것.”

“정말 그래요. 하지만 여전히 당신이 주장하는 게 뭔지 이해하기 어렵네요.”

“아무도 스스로에게 물어보지 않지. ‘이 아이들에게 필요한 게 뭘까?’ 하고 말이야.”

“정말 그래요. 그 아이들이 무엇을 필요로 하는지 그게 그들과 무슨 상관이겠어요.”

“하지만 너는 그 문제에 대해 진지하게 생각해 볼 수 있지 않을까, 줄리? 의문을 품을 수 있지 않을까?”

나는 한동안 멍한 눈길로 자리에 그냥 앉아 있었어. 그러다 갑자기 터무니없는 일이 벌어졌지. 내가 울음을 터뜨린 거야. 눈물이 마구 터져 나왔다고. 거기 그렇게 앉아서 흐느낌에 몸을 떨면서 나는 울고 또 울었어. 그러다 내 평생의 일을 찾아냈다는 생각이 들었지. 그렇게 의자에 앉아서 흐느끼면서 말이야.

조금 진정이 되자 나는 자리에서 일어나서 잠시 뒤에 다시 오겠다고 말하고 밖으로 나가 몇 블록을 뱅뱅 돌았지. 그러다 다시 돌아와서는 이스마엘에게 어떻게 말로 표현해야 할지 모르겠다고 말했어.

"네 감정을 말로 표현할 순 없어, 줄리. 그건 나도 알아. 울음으로 표현할 순 있어도 말로는 표현할 방법이 없지. 굳이 말하자면 너는 우리가 지금까지 이야기한 젊은이들과 절망적인 상실감이란 걸 공유하고 있었던 거야."

"네, 그런 것 같네요. 내가 그들과 많은 것을 공유하고 있다는 사실을 생각조차 못하고 있었어요."

"네가 나를 처음 찾아온 날, 너는 스스로에게 끊임없이 이렇게 이야기하고 있었지. '여기서 벗어나야 해, 여기서 벗어나야 해!' 하고 말이야. 너는 그게 '살려면 도망쳐야 한다'라는 뜻이라고 설명했어."

"네. 그리고 아까 울었을 때도 나는 똑같은 생각을 했어요. '제발! 제발 내가 이곳을 도망칠 수 있도록 내버려둬! 제발 나를 여기서 벗어나게 해줘! 제발 내가 평생 여기 갇혀서 살도록 하지 마! 살려면 나는 도망쳐야 해! 여기서는 견딜 수가 없어!'라고 말이죠."

"하지만 그런 생각을 너의 반 친구들이나 선생님께 털어놓을 수는 없었을 거야."

"뿐만 아니라 이 주 전까지만 해도 나 스스로 용납할 수 없는 생각이었
어요."

"너는 왜 그런 생각이 드는지 감히 고민해 볼 엄두도 못 냈을 거야."

"못했죠. 만약 내가 그런 걸 고민했다면 분명히 이렇게 생각했을 거예
요. '세상에, 도대체 나한테 무슨 문제가 있는 거지? 난 분명 병에 걸렸나
봐!'라고요."

"그건 제프리가 그의 일기장에 계속해서 쓰고 또 썼던 생각들이야. '나
한테 무슨 문제가 있는 거지? 나한테 무슨 문제가 있는 걸까? 분명 나한테
끔찍한 문제가 있기 때문에 나는 이 세상의 어떤 일에서도 기쁨을 찾지 못
하는 거야.' 그는 쓰고 또 썼지. '나한테 무슨 문제가 있지? 나한테 무슨 문
제가 있는 걸까? 나한테 무슨 문제가 있는 거냐고?' 물론 그의 친구들도
항상 그에게 이렇게 말했지. '너 무슨 문제가 있는 거니? 무슨 문제가 있길
래 이 훌륭한 프로그램을 받아들이지 않는 거니?'

아마 너는 이제야 이해하게 되었을 거야. 내가 맡은 역할은 너에게 이 엄
청난 소식을 전해주는 것이지. 너에게는 아무런 문제가 없다는 사실 말이
야. 너에겐 아무 문제도 없어. 아까 네가 울 때 너는 비로소 그걸 이해한 것
같더구나. '맙소사, 잘못된 건 내가 아니잖아!' 하고 깨달은 거야."

"네, 당신이 옳아요. 아까 내가 느낀 감정 중에 절반 이상은 엄청난 안도
감이었으니까요."

혁명가

“너희가 다르게 사는 법을 받아들이면 세상이 어떻게 변할 것인지 말해달라고 했지? 이제 너는 왜 다르게 사는 법을 받아들여야 하는지 더 잘 이해할 수 있을 거야. 내가 무언가를 포기한다는 생각은 관두고 좀 더 강하게 요구해야 한다고 말했을 때, 너는 그 말뜻을 잘 이해하지 못한 것 같았어.”

“네. 사실은 잘 이해하지 못했으면서 이해했다고 생각했죠.”

“지금은 이해할 거야. 지금까지 내가 한 일이라곤 너의 요구가 뭔지 확인하는 일뿐이었어. 너의 요구를 충족시키기 위해선 당연히 그래야만 하니까.”

“네, 맞아요.”

“그런 식으로 우리는 너를 위한 세상을 디자인해 온 거야. 너의 요구대로 말이야. 네가 진정 원하는 게 뭐지, 줄리? 네가 죽도록 갖고 싶어 하는 것 말이야.”

“와우! 마음에 드는 질문이네요. 나는 언제나 ‘여기서 나가야 해, 여기서

나가야 해, 여기서 나가야 해, 여기서 나가야 해!' 하고 외치지 않아도 되는 그런 공간을 원해요."

"너뿐 아니라 세상의 많은 제프리들은 너희들만의 공간을 원하지. 너희들만의 문화를 만들어갈 수 있는 공간 말이야."

"네, 맞아요."

"그 공간이라는 것이 반드시 지리적인 공간일 필요는 없어. 시애틀 거리에서 살아가는 아이들이 원하는 건 수천 에이커의 땅이 아니야. 그들은 기꺼이 너희 문화의 공간 일부를 나누어 쓰길 원할 거야. 실제로 만약 그들에게 땅을 떼어주고 그곳에서만 살라고 한다면 그들은 차라리 굶어 죽는 걸 택할걸? 그들은 이렇게 말할 거라고. '이봐요. 우리는 당신들이 버린 것을 먹고 사는 데 만족한다고요. 그런데 왜 우리를 그냥 내버려두지 않죠? 그저 썩은 고기를 먹을 수 있게 자리만 조금 내어주면 돼요. 우리는 까마귀 부족이라고요. 당신들 차에 치어 죽은 동물들을 처리하는 까마귀들과 같아요. 설마 그 까마귀들을 죽이진 않겠죠? 만약 까마귀들을 죽인다면 당신들이 직접 죽은 동물들의 시체를 도로에서 떼어내야 할 테니까요. 그러니 까마귀들이 그 일을 하도록 그냥 내버려두세요. 까마귀들은 당신들이 원하는 건 아무것도 취하지 않잖아요. 그러니 문제될 게 뭐 있겠어요? 우리도 당신들이 원하는 건 아무것도 취하지 않아요. 그러니 우리도 문제될 게 없지 않겠어요?'라고 말이지."

"굉장히 그럴듯하게 들리네요."

"너는 어떠니, 줄리? 너도 까마귀 부족에 속하고 싶니?"

"솔직히 말하면 별로요."

"글쎄, 어째서 그렇지? 모든 사람들이 마땅히 따라야 할 유일하고 올바른 생활양식은 없어. 시애틀 사람들이 모여서 '이렇게 해봅시다. 이 아이들과 싸우거나, 이들을 바꾸려 하거나, 이들의 삶을 지옥으로 만드는 대신 우리가 먼저 손을 내밉시다. 그 아이들이 까마귀 부족이 되도록 도와줍시다. 더 이상 나빠질 게 뭐 있겠습니까'라고 말했다고 치자."

"그거 참 멋진 말이군요."

"그리고 시애틀에 기꺼이 위험을 무릅쓰겠다는 그와 같은 사람들이 있다는 걸 알았다면 너는 어디에서 살고 싶겠니? 만약 네가 살 곳을 찾고 있는 중이라면 말이야."

"그럼 시애틀에서 살고 싶겠죠."

"사람들이 무언가 시도하는 곳은 흥미로운 장소가 될 수 있겠지." 이스마엘은 잠시 말을 중단했어. 나는 그가 생각의 흐름을 놓친 게 아닌가 싶었지. 마침내 그가 다시 입을 열었어. "내가 아무리 완벽한 수업을 했다 하더라도, 이 단계에서 학생들은 이렇게 말하지. '그래요. 하지만 우리가 실제로 할 수 있는 게 뭐죠?' 그러면 난 이렇게 대답해. '당신들 데이커들은 스스로가 창의적이라는 것에 대단한 자부심을 느끼지, 안 그런가? 그러니 창의적이 되어보라고!' 하지만 이런 말은 별로 도움이 되지 않는 것 같더군."

이스마엘이 혼잣말을 하는 건지 아니면 나한테 말하는 건지 헷갈렸지만 나는 그냥 앉아서 가만히 듣고 있었어.

"창의적이라는 게 뭔지 말해보렴, 줄리."

"무슨 뜻이죠?"

"너희 문화가 가장 창의적이었던 시기는 언제였지? 인류 역사상 가장 창의력이 넘쳐났던 시기 말이야."

“글쎄요…… 그건 아마 산업혁명기가 아닐까요?”

“산업혁명 시기란 말이지?”

“맞아요.”

“그게 어떻게 작동했지?”

“무슨 뜻이에요?”

“앞으로 몇 십년간 너희가 이루어야 할 가장 큰 과업은 창의적이 되는 거야. 기계들을 위해서가 아니라 너희 자신을 위해서. 무슨 말인지 알겠니?”

“네.”

“그러니까 인류 역사상 가장 창의력이 넘쳐났던 시기로부터 우리는 창의적인 게 무엇인지 배울 수 있을 거야. 이치에 맞는 얘기지?”

“네. 지당한 얘기네요.”

“그러니까 다시 한 번 물어보마. 그게 어떻게 작동했지?”

“산업혁명이 어떻게 작동했냐고요? 그거야 나도 모르죠.”

“혁명군이 수도로 진격해서 권력을 장악했니? 왕족들을 줄줄이 엮어 단두대로 보냈어?”

“아니요.”

“그럼 어떻게 작동했지?”

“세상에…… 지금 나한테 카르텔, 독점, 뭐 그런 걸 말하라는 거예요?”

“아니, 그런 것 말고. 나는 지금 자본을 살피려는 게 아니야. 창의적인 것을 살펴보려는 거지. 이렇게 한번 해보자, 줄리. 산업혁명이 어떻게 시작되었지?”

“좋아요. 그건 나도 알고 있어요. 제임스 와트, 증기 기관, 1700년대, 뭐 그런 것들이 기억나네요.”

"훌륭해, 줄리. 제임스 와트, 증기 기관, 1700년대……. 보통 제임스 와트가 증기 기관을 발명했고 그것이 산업혁명을 촉발했다고 생각하지. 하지만 그건 산업혁명의 핵심을 비껴가는 잘못된 단순화야. 제임스 와트는 1712년에 토머스 뉴커먼이 이미 고안한 엔진을 1763년에 좀 더 발전시켰을 뿐이지. 한편, 토머스 뉴커먼은 토머스 세이버리가 1702년에 고안한 엔진을 발전시켰을 뿐이고, 토머스 세이버리는 의심할 나위 없이 1615년에 고안된 살로몬 드 코스의 증기 펌프를 변형했을 뿐이야. 그런데 이 증기 펌프도 사실 1602년에 지암바티스타 델라 포르타가 만든 것이지. 지암바티스타 델라 포르타야말로 1세기에 활동한 알렉산드리아의 영웅* 이후 최초로 증기의 힘을 의미 있게 사용한 사람이지. 이건 산업혁명이 어떻게 작동했는지 잘 보여주는 사례지.

너는 이해가 잘 안 가나 본데, 그렇다면 또 다른 예를 들어보자.

증기 기관은 코크스화**된 석탄이 없다면 별로 쓸모가 없지. 코크스화된 석탄은 불꽃이 일지 않고 연기도 없어 증기 기관을 돌리는 데 없어서는 안 될 연료지. 석탄을 코크스화하는 과정에서 석탄 가스가 발생하는데, 처음엔 아무런 쓸모가 없었지만 1790년대에 공장들이 이 가스를 태워 설비를 돌리고 불을 밝혔지.

석탄 가스를 만들기 위해 석탄을 코크스화하는 과정은 또 다른 쓸모없는 부산물을 낳았는데, 그게 바로 콜타르야. 몸에 무척 해롭고 냄새가 나

---

* '알렉산드리아의 영웅'이란 이름으로 서기 10년에서 70년 사이에 활동했던 과학자로, 수학과 물리에 능통했고 최초의 증기 동력 엔진을 비롯한 실용적인 발명품을 여럿 만들었다. 그리스인으로 알려져 있으나 주로 이집트의 알렉산드리아에서 활동했다.
** 석탄을 1,000℃ 전후의 고온에서 가스, 타르, 코크스 등의 물질로 분해 · 가공하는 공정.

는 물질로, 끈적거리고 잘 지워지지 않지. 독일의 화학자들은 콜타르를 없
애려고 헛수고를 거듭할 게 아니라 그걸 유용하게 사용하는 방법을 찾는
것이 좋겠다고 생각했지. 그래서 콜타르를 증류해서 새로운 연료인 등유
를 만들었고, 타르 성분으로 만든 크레오소트는 훌륭한 목재 보존재로 쓰
였지.

크레오소트가 목재가 썩는 것을 막아주었으므로 콜타르의 다른 부산물
들도 비슷한 효과가 있을 거라 생각한 건 어쩌면 당연한 일이었지. 그래서
실험한 게 석탄산, 즉 페놀인데 이 물질은 하수의 부패를 막는 데 사용되
었어. 페놀의 효과를 듣게 된 영국의 외과 의사 조셉 리스터는 1865년에
이 물질이 상처 부위의 부패도 억제할 수 있지 않을까 생각했지. 그 당시
모든 외과 수술의 가장 큰 위험요인은 수술 부위가 썩어들어 가는 거였거
든. 그런데 실제로 효과가 있었어.

또 다른 부산물 가운데 하나가 콜타르를 태운 뒤에 찌꺼기로 남는 카본
블랙이었지. 이 물질은 1823년에 사이러스 달킨이라는 사람이 카본지*를
발명하면서 유용하게 쓰이게 되지. 게다가 토머스 애디슨이 수화기에 카
본블랙 알갱이를 끼워 넣으면 소리가 더욱 커진다는 것을 발견함으로써
또 다른 용도를 얻게 되었지."

이스마엘은 기대에 찬 표정으로 나를 바라보았어. 나는 콜타르가 생각
보다 쓸모가 많다고 말했지. 그리곤 한마디 덧붙였어. "미안하지만, 요점
이 뭔지 모르겠네요."

---

* 얇은 종이의 단면 또는 양면에 잉크 역할을 하는 카본블랙을 칠한 종이로, 용지 사이에
넣고 위에서 철필이나 볼펜 등으로 눌러쓰기도 하고 타자기를 쳐 밑에 있는 종이에 글자를
등사(謄寫)하기도 한다.

"줄리, 너는 나에게 네가 무엇을 해야 하냐고 물었지. 그래서 나는 하나의 전방위적인 지침을 주었어. 바로 창의적이 되라는 거였지. 지금 나는 창의적이 되는 게 어떤 것인지 보여주려는 거야. 너에게 인간이 가장 창의적이었던 시기가 어떻게 작동했는지 보여주고 있는 거라고.

산업혁명은 수백만 개의 작은 시작들, 수백만 개의 작지만 위대한 생각들, 앞선 시대의 발명품들에 대한 수백만 개의 겸손한 혁신과 발전이 만들어낸 결과물이야. 수백만 개라는 내 표현은 전혀 과장이 아니야. 지난 삼백 년 동안, 수십만 명에 이르는 너희 문화 사람들은 철저하게 자기 이익이라는 동기에서 새로운 아이디어와 발견들을 널리 퍼뜨리며 인간 세계를 변화시켜왔어. 그것들을 또 다른 새 아이디어와 발견들로 한 걸음 한 걸음 발전시키면서 인간 세계를 변화시켜왔지.

너희 중에 러다이트* 추종자들이 있다는 것도 잘 알고 있어. 산업혁명을 악마의 소행이라고 생각한 사람들 말이야. 하지만 나는 거기에 동의하지 않아. 그 이유는 산업혁명이 어떤 이론이나 계획에 따라 진행되지 않았기 때문이야. 산업혁명은 이상주의적인 시도가 아니었어. 지금보다 더 나은 사람들을 필요로 하지 않았고, 오히려 늘 존재했던 모습 그대로의 사람들을 필요로 했지. '그들에게 가스 불을 줘라, 그러면 그들은 촛불을 포기할 거다. 그들에게 전깃불을 줘라, 그러면 그들은 가스 불을 포기할 거다. 그들에게 멋지고 편안한 신발을 줘라, 그러면 그들은 추하고 불편한 신발을

---

* 1811년에서 1817년 사이에 영국 중·북부의 직물공업 지대에서 일어났던 기계 파괴 운동이다. 산업혁명의 결과 공장에 기계가 도입되면서 상당수의 노동자들이 일자리를 잃고 생활고에 시달리게 되었는데, 이들은 그 원인을 기계 탓으로 돌리고 공장들을 습격해 기계를 파괴했다.

포기할 거다. 그들에게 전기 재봉틀을 줘라, 그러면 그들은 발로 밟는 재봉틀을 포기할 거다. 그들에게 컬러텔레비전을 줘라, 그러면 그들은 흑백 텔레비전을 포기할 것이다'라는 식이었지.

중요한 사실은, 산업혁명이 낳은 인간의 창의성이란 부는 소수 특권층의 손에 집중된 게 아니라 세상에 널리 퍼졌다는 점이야. 내가 말하는 건 상품들이 아니라 지적인 부를 가리키는 거야. 누구도 창의적인 과정 자체나 그 결과 생긴 발견들에 자물쇠를 채워 보관할 순 없지. 새로운 고안물이나 방법이 탄생할 때마다 누구나 자유롭게 말할 수 있지. '나는 그걸 바탕으로 다른 걸 해볼 수 있겠는걸!' 또는 '나는 거기에 이런 아이디어를 덧붙일 수 있겠군!', 한 발 더 나아가서 '나는 아이디어를 낸 사람이 결코 생각하지 못했던 방식으로 그 아이디어를 사용할 수 있겠어!'라고 말이야."

"이런!" 내가 말했지. "나는 한 번도 산업혁명을 그런 방식으로 생각해 본 적이 없네요."

"명심해. 산업혁명을 신성화하자는 건 아니야. 산업혁명의 목표와 그 수치스러운 면면들에 대해선 결코 좋게 말할 수 없지. 비정한 물질주의, 소름 끼치는 사치와 허영, 한정된 자원에 대한 게걸스러운 탐욕……. 내가 좋게 말하고자 하는 건 오직 그것이 작동한 방식이야. 인류 역사상 가장 위대한 결실들을 쏟아내도록 창의성이 발휘되었던 그 방식 말이야.

이제 너희들은 포기하는 것 대신 인간 창의성의 또 다른 결실들을 만들어내야 해. 상품이라는 부로 직결되는 게 아니라, 너희들이 예전에 내팽개쳤지만 지금은 절박한 심정으로 찾고 있는 그런 부로 연결되는 결실들을 내와야 할 때라고."

"예를 들어봐요, 이스마엘. 그런 예를 한번 들어보라고요!"

"우리가 조금 전에 이야기했던 시애틀 프로젝트가 좋은 예지. 이건 1615년에 고안된 살로몬 드 코스의 증기 펌프와 같은 거야, 줄리. 최종 결과물이 아니라 시작인 거지. 로스앤젤레스에 사는 사람들은 시애틀의 실험을 보고 이렇게 말할 수 있겠지. '그래, 그리 나쁘지 않군. 하지만 우리는 더 잘할 수 있지.' 또, 디트로이트에 사는 사람들은 로스앤젤레스의 노력을 보고 자신들은 다른 각도에서 문제를 해결해보려고 할 수도 있어.

일리노이 주의 피오리아에 사는 사람들은 이렇게 말할 수도 있겠지. '이봐, 매사추세츠 프레이밍햄의 서드버리 벨리 스쿨*을 우리식으로 응용하면 부족적 생활양식의 모델에 근접할 수 있을 거야. 교사들에게는 퇴직 연금을 지급하고 학교 문을 닫자고. 그리고 도시를 아이들에게 완전히 개방하는 거야. 아이들이 원하는 것을 배우도록 그냥 내버려두자고. 우린 어느 정도의 위험은 감수할 수 있어. 우리는 아이들을 믿는다고.'

이 실험은 전국적으로 관심을 끌게 되겠지. 모두가 어떻게 되어가나 지켜볼 거야. 개인적으로 나는 그게 엄청난 성공을 거두리란 걸 믿어 의심치 않아. 단 한 가지 조건이 있다면, 교육과정이라는 것으로 이 실험 자체를 뒤엎지 말고 아이들을 정말 마음껏 내버려두어야 한다는 거야. 물론 피오리아 모델은 시작에 불과하겠지. 다른 도시들은 이 실험을 더욱 풍요롭게 할, 또는 피오리아 모델을 능가할 그들만의 방법을 찾게 될 거야."

---

* 1968년에 미국 매사추세츠 주 프레이밍햄에 설립된 학교로 미국은 물론 덴마크, 이스라엘, 일본 등지에서 서드버리 벨리를 모델로 여러 학교가 세워졌다. 기본적인 특징 두 가지는 자유로운 교육과 민주적인 학교 운영이다. 학생들은 각자 원하는 시간에 원하는 수업을 받을 수 있으며, 순수한 수업이나 정규 교과과정이 아닌 일상생활의 경험을 통해 학습이 자연스럽게 일어나도록 하고 있다. 또한 학교 직원과 학생들이 동일한 권리를 가지고 직접 민주주의로 학교를 운영한다.

"좋아요. 한 가지만 더 예를 들어봐요."

"줄리, 너도 알겠지만 의료계 종사자들은 대부분 돈 버는 기계의 부속품 같은 생활을 불만족스러워 하지. 이 나라에서 의료 서비스는 그렇게 되어버렸지만 말이야.

그들 가운데 많은 사람들이 부자가 되는 것과는 완전히 다른 동기로 의료계에 들어왔지. 그런 생각을 가진 의료계 종사자들이 뉴멕시코의 앨버커키에 모여 의료 시스템을 전혀 새로운 방향으로 전환하기로 합의했다고 치자. 그렇다면 그건 아마 그 분야의 제임스 와트 같은 인물인 패치 애덤스*가 존재했기 때문에 가능한 일이었겠지. 그 사람은 버지니아에 게준트하이트라는 무료 건강병원을 세웠고, 이 병원에선 지금도 환자들이 공짜로 치료를 받고 있어. 심지어 일천 명이 넘는 의사들이 함께하려고 대기 중이지.

어쩌면 이들에겐 더 많은 영감이 필요할지도 몰라. 다른 곳에서도 비슷한 일이 일어난다는 것을 보고 싶어 할지도 모르지. 시애틀 프로젝트나 피오리아 프로젝트 같은 것 말이야. 이것이 산업혁명이 작동한 방식이야, 줄리. 사람들은 다른 사람들이 어떻게 해나가는지를 보고, 또 그것을 직접 해봄으로써 영감을 얻는 거야."

"이 모든 것들의 가장 큰 장애물은 정부일 것 같네요."

"물론이지, 줄리. 옳은 일이 벌어지지 않도록 막는 것, 그게 바로 정부가 존재하는 이유야. 소위 민주적이라는 이 정부들이 너희를 가로막도록 계속 내버려둔다면, 그렇다면 그때 너희는 당연히 종말을 맞게 되는 거야."

---

* 그에 관한 이야기는 로빈 윌리엄스 주연의 영화로도 제작되었으며, 2010년에 《패치 애덤스-게준트하이트 무료 건강병원 이야기》(학지사)라는 책을 통해 국내에 소개되었다.

“내 생각도 같아요.”

“나는 너희들을 위해서 부족의 금고를 열어보였어, 줄리. 세상의 지배자가 되기 위해 너희 스스로 내팽개쳤던 것들을 꺼내서 보여주었다고. 절대 고갈되지 않는 에너지의 교환을 기초로 한 부의 생산 시스템, 인간을 처벌하는 것이 아니라 실제로 그들이 잘 살아갈 수 있도록 도와주는 법률 시스템, 비용도 들지 않고 완벽하게 작동하며 세대를 뛰어넘어 사람들을 소통하도록 만드는 교육 시스템……. 이 밖에도 너희가 연구해볼 가치가 있는 더 많은 시스템이 존재하지. 그러나 너희가 산업혁명 시기에 그랬던 것처럼, 서로의 아이디어에 기대어 창의적인 생각을 발전시켜나가도록 격려하는 그런 시스템은 찾아볼 수 없어. 부족적 생활양식에서는 그런 창의성을 금지하지도 않지만 그렇다고 요구하지도 않아.”

이스마엘은 잠시 침묵에 잠겼어. 내가 말을 꺼내려 하자 그는 손을 들어 제지했지.

“아직 네 질문에 답을 주지 않았다는 걸 알아, 줄리. 거의 다 왔어. 내가 길을 찾아갈 수 있도록 너는 그저 조금만 더 참을성을 가지고 기다려주면 되는 거야.”

나는 눈썹을 한 번 깜빡이고 조용히 기다렸지.

미래 들여다보기

"너에게는 그저 옛날 얘기에 불과하겠지만, 이십오 년 전에 네 또래 아이들 수천 명은 테이커의 방식이 죽음에 이르는 길이라는 걸 알고 있었어. 그들이 아는 건 그 정도가 다였지만 그들은 자신들의 부모가 해왔던 일들을 거부했지. 결혼을 하고, 아이를 낳고, 직업을 갖고, 나이 들면 은퇴하는 그런 판에 박힌 일들 말이야.

그들은 새로운 방식으로 살고자 했어. 하지만 그들이 가진 가치는 고작 사랑, 연대감, 감정에 솔직하기, 그리고 마약과 로큰롤 정도였지. 그것들이 나쁘다는 게 아니야. 하지만 그것을 토대로 혁명을 할 수는 없었지. 그들은 혁명을 원했지만 말이야.

그들에겐 혁명의 이론 틀이 없었기 때문에 당연히 혁명을 위한 프로그램도 없었지. 그들이 가진 거라곤 슬로건뿐이었어. '주파수를 맞추고, 감각을 깨우고, 인습을 거부하라!'* 그들은 모든 사람들이 다 주파수를 맞추

---

* 1960년대 저항문화의 기수였던 티모시 리어리에 의해 유명해진 말로, 그에 따르면 이 말을 처음 한 것은 유명한 문화비평가인 마셜 맬클루언이라고 한다. 그 뜻은 (환각제의 힘을 빌

고 감각을 깨우고 인습을 거부하면, 거리는 춤추는 사람들로 넘치고 새로운 시대가 열릴 거라고 생각했지.

이 이야기를 하는 이유는 어떤 일이 왜 성공했는지 아는 것만큼 왜 실패했는지 원인을 아는 것도 중요하기 때문이야. 6, 70년대 아이들의 반란은 그것을 뒷받침할 이론도 프로그램도 없었기 때문에 실패했지만 그들은 한 가지 점에서 확실히 옳았어. 너희 문화 사람들에게 새로운 무엇이 필요한 시기라는 점 말이야.

계속해서 살아남으려면 너희는 혁명을 해야만 해, 줄리. 지금처럼 살아간다면 다음 세기를 기약하기조차 어려울 거야. 하지만 마이너스 혁명을 해서는 안 되지. 남자는 모자를 벗어 경의를 표하고 여자들은 집에서 요리를 하며, 아무도 이혼 따위는 하지 않고 권위를 의심하는 일도 없는 '옛날 호시절'로 돌아가고자 하는 혁명은 사상누각에 불과하지. 어떤 혁명이든 사람들이 원하는 것을 포기하도록 만드는 혁명은 그저 이상주의에 불과하고 따라서 실패할 수밖에 없지.

너희가 해야 할 혁명은 플러스 혁명이야. 사람들이 원하지 않는 것을 줄여주는 게 아니라 그들에게 원하는 것을 더 많이 가져다주는 그런 혁명 말이야. 그들이 진정으로 원하는 게 16비트 전자게임기는 아니라도 그것이 가질 수 있는 것 중 최상이라면 그땐 그걸 취하는 건데, 그들에게 16비트 전자게임기를 포기하라고 요구한다면 너희의 혁명을 진전시킬 수 없어. 만약 그들이 장난감에 관심을 갖지 않기를 바란다면, 그땐 장난감보다 더 좋은 것을 그들에게 주어야 하는 거야.

어) 사람들의 감각을 깨우고(turn on), 자신을 둘러싼 세계와 주파수를 맞추고(tune in), 강압적인 인습들로부터 초연해질 것(drop out)을 요구하는 내용이다.

자발적인 가난이 아니라 오히려 자발적인 부, 이것이 너희 혁명의 표어가 되어야 해. 은행 지하금고에 넣어둘 수 있는 그런 것들이 아니라 인간이 태어날 때부터 가지고 있는, 인간이 지난 수십만 년 동안 누려왔고 리버의 생활양식이 보전되는 곳에서는 지금도 누리고 있는 진정한 부 말이야. 그리고 이러한 부는 너희도 죄책감 없이 누릴 권리가 있어. 왜냐하면 세상에서 훔친 게 아니라 온전히 너희의 에너지가 만들어낸 그런 부니까 말이야. 무슨 말인지 알겠니, 줄리?”

“알겠어요.”

“이제 너희 혁명의 미래를 살펴볼 합리적이고 설득력 있는 방법이 뭐가 있을지 생각해 보자꾸나.

1816년경 독일의 칼 폰 드라이스* 남작은 자신도 발명에 손을 대볼까 생각했지. 그가 생각한 것은 자체 추진식 바퀴가 달린 탈 것이었는데 처음 시도될 때부터 그 디자인이 상당히 훌륭했지. 그건 바로 발로 땅을 밀어 앞으로 나아가는 자전거였어. 만약 그가 칠십 년 뒤를 내다보는 능력이 있었다면 정말 잘 작동하는 자전거를 보게 되었을 거야. 그건 영국인 제임스 스탈리**가 만든 자전거로, 몇몇 개량된 점들만 빼면 백 년 뒤인 오늘날 우

---

* 독일의 귀족이며, 산림국장으로 재직하던 1813년에 세계 최초의 자전거로 인정받고 있는 ‘드라이지네(Draisine)’를 발명하였다. 1818년에 프랑스에서 처음으로 자전거 특허를 얻은 드라이지네는 같은 크기의 두 나무바퀴를 나란히 연결시켰으며 안장 위에 앉아 두 발로 땅을 차면서 앞으로 나아갈 수 있도록 만들어, 마치 달리는 목마와 같다고 ‘Hobby Horse’라고도 불렸다. 기록에 의하면 시속 15Km 정도까지 속도를 낼 수 있었다고 한다.
** 1830년 영국에서 태어났으며, 자전거의 발전에 크게 이바지하여 ‘자전거의 아버지’라고 불린다. 1871년에 그는 앞바퀴가 유난히 큰 빅 휠(Big wheel) 또는 오디너리(Ordinary)로 불리는 자전거를 내놓았는데, 굴림 바퀴의 지름을 크게 하면 같은 한 바퀴 회전이라도 달리는 거리가 늘어나 스피드도 달라지는 원리를 이용한 것이었다.

리가 쓰고 있는 것과 거의 똑같지.

남작과 마찬가지로 너와 나 역시 정말 잘 작동하는 전 지구적인 사회 시스템이 어떤지 알아보기 위해 미래를 내다볼 수는 없어. 그런 시스템이 등장할 수는 있겠지만 드라이스 남작이 스탈리의 자전거를 상상할 수 없었던 것처럼 우리도 그 시스템을 상상할 수 없지. 내 말이 무슨 얘긴지 알겠니?”

“그런 것 같아요.”

“그래도 우리는 남작보다는 형편이 낫지. 남작은 미래를 내다볼 수 없었을 뿐만 아니라 과거도 돌아볼 수 없었지. 그 이전에는 자전거라는 게 존재하지 않았으니까. 하지만 우리는 그보다 나아. 미래에 정말 잘 작동할 전 지구적인 사회 시스템이 어떤지 미리 알 수는 없지만, 예전에 잘 작동했던 사례를 돌아볼 수는 있으니까. 그것은 너무나 잘 작동했기 때문에 우리는 자신 있게 그것이 부족 원주민들에게는 최상의, 그리고 최종적인 형태의 시스템이었다고 말할 수 있지. 복잡한 조직 같은 것도 없었어. 오로지 ‘받은 만큼 돌려주되 너무 예측 가능해선 안 된다’라는 불규칙적 보복 전략을 구사하는 독립된 부족들이었지.”

“맞아요.”

“불규칙적 보복 전략은 부족 원주민들의 특징인 어떤 법칙을 강화시킨다고 볼 수 있을까?”

“글쎄요…… 부족의 독립과 정체성?”

“맞아. 그건 사실이야. 하지만 그런 것들을 법칙이라고 할 순 없지.”

나는 다시 고민해보았지만 모른다고 시인할 수밖에 없었어.

“괜찮아. 모를 수도 있지 뭐. 불규칙적 보복 전략은 ‘모든 사람들이 마땅히 따라야 할 유일하고 올바른 생활양식은 없다'라는 법칙을 강화하지."

"맞아요. 이제 알겠네요."

"이건 수백만 년 전과 마찬가지로 오늘날에도 진실이지. 어떤 것도 이 법칙을 쓸모없는 것으로 만들 순 없어. 이 법칙이야말로 우리가 기델 수 있는 무엇이지. 적어도 너와 내가 혁명을 말할 때 말이야.

혁명에 반대하는 사람들은 '모든 사람들이 마땅히 따라야 하는 올바른 생활양식이 존재한다'라고 주장할 거야. 그리고 자신들은 그게 뭔지 알고 있다고 하겠지. 그래도 괜찮아. 그들이 생각하는 올바른 방식을 우리에게 강요하지만 않으면 말이야. 데카르트가 '나는 생각한다 고로 존재한다'라는 명제로부터 시작했듯이 우리는 '모든 사람들이 마땅히 따라야 할 유일하고 올바른 생활양식은 없다'라는 것으로부터 시작해야 해."

"그래야 할 것 같네요."

"그러니까 우리는 현수막에 이런 모토를 써서 내거는 거야. '모든 사람들이 마땅히 따라야 할 유일하고 올바른 생활양식은 없다!' 자, 우리가 이 혁명에 이름을 붙여주면 어떨까?"

그것에 대해 잠시 생각해 본 뒤 내가 말했지. "부족혁명이라고 부르는 건 어떨까요?"

이스마엘은 고개를 끄덕였어. "그거 좋은 이름이구나. 하지만 내 생각엔 '새로운 부족혁명'이라고 하는 게 더 나을 것 같은데, 줄리. 그렇지 않으면 사람들은 우리가 다시 활과 화살을 쏘며 동굴에 모여 살자고 얘기하는 줄 알 거야."

"네, 그 말이 맞네요."

"산업혁명의 경험에 비추어 우리가 새로운 부족혁명으로부터 기대할 수 있는 것은 이런 거야. 그걸 혁명의 일곱 가지 강령이라고 부르기로 하자.

하나, 혁명은 갑자기 일어나지 않는다. 그것은 프랑스혁명이나 러시아혁명처럼 일종의 쿠데타 같은 게 아니다.

둘, 그것은 사람들이 서로의 아이디어를 바탕으로 일할 때 더욱 크게 이룩되는 것이다. 이것은 산업혁명을 이끌어낸 혁신적인 추동력이다.

셋, 그것은 그 누구에 의해서도 주도되지 않는다. 산업혁명과 마찬가지로 발기인도, 인도자도, 선봉에서 진두지휘하는 사람도, 속도를 조절하는 사람도, 이론가도 필요 없다. 한 사람이 이끌기에 혁명은 너무나 거대하다.

넷, 그것은 그 어떤 정치·종교적 집단이나 정부 단체에 의해 진행되지 않는다. 다시 한 번 말하지만 이 점도 산업혁명과 마찬가지다. 분명히 혁명의 지지자나 수호자가 되기를 원하는 사람들이 있을 것이다. 누군가 애써 길을 터놓으면 거기에 발을 들여놓으려는 지도자들이란 언제나 있게 마련이다.

다섯, 그것은 목표로 삼는 종결점이 없다. 왜 종결점이 있어야 하는가?

여섯, 그것은 그 어떤 계획도 따르지 않는다. 도대체 왜 계획이 있어야 하는가?

일곱, 그것은 혁명의 재산으로 보상한다. 산업혁명에서는 기여한 사람들에게 상품의 부라는 방식으로 보상했다. 새로운 부족혁명에서는 기여한 사람들에게 보살핌을 제공하는 방식으로 보상한다.

자, 이제 너에게 한 가지 질문을 던져보마, 줄리. 이 혁명을 통해 테이커 사회에는 무슨 일이 일어날까?”

“무슨 일이 일어나다니 그게 무슨 뜻이죠?”

“나는 네가 이제 혁명가가 되어서 생각하기를 원해. 나 혼자 이 모든 일을 다 하게 만들지 마. 사람들이 가장 먼저 했으면 하고 바라는 건 테이커식 생활양식을 법으로 금지하는 거겠지. 그렇지?”

나는 이스마엘을 멍한 눈으로 바라봤어. “잘 모르겠어요.”

“생각해 봐, 줄리.”

“어떻게 테이커식 생활양식을 법으로 금지할 수 있지요?”

“테이커들이 무언가를 법으로 금지할 때 쓰는 방법을 그대로 따르면 되겠지.”

“하지만, 내 말은…… 만약 모든 사람들이 따라야 할 유일하고 올바른 생활양식이 존재하지 않는다면, 어떻게 우리가 법으로 테이커식 생활양식을 금지할 수 있느냐고요. 법이 아니라 그 어떤 방식으로라도 말이에요.”

“훨씬 낫구나. 그래, 모든 사람들이 따라야 할 유일하고 올바른 생활양식이 존재하지 않는다면 우리가 테이커식 생활양식 또한 법으로 금지해선 안 되지. 테이커식 방식은 계속 존재하게 될 테고, 그 방식을 따르는 사람들은 식량을 마음대로 얻을 수 없도록 자물쇠를 채워 보관하는 걸 정말 좋아하는 사람들일 거야.”

“이 경우 테이커 사회는 많은 사람들을 잃게 될 거예요. 왜냐하면 그들을 제외한 나머지 사람들은 필요할 때 언제든 가질 수 있도록 자물쇠가 풀리기를 원하니까요.”

“그렇다면 바로 그런 일이 일어나면 되겠구나, 줄리. 너희는 테이커식 생활양식을 없애려고 법으로 금지할 필요가 없어. 그냥 감옥의 문을 열어놓으면 되는 거야. 그러면 사람들이 밖으로 쏟아져 나오겠지. 하지만 테이커식 생활양식을 더 좋아하는 사람들이 분명히 있을 거야. 그 속에서 풍족하게 살았던 사람들 말이야. 아마 그들은 맨해튼 섬 같은 곳에 한데 모일 수도 있겠지. 그러면 너희는 그곳을 국립공원으로 지정하고 그들이 그렇게 살아가도록 내버려두면 되는 거야.”

“하지만 이스마엘, 나머지는 어떻게 될까요?”

“부족적 시스템 아래선 어떤 부족의 구성원이 될지가 태어나면서부터 정해져 있었지. 네가 유티 부족이 될지 알라와 부족이 될지 선택할 수 없었다는 의미야. 물론 선택이 가능했을 수도 있지만 그건 아주 드문 일이었을 게 분명해. 무엇하러 호피 족이 나바호 족이 되려고, 또는 나바호 족이 호피 족이 되려고 하겠어? 하지만 새로운 부족혁명에서는 그것이 전적으로 개인의 선택에 달려 있지. 적어도 처음에는 말이야. 생각해 봐. 제프리가 테이커 친구들 집을 전전하는 대신 여러 부족들을 돌아다녔다면 어떻게 되었을까? 각 부족이 다 다르고, 누구든지 들어오고 나갈 수 있게 문을 활짝 열어놓고 있었다면 말이야. 만약 그랬다면 제프리가 호수에 뛰어드는 것으로 삶을 마감했을까?”

“아니요, 그렇지 않았을 거예요. 아마 그중 한 부족을 골라서 정착했겠지요. 사람들이 둘러앉아 기타를 치고 시를 쓰는 그런 부족을요.”

“그들은 아마 그다지 많은 것을 성취하는 부족은 못 될 거야. 안 그래?”

“그럴지도 모르죠. 하지만 그게 뭐 대순가요? 그런데 그렇게 의식적으로 함께 모이는 공동체는 지금도 많이 존재하고 있지 않나요?”

“그래, 그 어느 때보다도 많이 있지만 불행히도 그들은 모두 테이커 감옥 안에서 활동하고 있어. 그럴 수밖에 없지. 왜냐하면 테이커 감옥은 바깥이 없으니까. 테이커들이 오랫동안 지구 전체를 독차지해왔으니까 모든 것이 다 그 안에 있는 셈이지.”

“그게 지금 우리가 나누는 대화와 무슨 상관이 있지요?”

“실제 감옥 안에서 수감자들은 다양한 목적으로 패거리를 형성하지. 감옥 당국의 제재를 받는 패거리도 있지만, 제재를 받지 않는 패거리도 있어. 예를 들면, 어떤 패거리는 자신들을 보호할 목적으로 존재하는데 이 패거리는 공식적으로는 존재하지 않는 거야. 그들은 감옥 당국의 묵인 속에서 여러 활동을 하지. 법에 금지된 것들까지 포함해서 말이야. 그렇지만 만약 그들이 감옥 당국으로부터 제재를 받는다면 그 패거리는 효용가치를 잃게 돼. 당국이 눈감아주지 않으면 아무런 활동도 할 수 없으니까 말이야. 일단 감옥 당국의 제재를 받게 되면 그 무리는 감옥의 규칙에 순종하는 체스클럽이나 독서토론회 같은 모임으로 전락해버리는 거야. 그래서 수감자들의 ‘현실적 필요’라는 관점에서 볼 때 패거리가 그들에게 미치는 영향력은 미미해질 수밖에 없지.”

“그게 의식적인 공동체와 무슨 상관이죠?”

“의식적인 공동체들은 거의 대부분 출발부터 테이커의 법률적 제재를 인정하는 속에서 출발하지. 덕분에 시작 단계부터 경찰과 실랑이를 벌이는 수고는 덜 수 있지만 그 때문에 공동체가 구성원들의 삶에 미치는 영향력은 제한적일 수밖에 없지. 이것이 의식적인 공동체와 소수의 조직화된 신앙 집단인 컬트*나 갱단을 구별하게 해주지. 의식적인 공동체는 공식적

---

* 컬트(cult)는 ‘숭배하다’라는 뜻의 라틴어 cults에서 유래한 말이다. 다른 말로 소종파(小宗派)라고도 한다. 이 글에서처럼 광신적 종교 집단이나 종교적 제례 의식을 가리키는 데만 국한되지 않으며, 전쟁이나 기아 또는 급격한 근대화 등 사회가 급변하는 시기에 기존 종교

으로 제재받길 원해. 반면, 컬트나 갱단은 전혀 그렇지 않아. 그리고 이 점은 어떻게 해서 컬트나 갱단이 그들 구성원들의 삶에 부족적 방식으로 영향력을 행사하는지를 설명해주지.”

“부족적 방식으로 영향력을 행사한다니 그게 무슨 뜻이죠?”

“내 말은 컬트나 갱단의 일원이 된다는 것이 그들에게는 리버 부족에 속하는 것만큼 중차대한 일이라는 거야. 그 부족의 구성원 자격을 얻기 위해 사람들은 죽음도 불사하지. 짐 존스*의 추종자들이 인민사원의 어두운 미래를 감지했을 때, 그들은 살아가야 할 이유를 찾을 수 없었어. 존스는 그들에게 ‘만약 내가 여러분을 사랑하는 것만큼 여러분이 나를 사랑한다면 우리는 모두 함께 죽어야 합니다. 그렇지 않으면 밖에 있는 적들에게 철저하게 파멸 될 겁니다’라고 말했지. 생각해 보니 이 사건은 네가 태어나기 한두 해 전에 일어났구나, 줄리. 하지만 너도 들어본 적은 있을 거야.”

나는 들어본 적이 없다고 대답했어.

“구백 명이 넘는 사람들이 그와 함께 동반 자살했어. 리버 부족들도 더는 부족으로서 살아갈 희망이 없다는 걸 알게 되었을 때 마찬가지로 행동했지.”

나 사회의 이데올로기가 더는 한 사회의 정신적 구심점이 되지 못할 때 새로운 정신적 구심점을 찾기 위해 일어나는 행동과 사회 현상을 아울러 지칭하는 표현이다.

* 미국 인디애나 주(州)에서 출발한 사교집단의 교주로, 처음에는 사회 개혁을 내세우며 좋은 목적으로 ‘인민사원’을 건설했으나 이후 근거지를 남아메리카 가이아나의 밀림으로 옮겨 스스로 신이 되어 군림하였다. 인민사원 내의 인권 유린에 대한 미국 정부의 압박이 본격화되는 가운데, 자신이 암에 걸려 시한부 인생을 살고 있다고 믿은 존슨은 스스로 삶을 마감하기로 결심하고 1978년 11월 18일에 모든 신도들을 광장에 모아놓고 오렌지주스에 독극물을 타 강제로 마시게 했다. 이 사건으로 존스를 포함해 총 914명에 달하는 신도들이 집단 자살했으며 이 사건은 미국은 물론 세계적으로 큰 파문을 일으켰다.

나는 잘 모르겠다는 듯이 고개를 흔들었지. 이스마엘은 뭐가 잘못되었느냐고 물었어.

"잘 모르겠어요. 나는 갱단에 속한 사람들은 짐승들이라고 생각했거든요. 또, 컬트에 속한 사람들은 정신병자들이라고 생각했어요. 그런데 리버 부족을 갱단이나 컬트와 동일하게 놓으니 정말…… 정말로 혼란스럽네요."

"무슨 말인지 알겠다. 나중에 네가 세상으로 나가게 되면, 지적으로 불안정한 너희 문화 사람들이 흔히 모든 사물을 분명하게 선과 악으로 구분 지어 스스로 위안을 삼는다는 걸 알게 될 거야. 그들에겐 산업혁명이나 갱단이나 컬트가 모두 악이지. 거기서 선으로 해석될 만한 그 어떤 것도 찾으려고 하지 않아. 반면에 부족들은 선이라고 생각하지. 선은 선이고 악은 악일뿐이지 그 중간은 없다고 생각해. 그래서 부족을 컬트나 갱단 같은 악과 연관 지어서 생각할 수가 없는 거야. 너도 그런 영향을 받고 자랐으니 당연하겠지. 선이냐 악이냐 그건 중요하지 않아. 내가 너에게 바라는 건, 리버 부족이 맑스나 엥겔스의 책들을 읽은 것은 아니지만 계급이나 사유재산 없이 잘 살아가고 있다는 점을 명심했으면 하는 거야."

"네. 그건 알겠어요. 하지만 이 모든 게 의식적인 공동체와 무슨 상관이 있는 거죠?"

"정부 관계자들이 인민사원을 조사하기 시작했을 때, 짐 존스는 근거지를 가이아나로 옮겼지. 존스는 인민사원이 정부의 감시 아래 놓이면 더는 제 기능을 할 수 없다는 것을 알았기 때문이야. 또 다른 예를 들자면, 알코올중독을 극복한 찰스 디더릭이란 사람은 1958년 산타 모니카에 약물중독자들의 재활센터를 설립하고 시나논이라 이름 지었어. 시나논은 처음부터 공동체로 시작한 게 아니라 중독자들이 그저 자연스럽게 찾아왔다가 떠나가는 곳이었지. 하지만 시간이 흐르면서 디더릭은 이런 형태에 만족하지 못했어. 그는 공동체를 원했고 얼마 지나지 않아 재활에 성공한 중독자들을 그곳에 남도록 했지. 그 다음에 디더릭은 이 공동체를 외부인에게 개방했어. 전문직 종사자들과 사업가들이 기꺼이 그들의 땅과 차와 은행 예금과 주식들을 시나논에 바쳤지. 이 독특한 공동체의 구성원이 되기 위해서 말이지. 차츰차츰 시나논은 치료센터에서 하나의 컬트가 되어갔지. 그들은 싸움을 마다하지 않았어. 스스로를 지키기 위해서만이 아니라 때론 먼저 공격하기도 했지. 적으로 여겨지는 주변의 공동체들을 잔학하게 습격하기도 하고 살인을 시도하기도 했어.

바그완 쉬리 라즈니쉬교*, 헤어 크리슈나교**, 그리고 토니 알라모 크리스천 미니스트리*** 같은 집단들도 모두 마찬가지야. 그 집단의 구성원들은 기꺼이 자신들 소유의 모든 것을 바치고 아무 대가도 없이 일하는 걸 받아들일 거야. 그렇게 해서 그들이 원하는 것은 오직 한 가지, 그 집단의 구성원으로 남는 거야. 그렇게 함으로써 먹을 것, 있을 곳, 걸칠 것, 이동수단, 의료서비스 등등을 얻는 거지. 한 마디로 말해서 안정을 얻게 되는 거야.”

---

* 인도의 구루이자 철학자, 작가인 오쇼 라즈니쉬의 사상에 뿌리를 두고 있는 종교집단이다. 1984년에는 미국 오래곤 주에서 지역 선거 승리를 위해 식당 샐러드 바에 살모넬라균을 살포하는 등 물의를 일으키기도 했다.
** 힌두교의 주요 종파 중 하나인 비슈누파의 분파이다. 비틀즈의 멤버인 조지 해리슨이 신봉한 것으로도 유명하다.
*** 미국의 기독교 복음 전도자인 토니 알라모에 의해 설립된 종교단체이다. 설립자인 토니 알라모는 추종자들에게 하늘의 계시를 직접 받은 예언자로 떠받들어졌으나 2009년에 아동 성 학대 혐의로 기소되어 유죄 평결과 함께 징역 175년형을 선고받았다.

"다시 한 번 말하지만, 왜 그런 얘기들을 하는지 그 까닭을 모르겠어요."

"그 사람들은 미친 게 아니라는 걸 알려주려는 거야, 줄리. 그들은 인간이 지난 수십만 년 동안 가졌던 것, 그리고 오늘날 남아 있는 리버들이 아직까지도 누리고 있는 것을 절박하게 원하는 것뿐이라고. 그들은 부족적 생활양식으로 보살핌 받기를 원하기 때문에 기꺼이 자신이 속한 컬트에 전폭적인 지원을 아끼지 않는 거야. 그리고 그 대가로 전적인 보살핌을 받는 거지. 인간으로서 살아가는 데 필요한 모든 것을 말이야. 그들은 컬트가 부족적이라고 생각했기 때문에 찾아간 게 아니라 자신들이 절박하게 원했던 그 무언가를 줄 거라고 생각했기 때문에 찾아간 거지.

너는 앞으로 점점 더 많은 수의 지극히 정상적이고 지적인 사람들이 컬트에 이끌리는 것을 보게 될 거야. 그들이 미쳐서가 아니라 그 집단이 테이커 세상에서는 결코 얻을 수 없는 것을 그들에게 주기 때문이야. 보살핌을 받고 지원해 주는 생활양식은 단지 삶을 유지할 수 있는 방법 그 이상이지. 그것은 근본적으로 만족스러운 인간적 생활양식이야. 사람들은 정말 그렇게 살아가기를 원한다고."

"좋아요. 그건 이해했어요. 그러니 이제 내가 어떻게 해야 하는지 말해 주세요."

"줄리, 실제로 컬트를 만드는 건 어떤 사람들일까?"

"그야 미친 사람들이지요. 과대망상에 걸린 사람들이나 사기꾼들!"

"그럼 미치광이나 사기꾼이 만든 게 아닌 컬트는 어떻게 할 건데?"

"어떻게 하다니 그게 무슨 뜻이죠?"

"그걸 없애야 할까? 너희가 인민사원을 없애버린 것처럼."

"나도 모르겠어요."

"아미시*가 어떤 사람들인지는 알고 있니?"

"네. 몇 년 전에 보았던 〈위트니스〉라는 영화에서 주인공인 해리슨 포드가 아미시 공동체 속에 몸을 숨긴 적이 있어요."

"아미시를 없애야 하는 걸까?"

"아니요. 왜 그런 짓을 하겠어요?"

"왜냐하면 그들 역시 컬트처럼 살거든. 하지만 그 중심에 미치광이나 사기꾼은 없지."

나는 두 눈을 감고 머리를 가로저었어. "이스마엘! 당신은 정말 나를 혼란스럽게 하네요."

"좋아. 그것만으로도 진전이군. 나는 네가 너희의 문화적 금기들에 걸려 넘어지도록 만들어야 해. 그것 말고는 제시되는 단어들에 대해 네가 지금까지 길들여진 방식으로 대응하는 것을 막을 방도가 없거든. 갱이나 컬트라는 말을 들으면 너는 '나빠. 그것에 대해선 생각하면 안 돼!'라고 떠올리도록 길들여졌지. 또 나와 이야기하면서 너는 부족이라는 말을 들으면 '좋아. 그것에 대해 한번 생각해 보자'라고 반응하도록 길들여졌어."

"그렇다면 갱이나 컬트라는 말을 들었을 때 내가 어떻게 생각해야 하는 거죠?"

"너는 그냥 '무엇이 나쁘게 불려왔다는 사실 때문에 그것에 대해서 생각하지 말아야 하는 건 아니야. 나쁘게 불린다고 해서 그 사물이 나쁜 건 아니니까'라고 생각해 볼 수 있겠지. 너는 컬트나 부족의 작동 방식이 차

---

* 아미시(Amish)는 보수적인 기독교 교파 중의 하나로, 현재에도 문명사회를 거부하고 엄격한 청교도적 규율에 따라 18세기 말경의 유럽 농민들처럼 생활하고 있다. 펜실베이니아 · 오하이오 · 인디애나 주 등에 집단적으로 거주하고 있다.

이가 없다는 것을 생각해야 해. 교회에 다니는 공화당 지지자와 무신론자인 무정부주의자가 만든 카뷰레터가 그 작동 방식에 차이가 없듯이 말이야. 둘 모두 똑같은 방식으로 작동하지. 작동 방식에 차이가 없다고 할 때 내 말이 의미하는 게 그거야.”

“무슨 말인지 알겠어요.”

“여기서도 마찬가지야. 내가 너희 문화에서 아직도 유지되고 있는 부족적 생활양식의 또 다른 예를 들면 도움이 될지 모르겠구나.

너희 문화 사람들은 다들 서커스가 부족적 생활양식의 연장선상에 있다고 생각할 거야. 하지만 어떤 서커스단 소유주도 일부러 그 사업을 부족적 방식으로 조직하려고 머리를 짜내지는 않았어. 운영하다 보니 자연스럽게 부족적 성격을 띠게 된 거지. 서커스단 특유의 믿기 어려운 부족적 연대감은 테이커 사회에서는 찾아보기 힘든 것이고, 그래서 저항할 수 없는 유혹이지. 사람들은 나이를 불문하고 그 연대의 일부가 되기 위해서 서커스단으로 모여드는 거야. 서커스단은 우리의 혁명에 특별히 중요한 모델이라 할 수 있어. 왜냐하면 원주민 부족들과는 달리 서커스단은 인종이나 혈족을 따르는 경우가 매우 드물거든. 서커스단의 울타리는 일반인들에게는 매우 견고하지만, 서커스를 하는 사람이라면 그가 어디 출신이든지 가리지 않고 활짝 열려 있지.

서커스단은 물론이고 부족들이나 컬트 집단들 모두 다음의 원칙에 따라 운영되지. ‘너는 우리에게 할 수 있는 모든 지원을 아끼지 마라. 그러면 우리도 전폭적으로 너를 지원해줄 것이다.’

그야말로 양쪽 모두 조금도 남김 없는 전폭적인 지원. 사람들은 죽을 만큼 그걸 원한다고, 줄리. 사람들은 그것을 얻기 위해 목숨이라도 걸 거야.

그들이 미쳐서가 아니라 그 정도로 가치 있는 것이기 때문이지. 그들은 이러한 전폭적인 지원을 매일 정시에 출퇴근하는 안정적인 직장이나 노년의 사회보장연금과도 바꾸지 않을 거라고.”

(삼년 반 뒤, 미국 정부가 텍사스 주 웨이코 외곽에 있는 아주 소규모의 컬트를 무력화시키려고 했을 때 나는 자연스레 이 대화를 떠올렸지. 다윗파*는 그 어떤 범죄와 관련해서도 유죄 판결을 받은 적이 없으며, 심지어 어떤 명목으로도 기소된 적조차 없다는 사실은 미국 정부의 입장에선 전혀 고려 대상이 아니었어. 정부가 보기에 이들은 망상에 사로잡힌 사람들이었고, 바로 그 이유로 어떤 재판도 없이 그들을 파괴할 수 있다고 생각한 거지. 물론 원칙은 이랬어. ‘우리의 망상은 괜찮지만 저들의 망상은 본질적으로 악이다. 그렇기 때문에 그들은 이 지구상에서 흔적도 없이 사라져야 할 대상이다.’)

“꼭 당신이 내게 새로운 컬트를 만들라고 부추기는 것처럼 들리네요.”

이스마엘은 한숨을 내쉬며 고개를 가로저었어. “너는 내 메시지를 전달할 사람이야, 줄리. 그리고 이게 바로 내 메시지야. **감옥의 문을 열어라. 그러면 사람들이 밖으로 쏟아져 나올 것이다. 사람들이 원하는 것을 건설하라. 그러면 사람들이 몰려올 것이다. 사람들이 너에게 원하는 것을 보여줄**

---

* 1934년 창립된 미국 기독교 내 말단 종파에 뿌리를 두고 있던 이들은 여러 곳을 전전하며 현대판 유목생활을 하다 교주 데이비드 코레쉬(David Koresh)의 영도 아래 130여 명의 교인들이 텍사스 주 웨이코 시 외곽에 정착하여 집단거주지를 건설하였다. 미국 연방정부와 주정부는 기독교 성경의 자구를 본래의 의미대로 해석하길 고집하며 세상의 종말을 준비하고 있던 이들에게 미성년 간음과 마약 복용 등 갖가지 혐의를 적용하였으며, 이들이 중화기로 무장하고 있다는 사실이 밝혀지자 1993년 2월에 공권력을 투입해 무력 진압을 시도하였다. 이 과정에서 양측의 총격전과 화재로 신도 76명이 사망하는 참사가 일어났다. 이 사건은 1997년 웨이코(Waco)란 영화로 제작되어 과도한 공권력 개입에 대한 논란을 촉발하기도 하였다.

때 겁내지 말고 두 눈 크게 뜨고 쳐다보라. 그것들이 어머니 문화가 나쁘게 말하던 것이라고 눈길을 돌리지 마라. 대신 어째서 어머니 문화가 그것들을 나쁘게 말했는지 그 이유를 파악하라."

"나는 그 이유를 알고 있어요. 어머니 문화가 나쁘게 말하는 이유는, 우리가 두려움 속에서 그것들로부터 물러서게끔 하려는 거예요."

"물론이지."

그 말이 무슨 신호나 된 것처럼 잘 생기고 다부진 남자가 나타나 내 옆의 의자에 앉았지. 곧바로 나는 그동안 이스마엘과 함께 한 수업이 이제 끝났음을 직감했어.

아프리카에서 온 남자

"줄리, 이쪽은 아트 오웬스야." 이스마엘이 그 남자를 소개했고 나는 그를 찬찬히 살펴보았어. 이스마엘은 그 남자가 마흔 살이라고 했었는데 그보다는 훨씬 젊어보였지. 그는 내가 지금까지 봐온 흑인들보다 훨씬 더 피부색이 검었고, 엷은 황갈색의 양복에 올리브색 셔츠, 그리고 페이즐리 천으로 만든 넥타이를 멋지게 차려입고 있었어.

우리는 한동안 서로를 바라보았는데, 그의 몸은 권투선수 마이크 타이슨처럼 작고 다부졌어. 마치 육중한 스패너처럼 느껴졌지. 그는 뭐랄까 딱히 잘생긴 것도 그렇다고 못생긴 것도 아니었지만, 만약 그런 얼굴을 한 사람이 내일부터 사십일 밤낮 줄기차게 비가 내릴 거라고 말한다면 이참에 그동안 늘 갖고 싶었던 배를 한 척 마련해야겠다고 생각하게 될 것 같은 그런 인상이었지.

"안녕, 줄리. 너에 대해서 많이 들었단다."

다른 사람들처럼 나도 그런 소리는 그냥 상투적인 인사말로 넘겼어야 했어. 그런데 이렇게 대꾸해주었지. "어쩌죠, 나는 당신에 대해서 전혀 들은 게 없는데요"라고 말이야. 그러자 그는 내게 미소를 지어보이고는 이스마엘을 쳐다봤어. 내가 그에 대해 알아야 할 것들을 이스마엘이 이야기해주었으면 하고 기대하는 게 분명했지.

"줄리, 내가 아트에 대해서 말한 적 있잖아. 내가 이곳에서 벗어나도록 도와줄 거라고."

"네, 그러고 보니 들은 적이 있네요."

"네가 도와주겠다고 했다며? 그 제안을 받아들이기로 했어."

아트 오웬스의 말이 끝나자마자 나는 이건 또 뭔 소리야 하는 눈빛으로 그를 쳐다봤어. 그가 말실수를 했거나 아니면 결코 지킬 수 없는 약속을 한 것 같은 느낌이었거든. 어리둥절한 내 표정을 보더니 그 역시 고개를 끄덕이며 말했지. "너도 알고 있다고 생각했는데 뭔가 오해가 있는 것 같구나." 그러고 나서 이스마엘에게 그들의 계획을 내게 얼마나 말해주었냐고 물었지.

"전혀." 이스마엘이 말했어.

아트는 잠시 생각하더니 말을 꺼냈지. "이스마엘은 아프리카로 돌아갈 거야. 여기엔 그를 도와줄 사람이 아무도 없거든. 이제 라헬도 없으니 말이야."

"아프리카엔 누가 있는데요?"

"자이르 북쪽에 열대우림이 있지."

"농담이죠? 이스마엘이 아프리카의 열대우림에서 평범한 고릴라들처럼 살게 된다고요?"

"어째서 그가 평범한 고릴라들처럼 살면 안 된다고 생각하지? 그는 고릴라야."

"그는 평범한 고릴라가 아니에요! 그는 망할 놈의 철학자란 말이에요!"

아트와 이스마엘은 서로 당혹스러운 눈빛을 주고받았지.

이스마엘이 말했어. "이 세상 어디에도 나를 맞아줄 철학자의 의자 따위는 없어. 앞으로도 그럴 거야, 줄리."

"그게 최선의 선택은 아니에요." 이스마엘은 나를 보며 눈썹을 추켜올렸지. 그렇다면 다른 방법을 말해보라는 듯이 말이야. 하지만 나는 당신들이 어떻게 나에게 다른 방법을 기대할 수 있는지 어이가 없다고 말했어. 나는 고작 삼십 초 전부터 그 문제에 대해 고민하기 시작했으니까 말이야.

"나는 이 문제에 대해 몇 달 동안 고민해왔어, 줄리. 이게 최선의 방법이라는 걸 믿어주었으면 좋겠구나. 나는 이 방법이 패배감에서 비롯된 궁여지책이라고 생각하지 않아. 이 방법은 내게 자유를 가져다 줄 거야. 이것말고 내가 자유를 얻을 수 있는 방법은 없어."

나는 그 둘을 번갈아가며 쳐다보았지. 이미 정해진 일인 게 확실했어. 그래서 나는 어깨를 한 번 으쓱하고는 그렇다면 내가 어떻게 도와야 하느냐고 물었지.

그들은 눈에 보이게 안심하는 기색이었어. 이스마엘이 말했지. "이런 일이 어떻게 진행되리라고 생각하니, 줄리?"

"글쎄요. 당신들이 비행기의 일등석을 예약할 수 있으리라곤 생각 안 해요."

"확실히 그렇지. 하지만 교통편을 꼼꼼하게 짜는 일은 쉬운 편에 속해. 여기서부터 킨샤사*까지 처음 팔천 마일을 이동하는 건 일도 아니지. 킨

---

* '콩고 민주 공화국'의 수도이다. 19세기 말 벨기에의 레오폴드빌 2세가 지배한 이래 레오폴드빌이라고 불리다가, 1966년에 지금과 같은 이름으로 개칭되었다.

샤사에서 내가 놓여나게 될 지점까지 오백 마일이 문제야. 그건 여느 여행사 직원이나 해운업자들이 개입할 수 없는 구간이지. 아프리카 현지에서 정부 고위급에 선을 대 도움과 협조를 구할 수 있는 사람만이 할 수 있는 일이야.”

“어째서요?”

“왜냐하면 자이르*는 완전히 너의 예상을 뛰어넘는 곳이거든. 그곳의 조직화된 부패와 혼돈은 네 상상을 훨씬 뛰어넘는 것이야.”

“맙소사, 그런데 왜 그곳에 가려는 거죠? 그곳 말고 다른 데는 없나요?”

이스마엘은 고개를 끄덕이며 희미한 미소를 지었지. “줄리, 물론 그곳보다 가기 쉬운 곳들은 많지만 로랜드고릴라**들이 서식할 가능성이 있는 곳

---

* ‘자이르 공화국’은 1971년 10월 27일부터 1997년 5월 16일까지 사용되었던 ‘콩고 민주 공화국’의 옛 이름이다. 쿠데타로 권력을 잡은 모부투 세세 세코가 1965년부터 1997년까지 집권하며 예전의 ‘콩고 공화국’이라는 국명을 개칭해 이 명칭을 사용하였으나, 반군이 1997년 5월 17일에 자이르의 수도 킨샤샤로 진격해 국정 전반을 장악하면서 ‘콩고 민주 공화국’으로 재탄생하게 되었다.

** 낮은 지대의 열대우림에 서식하는 고릴라로 보통 키는 140~180센티미터이며, 몸무게는 135~275킬로그램이다. 마운틴고릴라에 비하여 몸집이 크고 정수리가 덜 솟아 있으며 얼굴이 넓적하다. 근육질의 팔은 길고 다리는 짧다. 털은 검은빛을 띤 갈색인데, 수컷은 다 자라면 등과 허리 부분의 털이 잿빛으로 변한다. 성질은 온순하나 힘이 세며 비스듬히 서서 다닌다. 낮에는 대부분 땅 위에서 지내고 저녁이면 땅바닥에 풀이나 나뭇가지 등을 깔아서 잠자리를 만든다. 채식성으로 특히 나무열매를 좋아하고 나뭇잎과 줄기, 버섯 등도 먹는다. 무리를 지어 생활하며 우두머리인 수컷 한 마리와 여러 마리의 암컷, 새끼들로 이루어진 소가족 단위로 산다. 현재 전 세계에 약 12만 마리 정도가 남아 있으며 모두 ‘멸종 우려 종’으로 지정되어 있다. 서아프리카의 나이지리아·카메룬·콩고 등지에 분포한다. 수명은 야생에서 30~40년, 사육할 때는 약 50년이다.

은 그리 많지 않아. 또, 거기엔 현지에서 정부 고위급에 선을 댈 수 있는 사람이 있거든. 다른 데서는 찾을 수 없는 그런 사람이 말이야.”

그건 아트와 관련이 있는 사람을 말하는 게 분명했어. 그래서 나는 자초지종을 듣기 위해서 그를 쳐다봤지.

“네가 자이르에 대해 아는 게 있을 거라곤 생각하지 않아.”

“전혀 모르죠.” 나는 인정할 수밖에 없었지.

“간단하게 말하면, 자이르는 31년 전에 벨기에로부터 독립했지. 내가 다섯 살 때의 일이야. 독립 직후 한동안 혼란을 겪다가 모부투가 권력을 쥐게 되었고, 그때부터 지금까지 독재가 계속되고 있어.

내 진짜 이름은 마키아디 오우나야. 나와 내 남동생 루콤보, 모콘지 은케미는 어린 시절부터 친하게 지냈지. 우리 셋은 꿈이 있었어. 하지만 서로 다른 꿈이었지. 나는 타고난 자연주의자였고, 그래서 숲 속에서 배우며 사는 삶을 꿈꾸었어. 은케미는 모투부의 독재뿐 아니라 뼛속까지 스며든 백인들의 영향으로부터 자이르를 해방시키고 싶어 했지. 루콤보는 천성적으로 충직한 심복의 기질이 있어서 은케미와 나를 거의 숭배하다시피 했어.

우리가 십대가 되었을 때, 은케미는 백인들을 물리치는 일이 우리 자신의 손에 달려 있다고 주장했지. 그 말은 곧 우리들이 할 수 있는 한 교육을 많이 받아야 한다는 뜻이었어. 나는 학교에 가서 식물학과 동물학을 배웠고 은케미는 공공 정책과 정부 운영을 전공했지. 루콤보도 나쁜 생각이 아니라며 은케미를 따랐어.

각고의 노력 끝에 우리 셋은 모두 킨샤사 대학을 졸업했고 은케미와 나는 한층 더 마음을 굳게 다지며 벨기에로 유학을 떠났어. 그게 1980년대

초반의 일이야. 거기서 마키아디라는 내 이름은 줄여서 아디가 되었지.

이 년 뒤 나는 벨기에 시민권을 얻을 수 있었고 미국의 코넬 대학에서 열대우림의 자원 관리에 대해 연구하게 되었어. 그러는 과정에서 아디라는 내 이름은 아티가 되었고, 아티는 다시 아트가 되었지.

코넬 대학에 있는 동안 나는 우연히 라헬 소콜로우를 만나 그녀가 이스마엘이란 이름의 고릴라와 특별한 관계를 맺고 있다는 얘기를 듣게 되었지만 그때는 그냥 흘려들었지. 그러는 동안 은케미는 자이르로 돌아가서 볼람바 지역의 지역정당 대표로 선출되었어. 그는 그곳에서부터 권력에 대한 기반을 다져갔지. 그의 심복인 루콤보와 함께 말이야. 루콤보는 언제나 그런 역할을 좋아했으니까.

1987년에 자이르로 돌아갔을 때 내 마음은 북쪽의 야생 생태계를 보존할 꿈으로 부풀어 있었지. 그곳은 우리가 대대로 살아온 땅이자 국토 가운데 인구가 가장 희박하게 분포한 지역이기도 했어. 그해에 은케미는 중앙 정치를 향한 첫 도전을 시도했지. 국회의원 선거에 출사표를 던진 거야. 하지만 그의 이상은 너무나 급진적이었고, 모부투는 그의 계획을 수포로 만들었지. 은케미는 다시 볼람바로 돌아왔어. 사실상 정치적인 유배를 당한 거였지. 물론 은케미가 가장 주도적이었지만 우리 셋은 그때부터 독립혁명을 일으키기 위한 계획에 착수했지."

아트는 잠시 말을 멈추고 내 얼굴을 찬찬히 살폈어. 내가 그의 이야기를 얼마나 알아듣는지 헤아려보려는 것처럼 말이야. 나는 그를 쳐다봤고 그는 이야기를 이어갔지.

"그 어떤 비전을 제시하더라도 자이르에서 그건 발전을 의미했지. 국가 전체가 혼돈 상태였고, 그 혼돈에 익숙해진 사람들은 매일매일 뇌물과 부패에 의지해 살아가고 있었으니까. 하지만 은케미는 실제로 놀라운 비전을 가지고 있었어." 그는 잠시 그때를 떠올리는 듯 지그시 눈을 감았다가 떴어.

"킨샤사를 중심으로 좀 더 문명화된 국토의 중심부에 비해 북쪽 지역은 오랫동안 배다른 형제 취급을 받았어. 모부투는 외화가 필요했고, 그래서 그는 북쪽 지역을 수출용 환금작물(換金作物)*의 생산지로 만들고자 했지. 농부들은 자신이 키운 농작물은 수출해야 했고, 정작 자신이 먹을 식량은 돈을 주고 사야만 했어. 그래서 삶이 매우 힘들어졌지."

그는 생각이 막혔는지 말을 멈추고 도움을 청하는 눈길로 이스마엘을 바라봤어.

"네가 많은 가족을 거느린 구두장이라고 생각해 봐." 이스마엘이 말했지. "네가 만든 신발은 모두 팔아야만 해. 네 가족이 신을 구두도 만들 수 없다고. 너는 한 켤레에 오 달러씩 받고 도매상에게 구두를 팔지만 도매상은 소매상에게 한 켤레에 십 달러씩 받고 구두를 넘기지. 그리고 소매상은 사람들에게 구두 한 켤레를 이십 달러에 팔아. 결과적으로 너는 네 켤레의 구두를 만들어 팔아야 가족에게 줄 구두 한 켤레를 가게에서 살 수가 있는 거야."

아트가 덧붙여 말했어. "더 끔찍한 건, 가게에서 살 수 있는 신발들은 전부 수입 신발이어서 한 켤레에 사십 달러도 넘는다는 거지. 그러니까 구두 한 켤레를 사려면 결국 여덟 켤레의 구두를 만들어야 하는 거야."

"무슨 얘긴지 알겠어요." 내가 그들에게 말했지.

"은케미가 생각한 혁명의 토대는 사람들이 가장 먼저 주변의 사람들을

---

* 팔아서 돈을 얻기 위하여 재배하는 모든 작물을 가리킨다.

돌봐야 한다는 거였지. 킨샤사만 바라보고 있는 짓을 그만 두어야 했어. 왜냐하면 킨샤사는 파리나 런던, 뉴욕 같은 대도시들처럼 되는 게 목표였으니까. 우리는 스스로를 바라봐야 했지. 우리의 전통적인 마을 공동체생활, 우리의 부족적 가치를 말이야.

그러기 위해서는 우리의 관심을 다른 곳으로 돌리려는 외부인들을 제거하는 것이 급선무였지. 선교사들이나 평화 봉사단원들, 외국 장사꾼들과 그들 주위에 몰려 있는 하수인들 말이야. 모든 외부인들이 사라져야 한다는 은케미의 생각을 사람들은 적극적으로 지지했어.

1989년 3월 2일, 마침내 우리는 볼람바 지역을 장악하고 '마빌리 공화국'을 선포했지. 마빌리란 사람들을 하나로 묶는 강렬한 동풍의 이름이었어. 이런 상황에서 늘 그렇듯, 처음 한동안은 가진 자들이 지금까지 누려온 것들을 빼앗기지 않으려고 몸부림을 쳤어. 분열과 혼란이 계속되었지만 우리의 진짜 걱정거리는 모부투였지. 그가 군대를 보내리라는 건 분명한 사실이었어. 비록 우리가 있는 곳이 국토의 한 구석, 별로 중요하지 않은 지역이라 하더라도 모부투는 우리가 피 한 방울 흘리지 않고 독립하도록 그냥 내버려두지는 않을 터였지. 우리 북쪽에 위치한 중앙아프리카공화국이 우리를 돕기 위해 국경 너머로 무기와 군사들을 보냈는데, 그 나라의 독재자인 앙드레 콜링바는 우리의 이 순진한 반란이 마음에 든 모양이었어.

우리는 적들의 공격에 대비해 마음의 준비를 단단히 했지. 하지만 4월 중순, 막상 그 일이 닥쳤을 때는 놀랄 만큼 시시하게 모든 상황이 끝났어. 모부투의 군대는 몇 개의 마을을 폭격하고 사람들 몇 명을 처형한 다음 들판에 불을 질렀지. 그러고는 돌아가 버린 거야. 우리는 모두 어안이 벙벙

했어. 모부투가 어디 아픈가? 혹시 다른 지역에서 일어난 소요사태에 정신을 빼앗겼나? 고립된 상태였기 때문에 우리는 아무것도 확실하게 알 수 없었지.

한편, 우리 영토 동쪽에서 잔데 부족의 단결을 부르짖고 있던 루분도라는 이름의 선동가가 우리를 찾아와서는 만약 받아준다면 자신을 따르는 사람들은 자이르로부터 떨어져 나와 마빌리 공화국과 함께 하겠다고 말했어. 은케미는 그건 우리가 원하는 것과 정반대의 일이라고 말했지. 그 점에 있어서는 은케미가 옳았어. 루분도는 이해할 수 있다며 그들의 독립 혁명을 지원해 줄 수는 없겠느냐고 물었지. 은케미는 뭐라 말을 못하고 우물쭈물하다가 한번 생각해 보겠다고 대답했어.

은케미는 그것에 대해 생각하고 또 생각했어. 루콤보와 나는 그가 심사숙고하는 것을 지켜보았지. 그렇게 몇 주가 흐른 11월의 어느 날, 우리는 루분도가 살해되었다는 놀라운 소식을 들었어. 그 말을 듣는 순간 나는 모든 걸 이해할 수 있었지. 은케미가 모부투와 비밀리에 거래를 한 게 분명했어. '우리가 독립하도록 내버려둬라. 그러면 우리는 북쪽의 다른 부족들이 계속해서 당신에게 충성할 수 있도록 하겠다.' 이것 말고는 모부투가 시늉만 하고 마빌리를 그대로 놔둔 이유를 달리 설명할 길이 없었어.

내가 이 문제를 꺼내자, 곧 진실을 건드렸다는 게 분명해졌지. 내막을 몰랐던 건 루콤보도 나와 마찬가지였지만, 그는 이 거래가 정상적이고 옳은 판단이었다며 은케미를 옹호했지. 내가 거기에 동의하지 않자 은케미는 나에게 앞으로 어떻게 할 거냐고 물었어.

'너는 내가 이 일에 대해 입을 다물기를 원하니?'

'그래, 네가 계속 살고 싶다면!'

그날 밤 나는 미련없이 볼람바를 떠났지. 크리스마스쯤엔 다시 미국에 돌아와 있었어."

나는 그 이야기를 듣고 잠시 생각해 본 다음 말했어. "당신이 왜 나한테 그런 이야기를 늘어놓는지 지금 이해하려고 노력 중이에요. 당신은 자이르 현지에 도와줄 누군가가 있다고 말했는데, 그 사람이 바로 루콤보라는 사람인가요?"

"그래, 맞아. 내 동생이지."

"좋아요. 그런데 나는 여전히 잘 모르겠어요. 어째서 나한테 이 모든 걸 말하는 건가요?"

"그래야 네가 상황을 이해할 수 있을 테니까."

"어째서 내가 상황을 이해해야 한다는 거죠?"

아트는 이스마엘을 힐끗 쳐다보더니 계속 이야기를 이어나갔어. "이스마엘을 킨샤사까지 데리고 가는 건 상대적으로 쉬운 일이야. 하지만 나머지 여정을 마치는 데는 누군가의 협조와 공모가 필요하지. 뇌물이 필요할지도 모르고. 루콤보는 이 모든 걸 처리할 수 있어. 물론 모콘지 은케미의 지시가 떨어져야 하겠지만 말이야."

"좋아요. 그래서요?"

"어떻게 하면 은케미가 이 사안을 처리하라고 루콤보에게 지시를 내리게 만들 수 있을까?"

"나도 모르죠. 부탁을 해보는 건 어때요?"

아트는 고개를 가로저었어. "루콤보가 그런 걸 부탁할 이유가 없잖아. 그가 그 일을 꺼린다는 뜻이 아니라, 그런 부탁을 하면 의심을 살 수 있다는 거지."

“무엇에 대해 의심을 산단 말이죠?”

“그냥 의심을 산다는 것만으로도 충분해, 줄리. 의심을 사는 데 무슨 특별한 일이 필요한 건 아니야.”

“당신 말은, 그러니까 루콤보가 ‘내가 미국으로부터 고릴라를 한 마리 들여오고 싶다’라고 말하는 게 위험할 수 있다는 얘기군요.”

“만약 그렇게 말한다면, 은케미는 그가 제정신이 아니라고 생각할 거야. 틀림없이 그럴 거라고.”

“알겠어요. 그래서요?”

“그래서 다른 누군가가 은케미에게 부탁을 해서, 그가 루콤보에게 이 일을 처리하라고 지시를 내리도록 만들어야 해.”

그리고 이스마엘과 아트는 동시에 나를 쳐다봤지. 마침내 그 이유를 파악한 나는 웃음을 터뜨리고 말았어. “정말이에요? 나보고 지금 모콘지 은케미에게 가서 루콤보가 이스마엘을 킨샤사에서 마빌리까지 옮길 수 있게 해달라고 부탁하란 말이에요?”

“아니, 네가 루콤보의 이름을 언급할 필요는 없어. 너는 그냥 은케미에게 이스마엘을 마빌리까지 데리고 갈 수 있도록 도와달라고 부탁만 하면 되는 거야. 그러면 그는 자동적으로 그 일을 루콤보에게 넘길 테니까.”

나는 어이가 없어서 그 둘의 얼굴을 번갈아가며 쳐다보았지만 그들은 분명 농담을 하고 있는 게 아니었어.

“당신들 미쳤군요!”

“어째서, 줄리?” 이스마엘이 물었지.

“첫째, 도대체 왜 은케미가 내 부탁을 들어주리라고 생각하는 거죠?”

아트가 고개를 끄덕였어. “내가 은케미를 잘 알고 있다는 걸 믿어다오.

너는 은케미 말고는 세상 그 누구도 할 수 없는 무언가를 부탁하는 거야. 그 사실은 그를 매우 기쁘게 할 거야. 자신이 누구도 할 수 없는 일을 할 만큼의 힘을 가졌다고 생각하게 될 테니까.”

“그건 그다지 훌륭한 이유가 아니네요.”

“줄리, 네 부탁을 들어주는 게 그에게는 손가락 하나를 치켜드는 수고에 지나지 않아. 세계 최강대국에서 온 젊은 아가씨의 소원을 들어주는데 고작 그 정도면 된다고. 미국 대통령도 네 소원을 들어줄 수 없지만 은케미는 그저 루콤보에게 ‘그렇게 해주게’라고 한마디만 하면 되는 거지.”

“그렇다면 그가 그 일을 하는 이유는 전적으로 그 뭐냐, 적당한 말이 뭐죠, 이스마엘?”

“허영심 때문이지.”

“맞아요, 허영심. 그러니까 당신 얘기는 그가 순전히 허영심 때문에 자기만족을 위해 그 일을 할 거란 말이군요.”

“그는 자기만족을 위해 무언가를 할 만큼의 힘을 갖고 있어, 줄리.” 아트가 말했어.

“좋아요. 하지만 이건 시작에 불과하다고요. 당신들 얘기는 내가 실제로 그곳에 가야 한다는 거잖아요.”

“아, 물론이지. 그 정도의 노력과 비용을 들이지 않는다면 그는 네가 진지하다고 생각하지 않을 거야.”

“좋아요, 그건 그렇다 쳐요. 거기까지 갔다 오는데 시간은 얼마나 걸리는데요?”

“보통 여행객들은 킨샤사에서 볼람바까지 배로 오가는데, 각각 이 주 정도 걸리지. 너는 아마 헬리콥터로 이동하게 될 거고 운이 좋으면 전체 일정은 일주일이 채 안 걸릴 거야.”

“일주일이라고요? 세상에! 그건 말도 안 돼요! 백번 양보해서 내가 거기로 간다고 해도 그건 월요일 아침 학교에 늦지 않게 당신이 데려다준다고 약속했을 때만 가능하다고요.”

아트는 고개를 가로저었어. “설사 미국 대통령이 모든 수단과 방법을 총동원한다고 하더라도 그 일정을 맞출 순 없을 거다.”

“어쨌든 일주일은 불가능해요. 앨런 로맥스더러 하라고 그러는 게 어때요? 그는 어른이니까 뭐든지 마음대로 할 수 있을 거 아니에요.”

갑자기 죽음 같은 침묵이 감돌았지. 아트는 불편한 듯 앉은 자세를 바꿨어. 한쪽 다리를 꼬았지. 그리고 나와 함께 이스마엘의 대답을 기다렸어.

“앨런은 이 임무를 맡길 적임자가 아니야, 줄리.” 마침내 이스마엘이 말했지. “그는 이 일을 할 수 없어.”

“왜요? 왜 그는 안 되는 거죠?”

이스마엘은 이마를 찌푸리고 나를 쏘아보았지. 그의 말에 토를 다는 내가 못마땅한 게 분명했어. “줄리, 네 의견이 무엇이든 나는 절대 앨런에게는 부탁하지 않을 거야. 네가 아니면 안 돼.”

“그 말을 들으니 왠지 기분이 우쭐해지네요. 하지만 그렇다고 해서 불가능하다는 사실이 바뀌지는 않아요.”

“어째서 불가능하지, 줄리?”

“왜냐하면 엄마가 절대 허락하지 않을 테니까요.”

“만약 네가 월요일까지 돌아올 수 있다면 엄마가 허락하실까?”

“아니요……. 하지만 그 경우엔 약간의 수를 낼 수는 있겠죠. 엄마에게 주말 동안 친구네 집에 간다고 말할 수도 있으니까요.”

"나는 네가 거짓말을 하도록 허락하지 않을 거다, 줄리." 아트가 엄중한 목소리로 말했어. "내가 도덕군자여서가 아니라 금방 탄로 날 거짓말이기 때문이야."

"어쨌든 그건 중요하지 않아요. 엄마에게 그렇게 말할 일은 없을 테니까요."

"우리가 너희 어머니께 좀 더 진실에 가까운 얘기를 한다고 생각해 봐, 줄리. 네가 아주 중요한 일로 미국을 대표해서 아프리카에 가게 된다고 말씀드리면 어떨까?"

"그럼 엄마는 경찰을 부를지도 모르죠."

"어째서?"

"분명히 당신들을 미치광이라고 생각할 테니까요. 누구도 열두 살짜리 여자아이에게 국가를 대표하는 중요한 임무를 맡기진 않는다고요."

아트는 이스마엘 쪽으로 천천히 고개를 돌리더니 이렇게 말했어. "이스마엘, 당신 말을 듣고 나는 이 아이가 좀 더 똑똑할 거라고 기대했었어."

나는 의자를 박차고 일어나서 눈에서 번개라도 쏠 듯한 기세로 그를 노려보았지. 그러자 그는 검게 그을린 한 무더기의 재처럼 움츠러들더군.

이스마엘은 킥킥대면서 손을 흔들어 내게 진정하라는 표시를 했어.

"줄리는 충분히 똑똑해. 저 아이는 다만 노련한 음모꾼이나 사기꾼이 아닐 뿐이지." 나를 바라보며 이스마엘은 말을 이었어. "줄리, 너는 우리가 좀 더 설득력 있는 상황을 만들어내야 한다고 생각할 거야. 그런데 어떤 상황을 만들든 우리가 만든 시나리오에는 오직 열두 살짜리 여자아이만이 할 수 있는 임무가 존재해."

"그렇다면 그것을 누가 우리 엄마에게 납득시킬 건가요?"

　"만약 네가 동의한다면 마빌리 공화국의 내무장관이 네 어머니를 설득할 거야, 줄리. 마키아디 오우나, 네가 아트 오웬스란 이름으로 알고 있는 사람이지. 그의 여권에는 아직도 그의 옛 직위가 남아 있거든. 매우 인상적인 직위지. 안 그러니?"

여행 준비

그 일에 대해서 자세하게 말할 생각은 없어.

아트와 이스마엘이 너무나 완벽하게 설득력 있는 상황을 만들어내서, 엄마가 할 수 있는 일이라고는 고개를 끄덕이며 아트에게 이렇게 말하는 게 다였지. "오, 저런, 주여! 줄리가 지구상에서 그 일을 할 수 있는 유일한 사람이라면 그렇게 해야겠죠."

당연히 엄마도 그 임무가 고릴라를 원래의 서식지로 돌려놓는 일이라는 걸 알고 있었지. 하지만 그 이상은 알 필요가 없었어. 그 이상을 알게 되면 엄마는 당연히 거부했을 테니까. 어째서 고릴라 한 마리를 아프리카로 돌려보내는 것이 그토록 중요한지를 놓고 토론이 벌어질 일은 결코 없었지. 그것이 전 우주의 운명이 달린 중요한 일이라고 하니 그냥 그런가 보다 하는 수밖에.

엄마의 단 한 가지 요구조건은 나 혼자서 이동하거나 비행기를 갈아타지 않도록 해달라는 것이었어. 내가 비행기에서 내릴 때 항상 누군가 마중을 나와야 하고, 또 다음 비행기를 탈 때까지 늘 보호자가 동반해 줄 것을 요구했지.

　이스마엘은 일요일 새벽에 페어필드 빌딩에서 빠져나왔어. 나는 그 일에 함께하진 않았어. 아트와 이스마엘은 얼마간 이스마엘이 가 있을 장소를 나한테 털어놓는 걸 불편해하는 기색이 역력했지만 사실대로 말하지 않을 수 없었지.

　그들은 먼저 옛날이야기부터 시작했어. 아트가 숲에서 자연주의자 생활을 즐기며 보낸 몇 년은 그가 브뤼셀과 미국에서 공부할 때 밥벌이를 할 수 있게 해주었지. 그는 동물원, 서커스단, 이동 동물원을 보유한 유랑공연단 등에서 조련사로 일을 했고, 얼마 지나지 않아 문제가 생겼을 때 도움을 청할 수 있는 믿을 만한 사람이란 평판을 얻게 되었지. 여기서 말하는 문제란 철창생활에 적응하지 못하거나 음식을 거부하는 동물들, 비정상적으로 적대적이거나 발달 장애를 보이는 동물들을 말하는 거야.

　1989년 말 그가 미국에 다시 돌아왔을 때, 그는 예전과 비슷한 일자리들 중에서 하나를 골랐어. 그가 취직한 곳은 '데릴 힉스 카니발'이라는 유랑공연단이었지. 아트는 그들과 함께 플로리다에서 겨울을 나게 되었는데, 카니발의 주인 힉스는 오랫동안 병을 앓아왔기 때문에 동물들을 팔아서 빚을 갚고자 했어. 그는 보유한 동물들을 아트에게 팔았지. 사실 아트의 형편은 가난과는 거리가 멀었거든. 예전 미국에 있는 동안 그는 매우 현명하게 투자해서 상당한 돈을 모았고, 그 돈을 한 친구에게 맡기고 미국을 떠났었지. 그가 믿었던 그 친구가 바로 라헬 소콜로우였던 거야. 일 년도 채 안 되어서 힉스는 자신의 사업을 완전히 접기로 하고 아트에게 공연단 전부를 맡겼지.

아트가 라헬을 통해 이스마엘을 제대로 알게 된 것은 1990년 후반의 일이야. 하지만 1991년 1월에 라헬은 HIV 검사에서 양성 판정을 받게 되었지. 그녀가 심장 수술을 할 때 감염된 게 확실했어. 라헬과 아트, 그리고 이스마엘은 곧바로 계획을 짜기 시작했지. 이제는 나까지 가담하게 된 이 계획 말이야.

페어필드 빌딩을 떠난 이스마엘은 데릴 힉스 카니발의 우리 안에 옮겨져서 공연이 벌어지는 일주일 동안 도시에 머물러야 했어. 자이르까지의 운송 계획은 이 시점부터 시작되는 것이었고, 떠나기 전까지 이스마엘은 카니발을 따라 이동해야 했어. 당연히 나는 몇 가지 의문을 갖게 되었지. 아트에게 물었어.

"왜 하필 우리 안이죠?"

"그야 누구든 우리 밖에 있는 고릴라를 보면 기절초풍을 할 테니까. 당장 총으로 무장한 경찰들이 달려오겠지."

"만약 이 모든 일을 벌일 만큼 형편이 넉넉하다면 어째서 비행기에 오르기 직전까지 이스마엘을 페어필드 빌딩에 그대로 두면 안 되는 거죠?"

"왜냐하면 카니발은 이스마엘을 비행기에 태우는 데 필요한 각종 허가서와 증명서들, 그리고 거기에 필요한 인맥을 가지고 있기 때문이야."

나는 불만스럽더라도 받아들여야만 했어. 하지만 처음 데릴 힉스 카니발을 찾아갔을 때, 도시 변두리 황량한 공터의 우리 안에 있는 이스마엘을 보고 정말 가슴이 찢어지는 것 같았지. 그런 이스마엘의 모습을 똑바로 쳐다볼 수 없었어. 너무나 당황스러웠지. 말이 안 되는 걸 잘 알지만 그가 거기 있는 게 꼭 내 잘못처럼 느껴졌어.

많은 일들이 일어났지, 그렇게 말하는 것만으론 부족해. 계획대로라면 나는 10월 29일 월요일 새벽에 떠나서 (모든 일이 기적같이 잘 진행된다면) 11월 2일 금요일 한밤중에 돌아올 예정이었지. 출발일이 정해지니 여러 가지 준비로 바빠졌어.

비행기 예약.

여권 사진 찍기.

여권 만들기.

비자 신청하기.

예방접종: 파상풍 – 디프테리아, A형 간염 면역글로불린, 황열병, 콜레라(같은 날에 한꺼번에 맞으면 절대 안 됨!).

말라리아 예방약 복용 시작(출발 이 주 전부터).

건강검진 및 치아 검진 받기.

비행기 표 찾아오고 여행자보험 들기(의료보험까지 포함).

국제 건강증명서 발급받기.

프랑스어 회화책 마련하기.

의약품 준비하기 – 아스피린, 항히스타민제, 항생제, 위장약, 설사약, 탈수 방지용 소금, 칼라민 로션, 선크림, 반창고, 붕대, 가위, 소독약, 모기 쫓는 약, 물 정수제, 입술 연고, 면포, 수건, 물티슈, 가위와 핀셋과 손톱깎이가 달린 다용도 칼.

준비한 걸 전부 넣을 배낭과 허리에 매는 보조가방 마련하기.

만약 이 글을 읽고 있는 누군가가 잠시 정신이 나가서 올해 휴가를 자이르에서 보내기로 계획했다면, 위에 있는 목록대로 한 줄 한 줄 따라서 짐을 챙기면 돼.

나는 팔일짜리 비자가 필요했지만 나 같이 어린 아이에게는 우편으로 발급해주지 않았지. 그래서 가는 길에 워싱턴에 있는 자이르 대사관에 들러야만 했어.

내가 준비해야 했던 이 모든 일들보다 더 중요한 건, 떠나기 직전까지 거의 매일같이 아트가 반복해서 말한 여러 가지 지시사항들이었지.

"매번 비행기에서 내릴 때마다 게이트에 누군가가 나와 있을 거야. 너를 에스코트할 사람이 도착할 때까지 그 자리에서 가만히 기다려. 혼자서 돌아다니지 마. 눈에 잘 보이게 게이트 중간에 서 있도록 해."

"짐은 되도록 가볍게 해."

"비행기 안에선 틈날 때마다 잠을 자 두도록 해. 사실 잠자는 것 말고 다른 걸 할 만한 시간이 거의 없을 테지만."

"비행기에서 만난 사람들과 너무 가까이하지 않도록 해. 예의바르게 행동하고 항상 읽을 책을 가지고 다니도록!"

"킨샤사에 간다는 건 세계에서 범죄 위험이 가장 높은 도시에 가는 거야. 대낮에 길 한복판에서 강도와 살인이 일상적으로 일어나지. 특히 외국인에겐 더욱 심해. 물론 너는 삼엄하게 보호될 테니까 네겐 그런 일이 일어나지 않을 거야. 하지만 왜 그런 보호가 필요한지는 너도 알고 있어야지. 너무 까불지 말고 장난도 치지 마."

"킨샤사 공항에는 표지판도 없고 안내방송도 없어. 사람들을 따라서 터미널까지 가. 명심해, 루콤보 말고 다른 사람을 따라가선 안 돼. 루콤보는 나를 안 닮았어. 사실 아버지가 다르기 때문에 우리는 전혀 형제로 보이지 않아. 루콤보는 키가 크고 싱겁게 생긴데다 두꺼운 안경을 쓰고 있어. 만약 루콤보가 맞는지 확인하고 싶으면 네 이름과 형 이름을 대보라고 해. 만약 못 대면 그는 루콤보가 아니야. 그러면 그 사람과 말을 하거나, 같이 무엇을 하면 안 돼."

"루콤보는 다른 두 사람과 함께 있을 거야. 한 명은 경호원이라 완전무장을 하고 있을 테고, 나머지 한 명은 운전기사라 아마 차를 지키고 있을 거야. 안 그러면 도둑들에게 차를 몽땅 털릴 테니까. 루콤보가 네 짐과 여권을 세관에 보여줄 동안 경호원이 너와 함께 있을 거야."

"선글라스는 쓰지 마. 선글라스는 '눈에 잘 띄는 목표'가 되지. 표적이 된단 말이야. 지갑이나 보석도 몸에 지니지 마. 경호원이 있든 없든 곧바로 털릴 테니. 또, 주머니가 불룩하도록 안에 뭘 넣어두지도 마. 누군가 면도칼로 주머니를 찢고 그 안의 물건을 훔쳐갈 테니까. 킨샤사에 비하면 뉴욕의 타임스퀘어는 주일학교만큼이나 안전한 곳이지."

"네가 가지고 있는 서류들은 항상 복사본을 만들어서 셔츠 밑에 매는 여행자벨트 안에 넣고 잘 간직하도록!"

"경찰이 너를 보호해주리라 기대하지 마. 공항에서도 마찬가지야. 아무도 공항이 여행객들에게 안전한 장소인지 따위엔 관심이 없기 때문에 공항 안전요원 같은 건 없어. 떼 지어 다니며 어슬렁거리는 아이들이나 거지들은 뭐든지 손에 잡히는 대로 움켜쥐고 달아난다고."

"경찰 신분증을 보여준다고 다 경찰은 아니야. 게다가 진짜 경찰이라도 아주 사소한 꼬투리를 잡아 너를 구금시킬 수 있어. 오로지 뇌물을 받을 목적으로 말이야."

"카메라를 가지고 다니지 마. 잘못 사진을 찍었다간 감옥에 갈 수도 있어. 네가 어리다고 봐줄 거라고 생각하지 마. 킨샤사에선 누구도 네가 범죄를 저지르기에 너무 어리다고 생각하지 않는다고. 심지어 몸 파는 일을 하기에도 말이야. 네가 꼭 알아둬야 할 것은, 많은 아프리카 사람들이 미국의 어린 계집애들은 모두 창녀라고 생각한다는 거야."

"벌레들한테 물리기 딱 좋은 방법은 발바닥을 내보이는 거지. 그러니 절대로 맨발로 다니지 마. 수영하러 가지도 말고 손을 자주 씻어. 정수된 물만 마셔. 네가 필요하다고 생각되는 것보다 더 많은 양의 물을 마셔. 하지만 반드시 정수된 물이어야 해. 그리고 네가 마실 것에 다른 사람이 얼음을 넣게 해서는 안 돼. 정수된 물로 만든 얼음이 아니라면 말이야. 이를 닦을 때도 정수된 물만 써. 만약 누군가 특별한 대접이라며 아이스크림을 권하면 무조건 정중하게 사양해야 해."

"볼람바에 도착하면, 손으로 집어먹을 각오를 해야 해. 그래야 예의바르고 공손하다고 생각할 거야. 또, 이상한 음식을 먹을 각오도 해야 해. 사람들은 자이르식 특별요리를 대접할지도 몰라. 주로 숲에서 나온 걸로 만든 요리인데, 튀긴 구더기나 흰개미들 같은 거지. 필요하다면 눈을 감고 삼켜. 그리고 아주 맛있다는 표정을 지어야 해. 흰개미들은 아삭아삭하고 팝콘 같은 맛이 나지. 그걸 먹는다고 해서 절대 죽지 않으니까 안심해."

"사람들의 관심을 끌지 마. 그리고 모든 사람에게 공손하게 대해."

나는 특별히 사람들의 관심을 끌지 말라는 제일 마지막 말이 마음에 들었지!

길 위에서

    첫 번째 여행도우미는 중간기착지인 애틀랜타 공항에 모습을 드러내지 않았어. 나는 거기서 워싱턴행 비행기로 갈아타야 했는데, 비행기가 이륙하기 십오 분 전까지 빌어먹을 여행도우미를 기다리며 서성댔지. 물론 갈아탈 비행기는 다른 탑승구에서 떠날 예정이었어.

    나는 결국 기다리기를 포기하고 발걸음을 뗐는데, 표지판을 따라 내려가다 보니 기차역이 나타나는 거야. 나는 인생의 중요한 기로에서 서 있는 것 같아 잠시 망설였어. '여기서 확 기차에 올라타 버릴까? 그러면 사흘 뒤에 몬태나 주 어딘가에서 눈을 뜨게 되지 않을까?' 하고 생각했지. 하지만 나는 결코 그런 일을 벌일 아이가 아니었어.

    내가 비록 전문가는 아니지만 그 공항을 설계한 사람은 여행자들에게 깊은 유감을 가진 자가 분명했어. 이륙 시간에 맞추려고 죽어라고 뛸 수밖에 없었지. 이리저리 헤매기는 했지만 어쨌든 제대로 찾아가서 비행기를 탈 수 있었어.

    제발 이번 여행 전체가 이런 모양새가 아니기를 바랐지. 하지만 그건 쓸데없는 걱정이었어. 워싱턴 덜레스 공항에서는 여행도우미가 탑승구 바로 앞에서 나를 기다리고 있었으니까. 아주 유능해 보이는 사십대 여자였는데 꼭 영화에 나오는 변호사처럼 옷을 차려입고 있었지. 거기에 비하면 청바지에 티셔츠를 입은 내 모습이 꼭 고아 같이 느껴졌어(그렇지만 나는 자이르로 갈 예정이었고, 그 여자는 아니었으니까 뭐).

우리는 택시를 탔고, 가는 길에 나는 그 여자에게 혹시 아트 오웬스의 친구인지 물어봤지. 그녀는 아주 다정한 미소를 지으며 자기는 직업적인 에스코트라고 설명해주더군. 기차역이나 공항에서 사람들을 만나 그들을 목적지까지 안내해주면서 먹고 산다고 말이야.

자이르 대사관에는 나의 비자 신청에 관한 기록이 전혀 없었어. 직접 와서 가난뱅이가 아님을 증명하면 바로 비자를 주겠다던 공문서의 발신 기록조차도 없더군. 나는 내가 가지고 있는 서류들을 전부 꺼내고 거기에 그들이 요구한 오백 달러짜리 여행자수표까지 꺼내 직원 앞에서 흔들었지. 직원은 서류가 전부 구비되었다는 점을 인정하고 비자 신청서를 새로 작성하게 하더니 이틀 뒤에 오라고 했지. 바로 이때 내 에스코트를 맡은 그녀가 나서서 아주 정중하게 이야기했어. 그들이 이 터무니없는 장난질을 당장 멈추지 않으면 자신은 그들의 허파를 꺼내서 개에게 던져줄 수밖에 없다고 말이야. 정확이 이런 표현을 쓰지는 않았지만 전체적인 의미는 그랬어. 그들은 장난질을 그만뒀고 정확히 십오 분 뒤에 나는 비자를 가지고 대사관 밖으로 걸어 나왔지. 이 경험을 토대로 나는 '직업적인 에스코트'를 내 장래 희망 직업 목록에 추가했어.

그곳에서 킨샤사까지는 여러 번에 걸친 비행기 환승, 그리고 무료함과 영화, 잠, 간식, 또 무료함의 연속이었지. 마침내 하늘에서 킨샤사를 보았을 때 나는 깜짝 놀랐어. 내가 예상했던 건 지구 종말 이후 모락모락 연기가 피어오르는 마을의 모습이었는데 실제로는 평범해 보이는 큰 도시였지. 고층빌딩과 자동차들, 그리고 있어야 할 모든 것이 있었어.

오후 여섯 시의 은질리 공항은 후텁지근했어. 게다가 비행기와 공항을 잇는 연결통로에는 에어컨도 설치되어 있지 않았지. 킨샤사의 냄새가 어떤지 알기 위해 기다릴 필요는 없었어. 비행기 문이 삐걱거리며 열리자 그 틈새로 뭐라고 말로 설명할 수 없는 냄새가 곧바로 밀려들어왔으니까. 결코 유쾌한 냄새가 아니었어.

나는 비행기에서 활주로로 내려와 터미널이 있는 건물까지 터덜터덜 걸어갔지. 흰 머리를 꽁지처럼 묶고 수염을 기른 나이 든 히피 한 명이 웃으면서 다가와 말했어. “줄리?” 나는 무시하고 계속 걸었지. 당황한 그 남자는 열두 살짜리 백인 여자애가 또 있나 싶어 승객들을 둘러보았지. 나밖에 없다는 것을 확인하자 그는 다시 한 번 말했어. “줄리?”

나는 단호하게 말했어. “나는 루콤보 말고 다른 사람에게는 볼일이 없어요. 그러니 당신이 그 사람이 아니라면 내 앞에서 당장 사라져주면 고맙겠네요.”

그 남자는 낄낄대며 웃더군. “꼬맹아, 그러면 아마 너는 꽤나 오래 기다려야 할 거야. 루콤보 오우나는 여기서 오백 마일이나 떨어진 볼람바에 있다고.”

나는 어떻게 해야 하나 생각하면서 계속 걸었지. 루콤보여야만 했어. 루콤보 말고는 다른 어떤 사람도 믿으면 안 되었다고. 이 남자는 사람들을 살펴보고 나를 찾아냈지. 이제는 내 차례였어. 아트 오웬스의 이복형제인 키 크고 싱겁게 생긴 흑인 남자를 찾아야 했다고. 그런데 터미널 출입구 옆에 서 있는 남자는 다소 살이 붙은 아트 오웬스 같다고나 할까, 키가 크지도 그렇다고 싱거워 보이지도 않았지만 확실히 나한테 관심을 보이고 있었지. 나는 그에게 다가가서 말했어. "루콤보?"

그는 이맛살을 찌푸리고는 아까 그 히피를 돌아보았지. 그러고는 둘이서 프랑스 말로 몇 마디 주고받더군. 이야기를 마치고 나서 아까 그 히피가 나를 내려다보며 말했어. "여기 있는 마푸타에게 네가 루콤보 오우나를 공항에서 만날 수 있을 거라 생각한다고 말했어. 그러니까 그가 '마빌리 공화국의 수상인 루콤보 오우나는 공항에서 직접 사람들을 맞이하지 않아요'라고 하는군. 그런 거야, 줄리. 그는 누군가를 맞이하게 위해 사람들을 보내지 그가 직접 공항으로 나오지는 않아. 그렇기 때문에 마푸타와 나를 보낸 거야. 유감스럽지만 너도 이 사실을 그냥 받아들여야 할 것 같구나. 아니면 이대로 돌아서서 집으로 가든가."

그렇게 해서 가장 중요한 주의사항 하나가 완전 헛것이 되어버렸지.

마푸타가 내 짐들을 가지고 세관에 가서 수속을 밟는 동안 나는 나이든 히피와 대기실에서 기다렸어. 그 히피의 이름은 글렌이었어. 그는 예전에 베트남에서 파일럿으로 일했었는데, 우리를 볼람바로 데려다주기 위해 활주로에 대기하고 있는 문제의 그 헬리콥터를 훔쳐서 도망쳤고, 그 뒤로 몇 년간은 돈이 되는 곳이면 어디든지 총기와 밀수품을 실어 나르며 지내다가 마침내 자이르에 정착해서 어느 정도 인정받는 삶을 누리게 된 거지.

마푸타가 필요한 수속을 마칠 때까지 기다리는 동안 시간을 때우기 위해 글렌이 내게 들려준 이야기야. 이야기를 들으면서 나는 어쩌면 곧바로 볼람바로 날아갈 수 있을지도 모른다고, 그래서 계획했던 것처럼 킨샤사에서 하룻밤을 보내지 않아도 될지 모른다고 생각했지. 하지만 그렇게 되지 않았어. 글렌이 설명한 대로라면 아프리카에서의 비행기 여행은 미국에서의 비행기 여행과 전혀 달랐어. 미국에서는 로란(LORAN)*이라는 장치를 이용해 낮이건 밤이건 어디쯤 가고 있는지 자신의 위치를 확인할 수 있고, 또 비행하는 곳의 기상상황도 알 수 있지. 하지만 아프리카에서는 눈에 보이는 것에 의지해 어림짐작으로 비행해야 하기 때문에 해가 진 뒤 황무지 위를 오백 마일이나 날아서 횡단하는 일은 영웅이나 미치광이가 아니라면 감행할 수 없는 일이었어.

삼십 분 뒤, 우리는 공항 밖으로 나와 차에다 짐을 실었어. 마푸타가 앞쪽 운전석 옆자리에 앉았는데, 카빈총이 그의 왼쪽 무릎 위로 도드라지게 튀어나와 있었지. 글렌의 설명에 따르면, 그건 오합지졸들에게 우리를 건드리면 좋을 게 없다는 걸 알려주기 위한 것이라더군. 실제로 문제에 휘말리게 되면 마푸타는 권총을 쓰게 될 거라고도 했어.

우리는 라 시테를 가로지르는 장거리 주행을 시작했지. 라 시테는 거대한 빈민가로, 도시 인구의 삼분의 이가 다닥다닥 붙은 가축우리 같은 데에 살면서 그 옆에 대충 덧대어놓은 부엌에 모닥불을 피우고 음식을 해 먹었어. 나는 곧바로 공항에서 나를 맞아주던 그 기분 나쁜 냄새의 진원지가 바로 여기라는 걸 알아차렸지. 글렌에게 이 냄새가 뭐냐고 묻자, 그는 나에게 거대한 쓰레기 처리장에 가본 적이 있냐고 묻더군. 나는 아직까지 그런 대접을 받아본 적이 없다는 걸 사실대로 말해야만 했어.

"간단하게 말해서, 쓰레기를 태우고 있는 거야."

---

* 한 쌍의 로란 송신국으로부터 발신되는 전파의 시간차를 측정하여 자신의 위치를 계산할 수 있도록 하는 무선 원거리 항행 원조시설 또는 그 방식을 일컫는다.

“왜요?”

“라 시테에서는 쓰레기를 연료로 써서 음식을 만들어. 수많은 사람들이 쓰레기를 태우고 그 위에서 음식을 하니 악취가 진동할 수밖에 없지. 그 냄새는 아마 오랫동안 너에게 남아 있을 거야.”

나는 뭐라고 대답해야 할지 모르겠더군. 그래서 침만 꼴깍 삼켰지, 뭐.

이상하게 라 시테 곳곳엔 술집과 나이트클럽이 즐비했어. 그중 많은 수가 노천에서 영업을 하며 귀가 쩌렁쩌렁 울릴 정도로 음악을 크게 틀어놓고 있더군. 잘은 모르지만 정열적인 살사 음악 같았어. 어떻게 이토록 비참한 상태에서 살아가는 사람들이 그와 같은 열정적이고 신명나는 음악을 만들 수 있을까 궁금해졌지. 그러다가 음악이 이들에게는 더럽고 비참한 상태를 중화하는 해독제가 아닐까 생각하게 되었어. 이런 나의 모습을 보면서 글렌은 (내 생각에 빈정거리는 말투로) 킨샤사가 아프리카 라이브 음악의 수도라고 알려주었지. 그렇다고 잠시 멈춰서 좀 더 자세히 들어보고 싶은 마음이 들지는 않았어.

삼십 분가량 더 달리니 정부 건물들과 박물관, 유럽풍의 가게들이 눈앞에 펼쳐졌지만 그곳도 좀 더 상태가 나은 빈민가라고 할 수밖에 없었어. 바로 그곳에 글렌이 살고 있었고, 내가 하룻밤 묵게 될 곳도 거기였지. 글렌과 그의 여자친구인 키토코는 식민지 시절부터 있었음직한 건물 이 층에 살고 있었는데, 한때는 우아한 건물이었겠지만 지금은 후줄근하기 짝이 없었어. 여기서도 사람들은 여기저기 모닥불을 피워놓고 음식을 하고 있었지.

나는 키토코를 보자마자 그녀를 좋아하게 되었어. 나이는 한 스물다섯 살쯤 되어 보이고, 비쩍 마른데다 그다지 미인이라고 할 수는 없었지만 그녀는 얼굴 가득 다정한 웃음을 띠고 있었지. 마푸타처럼 그녀도 링갈라어*와 프랑스어밖에 몰랐지만 내가 화장실을 간절하게 원한다는 걸 알리기 위해 그림을 그리거나 할 필요는 없었고, 다행히도 그 집엔 실내에 화장실이 있었어. 그들에게 석유풍로가 있다는 걸 알게 되니 한결 마음이 놓이더군. 여기선 음식을 하느라 쓰레기를 태우지 않아도 될 테니까!

키토코는 저녁식사로 모암베를 요리했어. 닭튀김과 쌀을 땅콩과 야자수로 만든 기름소스에 곁들여 먹는 요리인데, 그 작은 부엌에 맛있는 냄새가 진동했어. 글렌은 자신이 수집한 카세트테이프들을 보여주었지. 절반은 록큰롤이었고 나머지 절반은 자이르의 최신 유행곡들이었어. 나한테 하나 골라보라고 하더군. 나는 사람들이 이런 부탁을 하는 게 늘 별로라 손에 잡히는 대로 아무거나 하나 집어서 건네주었지.

우리가 음악을 들으면서 모암베가 완성되길 기다리는 동안 글렌은 그가 마빌리 공화국을 위해 특별한 임무를 수행할 때 키토코를 만났다고 말해주었어. 그러다가 그녀가 루콤보의 아내와 사촌(나는 그게 어떤 관계를 말하는 건지 전혀 이해할 수 없었지만)이라는 게 밝혀졌지. 저녁을 먹고 나니 몸이 노곤해져서 새벽 한 시쯤 잠자리에 들었어.

여덟 시간 뒤 우리는 그들이 챙겨놓은 바나나에 내가 가져간 오레오 쿠키로 아침을 해결했고, 키토코는 우리 둘을 차례로 안아준 다음 작별인사를 했지. 다시 공항으로 돌아가는 길에 강도를 당하거나 총격을 받거나 폭탄이 터지거나 독가스를 마시거나 시가전에 휩쓸리거나 하는 일은 발생하지 않았지.

하지만 밤새 누군가가 헬리콥터의 연료를 빼내가 버렸더군. 공항 안 휜

---

* 자이르에서 공용어 및 상용어로서 사용되는 반투(Bantu)어의 일종.

히 드러난 곳에 세워두었고, 게다가 공항 정비공에게 특별히 뇌물까지 줘서 지키게 했는데도 말이야.

일단 이륙을 해서 상황이 안정되자 글렌은 내게 고향에 돌아가면 친구들에게 진짜 스파이를 만났다고 얘기해도 된다고 말했지. 처음엔 글렌 자신을 두고 하는 말인 줄 알았어. 근데 그건 좀 말이 안 되었지. 잠시 생각해보다가 나는 말했어. "아하, 마푸타를 말하는 거군요."

"아니, 마푸타가 아니야. 그는 그냥 떡대에 불과해. 내가 말하는 건 키토코야. 실제로 활동하는 스파이들은 대부분 첩보소설 같은 데서 읽은 것과는 다르지."

루콜보 오우나

볼람바까지 북상하는 비행경로는 사방으로 뻗은 자이르 강 지류들이 몇 마일마다 열대우림 속에서 꼬리에 꼬리를 물고 나타나는 바람에 어디가 어디인지 분간하기가 힘들었어. 하지만 가는 길을 걱정하는 건 내 몫이 아니었지. 분명히 글렌은 그 가운데 어떤 지류를 따라가면 몽갈라에 도착하는지 알고 있을 테니까.

비록 우리가 최단거리를 비행하는 게 아닐지 몰라도 나는 그 편이 더 좋았어. 그러지 않았다면 이 세상에서 가장 멋진 풍경들을 못 보게 되었을 테니까. 킨샤사와 키상가니* 사이를 통째로 떠다니는 일종의 마을 같은 것 말이야.

내 생각에는 증기선 한 대가 여러 대의 바지선들을 한 묶음으로 묶어 밀고 있는 것 같았어. 닭과 염소를 비롯한 가축은 물론이고 소파, 두루마리

---

* 콩고 강 중류에 위치한 인구 110여만 명의 콩고 민주 공화국 제2의 도시이다. 과거에는 스탠리빌(Stanleyville)이라는 이름으로 불리기도 했으며, 키상가니(Kisangani)는 '섬 위에 있는 도시'라는 뜻이다.

루콤보 오우나
307

천 더미, 녹슨 지프차, 피아노 등 온갖 상품들과 사람들이 발 디딜 틈 없이 가득 들어차서 정작 바지선은 보이지도 않았지. 갓난아기들과 어린아이들도 많이 눈에 띄었고 여자들이 커다란 에나멜 통을 두드리는 모습도 보였는데, 나중에야 그게 요리에 쓰일 녹말을 얻기 위해 카사바를 빻고 있었다는 걸 알게 되었어. 사람들은 음식을 만들고, 물건을 사고팔고, 도박을 하고, 바지선들 사이를 분주하게 건너다녔어. 바지선마다 술을 마시는 바가 있고, 춤과 음악이 끊이지 않았지.

글렌은 그것이 마을과 다름없다며, 아이들은 그곳에서 나서 자라고 평생 바지선 밖으로는 한 걸음도 나가지 않는 경우도 있다고 했어. 그렇게 영원히 킨샤사와 키싱가니 사이를 오고가는 거지.

나는 이스마엘이 이걸 보았으면 좋았을 텐데 하고 생각했어. 모두가 따라야 할 유일하고 올바른 생활양식이 없다는 걸 너무나 잘 보여주는 사례니까 말이야. 내가 본 모습은 무척이나 매력적인 생활양식이었어.

자이르 상공 천 미터 위를 덜컹거리면서 비행하는 동안, 열대우림 위를 야간에 비행하는 것이 얼마나 위험한지 설명하던 글렌의 말을 이해할 수 있었어. 숲은 강가를 따라 지평선까지 빽빽하게 펼쳐져 있었어. 만약 폭풍우 때문에 불시착이라도 하게 된다면 선택은 두 가지뿐이었지. 열대우림의 울창한 나무융단에 몸을 맡기거나, 아니면 곧바로 강으로 직하하거나. 첫 번째 경우는 죽을 게 확실했고 두 번째 선택도 생존할 확률이 거의 없어 보였어. 하지만 낮 동안은 문제될 게 없었지. 강기슭 마을의 빈터를 찾아 착륙하면 되니까.

비행을 한 지 세 시간쯤 지났을 때 우리는 몽갈라 쪽으로 방향을 틀었고, 다시 삼십 분쯤 비행하자 드디어 볼람바가 눈에 들어왔지. 처음엔 글렌이 도착하기 전에 미리 알려주는 거라고 생각했어. 진짜 볼람바는 삼사십 마일 더 올라가야 나올 거라고 예상했으니까. 그런데 그게 아니었어. 겨우 축구장 서너 개를 붙여놓은 듯한 이 형편없이 작은 마을이 마빌리 공화국의 수도라니! 나는 꼭 모욕을 당한 기분이었어. 고작 이 정도인 줄 알았다면 이렇게 말했을 거라고. "이봐요, 나를 볼람바로 보내지 말고 볼람바를 나한테 보내라고요!"

내가 실망한 걸 눈치 챘는지 글렌은 예전 식민지 시절에는 훨씬 큰 도시였다고 말해주었어. 지금은 비록 초라하지만 그래도 여전히 이 일대의 가장 중요한 상거래 중심지라고 말이야. 우리는 학교 운동장에 착륙했어. 여남은 명의 아이들과 어른들이 뭘 가져왔나, 아니면 누구를 데려왔나 보려고 몰려들었지. 그들 가운데 어린 소년 하나가 앞으로 나서더니 자신의 이름이 로비이며 총리를 보좌한다고 소개하더군. 그는 우리를 한 블록 떨어진 총리 관저로 안내하겠다며 따라오라고 했어. 그는 내가 미처 손을 뻗기도 전에 내 짐 가방과 배낭을 들고는 말했어. "이게 다인가요?"

내가 그렇다고 하자 발걸음을 옮겼지. 그는 토속 억양이 심한 영어로 아주 예의바르게 비행은 편안했는지, 또 킨샤사에서는 만족스러웠는지 물었어. 나는 그랬다고 대답했지. 뭐 그런 식의 대화를 좀 더 나누었어.

관저는 식민지 시대의 유물인 여러 개의 건물로 이루어진 이를테면 복합단지였어. 밖에서 보면 무척 아름다웠지. 문에는 정부 건물임을 알려주는 동판 하나가 달랑 걸려 있더군. 제일 앞쪽의 건물은 꼭 제대로 관리되지 않은 워싱턴의 자이르 대사관을 보는 듯한 느낌이었지. 우리는 안으로 들어갔어. 로비는 안내데스크에 있는 누군가에게 고갯짓으로 인사를 하고는 나를 이 층으로 안내했어.

“총리께서 당신이 도착한 걸 알고 계십니다. 곧 당신을 보러 오실 거예요. 그동안 짐을 당신 방에 가져다 둘게요. 괜찮죠?”

나는 그러라고 말했어. 로비는 잽싸게 짐을 들고 복도를 내려갔지. 십 분쯤 뒤 다시 돌아왔을 때 내가 여전히 거기 앉아 있는 것을 보고 그는 깜짝 놀란 눈치더군.

“총리께서 아직 안 오셨나요?”

나는 그렇다고 대답했어. 뻔한 걸 왜 묻나 하고 생각했지.

그는 총리가 무엇 때문에 바쁜지 보고 오겠다고 말한 뒤 복도 안쪽의 문으로 사라졌어. 한 삼 분쯤 뒤 그는 복도로 머리를 내밀고는 나에게 오라고 손짓했어.

“총리께서는 지금 전화를 받고 계십니다. 하지만 곧 끝나실 거예요.”

로비는 나를 사무실로 데리고 갔어. 그곳은 접견실로 꾸민 공간 같았지. 하지만 내가 만날 사람은 거기 없었어. 우리는 그곳을 지나 다시 내실로 들어갔지. 틀림없이 루콤보 오우나로 보이는 남자가 의자에서 몸을 일으키더니 지극히 형식적으로 느껴지는 인사를 건네더군. “볼람바에 오신 것을 환영합니다. 거첵 양.” 하지만 별로 환영하는 목소리가 아니었어. 그는 내게 앉으라고 하고는 비행이 즐거웠기를 바란다, 킨샤사에서는 편안했기를 바란다 따위의 의례적인 인사말을 늘어놓았지. 그러고 나서 곧바로 본론으로 들어갔어.

“내가 이해하기로는…….” 그는 두꺼운 안경 너머로 업신여기듯 나를 쳐다보며 말을 이었어. “당신은 로랜드고릴라에게 살 곳을 찾아주기 위해 도움을 필요로 한다고요?”

거기 앉아서 그의 말을 듣고 있자니 나는 아트가 상황을 얼마나 잘못 판단하고 있었는지 깨닫게 되었어. 루콤보가 킨샤사 공항으로 나를 마중 나오지 않았을 때부터 이럴 가능성에 대해 생각했어야 했어(분명 그는 도와줄 생각조차 없었던 거야). 내가 헬리콥터에서 내릴 때 그곳에 나와서 맞이하지 않았을 때부터 짐작해야만 했다고. 하지만 이제는 모든 게 확실해졌고 나는 생각을 해야만 했지.

아트가 당연하게 여겼던 것과는 다르게 그의 동생은 우리의 친구가 아니었어. 그가 우리의 적인지는 모르겠지만 확실히 동맹군은 아니었지.

딱 삼 초 만에 나는 머리끝까지 화가 났지. 한편으론 상황을 잘못 판단한 아트에게 화가 났고, 다른 한편으론 어떤 인간이건 간에 루콤보 그 작자에게 화가 났다고. 나는 정말 울화통이 치밀었어. 보통 그렇게 화가 나면 나는 엄청나게 어리석은 일을 저지를 작정을 하게 돼. 그 다음에 내가 한 행동은 어떤 사람들에겐 호기롭고 용감해 보일 수도 있을 거야. 하지만 그건 착각이지. 내가 한 행동은 더도 덜도 아닌 어리석은 짓이었을 뿐이라고.

나는 그와 그의 형이 아버지가 다르다는 것을 알고 있다고 말했어.

내가 개인적인 일을 들먹이며 얘기를 시작하자 그는 눈에 띄게 당황했지. 하지만 맞다고 인정하더군.

내가 말했지. "적어도 아트의 아버지는 아들에게 예절에 대해서 가르친 건 분명하네요."

순간 루콤보는 얼어붙었지. 그리고 족히 이십 초는 넘게 내 말뜻이 무엇인지 파악하려고 머리를 굴리는 것 같았어. 마침내 내 말뜻을 이해했을 때 그의 검은 얼굴은 잿빛으로 변했어. 꼭 다 타버린 석탄처럼 말이야.

그의 일그러진 얼굴을 보았을 때 나는 그 자리에서 그냥 땅속으로 꺼져버리고 싶은 심정이었어. 차라리 집으로 돌아갈 수 있다면, 아니 다시 헬리콥터로 돌아갈 수만 있다면 얼마나 좋을까 하는 생각이 들었지. 어디론가 끌려가 총살을 당하는 내 모습이 머릿속에 떠올랐어. 하지만 나는 루콤보를 똑바로 쳐다봤지. 적어도 이것만은 알고 있었거든. 상대가 공격을 해오기도 전에 도망치면 안 된다는 것 말이야.

그가 마침내 입을 열어 싸늘하게 말했어. "어떻게 감히 너는 내 집무실에서 나를 모욕할 수 있지?"

나도 차가운 말투로 쏘아붙였어. "어떻게 감히 당신은 도움을 청하러 팔천 킬로미터나 날아온 형의 친구에게 그렇게 적대적일 수가 있죠?"

적대적이란 표현을 쓸 만큼 내가 그렇게 순발력 있는 아이였나? 꼭 그렇다고 할 수만은 없지만 그 순간만큼은 그랬지.

그는 나를 가만히 쳐다봤어. 나도 같이 쳐다봐주었지. 이내 우리의 처지가 바뀌었다는 생각이 들더군. 분명히 이제는 그가 땅속으로 꺼져버리고 싶은 심정인 거야. 그는 눈을 내리깔았고, 나는 믿을 수 없지만 내가 이겼다는 사실을 알게 되었지. 평생 루콤보와 친구가 될 수는 없을지 몰라도 그가 나에게 한 것보다 더 세게 그를 압박한 것은 확실했어.

우리는 그렇게 그 자리에 앉아 있었어. 그는 무엇을 해야 할지 고민하는 듯했고, 나 역시 무엇을 해야 할지 전혀 생각이 나질 않았지. 나는 방금 나를 죽일 수도 있는 권력을 지닌 남자에게 치명적인 모욕을 가했고, 그가 그 모욕을 그대로 받아들이도록 몰아붙였어. 그리고 이제 우리 둘 다 어떻게 해야 할지 몰라 당황하고 있었지.

마침내 절망적인 심정으로 내가 입을 열었어. "당신 형이 전해달라더군요. 당신이 그립다고요. 그리고 아프리카도 그립고요." 물론 순전히 내가 지어낸 거였지. 아트는 결코 이런 말을 한 적이 없으니까. 비슷한 말도 꺼낸 적 없었지.

"그 말은 믿기 어렵군."

나는 어깨를 으쓱했지. 마치 이런 멍청이한테 뭘 더 바라겠느냐는 듯 말이야.

"그는 잘 지내나?"

"잘 지내요." 나는 의기양양하게 대답했어.

또 한 번의 오랜 침묵 끝에 드디어 그가 입을 열어 말했지. "미안하다……. 그런데 그놈의 고릴라와 이 일들이 다 뭔지 좀 더 자세하게 설명해주면 좋겠구나."

이런 식으로 사과하고 묻는 것을 보니 일이 거의 다 되었구나 싶었어. 그리고 그가 또 한 번 모욕감을 느끼지 않도록 괜찮다는 대답을 생략했지.

그의 목소리에는 고릴라와 관련된 이 일의 배후에 무언가 훨씬 더 중요한 게 숨겨져 있다는 의심이 깔려 있었어. 때문에 나는 계획을 살짝 변경해야만 했지. 만약 내가 루콤보에게 아트의 관심은 고릴라를 다시 놓아주는 것 외에는 아무것도 없다고 원래의 각본대로 말한다면, 루콤보는 그런 사소한 일은 생각할 가치도 없다는 듯 그저 어깨를 한번 으쓱거리고 말 기세였다고. 내가 받은 인상에 따르면 확실히 그랬어.

그런 결과를 피하기 위해서 나는 고릴라를 풀어주기를 원하는 건 나라고 설명했지. 다시 말하면, 아트가 자신의 목적을 달성하기 위해 나를 이용하는 것이 아니라 내가 목적을 달성하기 위해 아트를 이용하는 것처럼 말한 거야. 대담하고도 위험천만한 시도였지만, 그게 말이 되는지 안 되는지를 생각해 볼 겨를이 없었어.

그런데 그게 루콤보에게 먹혔지. 아마 나에게 생각할 시간이 여섯 달 더 있었다고 해도 기대하지 못했을 그런 효과를 발휘한 거야. 루콤보의 눈에서 그걸 확인할 수 있었어. 내 거짓말이 그의 세포 하나하나를 자극하며 그를 어떤 깨달음에 이르게 했다는 걸 느낄 수 있었지. 전기에 감전된 듯한 그 순간, 루콤보는 아트가 완전히 미쳤다는 걸 깨달은 거야. 아트가 나에게 완전히 푹 빠져버렸다고 말이야. 그 찰나의 시간에 루콤보의 상상 속에서 나는 꾀죄죄하고 여행에 지친 꼬맹이에서 성적인 매력이 넘치는 매혹적인 어린 여신으로 바뀐 거지.

그 일과 관련해서 특별히 내가 뭔가를 해야 할 필요도 없었어. 모든 게 오로지 루콤보의 생각 속에서 알아서 펼쳐졌지.

나는 고릴라를 한 마리 가지고 있었는데(어떻게 해서 고릴라를 가지게 됐는지는 오직 하느님만이 알겠지), 나는 그 고릴라를 아프리카 중서부의 열대우림에 놓아주고 싶어 한 거야. 아트는 내가 원하는 것을 거역할 수 없었지. 아트 본인이 직접 자이르에 와서 필요한 수속을 밟을 수 없으니까 내가 온 거고. 이 일에 동원된 모든 비용과 소란은 고릴라를 위한 게 아닌 거지. 그건 말도 안 되는 소리야. 그건 나를 위한 거라고.

이게 루콤보가 이해한 사건의 전모야. 그리고 나는 그가 계속 그렇게 생각하도록 내버려두었어.

루콤보를 만난 뒤에 나는 내 방으로 안내되었는데,. 그 방에 대해선 별로 얘기할 만한 게 없어. 나는 다음날 모콘지 은케미를 만날 때 입을 정장을 걸어놓고 솔질을 해서 주름을 폈지. 제법 멋진 정장이었어. 내가 그다지 좋아하는 스타일은 아니었지만, 한 나라의 대통령을 만날 때 청바지와 티셔츠 차림은 부적절하다는 말을 귀가 따갑도록 들었기 때문에 어쩔 수 없었지. 복도 안쪽에 욕조가 딸린 화장실이 있었어. 욕조는 거의 수영을 해도 될 만큼 깊어서 나는 긴 목욕을 즐겼지. 그 다음엔 낮잠을 잤어.

관내엔 영어를 할 줄 아는 사람이 별로 많지 않아서 글렌은 그날 저녁 나를 도와주겠다고 자처했지. 저녁식사로 연회장에 성대한 뷔페가 차려졌는데, 나를 위한 자리가 아니라는 걸 알고 한결 마음이 놓였지. 정부에서 일하는 사람들에게 저녁 만찬을 제공하는 게 은케미만의 독특한 방식이었지. 그와 루콤보는 좀처럼 모습을 보이지 않았는데, 윗사람이 나타나 아랫사람들의 여흥을 깨지 않으려는 그들 나름의 배려였지. 그날 밤엔 다른 날과 마찬가지로 삼사십 명의 사람들이 오기로 되어 있었는데, 갓난아이에서 꼬부랑노인들까지 정부에서 일하는 사람들과 그들의 가족들이 참석했어.

글렌은 나에게 좋든 싫든 내가 나타나면 사람들이 술렁거릴 거라고 미리 귀띔해 주었지. 특히 꼬마들과 청소년들이 말이야. 사람들은 나를 겹겹으로 에워싸고 질문을 퍼부었어. 글렌이 내게 미리 알려주기를, 그들이 모여 있을 때 단체로 호기심을 풀어주지 않으면 밤새도록 똑같은 질문에 하나하나 대답을 해주어야 한다고 했지.

그들은 내가 왜 이곳으로 왔는지 궁금해했고, 나는 대통령을 만나기 위해서라고 대답해주었어. 당연히 그 다음엔 왜 대통령을 만나러 왔는지 알고 싶어 했지. 질문을 통역해주면서 글렌은 거기에 대해선 말할 수 없다고 대답하라고 조언했어. 그래서 나는 그의 충고를 따랐지.

사람들은 내가 정확히 어디서 왔으며 그곳은 어떤지, 자이르의 음식과 음악, 도로 사정과 날씨에 대해서 어떻게 생각하는지 알고 싶어 했지. 그들은 미국의 텔레비전에 뭐가 나오는지도 알고 싶어 했어. 좀 나이가 있는 사람들은 내게 리비아나 이스라엘, 이란과 이라크에 대한 미국의 정책에 동의하는지를 묻기도 했지.

한 시간 남짓 지나서 글렌이 사람들에게 그만하라고 한 뒤에야 비로소 우리는 뭔가 먹을 수 있게 되었지. 글렌은 나와 함께 음식들이 차려진 테이블들을 돌았어. 오륙십 가지가 넘는 대부분의 음식은 글렌도 뭐가 뭔지 알 수 없었지. 그는 무엇으로 만들었는지 알 수 있고 내가 좋아할 것 같은 대여섯 가지의 음식을 집어 들고 내게 맛을 보인 다음 몇 가지 음식을 더 고르도록 했지. 그중 맛이 이상하거나 끔찍한 음식은 없었고, 결국 튀긴 흰개미가 진짜 팝콘 맛이 나는지 확인할 길은 없었어. 정말 다 맛있었어.

내 말은 평소에 맛이란 걸 가진 음식을 먹어볼 기회가 드물단 뜻이기도 해. 대부분의 미국 음식과는 달랐지. 미국 음식은 사실 재료만으로 제대로 맛을 내지 못하기 때문에 다른 것을 첨가해서 맛을 내지. 소금, 후추, 간장, 겨자 또는 레몬즙이나 화학조미료 같은 것들 말이야.

나중에 글렌이 권해서 먹은 음식 가운데 하나가 훈제한 원숭이라는 사실이 밝혀졌지. 글렌은 아마 내가 기절초풍할 거라 생각했나 봐. 하지만 그 정도야 뭐. 감격할 일은 아니더라도 그렇다고 기절초풍할 일도 아니었지.

모콘지 은케미

　수요일 오후에 루콤보 오우나를 만난 목적은 분명했지. 우리가 쓴 시나리오에 따르면 다음날 아침 모콘지 은케미를 만나기 전에, 루콤보가 미리 내가 원하는 것을 알아내 은케미에게 귀띔하도록 하는 거야. 은케미가 아는 한 나의 요구는 아트 오웬스와는 조금도 관련이 없어야 했어. 달갑지 않은 인물인 아트는 이름조차 언급되지 않아야 했지.

　은케미와의 만남은 간단할 거라 예상했어. 나는 걸어 들어가서 몇 마디 사교적인 인사를 주고받은 다음 무엇을 원하는지 설명만 하면 되는 거야. 은케미는 물론 안 될 게 뭐 있냐고 말할 테고, 그러면 나는 안녕히 계시라고 인사를 하고 나와서 집으로 돌아가는 거지. 누가 봐도 당연한 수순이었지.

　은케미의 접견장에는 접견 안내인이 따로 있었지. 믿음직한 로비(글렌의 설명에 따르면 로비라는 말은 링갈라 말로 '어제'와 '내일'을 동시에 의미한다더군)에 의해 그곳으로 안내된 뒤, 앉아서 십 분 정도 기다렸어. 그런 다음에야 은케미를 만날 수 있게 되었지.

은케미의 집무실은 루콤보의 집무실보다 훨씬 더 크고 품격이 있었어. 하지만 나를 정말 놀라게 한 건 은케미 바로 그 사람이었지. 무슨 이유 때문인지는 모르겠지만 나는 꼿꼿하고 땅딸막하고 다부진 남자를 예상했거든. 나폴레옹 같은 그런 이미지 말이야. 그런데 은케미는 나의 예상과는 달리 껑충한 키에 몸이 가늘며 어깨가 축 늘어진 학자 타입이었어. 짙은 색 양복에 하얀 셔츠, 그리고 짙은 색 넥타이를 매고 있었지. 그 역시 루콤보와 마찬가지로 안경을 쓰고 있었지만 나를 보더니 안경을 벗고 그의 책상 앞에 있는 의자에 앉으라고 손짓을 하더군.

"함께 커피 마시겠어요?" 그가 말했지. 내가 망설이는 것을 보고는 정수된 물로 내린 커피라고 안심시켜주었어. 나는 좋다고 말했지만 솔직히 그냥 넘어가고 싶었지. 그는 내게 여행이 즐거웠는지, 또 킨샤사에서는 만족스러웠는지 루콤보보다 훨씬 더 세심하게 물어보았어. 또 관사에 마련된 숙소와 전날 저녁의 만찬이 어쨌는지에 대해서도 물었지. 곧 커피가 나왔고 우리는 커피를 마셨어. 그러고 나서 마침내 본론으로 들어갔지. 그는 재촉하는 것 같아서 미안하지만 조금 이따가 파리에서 중요한 전화가 오기로 예정되어 있다고 말했어. 나는 충분히 이해한다며 괜찮다고 말했지. 그는 루콤보 오우나가 내 계획을 대강 설명해주었다면서 나에게 좀 더 자세하게 얘기해줄 것을 요구했어.

마침내 연극을 할 시간이었지. 나는 그가 눈치채지 못하게 크게 숨을 한 번 들이쉰 다음 설명을 시작했어.

이스마엘이라는 고릴라는 앞선 세대에 가르강튀아라는 고릴라가 그랬던 것과 마찬가지로 미국에서 유명인사이다. 가르강튀아는 우리에 갇힌 채 죽음을 맞이했는데 이 일로 인해 미국 내 동물 애호가들은 많은 반성을 하게 되었다. 때문에 이스마엘을 다시 야생으로 돌려보내야 한다는 강력한 요구가 일어났으며, 이스마엘의 주인도 이에 기꺼이 협조하고 있다. 그는 돈으로 따지면 꽤 값어치가 나가는 그 동물을 포기할 뿐만 아니라 고향인 아프리카 중서부의 열대우림으로 돌려보내는 데 드는 비용도 지불할 의향이 있다. 우리가 당신들에게 부탁하는 것은 킨샤사로부터 마빌리 공화국 내의 풀어줄 지점까지 이스마엘을 이송할 수 있도록 도와주는 것이다.

은케미는 평생을 갇힌 채 살아온 동물이 야생에서 살아남을 수 있으리라 생각하느냐면서 의례적인 관심을 보였지. 그건 이미 예상하고 답변을 준비한 여러 질문 가운데 하나였어.

"만약 그가 포식자라면 살아남지 못하겠지요. 다 큰 사자가 평생 우리 안에서만 살았다면 아마 야생에서 살아남기 위한 사냥기술을 터득하지 못했을 거예요. 하지만 고릴라처럼 풀을 뜯어먹고 사는 동물은 서식지의 환경만 적당하다면 별 어려움 없이 생존할 수 있을 것이고, 또한 고릴라가 성공적으로 자리 잡았다고 확신할 때까지는 조련사들이 함께 있을 거예요. 만약 고릴라가 자리를 잡지 못한다면 조련사들은 두 가지 가운데 하나를 선택하겠지요. 그를 다시 데리고 오거나 안락사를 시키거나." 나는 마지막 가능성은 별로 말하고 싶지 않았지만 달리 방법이 없었어.

은케미는 다음으로 이 일이 세계야생동물기금*과 같은 국제 야생동물

---

* 세계자연보호기금(World Wide Fund for Nature, 줄여서 WWF)이라고도 한다. 자연의 보존과 회복을 위해 일하는 국제 비정부 기구로 1961년에 스위스에서 창립되어 5대륙 90개국에 900만 명 이상의 회원을 두고 있다. 동물뿐만 아니라 숲, 꽃, 물, 토양 등의 자연자원을 보호하기 위한 연구와 투자 활동을 활발하게 펼치고 있다.

보호 단체로부터 후원을 받는 일인지 알고 싶어 했어. 아트가 옳았지. 그는 은케미가 이런 질문을 할 거라는 걸 미리 짐작했으니까. 은케미의 노림수는 자신이 세계 언론의 머리기사를 멋지게 장식할 수 있는가 하는 것이었어. 나는 아직까지 그런 후원을 구하진 않았지만 그게 문제가 된다면 기꺼이 그렇게 하겠노라고 말했지.

은케미는 어째서 이번 임무에 어린아이를 보냈느냐고 물었어. 내가 생각하기에도 이 점은 우리가 만든 시나리오의 취약한 부분 가운데 하나였지만, 내가 할 수 있는 거라곤 이미 준비해간 답을 줄줄 외우는 것뿐이었지.

전국적인 규모의 경연대회가 열렸는데, 이스마엘이 고향으로 돌아가야 한다는 입장을 가장 잘 옹호하는 글을 쓴 학생을 뽑는 대회였다. 내가 우승자로 뽑혔고, 상으로 이번 여행과 마빌리 공화국의 대통령에게 도움을 청하는 임무가 주어졌다.

내가 생각해도 빈약하기 짝이 없는 답변이었지만 그는 별다른 말없이 넘어가더군.

"거첵 양, 말해 봐요." 잠시 뜸을 들이다 그가 말했어. "내가 이 일에서 당신을 도와야만 할 이유가 뭘까요?"

"좋은 일을 할 수 있는 기회라는 것만으로도 충분한 이유가 되지 않을까요?"

그는 내 외교적인 답변을 인정한다는 뜻으로 고개를 끄덕였지. 하지만 그게 끝이 아니었어. "하지만, 그저 좋은 일을 할 수 있는 기회라는 것만으론 충분하지 않아요."

"좋아요, 무슨 말인지 알겠어요. 그럼 당신이 충분하다고 생각되는 보상이 어떤 건지 말씀해주세요."

그는 고개를 가로저었어. "나는 지금 뇌물을 요구하는 게 아니에요, 거책 양. 나는 지금 당신을 돕는 것이 내게 무슨 이득이 될 것인지 당신이 알려주었으면 하는 거예요. 솔직히 나는 아직 그걸 모르겠어요. 단도직입적으로 말해서, 내가 얻는 것은 무엇일까요? 내가, 아니면 마빌리 공화국이, 또는 아프리카가 얻을 수 있는 건 무엇일까요? 나는 그렇게 탐욕스러운 사람은 아니지만 협력한 대가로 뭔가는 받아야겠어요.

당신은 원하는 것을 얻게 될 테죠. 그 동물의 주인이나 이 일을 추진한 사람들도 원하는 것을 얻게 될 거예요. 그리고 당신이 사실대로 말한 거라면 미국에 있는 모든 동물 애호가들도 그들이 원한 걸 얻게 될 테지요. 그렇지 않다면, 장담하건대 그들은 이 일을 하지 않을 테니까요. 모두가 원하는 걸 얻는데 나만 얻는 게 아무것도 없어서야 되겠어요?"

확실히 숨이 턱 막히는 순간이었지. 뭐라고 대답해야 할지 몰라 머릿속이 하얘지면서 나는 내 임무가 완전히 실패로 돌아가는 상상을 했어. 공포에 사로잡혀 생각이 꽉 막혀버렸지. 겨우 이렇게 말할 수밖에 없었어. "문제는…… 당신이 원하는 게 무엇인지 모르겠다는 거예요."

그는 다시 한 번 머리를 가로저었어. 조금 전과 똑같이 심각한 표정으로 말이야. "내가 뭘 원하느냐 하는 건 중요하지 않아요, 거책 양. 만약 당신이 그 동물을 놓아주고 싶어 한다는 얘기를 듣고 내가 당신을 이곳으로 초대했다면, 나는 당신에게 도울 수 있는 기회를 달라고 부탁했겠지요. 그러면 당신은 왜 다른 사람이 아닌 나에게 그 기회를 주어야 하는지 이유를 설명해 보라고 했을 거예요. 다른 사람이 아닌 나에게 그 일을 허락했을 때 당신에게 어떤 이득이 있는지 알고 싶어 할 거예요. 그러면 나는 당신에게 그 이유를 말하겠지요. 왜냐하면 당신을 초대해서 기회를 달라고 부탁해야겠다고 기획한 게 바로 나니까요.”

나는 그저 입을 벌리고 얼간이처럼 그를 쳐다보며 거기에 앉아 있었지.

“당신은 멋진 사람이에요.” 은케미가 말을 이어갔어. “그리고 분명 멋진 글을 썼겠지요. 하지만 이 일을 기획한 사람들은 좀 더 노련한 사람을 보냈어야 했어요. 일을 어떻게 처리해야 하는지 아는 사람을요.”

“내가 이대로 돌아가면 많은 사람들이 실망할 거예요.” 나는 힘없이 맞서보았지만 별로 설득력이 없어 보였지.

“그들을 만족시키는 게 내 일은 아니죠.”

“하지만 우린 대단한 걸 원하는 게 아니에요!” 내가 푸념하듯 말했지.

그는 어깨를 한 번 으쓱하더군. “만약 당신들이 대단한 걸 원하는 게 아니라면, 당신들은 대단한 걸 대가로 치를 필요가 없겠네요. 하지만 대단치 않은 걸 요구한다고 해서 아무런 대가도 안 치르겠다는 건 말이 안 되죠.”

천만다행으로 바로 그 순간 은케미의 비서가 들어와서 파리와 전화가 연결되었다고 알려주었지. 그는 내게 잠시만 밖에 나가서 기다려도 괜찮겠냐고 물었어.

괜찮냐고? 나는 신발에 불이 붙은 것처럼 쏜살같이 문으로 달려갔지.

아트에게 전화할 생각이 들었다는 건, 그때 내가 얼마나 절박한 마음이었는지를 잘 보여주지. 그가 있는 곳은 새벽 네 시니까 적어도 집에는 있겠다고 생각했지만 문제는 나한테 시간이 얼마나 있는지, 또 전화가 연결되기까지 얼마나 걸릴지 모른다는 거였어. 나는 차라리 그 시간 동안 공포와 맞서 싸우면서 지금 처한 상황에 딱 들어맞는 기막힌 대답이 없을까 고민하자고 결심했지.

게다가, 이 문제에 관한 아트의 대답을 어느 정도 예상할 수 있었지. 내가 펼치고 있는 주장을 만든 게 그였으니까. "우리는 대단한 걸 원하는 게 아니다. 그러니 우리의 부탁을 안 들어줄 리 없다!" 여기에 대해 이스마엘은 아무런 의견도 내지 않았지. 하지만 만약 했다면 그는 어떤 주장을 펼쳤을까? 이상하게 들리겠지만, 그가 어떤 주장을 했을지는 알 수 없어도 어떻게 그 주장을 펼쳤을지는 짐작할 수 있었어. 그는 이야기를 통해서 자신의 주장을 들려주었을 거야. 비유적인 이야기 말이야. 왕과 외국인 탄원자에 대한 이야기……. 무언가 제자리를 찾도록 도와달라는 요청을 받은 왕. 그런데 어떤 이유에선지 그는 그 일로 자기가 얻는 대가가 무엇인지 알 수가 없는 거야…….

이스마엘은 몇 분 만에 그럴듯한 이야기를 지어내곤 했지. 문제는 적절한 요소들을 찾아서 끼워 맞추는 거야. 나도 한번 해보자 못할 게 뭐 있겠어 하는 생각이 들었지.

나는 진주를 생각했어. 또 금화도 생각했지. 이러저런 생각을 하니 머리가 좀 돌아가는 것 같았어. 좀 더 생각을 밀고 나가자 균형감각을 담당하는 귀 안쪽의 어떤 기관이 떠올랐지. 그런데 빌어먹을 그 기관의 이름이 기억나지 않았어. 거기서 그만 생각이 막혀버렸지.

한참을 골똘히 생각하다가 마침내 그럴 듯한 아이디어가 떠올랐고, 나는 그걸 붙잡고 씨름했지. 오 분쯤 뒤에 나는 은케미를 상대할 준비가 되어 있었고, 은케미도 통화를 끝내고 나와 이야기할 준비가 되었지.

"이야기를 하나 들려드릴게요." 다시 그의 집무실에 자리를 잡은 다음 내가 말했지.

은케미는 의외라는 표정을 지어보였는데 제법 흥미롭고 새로운 접근법이라고 생각하는 것 같았어. 나는 이야기를 해나가기 시작했지.

"어느 날 어떤 나라의 왕자가 무언가 부탁을 하러 온 외국인 방문객을 궁정에서 맞이하게 되었어요. 왕자는 방문객을 내실로 데리고 가서 부탁이 뭐냐고 물었지요.

'말 한 마리를 데리고 와서 당신의 마구간에 넣을 수 있도록 허락해주셨으면 합니다.'

'어떤 말이죠?' 왕자가 물었어요.

'이마에 검정색 별무늬가 있는 회색 종마입니다.'

왕자는 이마를 찌푸리며 말했어요. '내가 어렸을 때 아버님의 헛간에 그렇게 생긴 말이 한 마리 있었소. 그러다 끔찍한 화재가 나서 다른 여러 말들과 함께 사라졌다오.'

'성문을 열어주시겠습니까? 그리고 제가 그 말을 당신의 헛간에 넣도록 허락해주시겠습니까?'

'왜 내가 그래야 하는지 모르겠군요.' 왕자가 대답했지요. '너무 단도직입적이더라도 용서해 주시오. 당신의 부탁을 들어주면 내게 득이 되는 게 대체 무엇이오?'

그러자 그 방문객은 이렇게 대답했지요. '왕자님께서 잘 알고 계시리라 생각합니다. 이 말은 당신이 어렸을 때 아버지의 마구간에서 사라진 바로 그 말입니다. 저는 단지 그것을 원래 있어야 할 자리에 돌려놓으려는 것뿐입니다'라고 말이에요."

은케미는 웃음을 짓더니 나를 향해 고개를 끄덕였어. 마치 계속하라고 말하는 것 같았지.

"우리는 우리의 소유물을 돌보아달라고 당신에게 부탁하고 있는 게 아

니에요. 우리는 원래 당신이 가지고 있던 것을 제자리에 돌려놓으려는 거
라고요."

　은케미는 고개를 끄덕이며 여전히 미소를 띤 채 말했지. "이젠 알았나
요? 조금만 생각하면 나 혼자서도 내게 이로운 점을 찾아낼 수 있었을 겁
니다. 하지만 나에게 그것을 보여주는 건 당신의 의무에요. 나더러 그것을
찾아내라고 해선 안 된다고요. 당신의 제안에서 내가 얻을 게 무엇인지 나
에게 찾도록 함으로써 당신은 대단한 결례를 범했어요. 물론 당신이 일부
러 그런 게 아니라는 건 잘 알고 있습니다만."

　"무슨 말인지 알겠습니다." 내가 말했어. "전적으로 옳은 말씀이라고
생각합니다."

　"물론 나는 기꺼이 당신의 이 특별한 모험을 도와주고 싶습니다. 루콤보
오우나 씨가 필요한 모든 수속을 밟아줄 겁니다."

　이 말과 함께 그는 자리에서 일어나 내게 작별인사로 악수를 청했지.

　여덟 시간 뒤, 나는 취리히로 가는 비행기 안에 있었어.

절묘한 타이밍

비행기를 여러 번 갈아타고 대서양을 횡단한 뒤 나는 금요일 자정 직전에 집으로 돌아왔어. 엄마는 거의 혼수상태인 나를 부축하다시피 해서 침대에 눕혔지. 다음날 아침 여덟 시에 엄마가 나를 깨우며 오웬스 씨가 데리러 올 거라고 말할 때까지도 나는 비몽사몽이었어. 대여섯 시간은 더 잘 수 있을 것 같았지만 일어나서 샤워를 하고 옷을 챙겨 입은 다음 아침을 먹었지. 그리고 시간에 맞춰 현관 앞에 나가 그를 기다렸어. 아트가 예의상 집에 들어와서 엄마랑 이러저런 대화를 나눌 필요가 없도록 말이야.

카니발까지 가려면 약 한 시간 반가량 차를 타고 가야 했어. 내가 없는 동안 카니발은 북쪽으로 도시 두 개를 이동했더군. 우선 아트에게 나의 아프리카 모험기를 하나하나 상세하게 보고한 뒤, 내가 없는 동안 무슨 일이 없었느냐고 물었지.

"네가 떠난 뒤에 두 가지 사건이 생겼어. 하나는 이스마엘이 심한 감기에 걸렸다는 거야. 어쩌면 폐렴으로 발전할지도 몰라. 그래서 지금 앰뷸런스가 카니발로 오고 있는 중이야."

"이스마엘은 괜찮겠죠? 별일 없겠죠?" 내가 할 수 있는 말이라고는 이 것뿐이었지. 하지만 내가 아는 한 아트는 나를 안심시키는 말을 할 수 있다면 이미 했을 거야. 어쨌든 아트가 엄청나게 걱정하는 얼굴은 아니어서 그걸로 만족해야 했지.

"두 번째 것은 뭐죠?"

아트는 짧게 쓴웃음을 짓더군. "두 번째는 앨런 로맥스가 우리를 찾아 냈다는 거야."

"저기요. 앨런과 무슨 문제가 있는지 나한테 말해줘야 하는 거 아니에 요? 이스마엘이 그 일에 대해 말하고 싶어하지 않는 걸 알고 있지만 당신 은 나한테 말해줄 수 있잖아요."

아트는 그 문제에 대해 생각하며 한동안 운전만 했지. 마침내 그가 입을 열었어. "이스마엘의 제자들 중에는 때때로 이스마엘을 놓아주지 않으려 는 사람들이 있었지. 그를 소유하려는 사람들 말이야. 이스마엘은 그걸 죽 을 만큼 두려워했어. 충분히 이해할 수 있는 일이지."

"왜 그런 말을 하는 거죠?"

"생각해 봐. 너도 무엇을 소유하면 그걸 네 맘대로 하려고 하지 않니?"

"그래요. 근데 이스마엘은 앨런의 소유가 아니잖아요."

"그렇지. 그런데 문제는 앨런이 그를 소유하고 싶어 한다는 거야. 그저께 그는 나에게 천 달러를 줄 테니 이스마엘을 자기에게 넘기라고 하더군."

"세상에나!" 나는 화가 나서 씩씩댔어. 마구 소리를 지르고 싶었지. 눈앞 에 있는 자동차 계기판을 물어뜯고 싶을 지경이었다고.

"그래서 뭐라고 했어요?"

아트는 씨익 웃음을 짓더군. "천 달러로는 안 되니까 이천오백 달러를 달라고 했지.”

“도대체 왜 그랬어요?” 나는 화가 나서 물었어.

“내가 어떻게 하기를 바라니? 나는 어쨌든 이스마엘 또한 내가 보유한 여러 동물들 가운데 하나인 것처럼 행동해야만 했다고!”

“네, 그건 그렇네요.”

“네가 명심해야 할 것은, 앨런 스스로는 자신이 아주 훌륭한 행동을 하고 있다고 생각한다는 거야. 이스마엘을 절망적인 상황에서 구조하려는 것이니까.”

“이스마엘이 구조 같은 건 필요 없다고 말하지 않았나요?”

“분명히 말했겠지. 하지만 어째서 그럴 필요가 없는지는 설명하지 못했겠지.”

“왜요?”

“생각해 보렴, 줄리. 너 혼자서도 충분히 이유를 알아낼 수 있을 거야.”

나는 생각해보았지만 도무지 알 수가 없었어. 그래서 물었지. “근데 앨런은 어떻게 이스마엘이 카니발에 들어간 걸 알았을까요?”

“나도 잘 모르겠어.”

우리는 한동안 차 안에서 아무 말이 없었지. 마침내 내가 말했어. “그가 다음엔 무슨 짓을 할까요?”

“앨런 말이니? 내 생각엔 돌아가서 모을 수 있는 대로 돈을 모으겠지. 일단 돈을 모은 다음에는 돈에 눈이 먼 내 눈앞에 의기양양하게 그것을 꺼내놓을 테지…….”

“하지만 그때쯤이면 이스마엘은 이미 떠나고 없겠죠?”

“물론이지. 앨런이 너무 빠르게 움직이지만 않는다면 말이야. 이스마엘은 몇 시간 뒤면 떠날 거야. 그리고 카니발도 월요일쯤에는 사라질 테고.”

바로 그때 우리는 한 작은 마을로 접어들었고, 빌어먹을 앨런 로맥스가 내 눈에 들어왔지. 그는 주유소에 딸린 정비소에서 정비사와 함께 자동차의 후드를 살펴보고 있었어.

“엔진이 고장 난 것 같군. 아마 라디에이터 팬에 작은 돌멩이가 들어갔나 봐.” 그 광경을 보고 아트가 말했지.

“그래요? 그걸 어떻게 알지요?”

“뭐 그럴 수도 있단 말이지.”

나는 찬찬히 그의 표정을 살피며 물었어. “그럼 새 차가 필요할까요?”

“물론, 결국엔 그렇겠지. 불행히도 이런 시골에서는 필요한 부품을 찾기 힘들 테고, 게다가 오늘은 토요일이잖니. 고장이 별 거 아니라면 덜컹거리며 집에 돌아갈 수 있겠지만 어쨌든 오늘은 너무 늦어서 고치지 못할 거야.”

“저런!” 나는 그것 참 고소하다는 여운을 가득 풍기며 짧게 말했지.

잘가, 나의 이스마엘

빌어먹을 우리 안에 앉아 있는 이스마엘의 모습은 무척 힘들어 보였는데, 상태가 그다지 좋아 보이지 않았어. 연신 코를 훌쩍이고 숨을 쌕쌕대고, 털은 사방으로 곤두서 있었지. 하지만 누워 있지는 않았고 그가 죽어간다는 신호도 찾아볼 수 없었지. 사실 그는 완전 성질 사납게 화가 나 있었는데, 만약 곧 숨을 거둘 거라면 결코 그런 모양새로 있지는 않았을 거야.

나의 아프리카 모험 이야기를 듣고 나서 이스마엘은 자신과 아트가 루콤보와 은케미를 얼마나 잘못 판단하고 있었는지 깨닫고 속상해 했지.

"그러니까 원칙은, '최상의 것을 바라되 계획은 최악의 것에 대비해야 한다'라는 것인데, 우리는 그저 최상의 것을 바라기만 했군. 일을 접은 지 한 달 만에 벌써 감이 무뎌졌어."

반면, 그는 내가 지어내서 은케미에게 들려준 회색 말 이야기를 듣고는 낄낄거리며 웃었어. "너는 원래 귓속의 어떤 기관과 관련된 이야기를 하려 했다고 그랬잖아. 근데 그게 뭐였지?"

"왜, 있잖아요, 귀 안쪽에 떠다니면서 우리가 균형을 잡을 수 있게 도와주는 작은 기관 말이에요. 내가 원래 생각한 이야기는, 사악한 마법사가 세례식 때 왕자의 귓속에서 그걸 훔쳐가는 바람에 왕자는 자라서도 균형을 못 잡고 휘청거리게 돼요. 그리고 왕자의 자식들과 손자들도 마찬가지로 모두 휘청거리게 되지요. 어느 날 마법사의 손자가 나타나 당시 왕이 되어 성을 다스리고 있던 그에게 말해요. '나는 당신에게 이것을 돌려주고 싶소.' 그러자 왕이 '그걸 뭐에 쓴단 말이오. 내가 당신에게서 그것을 받으면 나에게 무슨 이득이 있소?' 하고 말하는 거예요. 그러면 마법사의 손자가 설명을 하는 거죠."

"약간…… 어렵구나."

"맞아요. 그래서 말 이야기로 바꾼 거죠."

"너는 아주 좋은 스승이 될 거야." 이스마엘이 놀랍다는 표정으로 나를 보며 말했어.

"내가 교사가 되어야 한다고요?"

"내 말은 직업적인 교사를 말하는 게 아니야. 너희들 모두는 다 스승이지. 너희가 변호사나 의사, 증권 중개인, 영화제작자, 기업가, 학생, 요리사, 청소부, 그 무엇이든 간에 말이야. 사람들의 마음이 바뀌어야만 너희들이 사는 세계를 구할 수 있어. 그리고 그 마음들을 바꾸는 일은 너희 하나하나가 다 할 수 있는 일이지. 너희가 누구이건 어떤 상황에 처해 있건 말이야.

나는 앨런에게 이르길 나가서 백 명의 마음을 바꾸라고 했지. 하지만 그걸 곧이곧대로 받아들이고 힘들어하는 그에게 약간 짜증이 났어. 물론 백 명의 마음을 바꿀 수 있으면 좋겠지만 그럴 수 없다면 열 명이라도 바꾸면 되는 거야. 그리고 열 명을 바꿀 수 없다면 단 한 명이라도 바꾸면 되는 거고. 왜냐하면 그 한 명이 백만 명을 바꿀 수도 있으니까."

"걱정하지 말아요. 내가 백만 명의 마음을 바꿔놓을 테니까."

이스마엘은 한동안 나를 가만히 응시하더니 말했지. "나도 네가 그럴 거라고 믿는다. 네가 충분히 그러고도 남을 거라고 믿어."

"아프리카에 가서도 가르침을 베풀 건가요?"

"아니, 아니, 절대 아니야. 아마 언젠가 너에게 편지를 쓸 수도 있지. 하지만 가르치는 것과 관련된 일은 아무것도 안 할 생각이야."

"그럼 뭘 하실 건데요?"

"열대우림의 가장 오지, 가장 깊고 잎이 무성한 곳을 여행할 거야. 그리고 내 종족을 찾아내서 그들과 함께 풀을 뜯어먹으며 살 거야. 너를 걱정시키고 싶지는 않다만, 우리 종족이 야생에서 오래 살아남을 가능성은 별로 없다는 사실을 부인할 순 없어. 이 문제에 대처할 새로운 방법이 있긴 하다만……."

"무슨 뜻이죠?"

"만약 그 누구도 감히 그물을 던지지 못하는 늙고 약삭빠른 수컷 고릴라에 대한 얘기를 듣게 된다면, 그게 바로 나라고 생각하면 틀림없을 거야."

잠시 뒤, 아트가 들어와 앰뷸런스가 도착했다고 전했어. 나는 이스마엘에게 함께 가도 되냐고 물었지.

"진심으로 바라건대 그러지 않았으면 좋겠구나, 줄리. 내일 작별한다고 해도 오늘 하는 것보다 더 쉽지는 않을 거야."

나는 쇠창살 사이로 손을 뻗었고 그는 내 손을 잡아주었어. 마치 내 손이 부서지기 쉬운 비누거품이라도 되는 양 아주 조심스럽게.

삶은 계속된다

믿을 수 없겠지만, 월요일 아침에 나는 아무렇지도 않은 듯이 잠자리에서 일어나 아침을 먹고 학교에 갔지. 화요일에도 마찬가지였어.

내 쪽에서 아트에게 연락을 취하는 건 불가능했지. 아트 쪽에서 내게 연락을 주어야 했어. 그를 통해 나는 이스마엘이 조금씩 건강을 회복했으며 1991년 1월 어느 날 아프리카로 떠났다는 걸 알게 되었지. 여행 일정이 어떻게 짜였는지는 묻지 않았어. 분명 재미있는 여행이 아니었을 테고, 그렇다면 차라리 모르는 편이 나았으니까. 두 달 뒤에 다시 아트가 전화를 해서 모든 일이 성공적으로 처리되었다고 알려주었어. 이스마엘은 고향에 돌아갔고, 설사 그곳이 마음에 들지 않더라도 받아들이는 수밖에 없었지.

어떻게 그랬는지 알 수 없지만 엄마는 조금씩 자이르 사건의 실체가 자신이 들었던 것과는 다르다는 걸 알게 되었지. 그렇다고 그 일에 대해 내게 따져 묻거나 설명을 요구하지는 않았어. 대신 엄마는 뜻 모를 말로 가벼운 불만을 표시했지. "너한테 비밀이 있다는 거 알고 있어. 그렇지만 뭐, 나한테도 있으니까."

　가을이 되자 데릴 힉스 카니발이 다시 내가 사는 도시로 왔고 아트와 나는 함께 시간을 보냈어. 나는 아트에게 일 년이 지나서 돌이켜보니 그들 둘이서 나를 통하는 것 말고는 딱히 다른 방법을 찾을 수 없었다는 사실이 믿기지 않는다고 말했지.

　아트는 씩 웃으면서 이렇게 말했어. "지금쯤이면 너도 짐작했으리라 생각했지. 너는 똑똑한 아이니까."

　"무슨 말이죠?"

　"우리는 이송과 관련한 다른 계획이 두 가지 더 있었어. 둘 다 비용이 훨씬 적게 드는 계획이었지. 게다가 너를 보내는 것보다 훨씬 쉽기도 했고."

　"그런데 어째서 나를 보낸 거죠?"

　"그건 이스마엘이 그 방법을 고집했기 때문이야. 이스마엘은 다른 사람이 아닌 바로 네가 그 일을 해주길 원했지."

　"왜죠?"

　"내 생각에, 그는 너에게 이 모든 기억을 남겨주고 싶었던 거야. 그의 마지막 선물이었던 셈이지. 너와의 수업은 이스마엘의 삶에도 아주 중요한 영향을 끼쳤어. 그래서 좀 더 손쉬운 방법이 있는데도 이스마엘은 마음을 바꾸지 않았던 거야."

　"하지만 내가 실패할 수도 있었잖아요!"

　아트는 고개를 끄덕였지. "이스마엘은 네가 실패할 수도 있다는 걸 알고 있었지만 그것 역시 그가 네게 주려던 선물 가운데 하나였어. 이스마엘은 자신이 목숨을 걸 만큼 너를 신뢰한다는 사실을 네가 알아주길 바랐던 거야."

　"앨런은 다시 나타났나요?"

"그래. 예상했던 것처럼 정말 다시 모습을 드러냈지. 우리는 짐을 다 싸고 새벽에 길을 나섰어. 나는 앨런이 나타날 때를 대비해서 그에게 메시지를 전할 사람을 한 명 남겨두었지. 그리고 정오쯤에 그가 나타난 거야."

"왜 그렇게 한 거죠?"

"왜냐하면, 끝을 내야 했으니까."

"잘 이해가 안 되네요."

"그럴 거야. 이스마엘은 앨런에 대해서 너와 이야기하는 것을 난처해했지."

"어째서요?"

아트는 잠시 무언가를 헤아리려는 듯 내 얼굴을 살펴보았지. "너는 앨런을 어떻게 생각했니?"

"솔직히 말하면, 나는 그를 밥맛이라고 생각했어요."

"바로 그래서 이스마엘은 이야기할 수 없었던 거야. 네가 듣고 싶어하지 않았을 테니까."

"네, 아마 그랬을 거예요."

"아마가 아니야, 줄리. 어떤 이유에선지 모르지만 앨런에 관해서라면 너는 이미 마음을 닫고 있었어."

"좋아요, 당신이 옳아요. 인정한다고요."

"이스마엘의 제자들 대부분은 한 가지 면에서 너와 똑같았지. 그를 놓아줄 때가 되면 놓아주는 거야. 내가 무슨 말을 하는지 알겠니?"

"잘 모르겠어요. 그 점에 있어서 나에겐 선택권이 전혀 없었으니까요. 나는 그를 놓아주지 않을 수 없었다고요."

아트는 내 말에 동의하지 않았지. "아니, 줄리. 너는 이렇게 말할 수도

있었다고. ‘만약 함께 가도록 허락하지 않으면, 난 손목을 긋겠어요’라는
식으로 말이야.”

“맞아요.”

“하지만 앨런은 그를 놓아주지 않으려 하는 학생들 중 하나였어. 이스
마엘은 일찍부터 그런 조짐을 발견했고, 그래서 그 점이 계획을 세우는 데
있어 중요하게 고려하지 않으면 안 될 부분이 되었지.”

“그게 무슨 뜻이죠?”

“페어필드 빌딩을 떠나야만 하는 게 확실해졌을 때 이스마엘은 그냥 사
라지는 것 말고 다른 선택의 여지가 없었다는 거야. 앨런이 보게 될 것은
어제까지만 해도 그 방에 있던 이스마엘이 오늘은 없는 거지. 감쪽같이 사
라진 거야.”

“당신 말은 이스마엘이 앨런에게 조만간 떠날 거라고 미리 알려준 적이
없다는 건가요?”

“맞아. 어느 날 이스마엘의 방이 텅 비어 있다면 너는 무슨 생각을 했
을 것 같니?”

“와우, 모르겠어요. 뭐 이렇게 생각했을 수도 있죠. ‘자, 꼬맹아. 이젠 너
혼자 해나가야 하겠구나’라고 말이죠.”

“대부분의 사람은 그렇게 받아들이겠지만 앨런은 아니었어. 앨런은 이
런 식으로 생각했지. ‘나는 이스마엘을 반드시 찾아야만 해!’ 그리고 곧바
로 실행에 옮겼지.”

“알겠어요. 그는 이스마엘이 스스로 원해서 사라졌다는 생각을 꿈에도
하지 못한 거군요.”

“이스마엘이 무엇을 원했는지 그가 생각해 보기나 했을까 모르겠다. 중

요한 것은 앨런이 이스마엘을 되찾기 위해 무진 애를 쓴다는 거였지.”

“네, 알아들어요.”

“이제 너도 이스마엘이 단순히 앨런을 떼어버리려 한 게 아니었다는 걸 이해해야 해. 그는 앨런을 일깨우려 했던 거야. 자신에 대한 앨런의 의존성을 깨려고 했던 거지. 그렇지 않으면 앨런은 영원히 그의 제자로만 남아 있게 될 테니까.”

“그게 무슨 말인가요?”

“이스마엘은 그들 스스로 스승이 될 수 있는 제자들을 원했지 그저 스승의 가르침만 받아들이는 그런 제자들을 원한 게 아니었어. 그가 네게 이 점을 분명히 하지 않았니?”

“맞아요, 그는 자신의 모든 학생이 자신의 가르침을 전하는 사람이라고 말했어요. 그래서 그들이 ‘세상을 구하려는 진지한 열망을 가지고 있는 게 중요하다’라고요. 그런 열망 없이는 배운 것을 가지고 아무것도 할 수 없으니까요.”

“맞아. 하지만 이스마엘이 앨런으로부터 들은 말은 이것이었지. ‘나는 결코 세상을 구하려는 네 열망을 좇을 수 없을 거야. 너의 메시지를 세상으로 가지고 나가 너 같은 스승이 될 수 없을 거야. 왜냐하면 나는 여기 머물면서 영원히 너의 제자로 남을 테니까.’ 그리고 바로 이것을 이스마엘은 깨뜨리고자 했던 거야.”

“이제 잘 알겠어요.”

“앨런이 카니발에서 이스마엘을 찾아냈을 때, 상황은 훨씬 더 절망적이었어. 앨런은 ‘여기 머물면서 영원히 너의 제자로 남을 것’이라고 말하는 데 그치지 않고 ‘나는 돈을 지불하고 너를 사서 고향으로 데려간 다음, 그곳에서 영원히 너의 제자가 될 거야'라고 말했거든. 정말이지 우리는 그의 계획을 완전히, 그리고 영원히 중지시켜야만 했어.”

“네, 이해해요.”

“월요일에 앨런이 다시 돌아왔을 때 이스마엘과 카니발은 둘 다 사라지고 없을 테지만 확실하게 매듭을 짓기 위해서 뒤에 사람을 남겨 앨런에게 메시지를 전한 거야. 내가 그에게 어떤 메시지를 남겼을까, 줄리?”

“돌아가. 우리를 내버려둬!”

아트는 고개를 저었어. “그건 아무 효과가 없을 거야, 줄리. 앨런은 악의 세력으로부터 자신의 스승을 구하는 중이니까 말이야. 그 정도로는 충분하지 않지.”

“맞아요.” 나는 어깨를 으쓱하며 말했어. “나라면 어떻게 해야 할지 잘 알지만 이스마엘이 그걸 찬성할진 모르겠네요.”

“이스마엘은 앨런이 다시 제자가 될 수 있으리란 희망 자체를 포기하길 원했지. 그는 앨런이 스스로에게 이렇게 말하길 원한 거야. ‘나 혼자서 해나가야 해. 철저히, 그리고 영원히. 이제 더는 내가 기댈 수 있는 그 자리에 이스마엘이 없어.’ 또한 앨런이 결국에는 이렇게 말하길 원했지. ‘이스마엘은 떠났어. 이제 내 자신이 이스마엘이 되어야 해’라고 말이야.”

“그런 거라면 이스마엘도 내 생각에 찬성하겠네요. 나라면 아마 ‘이스마엘은 죽었다. 상태가 점점 안 좋아져서 폐렴으로 죽어버렸다’라는 메시지를 남겼을 거예요.”

“내가 남긴 메시지가 바로 그거야, 줄리.”

“세상에나!”

입 밖으로 소리 내 말은 안 했지만 나는 정말 궁금했어.

'이게 정말 효과가 있을까?'
다섯 달 뒤 나는 그 대답을 얻을 수 있었지.

앨런의 이스마엘

앨런 로맥스의 책을 보면*, 그는 이스마엘에게 자신이 그의 메시지를 세상에 전달할 그런 사람이 될 수 없다고 말했다는 걸 인정하고 있더군. 하지만 이스마엘의 죽음을 접하고는 그런 사람이 되기로 작정한 게 분명해. 그 점에 대해선 그에게 고마움을 전하고 싶어.

앨런의 책을 읽은 많은 사람들과 이야기를 해봤지만, 아무도 이스마엘이 페어필드 빌딩을 떠나야 했을 때 앨런에게 한마디도 하지 않았다는 사실에 의문을 품지 않더군.(앨런 본인도 그 일을 언급하지 않았다고!) 마찬가지로 그 누구도 마침내 앨런이 대릴 힉스 카니발에 모습을 드러냈을 때 이스마엘이 전혀 기뻐하지 않았다는 사실을 알아차리지 못했어.

이스마엘이 내게 한 말과 앨런에게 한 말을 하나하나 짚어가며 비교할 생각은 없어. 단지 눈에 띄는 차이를 말한다면 이스마엘의 제자들에 관한 것 정도야.

---

* *Ishmael*, Bantam Books, 1992. 2004년에 평사리 출판사에서 《고릴라 이스마엘》이라는 제목으로 번역 출간했다.

앨런을 대할 때 이스마엘은 그가 과거에 거의 제자를 갖지 못했고 그나마도 대부분 실패작이었다는 인상을 주었다는데, 참 이상한 일이야. 왜냐하면 나는 정반대의 인상을 받았거든. 이스마엘은 내게 그에게는 학생들이 많았고 그들 모두가 어느 정도 성공적이었다는 느낌을 주었어. 그건 곧 이스마엘이 우리 둘 중 한 명에게는 사실을 있는 그대로 말하지 않았다는 뜻이지. 왜 그랬는지는 모르겠지만 말이야.

앨런의 이스마엘이 나의 이스마엘일까? 개인적으로 나는 그렇지 않다고 생각해. 앨런의 책에 묘사된 이스마엘은 다소 재미없고 음울하며 앨런이라는 제자를 약간 불편해하는 것 같거든. 하지만 그건 지극히 내 주관적인 느낌일 수도 있지. 내가 쓴 글의 이스마엘도 사람들에게 어떻게 보일지 잘 모르겠어.

앨런의 책을 읽고 아주 중요한 걸 배웠지. 내 말은 이스마엘이 그에게 가르쳐준 걸 말하는 게 아니라 앨런 그 사람에게서 무언가 배웠다는 뜻이야. 말하기가 어렵군. 왜냐하면 그걸 말하면 내가 틀렸다는 걸 인정하게 되는 거니까.

사실대로 말하면, 누군가에 대해 섣불리 단정 짓고 그 사람의 모든 행동을 그 잘못된 생각 아래 판단하는 게 얼마나 어리석은 일인지 깨닫게 되었어. 일단 앨런을 밥맛으로 생각하고 나자 그가 하는 모든 일들이 다 밥맛이었거든. 그의 책을 읽고 나자 내 행동이 옳지 않았을 뿐만 아니라 내 판단도 잘못되었다는 걸 알게 되었어. 아트 오웬스도 어느 정도 같은 실수를 했다고 할 수 있지. 하지만 이스마엘은 아니야. 이스마엘은 일관되게 앨런을 변호했지. 앨런에 대한 내 편견을 눈에 띄게 불편해했고, 앨런의 소유욕에 대한 그의 근심을 나에게 털어놓아서 내 편견을 더 키우지 않으려고 했어.

어디선가 지그문트 프로이드의 말을 인용한 걸 본 적이 있는데, "이해하는 것은 용서하는 것이다"라는 말이었어. 앨런이 쓴 책을 읽으며 나는 그 말을 이렇게 바꾸고 싶어졌어. "이해하는 것은 이해하는 것이다!"

사람들은 또 B라는 이름으로 알려진 사람, 이스마엘의 또 다른 제자인 찰스 애털리의 가르침에 대한 내 생각을 묻더군.* 내 생각은, 이스마엘이 앵무새를 훈련시킨 게 아니므로 찰스 애털리는 분명 앵무새가 아니라는 거야. 그는 이스마엘에게 배운 것을 소화해서 그의 열정이 향하는 방향으로 표출한 거지. 확신하건대 그건 정확히 이스마엘이 바라던 바야. B의 가르침이 진짜냐고? 그러니까 그것이 어쨌든 이스마엘로부터 나온 것이냐고? 앨런의 책에 넌지시 암시된 걸 보면 그렇다고 말해야 할 것 같아. 내 책에 그와 같은 암시가 없다고 해도 그건 전혀 얘기할 게 못 돼. 제자들에게 메시지를 전할 때, 이스마엘은 하나하나 '다른 방식'으로 이야기한다는 점을 아주 분명히 했으니까.

이 책을 쓰면서 줄곧 언젠가는 이 책의 시작 부분에 대한 해명을 해야겠다고 생각했어. 어느 날 눈을 떠보니 열여섯 살밖에 안 된 나이에 인생을 다 망쳐버렸다는 느낌이 들었다는 얘기 말이야. 지금이 그때인 것 같군.

앨런의 책이 세상에 나왔을 때 나는 아트에게 내 이야기도 책으로 쓰고 싶다고 말했지. 그의 대답은 이랬어. "이스마엘도 분명히 네가 그렇게 하기를 원할 거야. 하지만 지금은 아니야. 조금만 더 기다리자."

---

* *The Story of B*, Bantam Books, 1996.

당연히 나는 왜냐고 물었지.

"이 점에 대해선 무조건 나를 믿어야 해."

"당신을 믿어요. 하지만 그렇다고 왜냐고 이유를 물을 수 없는 건 아니잖아요."

"이번에는 따지지 마라, 줄리. 그냥 받아들이렴."

"좋아요. 근데 내가 뭘 기다리는 거죠?"

"그것도 말해줄 수 없다."

"이스마엘의 지시인가요?"

"아니."

"얼마나 기다려야 하는 거죠?"

"내가 써도 된다고 할 때까지."

"네, 근데 그게 언제가 될까요? 일 년 뒤? 아님 이 년 뒤?"

"미안하다만, 줄리. 나도 정확히는 모르겠구나."

"그건 부당하다고요."

"부당하다는 거 나도 알고 있다. 정당하지는 않지만 필요하기 때문에 그렇게 하는 거야."

이 대화를 나눈 것이 1992년 여름이었어. 나는 그가 다음 해에는 된다고 말할 거라고 생각했지. 하지만 아니었어. 1993년에도 다음 해에는 분명 될 거라고 생각했지. 그것도 아니었어.

1994년에 나는 세계사 과목을 들었는데, 그 수업을 듣는 학생들은 모두 앨런의 책을 일종의 입문서로 읽어야 했지. 나는 잠자코 있느라 정말 죽을 것 같았어. 그것만 뺀다면 그해는 꽤 괜찮은 해였어. 엄마는 인생의 한 고비를 넘기고 갑자기 술을 딱 끊었지. 살을 빼기 시작했고, 여자들 모임에도 나가고, 웃는 법을 다시 기억해냈어.

1995년 여름, 아트를 다시 만났을 때 나는 말했어. "저기요. 내가 글을 쓰는 게 문제되는 건 아니죠? 출간하지 않고 혼자만 가지고 있겠다고 약속하면 써도 되지 않을까요?"

아트는 그러라고 했어. 성경에 손을 올리고 아무한테도 보여주지 않겠다고 맹세하면 써도 된다고 말이야.

그래서 나는 쓰기 시작했어. 하지만 정말이지 다 망쳐버렸다는 느낌이었어.

글을 쓰기 시작한 지 여섯 달 만에 지금 쓰고 있는 마지막 장을 빼고는 전부 완성했지. 나는 한 부를 아트에게 보냈어. 아트는 이렇게 말했지. "훌륭해. 하지만 기다려야 해."

그래서 나는 또 한 해를 기다렸지. 그리고 지금 이 장을 쓰고 있는 거야.

아트는…… 계속 기다려야 한대.

오늘은 1996년 11월 28일이고, 나는 여전히…… 기다리고 있지.

기다림의 끝

1997년 2월 11일, 열여덟 번째 생일을 한 주 앞두고 아트가 전화를 해서 드디어 출간을 허락해주었지. 그는 이렇게 말했어. "모부투가 물러날 날이 얼마 남지 않았어. 몇 주 뒤면 권좌에서 물러나게 될 거야."

"세상에, 내가 기다려온 게 그거였어요?"

"네가 기다려온 게 그거였어, 줄리. 모부투가 물러날 날이 얼마 남지 않았다면 은케미가 물러날 날도 마찬가지지."

"그러니까 당신은 은케미가 권좌에서 물러나기 전에 내가 이스마엘의 소재를 밝히지 않기를 바란 거군요."

"핵심은 그게 아니야. 내가 바란 건, 은케미가 권좌에서 물러나기 전까지 자신이 보호하게 된 고릴라가 어떤 존재인지 모르는 거였지. 네가 은케미에게 이스마엘의 이름을 말했던 걸 생각해 봐."

"맞아요. 하지만 앨런도 이미 그 이름을 말했잖아요. 은케미는 앨런의 책을 읽고 자신이 맡은 고릴라가 어떤 존재인지 알아챘을 수도 있어요."

"아니. 앨런의 책을 읽고는 알 수 없었을 거야. 왜냐하면 앨런의 책에서 이스마엘은 죽었으니까."

"네. 무슨 말인지 알겠어요. 하지만 은케미가 알았더라도 어떻게 할 수 있었을까요?"

"그건 나도 모르지. 하지만 그가 어떻게 하는지 지켜봐야 하는 힘든 상황을 만들고 싶지는 않았어."

"그래요." 나는 잠시 생각해 보고 나서 은케미가 물러날 날이 얼마 남지 않은 게 확실하냐고 물었어.

"내 말을 믿어, 줄리. 지금은 미국 정부도 모르고 있을 확실한 정보를 입수했으니까. 여름쯤이면 은케미와 그의 공화국은 이미 역사 속으로 사라진 뒤일 거야."

"나는 은케미를 좋아한 것 같아요. 당신의 남동생도요."

"그 둘에 대해선 걱정하지 마. 할로윈이 되기 전에 그들은 파리나 브뤼셀에서 아프리카의 역사와 정치를 가르치는 좋은 일자리를 얻게 될 테니까. 물론 새로운 정부에 어떻게 뇌물을 써야 하는지 사업가들에게 조언을 해주는 일로 돈벌이를 하겠지."

"그동안 내가 무엇을 기다려야 하는지 왜 얘기해 주지 않은 거죠?"

"만약 그랬다면 너는 모부투가 얼마나 권좌에 더 있게 될지 물었을 거야. '누가 알겠니? 아마 백 년은 더 있을지도 모르지.' 내가 해줄 수 있는 말이라고는 그것뿐이었겠지. 네가 그런 말을 듣고 싶어 하지는 않을 거라 생각했어."

"맞아요."

그렇게 해서 기다림은 끝이 났지. 그리고 나는 이 책 대부분을 썼을 때보다 두 살 더 나이를 먹고 분별력도 더 자랐지. 예전에 썼던 글의 다소 거친 부분들을 찾아내 다시 손봐야 할 필요도 있겠지. 분명 그런 부분이 있을 거야. 하지만 내 생각엔 그냥 그대로 놔두는 게 더 좋을 것 같아.

그게 좋을 것 같아.

작가의 말

　많은 독자들이 편지로 이렇게 물어왔지요. "어떻게 하면 도울 수 있나요?" 나는 여러분이 이 책에도 소개된 정말 대단한 시도를 후원해주었으면 해요.

　Gesundheit Institute, 6855 Washington Blvd., Arlington VA 22213

　《고릴라 이스마엘》의 초기 판본에서 나는 이런 말을 쓴 적이 있어요. "《고릴라 이스마엘》은 언제나 나에겐 책 그 이상이었습니다. 이 책을 읽은 많은 사람들에게도 책 그 이상이기를 희망합니다. 만약 당신이 그들 중 하나라면, 나에게 연락해 주세요."

　여기서도 다시 한 번 여러분을 초대하고 싶네요. 거기에 한 가지 덧붙이자면, 여러분들로부터 편지를 기다리고 있지만(편지는 하나하나 빠짐없이 읽고 있어요!) 여러분 한 명 한 명에게 개인적으로 답장을 할 수 없다는 걸 이해해주세요.

　일반 우편 : P.O. Box 66627, Houston TX 77266-6627
　전자 우편 : danielquinn@ishmael.org

　다음 사이트에서 내 책을 읽은 다른 독자들과 만날 수 있습니다.
　http://www.ishmael.org

세상의 모든 줄리를 응원합니다

당신이 이 책을 끝까지 다 읽은 독자라면, 게다가 당신이 십대라면 나는 무척이나 놀랄 겁니다. 이 책의 주인공 줄리를 만났을 때처럼 말이죠. '텔레파시로 말하는 고릴라'를 만나는 것도 그렇지만, 우리 나이로 열네 살밖에 안 되는 나이에 '세상을 구하려는 진지한 열망'을 가지고 있는 소녀를 만난다는 건 현실에선 도저히 일어날 수 없는 일일 테니까요.

정말 그럴까요?

'세상을 구하려는 진지한 열망'이라. 참으로 생뚱맞고, 그래서 더 실없어 보이는 이 한 마디로부터 이야기는 시작됩니다. 어느 날 무심코 눈길이 가 닿은 신문광고의 이 문구 때문에 줄리는 모험을 시작합니다. 모험이라고 해서 놀이공원처럼 스릴과 재미를 만끽하는 그런 모험이 아니라 끊임없이 스스로에게 묻고, 궁리하고, 그렇게 진리를 찾아가는 지적인 산고(産苦)의 과정이지요. 이스마엘은 질문들을 통해 줄리가 우리 문화의 허구를 깨달아나가도록 도와주는 산파 역할을 합니다. 우리의 문화를 이루는 여러 제도들, 학교와 교육, 법률, 종교, 노동, 소유, 공동체를 둘러싼 수많은 거짓들이 밝혀지고 나면, 읽고 있는 우리의 마음은 아주 불편해집니다. 불쾌하기 짝이 없죠. 우리가 문명이자 발전이라고 생각했던 것들, 우리 인간을 특별한 존재로 만들어준다고 믿었던 가치들이 속절없이 폐기처분되고, 대신 지금까지 우리가 야만과 미개라고 이름 지었던 것들이 실상 더 강하고 아름답다는 것을 인정할 수밖에 없게 되니까요. 이런 실패를 인정하는 건 영 내키지 않는 일입니다. 비록 그 잘난 문화와 제도에 기여한 게 거의 없는 저 같은 평범한 사람도 말이죠.

저는 지금 학교에서 줄리 또래의 아이들을 가르치고 있습니다. 그래서 이 책을 번역하는 동안 자연스레 제가 만나는 아이들과 줄리의 모습을 겹쳐 보게 되었습니다. 철딱서니 없고, 자기밖에 모르며, 비열한 정도가 이미 어른들을 능가한다는 비난 속에서도 무한경쟁의 쳇바퀴를 돌리고 있는 대한민국의 십대들은 명실공히 지구상에서 가장 바쁜 종족이지요. 그런 아이들에게 세상을 구하려는 열망을 찾아볼 수 있을까? 고개를 절레절레 흔들고 싶은 마음이지만, 사실 그 아이들이 바로 줄리입니다.

기성세대의 눈으로 보면 줄리도 문제가 있는 십대들과 전혀 다를 게 없습니다. 이혼 가정의 아이인데다가 어머니는 알코올 중독자지요. 학교 숙제며 시험이며 제법 제 일을 챙기는 듯하지만 그건 기본은 할 테니 나를 귀찮게 하지 말라는, 아주 영악한 메시지인 셈이죠. 정작 마음속으로는 교사를, 학교라는 제도를, 나아가 이 사회를 조롱하며 거부하고 있는 불편한 십대입니다.

그렇지만 생각을 달리 해보면, 줄리는 자신의 상처를 스스로 치유하려 애쓰는 아이지요. 부모의 이혼과 어머니의 알코올 중독을 겪으면서도 결코 비난 따위는 하지 않아요. 그렇다고 애써 이해하려 하지도 않고요. 그저 묵묵히 자기의 몫을 감당하는 아이입니다. 스스로 어쩔 수 없는 절망적인 현실 속에서 그저 '착한 딸' 노릇이나 하고 있다고 자조적으로 말하지만, 그렇다고 생색을 내거나 자기 연민에 빠지는 일도 없는, 요즘 말로 하면 정말 쿨한 아이이지요. 이런 아이라면 지금 우리가 거리에서 만나는 아이들과 다를 게 없습니다. 그리고 그 아이들에게 '세상을 구하려는 진지한 열망'의 싹이 피어나고 있다는 거죠. 아주 작지만, 눈으로 확인하는 건 정말 힘들지만, 그래도 엄연히 존재하는 그들의 열망. 그리고 그것이 우리에게는 희망이 됩니다.

아이러니하게도 줄리는 자기 인생을 '다 망쳐버렸다'는 말로 이야기를 시작합니다. 다 망쳐버렸다고? 그게 어린놈이 할 소리냐 나무라고 싶은 이도 있겠지만, 저는 참으로 용기 있는 말이라고 생각합니다. 지금까지의 실패를 완전하게 인정하는 거지요. 자못 극단적으로 들리는 줄리의 이 한 마디가 어쩌면 우리 모두가 해야 할 고해성사인지 모릅니다. 도대체 우리는 어디서부터 잘못된 것일까, 책을 번역하는 내내 되뇌곤 했습니다. 그렇게 끝도 없이 되짚어가다가 생각이 막혀 괴로울 때면, 그래도 아직 내 안에 줄리가 살아 있다는 걸 확인할 수 있었습니다. 그리고 안도했습니다. 이 책을 읽고 불편함을 느낄 당신에게, 그리고 당신 안에 있는 또 다른 줄리에게 진심 어린 응원을 보냅니다.

나의 이스마엘 만들기

이남석*

1. 이스마엘과 청소년

이스마엘은 누구인가?

커다란 문제에 부딪치면 사람들은 보통 어떻게 대응할까? 체념하거나, 임시방편으로 때우거나, 아니면 근본으로 되돌아가 문제를 해결하려고 할 것이다. 사업에 실패해 많은 빚을 졌다고 가정해보자. 체념하고 인생을 포기하는 사람, 빚을 갚기 위해 또 빚을 내고 그 빚을 갚기 위해 다시 빚을 내어 임시방편으로 해결하는 사람, 사업 실패의 원인을 찾아내 근본적으로 해결하는 사람이 있을 수 있다.

그렇다면 전 지구적 환경파괴로 인해 인류의 몰락이 불가피할 만큼 커다란 문제에 부닥친다면 사람들은 어떻게 대응할까? 깊은 산속이나 시골에 들어가 전원생활을 해야겠다고 생각하는 사람이 있을 수 있다. 체념형이다. 친환경에너지를 만들고, 휘발유나 경유차 대신 하이브리드카를 만들어내고, 절전형 건물을 건축하는 사람이 있을 수 있다. 현재 우리가 직면한 환경문제를 해결하려는 노력의 전형인데, 이스마엘은 이런 것을 임시방편 해결형이라고 일축해버린다. 이렇게 말하는 이스마엘은 누구인가?

---

* 현재 성공회대학교에서 정치 사상 등을 강의하고 있다.

성경에 나오는 이야기 속으로 들어가 보자. 아담과 이브(하와)가 카인과 아벨을 낳는다. 카인은 땅에서 난 곡식을 야훼께 드리고, 아벨은 양의 첫 번째 새끼를 잡아 그 기름을 야훼께 드린다. 흔히 말하듯이 카인은 농경의 상징이고, 아벨은 목축의 상징이다. 그렇다면 이스마엘은? 아브라함은 사라의 몸종 하갈을 통해 이스마엘을 낳고, 부인인 사라를 통해 이사악을 낳는다. 이사악은 이스라엘의 조상이 되고, 이스마엘은 동쪽 사막으로 가서 채집과 수렵 경제의 상징이자 팔레스타인의 조상이 된다.

여기서 저자는 이스마엘이라는 이름을 통해 우리가 처한 근본 문제의 원인이 무엇이고 어떻게 대처할 것인가를 슬쩍 드러낸다. 카인의 농경도, 아벨의 목축도 아닌 '이스마엘'의 채집과 수렵으로 돌아가면 현재 우리가 처한 문제를 근본적으로 해결할 수 있다고 암시한다.

왜 하필이면 고릴라인가?

이스마엘은 고릴라의 모습으로 나타난다. 왜 저자는 이스마엘을 굳이 고릴라의 형상으로 표현했을까?

첫째는, 외모와 심성 때문이다. 고릴라는 유인원 중에 가장 커서 몸무게가 약 135~275킬로그램 정도 나간다. 몸도 묵직하지만 자기가 공격을 당하지 않는 한 상대방을 공격하지 않는다. 그 큰 덩치에 수줍음과 부끄러움도 많이 탄다. 그런 고릴라가 가만히 앉아서 한 곳을 응시하고 있으면 마치 성자나 철학자 같은 인상을 준다.

둘째는, 먹는 음식 때문이다. 고릴라는 그 큰 덩치를 유지하기 위해 주로 나무줄기나 이파리, 대나무의 어린 싹 등을 먹고 사는 채식 동물이다. 같은 유인원이라도 여러 종류의 원숭이와 인간이 잡식성 동물인 것에 비하면 상당히 이채롭다.

마지막으로, 고릴라가 많이 사라지고 있어 야생에서 보기 힘들기 때문이다. 더군다나 인간이 농사를 짓고 가축을 기르고 벌채를 하기 때문에 점점 서식지를 잃어가고 있다. 달리 말하면, 카인의 농경과 아벨의 목축에 의해 고릴라는 생존의 근거를 잃어가고 있는 것이다.

왜 열두 살에서 열여섯 살인가?

이 글의 또 다른 주인공은 줄리이다. 그는 열두 살에 고릴라 이스마엘을 만나고, 열여섯 살에 이 책을 쓰는 것으로 나온다. 왜 열두 살에서 열여섯 살의 줄리를 주인공으로 내세웠을까? 이 연령대는 우리나라로 치면 중학교에서 고등학교에 다닐 시기이고, 흔히 사춘기라도 하고 질풍노도의 청소년기라고도 부르는 시기이다. 그렇다! 저자의 말처럼 차를 훔칠 수도 있고, 낙태를 할 수도 있고, 마약도 할 수도 있는 그런 연령대이다.

이 시기에는 기존의 모든 것에 대해 불만이고, 모든 것을 부정한다. 특히 줄리처럼 엄마가 알코올중독자에 가깝고 아버지가 없다면, 세상의 모든 것을 비판적이고 부정적으로 바라볼 수밖에 없다. 또한, 이 시기는 웬만해선 타인을 전적으로 받아들이지 않지만, 존경하는 인물이 생긴다면 그에게 모든 것을 바치는 나이이기도 하다. 연예인을 좋아하면 그 연예인을 연애인으로 만들어버릴 정도로 모든 것을 다 바친다. 마찬가지로 존경하는 인물을 위해서라면 죽음까지도 불사한다.

한 마디로 말해서 이 시기는, 기성의 권위에는 무조건 비판적이지만 존경하는 대상에 대해서는 무한한 신뢰를 보이며 목숨도 바칠 수 있는 시기인 것이다.

해설 : 나의 이스마엘 만들기

채식생활을 하는 고릴라이자 채집과 수렵의 상징인 이스마엘, 모든 것에 대해 비판적인 청소년기의 줄리가 도시 한 복판에서 만났다. 저자는 이 만남을 통해 현대 사회의 모든 문제를 어떻게 해결할 것인가, 체념도 임시방편도 아닌 근본적인 문제 해결의 방안을 어디에서 찾을 것인가라는 질문을 우리 모두에게 던진다.

2. 패러다임의 근본 변화

현재의 패러다임은 무엇이 문제인가?

남극과 북극에 생긴 오존층의 구멍이 점점 넓어지고 빙하가 녹아내린다. 하루도 빠지지 않고 지구 곳곳에서 전쟁이 벌어진다. 너무나 평온해 보이는 일상에서 어느 날 느닷없이 테러가 일어나고, 이를 응징하는 보복 테러와 학살이 끊이질 않는다. 너무 많이 먹어서 비만과 당뇨가 골칫거리인 국가가 있고, 너무 못 먹어 아사와 질병에 시달리는 국가가 있다.

세상 곳곳이 자동차의 홍수로 넘쳐나고, 도시에서는 일 년 열두 달 조명이 꺼지지 않는다. 돈도 넘쳐나고 절망도 넘쳐난다. 먹을 것도 넘쳐나고 똥도 넘쳐난다. 상품도 넘쳐나고 쓰레기도 넘쳐난다. 대학도 넘쳐나고 실업도 넘쳐난다. 풍요 가운데에서도 너무 가난해 굶어 죽는 사람이 있고, 부자인데도 미래에 대한 아무런 희망이 없어 죽음을 택하는 젊은이들이 있다.

현재의 패러다임이 만들어낸 을씨년스러운 풍경들이다.

도대체 현대 패러다임의 기본 원칙이 무엇이기에 항상 풍요 속의 빈곤을 만들어 내는 것인가!

현재의 패러다임을 지탱하는 근본 원칙은 무엇인가?

고릴라 이스마엘이 주장하는 현재 지구촌의 근본 패러다임은 '식량에 자물쇠 채우기'이다. 그게 쌀이나 고기이든, 사회가 발전하면서 돈이나 금으로 바뀌었든 간에 무조건 저장고에 쌓아두고 자물쇠를 채우는 것이다.

세상에는 식량에 자물쇠를 채우는 자와 채우지 않는 자 단 두 종류의 사람이 있다.

하나는 테이커(Taker)로, 자신들의 필요에 의해 다른 사람에게서 식량을 약탈하고 거기에 자물쇠를 채우는 자이다. 테이커는 더 많은 식량에 자물쇠를 채우기 위해 주변 사람들을 하나씩 짓밟아 그들을 테이커로 만든다. 테이커는 자기의 창고에 식량을 더 채우기 위해 티끌 하나도 남기지 않는 섬멸 전략을 사용한다.

다른 하나는 리버(Leaver)로, 자연에 순응하여 살아가는 사람들이다. 리버는 경쟁이 벌어지더라고 '받은 만큼 되돌려 주되 상대가 나를 얕잡아 보지 않을 정도'의 불규칙적인 보복 전략만을 사용할 뿐이다. 절대로 모든 것을 다 죽이는 섬멸 전략을 사용하지 않는다.

세상은 승자독식이다! 테어커는 주변의 리버들을 짓밟아 자신처럼 식량에 자물쇠 채우기를 일상화하도록 만든다. 따라서 대부분의 지구인이라면, 특히 자본주의적 약육강식의 세계관이 지배하는 곳이라면 테이커의 사고방식인 승자독식(Winner-Take-All)을 당연하다고 여긴다. 식량을 더 많이 창고에 채우기 위해 자연을 파괴하거나 인간을 착취해도 문제가 되지 않는다. 창고에서 식량이 썩어 문드러져도, 창고에 자물쇠를 더 꽁꽁 채우고 굶주린 사람에게 절대 나누어주지 않는다.

왜 우리는 패러다임의 근본 변화를 생각하지 못하는가?

사람들은 노후를 위해, 자식을 위해 식량에 자물쇠를 채우는 걸 근면과 성실의 당연한 대가라고 생각할 것이다. 자물쇠를 채울 식량이, 금이, 돈이 많을수록 성공한 사람이라고 평가받을 것이다. 하지만 세상 모든 사람이 먹고 남을 만큼의 식량이 생산되는데도 어딘가에서 굶주려 죽는 사람이 있다면 분명히 문제가 있지 않은가? 한 나라의 부가 그 국가의 모든 사람을 먹여 살릴 수 있는데도 굶주려 죽는 이웃이 있다면 문제가 있지 않은가?

그렇지만 아무도 문제라고 여기지 않는다. 우리들 대부분은 테이커이기 때문이다. 우리는 선천적으로 어머니 뱃속에서부터, 승리한 사람이 모든 부를 차지하고 거기에 자물쇠를 채우는 것이 당연하다고 여기도록 길들여진 테이커교도이기 때문이다. 그리고 후천적으로 어머니의 문화에 의해서, 예컨대 블루마블 놀이, 성적에 따라 우열반이 갈리는 학교 시스템, 교과서에 나오는 각종 일화, 일확천금을 거머쥔 출세의 주인공, 경제인의 성공담, 학문에 의한 정당화 등에 의해서 테이커교도로 길들여지기 때문이다.

우리는 테이커가 아닌 사람들을 비난하고, 뼛속까지 테이커가 되는 것을 칭찬하는 사회에 살고 있다. 사회 안에는 어머니 문화가 곳곳에 삼투되어 있다. 그렇기 때문에 우리는 테이커의 문화, 농경과 목축에서 비롯된 '식량에 자물쇠 채우기'를 극복하지 못하고 있다.

3. 이스마엘의 메시지

고릴라 이스마엘은 열두 살 먹은 줄리에게 어떤 이야기를 하고 싶었을까? 당연히 줄리가 가장 듣고 싶어 하는 이야기였을 것이다. 상대가 알고 싶은 것을 말하기, 그것은 무언가 상대를 설득하고 싶은 것이 있을 때 말하기의 기본 원칙이다. 중학교나 고등학교 시절의 청소년들이 가장 궁금해 하는 것은 왜 학교에 다녀야 하는지, 그 이유일 것이다. 이 책을 읽는 당신이 또한 성인이라면 중고등학교 시절 한 번쯤 생각해 보았을 주제일 것이다.

왜 학교에 다녀야 하는가?

동이 트기 시작하는 새벽부터 깜깜한 오밤중까지 왜 학교에 있어야 하는가? 공부를 잘하는 것도 아니어서 좋은 대학을 가기도 쉽지 않다면 더욱 더 그럴 것이다. 학교를 졸업하고 난 뒤, 중고등학교에서 배운 미적분, 이차함수, 삼차함수, 삼각함수 등을 실생활에서는 한 번도 사용해보지 못했을 것이다. 중고등학교에서 배운 또 다른 지식들 또한 제대로 사용해볼 기회도 가져보지 못했을 것이다. 그런데도 우리는 왜 중고등학교를 다니지 않으면 안 되는가? 왜 우리는 자식들에게 '새벽달 보고 저녁별 보기 운동'을 모토로 삼는 고등학교를 졸업하지 않으면 안 된다고 강요하는가?

이스마엘은 '어린이를 계몽'하기 위해 학교가 필요하다는 것은 헛소리라고 말한다. 이스마엘은 테이커가 지배하는 사회에서 학교란 '젊은 경쟁자들이 인력시장에 진입하는 속도를 조절하기 위한 것'이라고 단언한다. 학교에 다녀야 할 시기의 청소년들이 인력 시장에 쏟아져 나온다고 생각해보라. 실업률이 천정부지로 치솟을 것이다. 게다가 지금까지 부모의 주머니에서 돈을 타다 쓴 학생들이 소비를 하지 않는다고 생각해보라. 수많은 기업들이 하루아침에 망하게 될 것이다. 초등 4학년부터 고등학교 졸업 때까지 실생활에선 아무런 쓸모가 없는 학문을 배우는 것은 바로 이 때문이라고 이스마엘은 주장한다. '아기가 어디서 오는지 궁금해 하는 네 살짜리 아이에게 수천 페이지에 달하는 의학책을 건네주는 것'과 같은 쓸데없는 일을 되풀이하는 것, 그것이 바로 테이커가 지배하는 국가와 사회가 추구하는 교육의 본질이다.

왜 우리는 가난할까?

줄리와 같은 청소년이 두 번째로 관심 있어 하는 것은 무엇일까? 바로 돈(부)이다. 왜 우리 엄마와 아빠는 정말 열심히 일하는데도 부자가 되지 못할까? 왜 나는 다른 친구에 비해 가난하게 살아야 하는 걸까? 학교를 졸업한 뒤 취직을 하고, 성실하게 일하면 부자가 될 수 있을까? 이런 질문은 고등학교나 대학을 졸업하고 사회에 뛰어드는 사람들의 관심거리이기도 하다. 이스마엘은 테이커가 지배하는 사회에서 부는 언제나 소수 사람들에게로 흘러들어간다고 분명히 밝힌다. 이스마엘은 '테이커 사회에서만 요람에서 무덤까지 평안함과 안전을 누리는 것은 아주 드문, 소수 특권층만이 누릴 수 있는 축복'이 되어버렸다고 한탄한다.

이스마엘은 우리의 의식 전환을 촉구한다. 부를 지칭하는 wealth가 돈의 동의어가 아니라 안녕한 상태 또는 건강한 상태를 뜻하는 wellness의 동의어임을 일깨운다. 이스마엘은 우리가 상품의 소유라는 측면에서는 엄청나게 부유하지만, 인간으로서의 안녕이라는 측면에서는 너무나 가난하고 비참한 존재들이라고 동정해마지 않는다.

이스마엘은 학교를 졸업하고 테이커 사회의 루저로 전락한 부랑자나 건달, 노숙인, 넝마주이, 매춘부, 사기꾼, 노상강도, 거지들에게 그게 너희 잘못은 아니라고 말한다. 청년들이 희망 상실로 스스로 죽음을 택하는 것도 그들 잘못이 아니라고 말한다.

그건 바로 테이커의 '식량에 자물쇠 채우기' 탓이라고, 이유를 알았다면 문제를 해결하라고 이스마엘은 우리에게 말한다.

4. 나의 이스마엘 만들기

우리는 문제를 해결할 수 있는가?

흔히 우리나라 사람들은 돈을 좀 벌고 나이가 들면 농촌으로 돌아가고 싶어한다. 그곳에서 텃밭을 일구고 농사를 지으며 큰 욕심 없이 살아가고자 한다. 오랜 농경문화의 영향 때문일 것이다. 서양 사람들은 나이가 들면 산이나 들로 가서, 소와 양과 염소를 키우고 닭을 치면서 치즈와 햄을 만들며 살고 싶을 것이다. 이는 오랜 목축문화 탓이리라.

몇 사람이 농촌, 산, 들로 들어간다고 현재 우리가 직면한 문제가 해결될 수 있을까? 해결할 수 없다.

그렇다면 어떻게 해야 하는가? 고릴라 이스마엘은 자물쇠를 채우지 않는 전략을 택하라고 인간에게 권고한다. "산업혁명이 낳은 인간의 창의성이란 부는 소수 특권층의 손에 집중된 게 아니라 세상에 널리 퍼졌다는 점이야. 내가 말하는 건 상품들이 아니라 지적인 부를 가리키는 거야. 누구도 창의적인 과정 자체나 그 결과 생긴 발견들에 자물쇠를 채워 보관할 순 없지. 새로운 고안물이나 방법이 탄생할 때마다 누구나 자유롭게 말할 수 있지. '나는 그걸 바탕으로 다른 걸 해볼 수 있겠는걸!' 또는 '나는 거기에 이런 아이디어를 덧붙일 수 있겠군!', 한 발 더 나아가서 '나는 아이디어를 낸 사람이 결코 생각하지 못했던 방식으로 그 아이디어를 사용할 수 있겠어!'라고 말이야."

이스마엘은 인간이 낳은 창의성이란 부에 자물쇠를 채우지 않으면 테이커들이 지배하는 사회를 극복할 수 있다고 말한다. 테이커들이 만들어 낸 폭력적인 문제에 직면할 때마다 테이커들과 정반대로 살아가고 있는 리버들을 보라고 한다.

리버들의 사회에는 낙오자도 없고 희망 상실로 스스로 목숨을 끊는 자도 없다. 원주민으로 상징되는 리버들은 테이커가 전 세계를 지배하는 상황에서도 수렵과 채집으로 행복한 삶을 이어가고 있지 않은가!

창의성이란 부에 자물쇠를 채우지 않고 리버처럼 살아간다면, 우리에게도 아직은 희망이 있다고 이스마엘은 말한다.

왜 '나의 이스마엘'인가?

줄리는 누구인가? 줄리는 열두 살의 나이에 미국에서 콩고로 팔천 마일을 날아간 용기 있는 청소년이다. 열두 살에 이스마엘을 만나 가르침을 받고 열여섯 살에 이스마엘이 인간에게 전하고자 한 바를 자기가 이해하고 있는 언어로 글로 써내려간 청소년이다.

저자가 줄리의 이 두 가지 행위를 통해 우리에게 이야기하려는 것은, 이 책을 읽는 이가 청소년이든 성인이든 간에 용기를 가지라는 것이다. 줄리처럼 열두 살 나이에 목숨을 걸고 콩고로 건너갈 정도의 용기를 발휘하라는 것이다. 목숨을 걸고서라도 테이커가 지배하는 사회를 과감하게 전복하라는 것이다. 그래야만 모두가 요람에서 무덤까지 인간으로서의 평안함과 안전을 누리며 살 수 있다는 것이다.

어떻게 용기를 발휘할 것인가?

저자는 이 글을 읽은 우리에게 줄리와 같은 방식으로 용기를 발휘하라고 말한다.

줄리는 이스마엘의 가르침을 《나의 이스마엘》이라는 책으로 펴내 엄청난 발상의 전환을 수많은 사람에게 전했다. 우리도 줄리처럼 이스마엘의 가르침을 계층, 나이, 학력, 성, 인종 등에 걸맞는 자기만의 것으로 소화해 《나의 이스마엘》 2편, 3편, 4편…… 후속편을 계속 쓰라는 것이다.

이스마엘의 가르침을 내가 이해하는 '나의 이스마엘'로 만들라! 우리가 이해하는 '우리의 이스마엘'로 만들라! 후속편을 계속해서 써라! 그 책들을 읽고 생각이 같은 사람들이 모이고, 또 모여라! 모여서 테이커들이 지배하는 사회를 전복할 수 있는 창의력을 발휘하라! 그러면 문제가 해결될 것이다.

'나의 이스마엘'이란 제목이 우리에게 던지는 상징적 메시지는 바로 이것이다.